中国新诗的"身体"现代性研究

A Study on the Body Modernity of Chinese New Poetry

李 蓉 著

中国社会科学出版社

图书在版编目（CIP）数据

中国新诗的"身体"现代性研究 / 李蓉著. -- 北京：中国社会科学出版社，2024.9. -- （中国社会科学博士后文库）. -- ISBN 978-7-5227-4113-0

Ⅰ. I207.25

中国国家版本馆 CIP 数据核字第 2024BP5886 号

出 版 人	赵剑英
责任编辑	王　琪
责任校对	杜若普
责任印制	李寡寡

出　　版	中国社会科学出版社
社　　址	北京鼓楼西大街甲 158 号
邮　　编	100720
网　　址	http://www.csspw.cn
发 行 部	010-84083685
门 市 部	010-84029450
经　　销	新华书店及其他书店
印　　刷	北京君升印刷有限公司
装　　订	廊坊市广阳区广增装订厂
版　　次	2024 年 9 月第 1 版
印　　次	2024 年 9 月第 1 次印刷
开　　本	710×1000　1/16
印　　张	22.5
字　　数	378 千字
定　　价	118.00 元

凡购买中国社会科学出版社图书，如有质量问题请与本社营销中心联系调换
电话：010-84083683
版权所有　侵权必究

第十一批《中国社会科学博士后文库》
编委会及编辑部成员名单

（一）编委会
主　任：赵　芮
副主任：柯文俊　胡　滨　沈水生
秘书长：王　霄
成　员（按姓氏笔画排序）：
　　卜宪群　丁国旗　王立胜　王利民　王　茵
　　史　丹　冯仲平　邢广程　刘　健　刘玉宏
　　孙壮志　李正华　李向阳　李雪松　李新烽
　　杨世伟　杨伯江　杨艳秋　何德旭　辛向阳
　　张　翼　张永生　张宇燕　张伯江　张政文
　　张冠梓　张晓晶　陈光金　陈星灿　金民卿
　　郑筱筠　赵天晓　赵剑英　胡正荣　都　阳
　　莫纪宏　柴　瑜　倪　峰　程　巍　樊建新
　　魏后凯

（二）编辑部
主　任：李洪雷
副主任：赫　更　葛吉艳　王若阳
成　员（按姓氏笔画排序）：
　　杨　振　宋　娜　陈　莎　胡　奇　侯聪睿
　　贾　佳　柴　颖　焦永明　黎　元

《中国社会科学博士后文库》
出版说明

  为繁荣发展中国哲学社会科学博士后事业，2012 年，中国社会科学院和全国博士后管理委员会共同设立《中国社会科学博士后文库》（以下简称《文库》），旨在集中推出选题立意高、成果质量好、真正反映当前我国哲学社会科学领域博士后研究最高水准的创新成果。

  《文库》坚持创新导向，每年面向全国征集和评选代表哲学社会科学领域博士后最高学术水平的学术著作。凡入选《文库》成果，由中国社会科学院和全国博士后管理委员会全额资助出版；入选者同时获得全国博士后管理委员会颁发的"优秀博士后学术成果"证书。

  作为高端学术平台，《文库》将坚持发挥优秀博士后科研成果和优秀博士后人才的引领示范作用，鼓励和支持广大博士后推出更多精品力作。

《中国社会科学博士后文库》编委会

摘　要

　　本书以哲学、美学意义上的"身体"概念为核心考察新诗的现代性进程；并认为，新诗的"现代性"与"身体"有着紧密的关联，新诗的现代性发展也是"身体"的内涵从艺术形式到精神立场在诗歌中全面展开的过程。如果说新诗的发展是一个不断建构和自我修正的过程，"身体"是否在场以及以怎样的方式在场，都通过新诗诗学的理论和实践获得了展开和呈现。

　　新诗成立之初，胡适的"具体的做法"以及废名的"当下观物"都包含了"身体性"的内涵，新诗在艺术上的自觉归功于现代诗歌感性传统的建立："小诗"所提倡的"刹那间的感兴"，早期象征派对感官的暗示作用的重视，"现代派"诗歌将情绪感觉化的处理方式等，都意味着将"感性"作为现代诗歌艺术生长的根基。在此基础上，如何将"感性"熔铸于现代的经验之中是新诗发展需要进一步面对的问题。

　　新诗的抒情问题也与"身体"有关。20世纪20年代新诗的主情论者们强调诗歌的抒情功能，但早期新诗充斥着柔弱的感伤主义，因其缺少现实的精神和思想的深度而被诟病。同时，在郭沫若的浪漫主义诗歌中，情感是主体意志的反映，而身体只是表达其意志的工具。因此，现代的主体在新诗当中始终需要通过与真实的身体以及语言、技艺的联结而获得呈现，否则容易走向虚张和浮夸。

　　穆旦是现代时期不多见的具有身体自觉的诗人，他的"身体信仰"来自他对"身体"的现代认知。当抽象的知识进入流动的经验，他才会不断处在一种质询和追问的状态之中，这也正是"身体"对于历史的在场。穆旦所表达的"野性的身体"在个体生命和民族命运上的合一，来自战时特殊的语境，他从"身体"出发力图获得的是一种"生命的智慧"。"身体的信仰"和"生命的智慧"之间是一种对话关系。

从身体与新诗音乐性的关系来看，新诗的音乐性建设过去主要是在"声音"的韵律节奏层面进行的，基本思维是寻找现代汉语诗歌音乐性的普遍规律，这仍然是一种传统的诗歌音乐方式。而20世纪80年代以后当代新诗发展出"呼吸性"的音乐方式，它追求的已经不是单纯的声音，而是由经验性的语言带动的呼吸节奏。从"声音"到"呼吸"，是由外在的身体感到内在的生命经验的转移，由此也实现了新诗音乐性的现代转换。

进入当代，在很长的时间内，由于政治话语代替了审美感性，因而造成了"身体"在当代新诗中的缺位。20世纪80年代中期以后，当代诗歌从启蒙、救亡、阶级、革命等宏大话语中获得了一定程度的解放，抽象的人逐渐回归到具体的人，新诗作为感性的艺术以及它对于现实"在场"的现代传统才得到延续。因此，"感性"成为构造当代先锋诗歌的重要维度，这一维度的形成一方面借鉴了西方现代诗歌和中国诗歌传统中的"感性"资源，另一方面也是对新诗的现代感性的再造。在摆脱了观念化的语言方式之后，当代诗人的感受力和想象力得到了全面的释放，由此也形成了当代诗人多元化的语言方式和个人风格。

在"第三代诗"的语言实践中，"文本的肉身"得到重视，它受到以罗兰·巴特为代表的西方思想的影响；不过，"第三代"诗人在享受语言快乐的同时，也充满了困惑和焦灼。在走出结构主义的封闭语言后，当代诗人呼唤的是具有主体性的"身体"。此外，具有"肉身性质"的口语给20世纪80年代的诗歌注入了活力。如果说胡适提倡的"具体的做法"包含着对真实身体感的重视，那么，"第三代诗""口语写作"的"具体性"就还包含着一种反叛性。

中国诗歌具有感时忧国的儒家文化传统，20世纪90年代写作的积极意义在于确立了一种置身当下、回归身体的写作。叙事性、戏剧性等现代诗歌技巧的使用摒弃了单向度的抒情，诗歌呈现的是现代人暧昧、复杂的现实状态。语言和现实的关系在20

世纪90年代以后的诗人那里充满了多层次性，这也正是当代诗歌的丰富性和不确定性所在。因此，当代诗歌除表现出对现代诗歌传统的继承之外，也呈现出更为复杂的特点。"身体"始终是在和语言的复杂纠葛中展开自身的，语言、身体与现实构成了一种相互对话和支撑的关系。

除了研究一些诗学现象和诗学问题，本书也选取了一些具体的诗人个案进行研究。这些研究表明，不同诗人的"身体"自觉所呈现的取向并不相同：穆旦的诗歌通过"身体"展现反抗意识和历史意识，翟永明诗歌由"身体"体现性别批判意识，陈东东诗歌从神性的"身体"到具有反讽功能的"身体"的写作变化……它们都说明在20世纪云谲波诡的各种观念、话语中，诗人们只有通过真实的身体来确立自我和写作的根基，同时也说明了"身体"在写作中的流动性和开放性。

总之，在审美上建立现代感性的传统，注重感受力和想象力，并融入自觉的现实精神和历史意识，使个人的身体和他人发生联结，这成为新诗"身体"现代性的基本走向。

关键词： 新诗　身体　现代　感性　现实

Abstract

This thesis takes the concept of "body" in philosophical and aesthetic sense as the core to investigate the modernity of new poetry, and holds that the "modernity" of new poetry is closely related to the "body", and the development of modernity of new poetry is also the process of the connotation of "body" from the art form to the spiritual position in poetry. If the development of new poetry is a process of continuous construction and self-correction, whether the "body" is present and how it is present are developed and presented through the theory and practice of new poetry.

At the beginning of the establishment of the new poetry, Hu Shi's 'concrete approach" and Fei Ming's "present view of things" both contain the connotation of "body". The artistic consciousness of the new poetry is attributed to the establishment of the perceptual tradition of modern poetry: The "momentary interest" advocated by "Little poetry", the early symbolic school's emphasis on the suggestive role of senses, and the "modern school" poetry's sensationalization of emotions all mean that "sensibility" is the foundation of modern poetry art. On this basis, how to melt "sensibility" into modern experience is a problem that the development of new poetry needs to face further.

The lyrical problem of new poetry is also related to "body". The sentimentalists of new poetry in the 1920s emphasized the lyric function of poetry, but the early new poetry was full of weak sentimentalism, which was criticized for its lack of realistic spirit and ideological depth. At the same time, in Guo Moruo's romantic poetry, emotion is the reflection of the subject's will, and the body is only the tool to realize its will. Therefore, the modern subject always needs to be presented through the connection with the real body, language and skills in the new poetry, otherwise it is easy to go to vanity and grandiosity.

Mu Dan is a rare poet with body consciousness in the modern period, and his "body belief" comes from his modern cognition of "body". When abstract knowledge enters the flow of experience, he is constantly in a state of inquiry and inquiry, and this is the presence of the "body" to history. The unity of "wild body" in individual life and national destiny expressed by Mu Dan comes from the special context of wartime. What he tries to obtain from "body" is a "wisdom of life", and there is a dialogue relationship between "belief in body" and "wisdom of life".

From the perspective of the relationship between the body and the musicality of new poetry, the construction of musicality of new poetry used to be mainly carried out at the level of "sound" rhythm and rhythm, and the basic thinking was to find the universal law of musicality of modern Chinese poetry, which is still a traditional way of poetry music, while after the 1980s, contemporary new poetry developed a "breathing" music way. It is no longer the pursuit of pure sound, but by the experiential language driven breathing rhythm. From "sound" to "breath", it is the transfer of the inner life experience felt by the external body, which also realizes the modern transformation of the musicality of new poetry.

In the contemporary era, for a long time, the political discourse replaced the aesthetic sensibility, which resulted in the absence of "body" in the contemporary new poetry. After the mid-1980s, contemporary poetry gained a certain degree of liberation from the grand discourse of enlightenment, salvation, class, revolution, etc. Abstract man gradually returned to concrete man, and the modern tradition of new poetry as a perceptual art and its "presence" in reality was continued. Therefore, "sensibility" has become an important dimension in

Abstract

the construction of contemporary avant-garde poetry. On the one hand, the formation of this dimension draws on the resources of "sensibility" in western modern poetry and Chinese poetry tradition, on the other hand, it is also a reconstruction of modern sensibility in new poetry. After getting rid of the perceptive way of language, the sensibility and imagination of contemporary poets have been fully released, and thus the diversified language ways and personal styles of contemporary poets have been formed.

In the language practice of the "third generation poetry", the "body of text" has been attached importance, which comes from the influence of Western thought represented by Roland Barthes. However, the "third generation" poets are full of confusion and anxiety while enjoying the happiness of language. After stepping out of the closed language of structuralism, contemporary poets call for the "body" with subjectivity. In addition, the oral language with "physical qualities" injected vitality into the poetry of the 1980s. If the "concrete approach" advocated by Hu Shi included the emphasis on the real sense of the body, then the "concretiveness" of the "oral writing" of the "third generation poetry" also contained a kind of rebellion.

Chinese poetry has a Confucian cultural tradition of being concerned about the time and the country. The positive significance of writing in the 1990s lies in the establishment of a kind of writing in the present and back to the body. The use of modern poetry skills such as narrative and drama has abandoned the one-sided lyricism, and poetry presents the ambiguous and complex reality of modern people. The relationship between language and reality is full of multiple layers for poets after the 1990s, which is precisely the richness and uncertainty of contemporary poetry. Therefore, contemporary poetry not only shows the inheritance of modern poetry tradition, but also presents more complex characteristics. "Body" always develops itself in the complex entanglement with language, language, body and reality constitute a mutual dialogue and support relationship.

In addition to studying some poetical phenomena and problems, this book also selects some specific cases of poets for study. These studies show that different poets "body" consciousness presents different orientation: Mu Dan's poems show resistance consciousness and historical consciousness through "body", Zhai Yongming's poems reflect gender critical consciousness through "body", and Chen Dongdong's poems change from divine "body" to ironic "body". They all show that in the changeable ideas and discourse of the 20th century, poets can only establish the foundation of self and writing through the real body, and also show the fluidity and openness of "body" in writing.

In a word, establishing the tradition of modern sensibility in aesthetics, paying attention to sensibility and imagination, and integrating conscious realistic spirit and historical consciousness to connect individual body with others has become the basic trend of "body" modernity in new poetry.

Key words: New Poetry; Body; Modernity; Sensibility; Reality

前　言

从 2003 年起，我的研究一直集中在"文学身体学"这一领域，至今已有 20 年的时间。在这期间，先后完成了《中国现代文学的身体阐释》《"十七年文学"（1949—1966）的身体阐释》两本专著，它们都主要以现当代小说为研究对象，这本《中国新诗的身体现代性研究》是"文学身体学"研究在新诗领域的开拓。

"身体"是 21 世纪以来人文社会科学研究的热点话题，哲学、社会学、人类学、历史学等学科都在挖掘这一话题对于当今中国学术研究的价值和意义，这些与"身体"相关的话题也引起了我浓厚的兴趣。我倾注了大量的时间阅读各种与身体相关的理论著作，并持续关注着各个学科在这一研究领域新的研究动向，还曾为此编写过一本《中国近现代身体研究读本》，其涉及历史学、社会学、文学等多学科的研究成果。

我的小说身体研究与后现代主义思维有关，主要将"身体"作为一种方法，对已有的文学史叙述进行反思和重构。研究注重从个案出发来挖掘文本的裂隙处所展露的身体痕迹，从个人的、偶然的、边缘处发现主流文学史叙事的疏漏，修正文学史叙述的不足，进而使文学史回归真实的历史。这样的研究方式带有后现代思维的特点，实际上也是与身体的哲学特性一致的。除此之外，研究也通过大量的材料论证了"身体意识"对于现当代作家创作的重要性。由于视角新颖，发现了很多被文学史忽略的现象和问题，因而产生了一定反响，研究成果受到了学界的关注和首肯。

从个人学术研究的逻辑来说，想要从"身体"的视角对新诗进行研究的想法实际上早于我的小说身体研究，它萌发在早年研究新诗的短暂时期，只是在当时它还只是一点模糊的感受，不过现在想来，正是它无形中触发了我后来的现当代小说的身体研究。此外，当时身体理论给我带来的启发更适用于观察和思考文化现象和小说文本，而新诗的身体问题还在我的能力之外。在《中国现代文学的身体阐释》这本书出版时，我请求将穆旦的《我歌颂肉体》中的诗句"它的秘密远在我们所有的语言之外"印在扉页上，不仅因为这句诗极具代表性，它准确地表达了现代作家的身体意识；也是因为我深深感受到，诗歌本身就是极富身体感的文体，新诗的身体问题也应该得到研究，它在我当时研究中的缺失不能不说是一种遗憾。当然，最终我还是走到了新诗研究的门口。

　　从身体的角度研究新诗，相对我之前的小说研究是全新的。由于对这一话题还没有系统的研究，关注的人极少，因此也为我的研究带来了极大的挑战。通过粗浅的阅读我已经能感受到，新诗的发展必定与"身体"存在或隐或显的联系，但凡优秀的诗人都具有自觉或不自觉的身体意识，这的确需要专门的研究来进行清理和探讨，从此角度新诗中的很多问题或许可以得到新的阐发。

　　从小说转换到诗歌，虽然"身体"这一理论视角没变，但研究方式、方法却面临着根本性的变化。实事求是地说，它比小说的身体研究难度更高，需要的不仅是理论思想，全面系统的专业知识，还需要敏锐、精细的审美感悟和体察。如果说小说的身体研究更多地与社会、历史、文化发生着关联；那么，诗歌的身体研究则是以语言为中心的，虽然诗歌中的"身体"也同样和时代发生着关联，甚至在这一点上它是走在其他的文体前面的，但这种关联却是语言化的，因而变得间接和隐秘。

　　在这样的情况下，相对于小说，新诗身体研究的理论资源也发生了较大的转移。它主要包括两大块：一是哲学、美学意义上的身体理论和思想，它解决的是身体与自我、身体与世界、身体和审美等关系的问题；二是各类新诗研究成果，对于新诗发展中重要的诗学问题的研究都是我主要的关注对象。当然，诗歌和身体的联系并非理论性的，而是内在于这种文体本身，只不过已有的理论可以帮助我更准确地理解身体的特性及其对诗歌的价值，给研究带来不断的启发。

　　"身体"在诗歌艺术上的表现主要是审美感性的问题。研究试图从"身体"这一视角探讨新诗感性的发生和发展、翻译诗歌对早期新诗感官化倾向的影响、浪漫主义诗歌抒情中的节奏和生理冲动的关系、富有身体感的新诗音乐性在现代的变迁、当代诗歌对"现代的感性"的追求等问题。此外，"身体"不仅体现为一种感性的审美方式，从身体与世界的关系来看，它还体现为一种对待现实的态度，"身体在场"与中国传统文化、

20 世纪文化的特征恰恰也是相通的。最后,"身体"也渗透到新诗的语言方式当中,"肉感化"的口语、色情的修辞方式、感官享乐主义的文本追求等都是"身体化"的。这些问题都是新诗发展中极为重要的问题,都可以通过"身体"的路径获得重新认识。

鉴于此,本书以"身体"为视角探讨新诗的发展,从历史语境出发,将中国新诗的"身体"形态落实为各种具体的诗学问题,通过"身体"视角研究新诗在不同时期的艺术追求和精神立场。研究立足于审美感受,对大量的诗歌现象和文本进行论析,发掘被忽视、被遮蔽的诗学问题,并重新阐释一些重要的诗人和文本。概言之,全面、系统地研究"身体"与新诗现代化进程的复杂纠葛、揭示"身体"在中国新诗一百多年的发展中的重要作用以及由此形成的丰厚传统是本书的核心内容。

目 录

导论　问题的提出：身体与新诗的现代性 ………………………（1）
 一　背景：当下新诗研究状况及思考 ……………………（1）
 二　身体：从哲学到诗歌 …………………………………（6）
 三　新诗现代性中的身体问题 ……………………………（13）

第一章　早期新诗对实用主义哲学的借鉴和误读 ………………（19）
 一　实用主义哲学与胡适的文学革命 ……………………（19）
 二　"具体的做法"对实用主义哲学的误读 ………………（23）
 三　废名的"当下观物"：修正及缺失 ……………………（29）

第二章　"抒情"："身体"内外 ………………………………………（36）
 一　"感伤的诗"与"生理的冲动" …………………………（37）
 二　"素朴的诗"：离弃"生理的冲动" ……………………（44）
 三　浪漫主义与身体的意志化 ……………………………（51）

第三章　感性的崛起：早期新诗的现代性 …………………………（58）
 一　感官的觉醒与早期象征派诗歌 ………………………（59）
 二　戴望舒诗歌的"感性"：从修辞到经验 ………………（65）

第四章　从"声音"到"呼吸"：新诗音乐性的现代转换 ……（74）
 一　"声音观"与新诗的格律化追求 ………………………（74）
 二　"呼吸观"与新诗音乐性的现代转换 …………………（83）
 三　"呼吸观"与语言的诗性 ………………………………（93）

第五章　感性与当代诗的先锋意识 (99)
　　一　"身体"的受虐与20世纪80年代诗歌的精神向度 (100)
　　二　南方诗歌传统与当代诗的审美享乐主义 (104)
　　三　先锋之后:激活"现代的感性" (111)

第六章　"文本的快感"与"第三代诗"的语言实践 (119)
　　一　罗兰·巴特与"第三代诗"的"零度写作" (120)
　　二　"文本的快感":"第三代诗"的语言狂欢 (129)
　　三　文本的困惑及突围 (136)

第七章　身体、语言与后新诗潮 (141)
　　一　"第三代诗"的口语策略及其身体问题 (142)
　　二　20世纪90年代诗歌中的"色情"因素 (155)

第八章　语言与现实的博弈 (171)
　　一　现实:作为一种修饰 (172)
　　二　"最高虚构":在语言中创造现实 (180)
　　三　"身体在场"与新诗的当代经验 (187)

第九章　新诗现代化进程中的"诗人"问题 (199)
　　一　浪漫的诗人 (200)
　　二　代言的诗人 (206)
　　三　隐匿的诗人 (212)
　　四　边缘化和文本化:寻找诗人 (218)

第十章　"身体"与"土地诗学"的三种向度 (228)
　　一　"身体"之于土地 (229)
　　二　土地之于"身体" (238)
　　三　重拾"土地诗学" (246)

第十一章 穆旦的"身体信仰" ………………………… (249)
  一 "身体信仰"的摇摆及其原因 ………………… (250)
  二 "我歌颂肉体":穆旦的"现代身体认知" ……… (258)
  三 "身体的信仰"与"生活的智慧" ……………… (266)

第十二章 "神性"及其"下移":陈东东诗歌的
         "身体性" …………………………………… (271)
  一 "希腊梦":"神性"的身体 …………………… (272)
  二 "身体"与对古典的借用 ……………………… (278)
  三 都市、"色情"与上海经验 …………………… (287)

第十三章 以"身体"为源:翟永明的性别之诗 ………… (295)
  一 关于"身体"的一次对话 ……………………… (295)
  二 女性身体:从"黑暗"走向"自由" …………… (299)
  三 疼痛的艺术 …………………………………… (305)

结 语 ……………………………………………………… (310)

参考文献 ………………………………………………… (314)

索 引 ……………………………………………………… (320)

后 记 ……………………………………………………… (325)

Contents

Introduction   Raising the Question: The Body and the Modernity of New Poetry ·············· (1)

Section One   Background: The Cueeent Research Status of New Poetry and Its Thinking ·············· (1)

Section Two   The Body: From Philosophy to Poetry ·············· (6)

Section Three   "Body" as AnIssue of New Poetry's Modernity ·············· (13)

Chapter One   The Reference and Misreading of Pragmatism Philosophy in Early New Poetry ·············· (19)

Section One   Pragmatism Philosophy and Hu Shi's Literary Revolutiong ·············· (19)

Section Two   "The Concrete Writing" Is a Misreading of Pragmatism ·············· (23)

Section Three   The Present View of Fei Ming: Correction and Loss ·············· (29)

Chapter Two   "Lyricism": Inside and Outside of "The Body" ·············· (36)

Section One   "Sentimental Poetry" and Physiological Impulse ·············· (37)

Section Two   "Naive Poetry": Abandon Physiological Impulse ·············· (44)

Section Three	Romanticism and the Volitization of the Body	(51)
Chapter Three	The Rise of Sensibility: The Modernity of Early New Poetry	(58)
Section One	The Awakening of the Senses and the Early Symbolist Poetry	(59)
Section Two	The Sensibility of Dai Wangshu's Poetry: From Rhetoric to Experience	(65)
Chapter Four	From Sound to Breath: Modern Transformation of New Poetry's Musicality	(74)
Section One	"Sound View" and the Metrical Pursuit of New Poetry	(74)
Section Two	"Breathing View" and Modern Transformation of New Poetry's Musicality	(83)
Section Three	"Breathing View" and the Poetic Quality of Language	(93)
Chapter Five	Sensibility and the Avant-Garde Consciousness of Contemporary Poetry	(99)
Section One	The Physical Masochism and the Spiritual Dimension of 1980s Poetry	(100)
Section Two	The Tradition of Southern Poetry and the Aesthetic Hedonism of Avant-Garde Poetry	(104)
Section Three	After the Pioneer: Activating "The Modern Sensibility"	(111)
Chapter Six	"The Pleasure of Text" and the Language Practice of "The Third Generation Poetry"	(119)
Section One	Roland Barthes and the "Zero Degree Writing" of "The Third Generation Poetry"	(120)

Contents

Section Two   "The Pleasure of Text": The Linguistic Carnival of "The Third Generation Poetry" ········· (129)
Section Three   Text Confusion and Breakthrough ················· (136)

Chapter Seven   Body, Language and Post-New Poetry Tide ·· (141)

Section One   The Oral Strategy and Body Writing of the Third Generation Poetry ······························ (142)
Section Two   The Erotic Element in 1990s Poetry ················· (155)

Chapter Eight   The Game between Language and Reality ······ (171)

Section One   Reality: As a Modification ································ (172)
Section Two   "Supreme Fiction": Creating Reality in Language ·· (180)
Section Three   "Body Presence" and Contemporary Experience in New Poetry Writing ················· (187)

Chapter Nine   The "Poet" in the Modernization Process of New Poetry ·· (199)

Section One   Romantic Poets ·· (200)
Section Two   Poets Who Speak for Themselves in Indirect Way ·· (206)
Section Three   Hidden Poets ·· (212)
Section Four   Marginalization and Textualization: The Search for Poets ···································· (218)

Chapter Ten   Body and Three Dimensions of "Land Poetics" ···································· (228)

Section One   Body to Land ·· (229)
Section Two   Land to Body ·· (238)
Section Three   Rediscovering "Land Poetics" ····················· (246)

Chapter Eleven　Mu Dan's "Body Faith" ················（249）

Section One　The Sway of "Body Faith" and Its Reasons ······（250）
Section Two　"I Praise the Body": Mu Dan's "Modern
　　　　　　　Body Cognition" ································（258）
Section Three　"Body Faith" and "Life Wisdom" ··············（266）

Chapter Twelve　The Divinity and Its Downward: The Corporeity
　　　　　　　of Chen Dongdong's Poetry ···················（271）

Section One　"Greek Dream": The Divine Body ············（272）
Section Two　The Body with Classical Borrowing ············（278）
Section Three　The City, The Eroticism and The Shanghai
　　　　　　　Experience ·······································（287）

Chapter thirteen　"Body" as the Source: Zhai Yongming's
　　　　　　　Poetry of Gender ································（295）

Section One　A Conversation about "Body" ················（295）
Section Two　The Female Body: From "Darkness" to
　　　　　　　"Freedom" ··（299）
Section Three　The Art of Pain ·····························（305）

Conclusion ···（310）

Bibliography ···（314）

Index ··（320）

Postscript ···（325）

导论　问题的提出：身体与新诗的现代性

一　背景：当下新诗研究状况及思考

新诗作为现代中国文学的重要组成部分，因其文体的特殊性，一直具有特殊的价值。当下的新诗研究起步于20世纪80年代，这是在经历了一个时期的停滞之后的再出发。重新起步的新诗研究主要集中于诗潮、流派、社团以及一些新诗艺术范畴（如意象、格律）等方面，寻找新诗发展的规律和特点是这一时期研究的主要思路，但总的来看，它延续的是一种传统的研究方式。

新诗研究状况的改变是随着20世纪80年代中后期先锋诗歌的出现而发生的，新诗创作和语言观念的变化也直接影响了相应的研究。同时，整个人文学科学术思路的调整与改变，也给新诗研究带来了活力；虽然传统的研究模式仍在继续，但新的研究方式也在探索中现出身影。现代主义诗歌是20世纪90年代新诗研究的主要内容，一些重要的现代主义诗人和流派受到了极大的关注；同时，鉴于西方现代诗歌对新诗的直接影响，考察新诗对西方现代诗歌的接受程度也是重要的学术方向，中与西、传统与现代的关系问题也始终是新诗研究最为关注的问题。

20世纪八九十年代，新诗研究做了大量基础性的工作，并一度形成了对新诗及其发展的基本理解：新诗艺术的发展和更替是一个逻辑的过程，它不断抵达的是诗歌艺术的本质规律（以西方现代诗歌为参照），诗歌艺术的进步就是不断靠近这一规律的过程；新诗的经典化存在某种绝对的标准，这是一个优胜劣汰的过程；相对于现代主义诗歌，浪漫主义诗歌是肤浅和低级的；新诗史中的各种流派、社团、思潮之间的关系是泾渭分明的；相对于小说这样的主流文体与时代思想的密切联系，新诗可以更具审美性、超越性；等等。

　　站在今天的角度看，上述新诗研究的贡献和缺憾是一体的，在总结规律的同时却对新诗的发展做了简单化的处理。在上述结论和判断中，新诗形式和内容的关系并未得到有效的阐发，对形式的理解主要停留于外在的节奏和韵律方面，还未能真正进入语言的肌理层面；新诗艺术自律和他律的关系也未得到深入的探讨，常见的是将"他律"处理成大而化之的时代背景，未能从历史的现场中还原"新诗"的"诗意"形成的话语机制，更没有将新诗形式的意识形态意味阐发出来……

　　因此，在已有的研究范式已告一段落的情况下，新诗研究需要拓展思维空间寻找新的学术生长点，这意味着如何提出新的问题。如果新诗的现代性是一个必然发生的过程，那么怎样进一步认识这一"现代化"的过程？臧棣指出："新诗对现代性的追求——这一宏大的现象本身已自足地构成一种新的诗歌传统的历史。而这种追求也典型地反映出现代性的一个特点：它的评判标准是其自身的历史提供的。"① 既然新诗存在的合理性是由其内部提供的，那么新诗的研究则需要进入内部发现其之所以如此的机制。由于思维方式决定了研究是重复叠加还是新的研究空间的创造，因而当下新诗研究的方向已经不是继续发现和总结规律，而是调整思维方式，寻找新的可能。

　　总体来看，20世纪90年代以后的新诗研究主要存在两大问题。

　　首先是在处理"诗"与"史"的关系上存在的问题。历史和审美的关系对于文学研究而言是个老问题，尤其是对于新诗研究而言，丢开艺术性、审美性来谈新诗的历史意识和时代感如隔靴搔痒，而仅仅将新诗看成一个自足的系统，将审美看成超越性的因素也无疑存在问题，它遗忘了一个时代的审美风尚和审美趣味并非凭空而降，审美也是一种意识形态。伊夫·瓦岱说："评论界的任务之一应该是去明确和分析美学现代性（我们很乐于在某些特殊的作品中看出它）与历史现代性（它高高在上，随意摆布我们）之间的关系，也就是说一些具有自己特有的表现形式的作品与我们生活的时代所特有的历史状态之间的关系。"② 意识到这一点，才能将外部研究和内部研究有效地结合，它对应于"写什么"和"怎么写"的

---

① 臧棣：《现代性与新诗的评价》，《文艺争鸣》1998年第3期。
② ［法］伊夫·瓦岱：《文学与现代性》，田庆生译，北京大学出版社2001年版，第117页。

导论　问题的提出:身体与新诗的现代性

统一。

近些年对于"诗"与"史"关系的处理方式是采取一种历史学、社会学的方法,不再根据预设的创作原则或对诗歌社团流派的文学史描述进行简单的诗学归类,而是注重返回历史现场,还原新诗的发生和生成机制,这也包括对一些诗学概念进行重新梳理,进而探讨文学史对于新诗的理解是怎样在各种因素的作用下形成的。这种研究尽可能历史化地展现了新诗的发展历程,分解对于新诗的刻板印象,并展示了新诗发展与政治、文化、文学潮流、读者反应等的互动关系。这样的研究毫无疑问极大地丰富了我们对新诗的认知。

然而,如何跳出既有的历史框架,照顾到历史和个人、现实和审美的平衡在方法上仍然是个很大的挑战。从历史、社会、文化的角度研究新诗的发展,容易关注到的是显在的必然性因素,而个体性、偶然性的因素对新诗发展构成的影响却易被忽视,难以照顾到那些没有被历史选择的部分。如果说,文本包含着诗人的私人经验,那么它对历史的形成就并非决定论的逻辑方式能够表达的。"有效的诗歌,应体现在对个体经验纹理的剖露中,表现出一种在偶然的、细节的叙述性段落,和某种整体的、有机的历史性引申之间构成的双重视野"①,因而在偏重历史性的新诗考察中,也必须照顾到溢出历史框架的偶然部分。

由于中国文化的特点,新诗在现实与审美之间始终保持着一种张力,它不像西方诗歌传统那样可以将诗与现实对立起来,如里尔克所说"生活和伟大作品之间／总存在着某种古老的敌意",但审美的自足性和现实的责任感在不同的诗人那里常常有不同的偏重:有偏于追求艺术的自足和普遍的人生智慧的诗人如卞之琳,还有将诗歌的个人化特征与时代精神相结合的诗人如穆旦、艾青,也有革命时代因理念而放弃审美的诗人。因此,判断一个诗人的价值标准就不能是绝对和单一的,而是需要进行综合的考量。

能否找到新的研究范式以超越新诗研究中这些二元关系的桎梏?从认识论的角度来看,一些一元论的哲学思想可以为我们提供启发。身体哲学认为,在世界和自我之间,身体是一个中介,它一方面是个人的;另一方面又是具体处境中的个人,联结着外在的现实。正是因为"身体"联结着

---

① 陈超:《个人化历史想象力的生成》,北京大学出版社 2014 年版,第 23 页。

· 3 ·

"内"和"外",它的边界并不明显,具有一种模糊性,而这样的模糊性又恰恰是接近审美感性的。实际上,在新诗中就不乏这样的"身体"体现,如王佐良评价穆旦的诗"总给人那么一点肉体的感觉"①,穆旦诗歌中生命经验并不只是普遍性的生命经验,而是充满了"肉感"。他用这种充满个人印记的语言方式来表现战时一个中国知识分子真实的生命困惑和挣扎,呈现的是个体生命与时代风云的对话,因而这种"肉体的感觉",既是艺术的,也是历史的。

其次,新诗研究的问题是语言问题。近二十年来新诗的问题越来越成为语言的问题,语言本身的重要性已经被认识到,不过语言范围内的很多问题仍然没有得到很深入、全面的研究。相对于历史和现实,语言本身存在一定的审美自足性,回到语言自身对新诗研究而言仍然是最为重要的部分,也是最困难的部分。中国现代诗歌的语言融合了翻译语和口语,新诗对语言的不断创造也扩大和深化了现代汉语的表达空间。在诗歌的语言中,包含了实与虚、感官与玄思、经验与想象,那些由语言创造的只可意会、不可言传的部分往往是追求逻辑性的研究难以抵达的。

对新诗语言的认知与20世纪80年代以后先锋诗歌的发展有密切关系,而当代诗歌批评在其中起了重要的作用。诗歌批评是新诗研究的重要一翼,其取得的成绩与诗人的介入有很大关系。新诗本来就有诗人论诗的传统,这个传统在20世纪80年代以来的先锋诗歌中得到了发扬光大,诗人陈东东说:"在内地,当代诗人既是诗歌作者,又是自己诗歌的编者、出版社和推介者,又是热心和够格的读者。当代诗人还是自己诗歌的批评者,而且充任过几回自己诗歌的受奖者。"② 相对于学院派的批评家,诗人论诗更能够把握语言的精妙之处,再加上对古今中外诗歌艺术的熟悉,他们更具备了发言的优势。同时,随着一些诗人进入大学体制,诗人论诗也越来越具有某种权威性、经典性。不过,诗歌批评和新诗史的研究有着不同的路径,诗人批评家更注重诗质的阐发,尤其是诗人论诗在当下的诗歌批评中占有巨大份额的情况下,这一特点更得到了充分的体现。诗性化的表述方式、主观化的论诗特点,使他们的诗歌批评具有较强的主体性和排

---

① 王佐良:《一个中国新诗人》,载李怡、易彬编《穆旦研究资料》(上),知识产权出版社2013年版,第280页。
② 陈东东:《大陆上的鲁滨逊》,《新诗评论》2008年第2辑。

导论 问题的提出:身体与新诗的现代性

也性,且缺乏足够的历史意识,如对胡适、郭沫若等诗人的评价,学院派和诗人之间就表现出极不相同的看法。

新诗是一种开放的、未定型的文体,其相应的诗歌批评也是多元化的,但由于没有固定的评判标准,不断地辩驳似乎也是它的宿命。然而,如果诗歌批评对语言的把握较为敏锐、准确,就会显示出一种针对性和有效性,而一旦对诗歌语言的把握游移不定,就会出现批评术语的含混不清以及空洞、抽象的价值判断和结论,它们似是而非,甚至可以用在任何一个诗人身上。因此,能否以精准而切实的语言直击诗歌文本的核心,是判断诗歌批评有效与否的重要标准。

20世纪80年代以来的现代汉语诗歌的语言自觉在"词"与"物"的关系上是朝两个向度展开的,一是在"及物"的向度上,语言与现实(身体)有对应的关系,也就是说,语言仍然来自经验,语言的言说仍指向意义;二是在"不及物"的向度上,语言本身就构成了现实,"诗不是生活,诗是语言"(马拉美),语言自身运动的快乐,但词与物、身与心、能指与所指的分裂却是其致命的问题。语言失去了现实的指向,变成了修饰的旋涡,或者只是知识、概念和符号,在这样的情况下,诗歌批评是跟随其语言的狂欢为其寻找合理的依据,还是撕开其语言的幻觉和迷雾重返诗意的初衷?

就新诗的"声音"问题而言,20世纪30年代、80年代关于新诗格律化问题有过集中性的讨论,虽然可以借鉴很多思路,但由于当下诗歌已经不再追求纯形式意义的音乐性,这些研究也就失去了和当下诗歌对话的能力。新诗音乐性发展的趋势是将"音"和"义"统一,不再追求单纯声音的节奏感,而是追求一种具有"呼吸性"的方式,它需要从语言和情感(思想)之间的关系中获得。每一首诗的音乐性都是不同的,诗人的风格也就体现在声音的特质上,而之前对此的关注在方式上仍然十分抽象,不能真正返回到具体的语言中去,这不仅需要运用语言学、声律学的知识来具体分析呼吸和节奏的关系,也需要有对现代诗歌的精神指向和语言气质的充分把握。也就是说,除关注常见的音乐性技巧之外,还需要将音和义结合起来探讨每一首诗所获得的独特的声音效果。

新诗研究的范式并非在理论和想象中构建,而是来自语言与当下生活的对话。也就是说,新诗研究需要研究者个人经验对于文本的激活,由此才能构成历史和当下、审美和政治、研究者和诗人之间的交流与互动。如果说诗人"身体的在场"是诗人审美感受力、想象力和现实语境的共生，它由鲜活的文本保存和呈现的，那么，研究者"身体的在场"对于唤醒"诗人的身体"同样是至关重要的。

二　身体：从哲学到诗歌

诗歌是一种极具身体感的文体。所谓"诗歌的身体性"，通常被认为仅仅是指它的音乐性和节奏感，但实际上，从哲学的角度去理解，身体与诗歌的关系还有着更深层的内容，包含了诗歌的表达方式和精神立场。本书中的"身体"概念，是以西方身体哲学和美学为思想资源的。

西方身体哲学及美学所关注的核心问题是"身心关系"，对它的认识从古典到现代，经历了一个漫长的发展过程，即从否定、排斥身体到肯定、凸显身体，"身体与理念的关系，在古代性中是一种价值论意义上的制约关系，即身体受理念的超自然意义约束。理念及其文化制度规定每一个人的在世身份。无论希腊、希伯来还是中国古代，都有文明与蛮夷之分或人兽之分，区分的标准在于个人是否归属一套文化性的价值理念系统"[①]。在古典哲学中，"身心二元论"是一种普遍的观念，它认为灵魂高于肉体，前者代表着理性和智慧，而后者代表着感性和本能，因此后者需要由前者来统领。柏拉图认为诗人必须被逐出理想国，因为诗人是感性的，"他培养发育人性中低劣的部分，摧残理性的部分"，"他种下恶因，逢迎人心的无理性的部分，并且制造出一些和真理相隔甚远的影象"[②]。正是因为对"绝对理式"的追求，"身体"成为阻碍。

在中世纪的神学家奥古斯丁那里，柏拉图的"理式"转换成"上帝"，世俗的爱是短暂的，只有对上帝的爱才能永恒，因而身体仍然是需要被禁锢的对象。禁欲主义为了扑灭身体的能量，制定了一系列严苛的律令。文艺复兴以后，科学代替了神学，身体逐渐走出了神学的禁锢，获得了一定程度的解放，然而，启蒙主义的知识理性又在新的层面压制了身体。笛卡

[①] 刘小枫：《现代性社会理论绪论》，上海三联书店1998年版，第333页。
[②] 参见朱光潜《朱光潜全集》（12），安徽教育出版社1991年版，第75页。

导论　问题的提出：身体与新诗的现代性

儿的哲学具有明显的知识论色彩，作为近代唯理主义哲学的奠基人，他明确提出物质与精神的对立。"我思故我在"意味着精神具有超越身体的地位，这同样是身体与精神的二元论。此外，黑格尔的精神现象学也同样是将精神置于核心，在他的哲学中看不到身体的位置。

　　不过，与此同时，"肉体论"哲学也在悄悄萌芽和发展。"'精神化'的趋向由柏拉图起，至黑格尔止，'肉体化'的趋向则自费尔巴哈和谢林始，而后在基尔凯戈尔、叔本华、尼采的哲学中以及在舍勒、普勒斯纳和格伦的哲学人类学中得到发展。"① 尼采是这一发展线索中的革命性的人物，"重估一切价值"的核心就是反对形而上学对人类的主宰，他说："要以身体为准绳"，"身体乃是比陈旧的'灵魂'更令人惊异的思想"。② 尼采让"身体"回归生命的本能，这样的"身体"就是权力意志。在尼采之后，结构主义、后结构主义哲学都继续对主体论形而上学进行了质疑，罗兰·巴特、巴塔耶、福柯、德勒兹等哲学家都将身体放在了核心的位置上。

　　而在笛卡儿的二元论哲学之后，法国现象学通过"现象学还原"，将哲学从抽象的形而上学"还原"到具体的原初的存在，代表哲学家有胡塞尔、海德格尔等，尤其是梅洛-庞蒂的知觉现象学，进一步将存在的"身体性"凸显出来，并将身体与精神对立的"二元论"改造为身心统一的"一元论"：我就是身体。梅洛-庞蒂认为，人的存在首先是身体的存在，而不是意识的存在，我们要"重新学会看世界"，即恢复我们对世界的原初体验，"重返认识始终在谈论的在认识之前的这个世界"。③

　　因此，现代身体哲学的重要性在于，它确立了身体在认识世界中的优先地位，是身体而不是灵魂建构了我们对世界的原初认知，这一思想给我们认识人及置身其中的世界提供了新的支点。

　　与哲学上的身体观念的发展变迁相对应，审美领域对身体的认知也经过了从理性回归感性的过程。启蒙主义哲学中，康德是提倡理性主义审美的代表，他认为，审美是无功利的静观，是不包含欲望的，舒斯特曼评价

---

① 转引自倪梁康《现象学及其效应：胡塞尔与当代德国哲学》，生活·读书·新知三联书店1994年版，第5页。
② [德] 尼采：《权力意志》，张念东、凌素心译，中央编译出版社2000年版，第37—38页。
③ [法] 莫里斯·梅洛-庞蒂：《知觉现象学》，姜志辉译，商务印书馆2001年版，"前言"第18、3页。

· 7 ·

说:"艺术历史上与生活的分隔,因拒斥审美经验与身体活力和欲望的联系,因在与生活的感觉愉快的意义上来定义审美经验的愉快,已经导致审美经验精华尽失而枯萎不堪。"[1] 尼采对形而上学的拆解开启了现代的审美经验,他将艺术看作"上帝死了"之后人类重建的价值,"我们有艺术,我们才不致毁于真理"[2]。海德格尔认为:"对尼采来说,意志之可能性的创造乃是艺术的本质。与这一形而上学概念相应,尼采在'艺术'这个称号下所思索的不只是艺术家的审美领域,甚至并不首先是这种审美领域。艺术乃是所有开启并占有视角的意愿的本质。"[3] 尼采所提倡的艺术来自生理性的审美状态的迷狂,和理性、冷静的古典艺术不同,它是真实的生命意志的体现,因此,身体感性所带来的不仅是一场审美的革命,也是一场意识的革命。

在18世纪鲍姆加登创立美学这门学科时,美学主要是认识论意义上的学说,虽被称作"感性学",但当时并没有认识到感性、身体的重要性,鲍姆加登的"感性"仍然必须用理性来统摄,表现为艺术需要剔除粗糙的身体而获得一种精致、静态的风格,这里面包含了理性对原初经验的控制。20世纪90年代以后,伊格尔顿、舒斯特曼、韦尔施倡导身体的实践美学,他们认为美学如果是一门感性学,那美学就应该是肉体性、身体性的。伊格尔顿说:"审美关注的是人类最粗俗的,最可触知的方面。"[4] 舒斯特曼说:"我们的感性认识依赖于身体怎样感觉和运行,依赖于身体的所欲、所为和所受。"[5] 韦尔施说:"在与世界进行体验的过程中,通过感官获取的东西,根本而言,是我们从事一切活动的基础。即使在解决较为重大的问题时也需要感性活动的介入……如果我们想获得准确的知识,那么它的基础必须建立在自下而上的方式上。"[6] 这些话无一不是在表达美学首先是一门感性的身体学,即审美是身体性的,"身体是生存的承担者,也是审美的主体。如果说美学是感性学,那么,它必然从属于身体的自我

---

[1] [美]理查德·舒斯特曼:《实用主义美学》,彭锋译,商务印书馆2002年版,第80页。
[2] 转引自[德]马丁·海德格尔《林中路》,孙周兴译,上海译文出版社1997年版,第254页。
[3] [德]海德格尔著,孙周兴选编:《海德格尔选集》(下),上海三联书店1996年版,第794页。
[4] [英]特里·伊格尔顿:《审美意识形态》,王杰等译,广西师范大学出版社1997年版,第1页。
[5] [美]理查德·舒斯特曼:《实用主义美学》,彭锋译,商务印书馆2002年版,第352页。
[6] 王卓斐:《拓展美学疆域 关注日常生活——沃尔夫冈·韦尔施教授访谈录》,《文艺研究》2009年第10期。

领受"①。

　　身体的感性、具体性在理论上和纯粹的理性、抽象的精神相对,但对于完整的个体生命来说,身体又不仅仅是物质性的,它同时也包含了看不见、摸不着的精神层面的内容,如欲望、情感、经验等。相对于尼采的纯生理的身体,梅洛-庞蒂仍然肯定了"心"的存在,他认为身心处于一种交织的状态,身体中有心灵,心灵中有身体,它们之间没有清晰的界限。"'身体性'是一个整体的概念,它对立于任何身体/心灵、身体/物体、身体/世界、内在/外在、自为/自在、经验/先验等等二元论的概念,而是把所有这些对立的二元全部综合起来了。"②"身心一元"的观念不是假设身体之外还有一个灵魂,而是灵魂自始至终就居于身体之中。

　　因为"身体"这一概念包含了肉体和精神,这也导致不同的人在使用它的时候各有偏重。如舒斯特曼在使用"身体"的概念时就偏于精神化:"我经常喜欢使用'身体'一词而不是'肉体'一词,目的是强调我所关心的是那个富有生命活力和感情、敏锐而有目的取向的'身体',而不仅仅是那个单纯由骨肉聚集而成的物质性'肉体'。"③而在中国,也有论者持类似的观点:"肉体,它主要指的是身体的生理性的一面,也是最低的、最基础的一面;除了生理性的一面,它还有伦理、灵魂、精神和创造性的一面,它同样蕴藏在身体的内部。身体的伦理性和身体的生理性应该是辩证的关系,我自己在说身体性的时候,更多的是认为它是生理性和伦理性的统一,只有这二者的统一才称上是完整的身体,否则它就仅仅是个肉体,而肉体不能构成写作的基础。"④自然,只有融合了精神的"身体"才是有人文价值的,身体是人的物质存在,同时与心灵的活动须臾不可分离。

　　如果说身心关系问题是生命存在的内部问题,那么,身体与世界的关系问题就属于外部问题。强调"身体"对于认知世界的意义,并不意味着这样的"身体"是封闭的、唯我论的。如果说启蒙哲学建立了主体的观念,那么在有了身体哲学之后,这个"主体"就成为身体的主体而不是意

---

① 王晓华:《身体美学导论》,中国社会科学出版社2016年版,第59页。
② 张尧均:《隐喻的身体——梅洛-庞蒂身体现象学研究》,中国美术出版社2006年版,第13—14页。
③ [美]理查德·舒斯特曼:《身体意识与身体美学》,程相占译,商务印书馆2011年版,第5页。
④ 于坚、谢有顺:《写作是身体的语言史》,《花城》2003年第3期。

识的主体。同时，身体是具有和世界建立联系的行动能力的主体，"如果人不是身体，不与实在者进行实在的交道，那么，实在者的存在就不会进入人的内在性中，对它们的审美直观就是不可能的"①。主体性实际上是身体性的，这意味着身体只有在与环境的交往中才会显示出具体的指向，这是它的实践性特征。因此，身体问题也是人对于历史和现实的切身性问题，"感受——做事的身体——主体位于各种关系的中心，既改变它们，又承受它们的反作用，既展示自己的力量，又被打上各种（阶级、性别、种族、地域、文化等）烙印"②。

将对身体经验的认知延伸到语言表达层面，主要是由梅洛-庞蒂的知觉现象学提供的思考。"身体"的知觉和认知产生于与世界的交往中，然而，这种经验却并非清晰的，正是这样它给艺术创造了契机。梅洛-庞蒂的知觉现象学就包含了对艺术和表达问题的思考，"真正的哲学家既受到明晰性的吸引，也受到复杂性和模糊性的吸引，既受到寻找绝对真理的吸引，又受到对人们发现的任何东西的怀疑的吸引"③。梅洛-庞蒂的"知觉"是不透明的、模糊的，他的哲学也因此被称作含混的哲学，④ 含混性的根源在于"知觉"经验处于一种前语言的状态，它还没有受到理性的规约，身体以它沉默的方式理解世界，但这样理解却是无意识的，也因此而常常被遮蔽。

来自身体的经验是原初的、真实的经验，它是沉默的"我思"，然而，梅洛-庞蒂仍然在思考如何让沉默的部分说话，即为"身体"找到一种表达的渠道，这就是文学和艺术，"我们也可以通过艺术、诗歌、神话、类比等，即通过间接的方式说出我们的意义，从而真正地和艺术地和这种流动和生成相遇……通过真正地说出我们的生活经验，所以我们必须成为艺术家，成为歌唱我们生活和我们世界的艺术家"⑤。梅洛-庞蒂通过塞尚的绘画说明艺术能够"描绘世界所有的不确定及其微妙和含混之处"⑥，而在

---

① 王晓华：《西方生命美学局限研究》，黑龙江人民出版社2005年版，第23页。
② 王晓华：《身体诗学》，人民出版社2018年版，第39页。
③ [美] 丹尼尔·托马斯·普里莫兹克：《梅洛-庞蒂》，关群德译，中华书局2003年版，第44页。
④ [法] 阿尔封斯·德·瓦朗斯：《一种含混的哲学》，载 [法] 莫里斯·梅洛-庞蒂《行为的解构》，杨大春、张尧均译，商务印书馆2005年版，第1—14页。
⑤ [美] 丹尼尔·托马斯·普里莫兹克：《梅洛-庞蒂》，关群德译，中华书局2003年版，第89页。
⑥ [美] 丹尼尔·托马斯·普里莫兹克：《梅洛-庞蒂》，关群德译，中华书局2003年版，第87页。

语言艺术中，最接近这样一种理想的就是诗歌，诗歌语言的丰富、微妙和含混正是世界的丰富、微妙和含混，相对于"沉默的身体"所包含的意义，"通过说出语词使其对我们具有意义从而重整它的意义时，重构发生了"①。也就是说，诗歌是最能够展现"身体"真相的语言。梅洛-庞蒂在哲学上通过"身体"恢复了对世界的惊奇，他因此而被称为"20世纪的苏格拉底"。而展现对世界的"惊奇"也正是文学、艺术尤其是诗歌的使命，可以看到，现代诗歌正是通过语言的陌生化等方式刷新了我们对世界的感知和理解。

"身心一体"的思维也是诗性的思维，诗歌在内容和形式上本就是一体的。巴什拉认为，感觉是一个瞬间总的综合，诗意的瞬间能融合"白天"和"黑夜"，"道德的断言指令对绵延不感兴趣。它不会记住任何感觉原因，不期待任何结果"②。同样地，朱光潜在《诗论》中论述了创作过程中情感、身体与语言的关系：

> 心感于物（刺激）而动（反应）。情感思想和语言都是这"动"的片面。"动"蔓延于脑及神经系统而生意识，意识流动便是通常所谓"思想"。"动"蔓延于全体筋肉和内脏，引起呼吸、循环、分泌运动各器官的生理变化，于是有"情感"。"动"蔓延于喉、舌、齿诸发音器官，于是有"语言"。这是一个应付环境变化的完整反应。③

朱光潜说明了情感与语言是同时发生的，不是先有情感和思想后有语言，情感能在身体内发生反应，并转化为语言，正如巴什拉所说："想象将提供给我们的不仅是被沉思的形象的天地，而且是肌肉活动所产生的喜悦的天地。"④ 想象并非虚空，而是具有身体性，巴什拉的审美现象学同样高举起了身体感性的大旗。

实际上，在中国文化传统中，一方面有对身体的否定和压制；另一方

---

① [美] 丹尼尔·托马斯·普里莫兹克：《梅洛-庞蒂》，关群德译，中华书局2003年版，第28页。
② [法] 加斯东·巴什拉：《梦想的权利》，顾嘉琛、杜小真译，华东师范大学出版社2013年版，第252页。
③ 朱光潜：《诗论》，生活·读书·新知三联书店2014年版，第114—115页。
④ [法] 加斯东·巴什拉：《梦想的诗学》，刘自强译，生活·读书·新知三联书店2017年版，第264页。

面也不缺乏对身体的肯定和倚重,"耳、目、口、鼻、四肢,身也,非心安能视听言动;心欲视、听、言、动,无耳、目、口、鼻、四肢亦不能。故无心则无身,无身则无心"①。对于中国文化中的身心关系问题,已有一些学者进行了系统考证,如周与沉的《身体:思想与修行——以中国经典为中心的跨文化观照》一书,就是以跨文化比较的视角,对中国文化经典中的身心关系进行了梳理和辨析。就诗学传统而言,诗歌的缘起就是身体性的,《毛诗序》中那段经典的描述这样写道:"诗者,志之所之也,在心为志,发言为诗,情动于中而形于言,言之不足故嗟叹之,嗟叹之不足故咏歌之,咏歌之不足,不知手之舞之足之蹈之也。"最早的诗歌融诗、歌、舞为一体,诗歌的表达形式具有身体感是无疑的,而从发生学的角度来看,诗歌所言之"志"也并非抽象,而是来自具有生命欲望的身体。当代学者也认同这种古老的诗歌身体学起源:"作为一种韵文,诗的押韵、节奏、句式的长短以及语调都将对身体产生特殊的震撼。身体的众多神经能够统一地应和节奏的打击、押韵形成的回环和语调的起伏。"② 这些看法都说明诗歌是极具身体感的文体。

  身体不仅是生命的物质实体,也是我们认识世界的起点,我们对世界的原初感知具有不可复制性,"原初性的审美是身体自我守护、自我实现、自我展示的一种方式"③。诗歌作为感性审美的语言艺术,最能反映人与世界交往的这种"原初性",身体的唯一性构成了诗歌的唯一性。身体在向世界敞开的过程中获得自身,它排斥的是以先验和预设的理性对"身体性"的掠夺和篡改,"在我们的文化境遇中,诗几乎是一种唯一值得信赖的自我教育的方式"④。史蒂文斯说"身体是大诗"⑤,反之亦然。诗歌中的感觉和想象基于身体,"原初的诗性源于切身性想象"⑥。

  中国新诗中包含着丰富却还未展开的身体问题,从身体的视角研究新诗在过去并未得到认识和挖掘,很重要的原因在于文学批评的主流话语—

---

① (明)王阳明:《王阳明全书》,中国文史出版社 2014 年版,第 152 页。
② 南帆:《抒情话语与抒情诗》,《南帆文集》(第 3 卷),福建教育出版社 2016 年版,第 281 页。
③ 王晓华:《身体美学导论》,中国社会科学出版社 2016 年版,第 51 页。
④ 臧棣:《诗道鳟燕》,陕西人民教育出版社 2017 年版,第 105 页。
⑤ [美]华莱士·史蒂文斯著,陈东东、张枣编:《最高虚构笔记:史蒂文斯诗文集》,陈东飚、张枣译,华东师范大学出版社 2009 年版,第 260 页。
⑥ 王晓华:《身体诗学》,人民出版社 2018 年版,第 132 页。

一直存在着贬斥"身体"的倾向,将"身体"等同于"下半身",并将"身体"和"精神"对立起来,这样的做法不仅导致了人们对"身体"的偏见和误解,而且"身体"对于新诗发展的重要意义和价值也受到轻视。

三 新诗现代性中的身体问题

从"现代性"的角度考察新诗的发展是近年来学界重要的动向,而中西方对于"现代性"的思考,包含了丰富的与身体相关的内容。因此,以西方现代性思想为背景,结合新诗发展过程中的各种创作现象,来辨析身体与新诗现代性进程的关系应该是一条有效的路径。

作为西方现代诗歌的开山诗人,波德莱尔将"现代生活"的特性即"现代性"界定为一种不断的发展和变化:"现代性就是过渡、短暂、偶然,就是艺术的一半,另一半是永恒和不变……这种过渡的、短暂的、其变化如此频繁的成分,你们没有权利蔑视和忽略。如果取消它,你们势必要跌进一种抽象的、不可确定的美的虚无之中。"[①] 然而,艺术面对现代生活的短暂和流逝并非束手无策,"从流行的东西中提取出它可能包含着的在历史中富有诗意的东西,从过渡中抽出永恒"[②]。这也就意味着对现代性的追求处在"瞬间"和"永恒"的悖论中,它有赖于艺术对感受的瞬间及主体的创造。刘小枫解释说:"现代性的时间感表明,人身对自身的在世短暂性和有限性的恐惧和忧伤被一劳永逸地克服了,有限人身与无限恒在的亘古裂伤被彻底解决了。身体的时间就是幸福本身,人身只需把握住属己的身体时间就足矣。在这一意义上说,现代性就等于确认有限的身体时间的自足性。"[③] 因此,现代艺术的创新来自现代变化万端、转眼即逝的生活,这样的瞬时性中包含了感性、欲望、激情等,现代艺术包括诗歌的特质就是能抓住这样的瞬间。

---

① [法]夏尔·波德莱尔:《现代生活的画家》,郭宏安译,上海译文出版社2012年版,第19页。
② [法]夏尔·波德莱尔:《现代生活的画家》,郭宏安译,上海译文出版社2012年版,第18页。
③ 刘小枫:《现代性社会理论绪论》,上海三联书店1998年版,第334页。

现代性是一场没有止境的自我革命，墨西哥诗人帕斯曾如此评价波德莱尔："现代诗歌，他一再告诉我们，是怪异的美：独特，奇异，非常规，新颖。它不是古典的常规而是浪漫的原创：它不可重复而又并非永恒——它终有一死。它属于线性的时间：它是每一天的新鲜事。"① 正是因为这样，帕斯将现代性看作"一种反对自身的传统"，这也就意味着"现代性"是没有终点的旅行，这源于它内在的悖论，"现代性始终是一份批判的激情；在它既是批判又是激情这一层面上，它是一个双重的否定，既是对古典几何也是对巴洛克式迷宫的否定。一种眩晕的激情，因其顶点乃是对自身的否定；现代性是某种创造性的自我毁灭。自浪漫主义以来诗歌的想象始终在被批判所颠覆的地方上竖立纪念碑。而它依然继续这样做，对它的被颠覆了如指掌"②。因此，对感性瞬间的捕捉，对创新的不倦追求可以说是现代诗歌的两大特质。

自新诗诞生之日起，相对于"旧诗"，新诗之"新"就是一个如何"现代"的问题，它的起点就在于对古典诗歌的语言和形式的抛弃，并在抒情主体、抒情方式、抒情对象等方面都发生了根本变化，可以说，不断地求新求变，追求现代汉语诗歌的理想形态成为一种内在的动力。

对于新诗之"新"所包含的现代意义，诗人们从未停止过阐发。俞平伯早在1910年就曾指出："我们是个现代的人，做现代的诗，不论好坏，总没有什么不可。至于谁是天才，谁不是天才，将来自然知道。"③ 这意味着新诗的"现代"是一种无法定义的、面向未来的"现代"，具有开放性。20世纪20年代闻一多盛赞郭沫若《女神》的时代精神，它的"躁动"全然不同于古典诗歌的封闭、安静，这"标新立异"的艺术自觉就是一种现代精神。郭沫若曾预言："古人用他们的言辞表示他们的情怀，已成为古诗，今人用我们的言辞表示我们的生趣，便是新诗。再隔些年代，便会有新新诗出现了。"④ 这也是对胡适的"一时代有一时代之文学"的回应。

---

① ［墨西哥］奥克塔维奥·帕斯：《泥淖之子：现代诗歌从浪漫主义到先锋派》，陈东飚译，广西人民出版社2018年版，第104页。
② ［墨西哥］奥克塔维奥·帕斯：《泥淖之子：现代诗歌从浪漫主义到先锋派》，陈东飚译，广西人民出版社2018年版，第8页。
③ 俞平伯：《社会对于新诗的各种心理观》，《新潮》1910年第2卷第1号。
④ 郭沫若：《论诗三札》，载郭沫若《文艺论集》，人民文学出版社1979年版，第215页。

严格来说,朱自清最早提出了新诗现代性这一话题。作为20世纪第一个十年的文学总结的《中国新文学大系》诗歌卷的编者,他认为新诗的发展处在不断变化、创新之中,他将第一个十年新诗按照发展顺序分为"自由诗派,格律诗派,象征诗派",并在另一篇文章指出"新诗是在进步着的"①。在"如何现代"的问题上,朱自清认为新诗所走的"欧化"的道路实际也是"现代化"的道路:"这是欧化,但不如说是现代化。'民族形式讨论'的结论不错,现代化是不可避免的。现代化是新路,比旧路短得多;要'迎头赶上'人家,非走这条路不可。"②朱自清看到西方现代诗歌从诗歌观念到技法将对新诗产生影响,但西方诗歌只是新诗现代化的引导,新诗的现代性应该包含本土化的内容,古典的诗学传统和现实的语境的不同都意味着新诗有不同于西方诗歌的现代性。正如张枣所说:"如果说白话汉诗是一个合理的开放系统,如果承认正是它的内在变革的逻辑生成了中国诗歌的现代性同时又生成了它的危机,那么它的继续发展,就理应容纳和携带对这一对立之危机的深刻觉悟,和对危机本身所孕育的机遇所作的开放性的追问。"③因此,新诗如何立足于其"切身性"获得"主体性",如何为自身的困境寻找出路是更深层的问题。

20世纪30年代《现代》杂志的主编施蛰存对新诗的理解也是围绕"现代"一词展开的:"《现代》中的诗是诗,而且是纯然的现代的诗。它们是现代人在现代生活中所感受的现代的情绪,用现代的词藻排列成的现代的诗行。"④ "现代派"诗人将"新诗"之"新"落实到"情绪"和"语言"上,路易士说:"在本质上,新诗之'新',依然是其情绪的'新',它应该是'道前人之所未道,步前人之所未步'的。"⑤ 在"现代派"诗人这里,现代生活有着不同于古代生活的复杂,表达现代人不同于古代人的情绪才能体现新诗之"新"。20世纪40年代,袁可嘉的《新诗的现代性》、唐湜的《诗的新生代》等文都将当时出现的现代主义诗歌看成是新诗"现代性"的必经之路。

---

① 朱自清:《新诗杂话》,生活·读书·新知三联书店1984年版,第7页。
② 朱自清:《歌谣与诗》,《朱自清全集》(第8卷),江苏教育出版社1991年版,第275页。
③ 张枣:《朝向语言风景的危险旅行——当代中国诗歌的元诗结构和写者姿态》,载张枣著,颜炼军编选《张枣随笔选》,人民文学出版社2012年版,第192页。
④ 施蛰存:《又关于本刊中的诗》,《现代》1932年第4卷第1期。
⑤ 路易士:《新诗之诸问题(中)》,《语林》1945年第1卷第2期。

中国新诗的"身体"现代性研究

在对"新"的追求这一点上，中西方现代诗人表现出一种共同的认知。美国意象主义诗人庞德受《大学》"苟日新，日日新，又日新"的影响，将"日日新"作为其诗学座右铭。柏桦回忆20世纪80年代他和几个诗人谈到此事的兴奋心情："'日日新'三个字简洁明了地表达了我们对新诗的共同看法。"① 创新的态度是具有现代意识的诗人们的共同追求，法国思想家安托瓦纳·贡巴尼翁认为现代性就是瓦雷里说的"对新的迷信"："现代崇拜紧紧包围着新，迫使其疲于更新。"② 如果说这一更新的动力内在于"现代的生活"，那么它具体地就体现为一种"身体性"。

从新诗的发生和发展来看，对现代感性的不断发掘、对直觉的重视、对真实的生命体验的表达都是其现代性的重要表现，而这些方面都与"身体"相关。进言之，"身体"的功能和意义是随着新诗艺术的发展不断被发掘的，同时，虽然不同的诗歌潮流都表现出对"感觉""感官""经验"的重视，但"身体"所具有的功能和意义却并不尽相同："白话诗"对写实的提倡，就是要在亲历性中"重新唤醒被修辞催眠的感性"③；周作人从日本引进的"小诗"，倡导要表现刹那间的感兴；受西方象征主义影响，中国早期的象征主义艺术表现出对感官的重视；20世纪30年代的"现代派"追求表现瞬息万变的现代生活中的情绪和体验；在20世纪40年代的现代主义诗歌中，袁可嘉在讨论新诗现代化的系列文章中，主张"现代诗歌是现实、象征、玄学的新的综合传统"④，并一再提到这是"感性的革命"……而在政治化的诗歌中，感性的特质被驱逐，革命的理念成为诗歌抒写的中心；新时期以后，随着先锋诗歌的登场，新诗的感性传统又重新启动，感受力、想象力对于诗歌艺术的重要性才被重新认识和实践。

基于这些现象，本书提出的问题是："身体"作为新诗艺术发展的核心问题，比之于传统，它到底有怎样的变化？它在新诗的现代化进程中的每一个阶段所担任的角色、所具有的诗学价值有何不同？同时，西方现代诗歌重视感官、感受力、想象力的诗学观念对中国现代诗歌构成了巨大的

---

① 柏桦：《左边：毛泽东时代的抒情诗人》，凤凰出版传媒集团、江苏文艺出版社2009年版，第121页。
② [法]安托瓦纳·贡巴尼翁：《现代性的五个悖论》，许钧译，商务印书馆2013年版，第3页。
③ 西渡：《灵魂的未来》，河南大学出版社2009年版，第15页。
④ 袁可嘉：《新诗现代化——新传统的寻求》，载袁可嘉《论新诗现代化》，生活·读书·新知三联书店1988年版，第4页。

导论　问题的提出：身体与新诗的现代性

影响，而"西方感性"① 又如何成为新诗自身的感性的呢？

"身体"对于现代性的意义不仅在于它是感性的艺术，还在于"身体的在场"，这是一个关涉写作的历史性和真实性的问题，也是中国现代诗歌区别于西方现代诗歌的特点。从哲学的层面来看，身体是物质性和文化性的综合存在，身体并非内在于个人，它处于环境之中，在它身上有文化的投射。新诗作为一种审美的语言形式，它的发展置身于具体的历史语境中，新诗的身体现代性问题不是一个纯粹的审美的问题，也包含了新诗历史化的问题，新诗的求新求变也是因为世界的瞬息万变才有了可能，特别是在20世纪的中国。一个明显的事实是，早期象征主义追求的"感官"是个人化的，但到了20世纪40年代，纯个人的感官书写已经被抛弃，因为现实感的增强，进入诗歌艺术的感性经验具有了开放性。可以说，新诗不仅确立了重视感性的传统，同时，作为20世纪的中国文学的组成部分，它也在身体经验中融入了"感时忧国"的传统。

因此，一方面，新诗和整个20世纪的中国文学一样，与时代潮流和文化政治的变迁有着密切的联系，它包含着个人与社会、文学和时代的复杂纠葛；另一方面，"作品是那样地高于生活，以至于生活不能解释作品"②。这也是文学尤其是诗歌的特殊性，新诗处在历史和审美的张力中，它会与观念性的、板块化的结构之间发生错位和断裂。这也正是新诗区别于古诗的"现代特质"，是自新诗建立之初就强调的"真实感"，它意味着具有感性审美力的诗人与所处的现实语境的共生。

在新诗的现代性展开中，审美的身体、历史的身体最终都呈现在语言中，"诗歌源于个体生命的经验，经验具有大量的感性成分，它是具体的。但是，再好的经验也不会自动等于艺术的诗歌，或者说经验的表现不是诗的表现"③。新诗作为现代汉语的诗歌，它对语言可能性的挖掘也是新诗艺术探索的题中应有之义，它是立足于现代生活之上的艺术创新，包含着中与西、现代与传统、语言和现实的对话。

新诗的"现代化"从形式到精神都与现代的生命体验息息相关，从"身体"的角度观察中国现代诗歌的诗学建构过程会发现，"身体"在新

---

① 西渡：《灵魂的未来》，河南大学出版社2009年版，第44页。
② [法]加斯东·巴什拉：《空间的诗学》，张逸婧译，上海译文出版社2013年版，第24页。
③ 陈超：《个人化历史想象力的生成》，北京大学出版社2014年版，第29页。

诗不断建构和修正自身的过程中具有重要的意义和功能，现代的经验、感觉、情绪通过具有身体感的语言（节奏、语调、韵律等）来呈现。张桃洲说："从诗学的角度来看，谈论新诗的身体叙写，不是简单地分析新诗如何表现身体、描摹身体，而是一方面辨析身体在诗意的书写中是怎样被想象、怎样被建构起来的，另一方面考察身体如何介入了新诗自身的文体构造。"[①] 新诗作为极具形式感的文体，诗人带着他全部的经验进入语言，身体的因素遍及诗歌创作的方方面面，会在诗歌的语言质地、铺排方式（句式）、节奏感等方面体现出来。创作的过程就是"诗人的身体"转换为"文本的肉身"的过程，因而具有极强的个人性，只有创造性的语言才能贴近"身体"在哲学层面的无法言说性，诗歌考验的是诗人在传达这种经验时的精确程度，因此，身体与语言的关系也是考察新诗现代性的重要内容。

优秀的诗人在写作时投入了他全部的身体，身体的唯一性即写作的唯一性，无数的中外诗人意识到了这一点，他们都非常强调身体与诗歌写作之间隐秘而又密切的联系。这样的联系既有可见的部分如个人身世、人生经历、个性气质等因素，也有来自个人身体中的无法分析的不可见的部分。这也正是不同的身体带给写作的微妙和不可说之处，它属于感受性、经验性的问题，联结着世界未被逻辑化、清晰化的部分，它是诗人与世界的原初关联，对于诗歌而言，这难以言说的部分往往又是最为重要的。

新诗的现代性进程也是身体在诗歌中被认知和实践的过程，身体是否在场以及以怎样的方式在场都关系到新诗现代性的展开。然而，从"身体"的视角研究新诗在过去并未得到重视，很重要的原因在于文学批评的主流话语一直存在着贬斥"身体"并将"身体"和"精神"对立起来的倾向。这样的看法不仅导致了诗歌创作界和研究界对身体的偏见和误解，也导致了对于新诗发展中的身体问题的漠视。尤其是在消费主义时代，身体的解放功能渐渐被篡改，"在现代历史中，身体美学原本具有的解放内涵在晚期资本主义阶段，也被消费逻辑暗中置换，失去了解放的潜能"[②]，"身体"在商业时代获得了某种程度的"自由"，它的意义价值却被抽空了，正是因为如此，重新认识"身体"对于新诗的意义才显得尤为迫切和必要。

---

① 张桃洲：《轻盈与涩重——新诗的身体叙写》，《新诗评论》2005 年第 1 辑。
② 黄世权：《〈资本论〉的诗性话语》，中国电影出版社 2018 年版，第 137 页。

第一章 早期新诗对实用主义哲学的借鉴和误读

胡适在"五四"时期的一系列思想主张和他推崇的美国实用主义哲学有着直接的关系。在文学、教育、学术等各个方面的变革上,胡适对实用主义哲学的运用都获得了令人瞩目的社会效应,尤其是胡适的文学革命理论和实践更使中国文学发生了历史性的裂变和转折。实用主义哲学注重人与环境的关系,倾向于在实践、行动层面实现人的主体性,这一思想应和了"五四"启蒙的时代之需,同时也与儒家文化"经世致用"的传统相契合。胡适的文学革命主张如对白话文的提倡、文学的大众化等可以说都是对这一哲学思想的运用。

新诗作为文学革命的一部分,与其时整体的思想观念和变革思路无疑存在着重合的一面,然而,胡适提倡"白话诗"虽有开创之功,但由于忽视了诗歌文体的特殊性也带来了一些问题,这里面包含了他对杜威实用主义哲学的误读。本章从胡适的新诗构想及其对实用主义哲学的借鉴出发,考察早期新诗建设的价值和偏颇,探究胡适对实用主义哲学理解上的疏漏,在此基础上,考察以废名为代表的诗人对其的修正。同时,与"白话诗"发生的时间相近,同样受到实用主义哲学影响的美国现代派诗歌,他们的诗歌追求也是本章必要的参照。

一 实用主义哲学与胡适的文学革命

"五四"的民主、科学观念主要受到了西方启蒙主义思想的影响,与此同时,一些其他的西方现代哲学对"五四"思想观念的形成造成了更为具体、直接的影响，实用主义哲学就是当时对中国影响最大的哲学派别，这与胡适对它的引荐有直接的关系。

实用主义哲学产生于19世纪的美国，是一种经验论哲学，创始人为皮尔士，他的继承人是威廉·詹姆斯，而詹姆斯之后的主要代表人物就是杜威。胡适在美国留学期间（1910—1917），吸引他进入哥伦比亚大学学习的就是杜威和他的实用主义哲学。此时，皮尔士和詹姆斯已相继离世，杜威成为美国实用主义哲学的核心人物。实用主义哲学代表了现代的美国精神，作为杜威的信徒，胡适回国后，大力介绍实用主义哲学。1919年4月，他在《新青年》上发表《实验主义》一文，详细介绍了杜威的实用主义哲学，这也是胡适在哲学方面最重要的一篇文章。之后，胡适还请杜威在中国进行了长达两年（1919—1921）的讲学，足迹遍及十几个城市和大学，这也是杜威为当时中国知识界所熟识的原因。

实用主义哲学作为西方经验主义哲学的一个分支，强调科学的方法论，它接受了黑格尔以来抵制先验形而上学的传统，反对基础主义、本质主义，认为不存在绝对静止的真理，主张将哲学从抽象、玄学的世界拉回现实的生活世界，从具体的生活实践出发来发现真理，用科学实验的方法来进行社会和历史的研究，它体现了西方哲学从近代到现代的转向。实用主义哲学明显受到胡塞尔现象学主张回到事物自身的思想的影响，它寻求人和物质世界的关联，行动和实践的价值优于意识和思想，由于主张主体和外部世界的交流和互动，它具有很强的开放性和包容性。实用主义哲学既注重科学的实证主义，又注重生命经验。"经验"作为现代哲学的重要概念，在杜威这里被重新阐释，他认为近代哲学犯了一个很大的错误，就是没有认识清楚"经验"，经验不是由超验的理念和单纯的知识构成，而是存在于身体之中。

在"五四"前后巨大的社会变革中，对于文学的理解和传统之间发生了断裂和变化，追求功名、酬唱应答、风花雪月的传统文学功用被新文学所抛弃，文学的时代性、启蒙性得到重视。胡适说："今日吾国之急需，不在新奇之说，高深之哲理，而在所以求学论事观物经国之术。"[1] 而实用主义哲学是胡适找到的应急良药，同时，实用主义哲学注重科学、实证的方法对于具有非理性的文化传统的中国社会的转型具有重要的意义，胡适

---

[1] 胡适：《胡适全集》（第27卷），安徽教育出版社2003年版，第261页。

对实用主义的兴趣和引入就是基于这样的时代之需，这样一种现实关怀覆盖到他治学和创作的方方面面。

胡适曾坦承他的文学革命主张与实用主义哲学的关系："我的文学革命论也只是进化论和实验主义的一种实际运用。"[①] 实用主义哲学是一种方法论，胡适的"实际运用"具体体现为从文言到白话的语言变革，在这一变革中，文学和政治、思想、文化一道担负起了重任。同时，面对社会的急遽转型，新文学除了启迪民智之外，书写现实的生活、真实的人生也是其重要的内容。1917年，胡适的《文学改良刍议》一文在《新青年》上发表，提出"不作无病之呻吟""须言之有物"等主张。胡适认为，文言对应的是僵化、封闭和虚假的内容，"用典""烂调套语""无病之呻吟""言之无物""模仿古人"正是古典文学走向衰败、失去生命力的原因，固定的语法、陈旧的意象、千篇一律的情调都是远离现实、没有生命力的表现；旧文学是"死文学""假文学"，新文学必须创造"活文学""真文学"。白话诗作为文学革命的组成部分，自然也需要具有这样的历史属性，用白话表达真实的生活经验，就成为新诗至关重要的价值诉求。

应时代之需，胡适主要是从杜威的实用主义哲学中吸取了其注重实践性、功能性的一面并将其作为普遍的方法。"实用主义哲学"的"实用"一词的字面意思容易给人造成一种误解，以为它是一种庸俗、市侩的功利主义，实际上，实用主义的英文Pragmatism一词是从希腊词πραγμα派生出来的，"实用"强调的是哲学的实践价值。当时胡适将其译为"实验主义"，意在强调科学实验的方法在探究真理的过程中的作用。实际上，实用主义哲学也关心艺术问题，并以"感觉、实践和行动"为核心建立了它的艺术观念。从时间上看，在美国留学时的胡适，主要接受的是杜威早期实用主义哲学的思想，而审美经验如何呈现为艺术形式的问题在20世纪30年代才被杜威集中论述。出于自身的需要，胡适的兴趣主要在文学的工具性、功用性的一面，对杜威建立于实用主义哲学基础上的艺术观念的关注就比较缺乏，当将其运用于文学特别是诗歌上时，就产生了误读的问题。

杜威对审美的理解是从实用主义哲学的重要概念"经验"中延伸出来的。杜威抵制抽象的形而上学，认为经验的问题即身体的问题，他写于

[①] 胡适：《介绍我自己的思想》，《胡适文集》（第5卷），北京大学出版社1998年版，第515—516页。

1925 年的重要著作《经验与自然》，认为经验具有开放性，经验和自然的联结即身心的合一，这就走出了传统"身心二元"的陷阱。杜威的《作为经验的艺术》一书完成于 1934 年，写作动机源于"恢复审美经验与平常生活进程之间的连续性"①，它集中论述了艺术和经验的关系。杜威对经验的看法是有限定的，并非所有经验都能归入审美经验的范畴，他一如既往地强调"经验"是在与具体的环境联结中发生的，"经验是有机体和环境之间相互作用的结果、符号和回报，当这种相互作用完全实现时，它就转化为参与和交流"②，这样的经验也是审美产生的土壤。

杜威的继承人舒斯特曼认为，在杜威那里，"经验统一的持久性，不仅是不可能的，它在审美上也不是令人欢迎的；因为艺术要求张力和破坏性的新奇的挑战，要求对秩序的实现和破坏的有节奏的奋争"③。因此，审美经验是流动、开放、生产性的，实用主义哲学的"经验"对于新诗而言具有革新性，因为中国古典诗歌到后来逐渐形成了稳固、僵化的模式，缺少的正是这样的审美经验。胡适否定古诗的重要原因在于其经验的陈旧、重复，而新诗发生的起点就是打破这一旧的秩序，这也正是当时新诗得到许多人拥护的原因。

有意思的是，美国现代派诗歌也受到了实用主义哲学的影响，"美国现代派诗歌的主要创始人以及重要代表，如弗罗斯特、史蒂文斯、艾略特以及摩尔等人都与实用主义哲学家有很深的交集。弗罗斯特、史蒂文斯、艾略特等人在哈佛求学时，正是威廉·詹姆斯、桑塔亚纳等实用主义大师任教哈佛之时。这些诗人要么听了后者的课程，要么与后者有密切的私人交往"④，他们交集的时间集中于 19 世纪末 20 世纪初，⑤ 从这些诗人后来

---

① [美] 约翰·杜威：《作为经验的艺术》，《杜威全集·晚期著作（1925—1953）》（第十卷），孙斌译，华东师范大学出版社 2015 年版，第 11 页。
② [美] 约翰·杜威：《作为经验的艺术》，《杜威全集·晚期著作（1925—1953）》（第十卷），孙斌译，华东师范大学出版社 2015 年版，第 21 页。
③ [美] 理查德·舒斯特曼：《实用主义美学》，彭锋译，商务印书馆 2002 年版，第 53 页。
④ 倪志娟：《消化硬铁——玛丽安·摩尔诗论》，山西出版传媒集团、北岳文艺出版社 2022 年版，第 116 页。
⑤ 詹姆斯 1873 年在哈佛大学任教，1910 年去世，1907 年出版《实用主义》一书。艾略特 1906 年入哈佛大学哲学系，曾受业于实用主义哲学家乔治·桑塔耶纳（也译桑塔亚纳）。史蒂文斯 1897 年入哈佛大学，他不仅受到詹姆斯的影响，和桑塔耶纳也有密切交往。此外，弗罗斯特是 1897 年入哈佛大学。

的诗歌创作来看，重视客观世界对于诗歌的价值，通过寻找"客观对应物"而获得一种不同于浪漫主义诗歌的节制、内敛、智性、非主体化的风格是他们比较一致的创作倾向。然而，同样是在20世纪初，受实用主义哲学的影响，胡适的白话诗显然和美国现代派诗歌大异其趣，之所以构成这种差异，对实用主义哲学的不同理解是需要被考虑的因素。

二 "具体的做法"对实用主义哲学的误读

在胡适的新诗构想中，"具体的做法"最能体现他对实用主义哲学注重实践性的借鉴和运用，他说："诗须要用具体的做法，不可用抽象的说法。凡是好诗都是具体的；越偏向具体的，越有诗意诗味。凡是好诗，都能使我们脑子里发生一种——或许多种——明显逼人的影像。这便是诗的具体性。"[1] 胡适将"具体的做法"解释为"明显逼人的影像"，然而，它的重点并不在于强调感官对于艺术表达的形式功用，而在于强调写作经验的真实性，可以说这是一种"身体在场"的诗学。

在胡适看来，古典诗歌原是重视"具体"的，只是在漫长的时间中"具体"变得重复和僵化，"'蹉跎'，'身世'，'寥落'，'飘零'，'虫沙'，'寒窗'，'斜阳'、'芳草'、'春闺'、'秋魂'、'归梦'、'鹃啼'，'孤影'，'雁字'，'玉楼'，'锦字'，'残更'……之类，累累不绝，最可憎厌"[2]。古诗中的陈词套语已成为一种积习，对审美经验构成了磨损和遮蔽。在古典诗歌中，写作者的身体感知能力是逐渐退化的，眼睛所看已非真的所看，耳朵所闻已非真的所闻，诗歌不是在真实的身体感下写作，而是在词语的惯性下写作。

"五四"文学强调人的解放，而精神的解放须从身体开始，精神的真实和身体的真实密不可分，"诗贵有真，而真必由于体验"[3]，而胡适提倡的真情实感、言之有物从写作方式来实施就是"具体"，何为"具体"，

---

[1] 胡适：《谈新诗（八年来一件大事）》，《胡适文集》（第2卷），北京大学出版社1998年版，第145页。

[2] 胡适：《文学改良刍议》，《胡适文集》（第2卷），北京大学出版社1998年版，第9页。

[3] 胡适：《胡适全集》（第28卷），安徽教育出版社2003年版，第47页。

身体能感受、触碰的才为"具体",这"具体的做法"在早期白话诗的写作中体现为"写实":具体的人、事和场景。许德邻编、1920 年出版的《分类白话诗》将早期白话诗分为"写景类""写实类""写情类""写意类",写景、写意类取材于自然意象,而写实、写火龙取材于现实生活和主体情感,"情"容易陈旧和因袭,倒是那些具有实感的诗作给人以新鲜感。"具体的做法"后来也被称作"写实主义",它对现实世界如照相机一样的实录。可以看出,"白话诗"和传统诗歌的"诗意"有很大的不同,它更强调诗歌必须提供新鲜的经验,具有生命的实感。也就是说,在新的语言方式下,早期新诗试图表达具有活力的当下经验,这也构成了中国新诗的重要传统。

"经验"实际上是一个哲学意味很强的概念,在实用主义哲学中尤其受到重视,杜威多本著作是以"经验"为研究对象的。胡适的哲学背景使他在解释文学问题时也不自觉地使用了这一概念,他曾引用杜威的话解释说,"经验就是生活",而"生活"就是"应付环境"。① 在为《梦与诗》一诗写的"自跋"中他也提到诗的"经验主义":"这是我的'诗的经验主义'(poetic empirieism)。简单一句话:做梦尚且要经验做底子,何况做诗?现在人的大毛病就在爱做没有经验做底子的诗。"② 胡适所说的"经验"的内涵究竟是什么呢?按照朱自清的解释:"胡氏后来却提倡'诗的经验主义',可以代表当时一般作诗的态度。那便是以描写现实生活为主题,而不重想象,中国诗的传统原本如此。"③ 显然,胡适的"经验"主要来自一种实践性,而"不重想象"是人们对白话诗的一般印象,也就是说,"具体的做法"包含的日常经验的成分多,"梦"的成分少或者形态比较简单,而"梦""想象"是否也与"经验"存在着一种联系,却是胡适未曾思考的问题。

同时,按照一般的艺术原则,审美经验显然是主体对审美对象进行转换并升华的结果,日常经验并非就能直接成为审美经验,正如杜威所说:"艺术的存在本身作为一种使用自然材料和媒介的客观现象,证明了自然所意味的不亚于是这样一种完整的复合体,即人是带着他的记忆和希望,

---

① 胡适:《杜威哲学》,《胡适文集》(第 12 卷),北京大学出版社 1998 年版,第 370 页。
② 胡适:《梦与诗》,《胡适文集》(第 9 卷),北京大学出版社 1998 年版,第 166 页。
③ 朱自清选编:《中国新文学大系·诗集》,上海良友图书印刷公司 1935 年版,"导言"第 2—3 页。

知性和欲求与世界相互作用的结果的复合体,而片面的哲学只将'自然'限于那个世界。自然的真正反题不是艺术,而是武断的奇想、空想以及老套的惯例。"① 这样看来,早期白话诗简单地将经验理解为对"单调的事实"的记录,停留于生活的表象,这显然是对艺术中的经验问题缺乏深入的理解。

除了"写实主义",早期新诗也表现出重感官的倾向,胡适赞赏当时一些积极创作白话诗的年轻诗人如康白情、俞平伯等。认为他们诗歌的优点是"受旧诗的影响不多,故中毒也不深",因而更容易有清新之风,康白情的《草儿》"长处在于颜色的表现,在于自由的实写外界的景色"。② 胡适所说的"颜色的表现",在下面这首诗中就有明显的表现:

> 赤的是枫叶,
> 黄的是茨叶,
> 白成一片的是落叶。
> 坡下一个绿衣绿帽的邮差
> 撑着一把绿伞——走着。
> 坡上蹲着一个老婆子,
> 围着一块蓝围腰,
> 哧哧地吹得柴响。
>
> ——《江南》之二

可以看出,该诗并无多少经验的成分,诗人仿佛一个画家,一个场景、两个人物、五种色彩就形成了这首诗。康白情说:"我们写声就要如听其声;写色就要如见其色;写香若味若触若温若冷就要如感受其香若味若触若温若冷。"③ 实际上,早期新诗之所以发生从"白描"到对"感官的审美"的重视,是因为后者被认为更接近"诗意",这无疑包含着审美主体的觉醒。宗白华在《新诗略谈》中说:"直接观察自然现象的过程,

---

① [美]约翰·杜威:《作为经验的艺术》,《杜威全集·晚期著作(1925—1953)》(第十卷),孙斌译,华东师范大学出版社 2015 年版,第 128 页。
② 胡适:《评新诗集》,《胡适文集》(第 3 卷),北京大学出版社 1998 年版,第 613、614 页。
③ 康白情:《新诗底我见》,载谢冕总主编,吴思敬分册主编《中国新诗总系》(第 9 卷),人民文学出版社 2010 年版,第 42 页。

感觉自然的呼吸,窥测自然的神秘,听自然的音调,观自然的图画。风声水声松声潮声都是诗声的乐谱。花草的精神,水月的颜色,都是诗意诗境的范本。"① 苏雪林也指出白话诗"排斥旧辞藻,不遗余力。又因胡适说过,真正好诗在乎白描,于是连'渲染'的功夫多不敢讲究了。……但诗乃美文之一种。安慰心灵的功用之外,官能的刺激,特别视觉、听觉的刺激,更不可少"②。审美来自感性的兴发,但艺术创作的感性显然不只是感官的享受,如果只停留于感官表象,那么,它和胡适的"白描"并无实质性的区别。

杜威说:"感觉的性质、触觉和味觉的性质以及视觉和听觉的性质都具有审美的性质。然而,它们不是在孤立之中,而是在其联系之中具有这种性质的;作为相互作用,而不是作为简单而分离的实存物。"③ 各种感官相互联系的桥梁显然是意识和心理,而在意识和心理中就包含着经验、知识和想象,在主体的创造中,感受性与意识、心理中的种种就会发生化合作用。感官只有在关联其他事物的过程中,才能成为具有意义的经验的事物,否则只是"一连串毫无意义和难以辨识的短暂激动"④,因此,由于表现的只是直观的、未经转换的日常经验,早期新诗也还未能真正理解实用主义哲学的"经验"对于诗歌艺术的真正价值。

胡适的"写实"丢弃了"想象",殊不知,对于现实经验的审美呈现就应该包含想象的成分,即想象是作为经验的组成部分存在的。杜威在《作为经验的艺术》一书中,就强调经验和想象力不可分,而想象力并非凭空虚构:"一切有意识的经验都必定具有某种程度的想象性质。这是因为,尽管一切经验的根源都在于活的生灵与其环境的相互作用,但经验变成有意识的,变成一件知觉的事情,却只发生在那些源于先前经验的意义进入其中之时。想象力乃是这些意义能够发现它们通向当前相互作用的道路的唯一门径;或者毋宁说,正如我们刚刚所看到的,对新和旧的有意识

---

① 宗白华:《新诗略谈》,载谢冕总主编,吴思敬分册主编《中国新诗总系》(第9卷),人民文学出版社2010年版,第37页。
② 苏雪林:《徐志摩的诗》,载沈晖编《苏雪林文集》(第三卷),安徽文艺出版社1996年版,第129—130页。
③ [美] 约翰·杜威:《作为经验的艺术》,《杜威全集·晚期著作(1925—1953)》(第十卷),孙斌译,华东师范大学出版社2015年版,第103页。
④ [美] 约翰·杜威:《作为经验的艺术》,《杜威全集·晚期著作(1925—1953)》(第十卷),孙斌译,华东师范大学出版社2015年版,第107页。

地调整就是想象力。"① 想象力并非主体的臆想,而是以现实经验为原料的,想象让主体和客体的融合成为可能,胡适的"写实主义"排除情绪、记忆和想象,是为了不落入古典诗歌的窠臼,但也丢弃了审美主体的创造性。

如果说"写实主义"倾向一种"身体在场"的诗学,那么这样的"身体"的精神含量是很少的,而现代身体哲学恰恰强调的不是身体的物质性,而是身体和精神的高度融合,包括实用主义哲学也坚持"身心一体"的思想。杜威在《灵魂和身体》(1886)一文中指出:"身体是(灵魂的)器官,仅仅因为灵魂已经使身体成为它的器官……身体作为灵魂的一个器官,是灵魂自身启发性、创造性活动的结果。简而言之,灵魂内在于身体之中,并不由于身体仅仅是身体;但由于灵魂是超验的,它已经在身体中表达和显现了它的本质。"② 这样融入了灵魂的身体所感知到的客观世界的真实性,远不是对事物表象的摹写就能抵达的。

由于看重客观性的"写实",胡适也特别反对抽象的议论和说理,俞平伯的《冬夜》也是早期白话新诗集,其诗作相较于康白情的更有意味,但因其说理的倾向而没有得到胡适完全的认可:"平伯最长于描写,但他偏喜欢说理;他本可以作诗,但他偏要想兼作哲学家;本是极平常的道理,他偏要进一层去说,于是越说越糊涂了。"③ 相对于知识,胡适强调的是"原初的感觉"的重要性,如他说:"'天官'所受的感觉乃是知识的原料;没有原料,便无所知。"④ 感觉先于知识或理性的经验,这正是实用主义哲学以及现象学的基本观点,然而,这里微妙的却是,它并不意味着"原初的感觉"就是回到原始人,历史、宗教、文化在审美经验中的作用就消失了,所谓"回到事物本身"反对的是用已有的思想和观念来预判对象,美国现代诗歌的玄学特征也说明"智性"正是现代诗歌的重要品质。

此外,"具体的做法"包含了早期新诗对"真文学""真诗人"的理解,而它在新诗发展过程中经历了一个修正的过程:"真诚"是诗歌的前提,却并不能决定一首诗的成功。白话诗具有明显的过渡性质,它被诟病

---

① [美]约翰·杜威:《作为经验的艺术》,《杜威全集·晚期著作(1925—1953)》(第十卷),孙斌译,华东师范大学出版社2015年版,第231页。
② [美]理查德·舒斯特曼:《身体意识与身体美学》,程相占译,商务印书馆2011年版,第253页。
③ 胡适:《评新诗集》,《胡适文集》(第3卷),北京大学出版社1998年版,第620页。
④ 胡适:《胡适全集》(第5卷),安徽教育出版社2003年版,第478页。

为"情感太薄弱,想象太肤浅"①,白话诗中的"身体"也是简单粗糙的形态,对所谓"具体"的认识是粗浅的。詹姆斯说:"真理根本就不是什么东西的摹本,而只是直接被知觉的、存在于两个人造的心理事物之间的一种关系。"②因此,通过语言展现的"具体"应包含着综合的经验,从时间上来看,它属于过去、现在和未来,这样的"具体"才是审美的经验。

实际上,对"真"的理解在新诗的发展中也是逐步变化的。朱自清在《文艺的真实性》一文中认为,从"再现"说看,"文艺没有完全真实",从"表现"说看,"创作的文艺全是真实的","没有所谓'再现';'再现'是不可能的",③这也就否定了"五四"白话诗的"真实观"。随着象征主义、现代主义的出现,"真实"的观念也发生了根本的变化,"现代主义诗人将真实看作为流动的当下经验,接近真实的方法是通过细腻具体的意象来捕捉个别的瞬间"④。也就是说,"真实"是转瞬即逝的,不具有恒常性,诗人所能抓住的是一个个"发光的细节"(庞德语),它是感性的瞬间,但又不只是私人化的,它还具有了抽象性和概括性。因此,同样注重感性的经验,对其内核和质地的理解却有天壤之别。

美国现代诗歌对"客观"的重视,除了受实用主义哲学的影响,也有其诗歌史的背景的影响,借助于"回到事物本身"和对客观世界的重新发现,它构成了对浪漫主义的主体膨胀、只见主体不见物的反拨,同时也包含了对象征主义的诗歌方式如象征、隐喻等对物的覆盖的警醒。简言之,对"客观"及其真实性的重视不在于对表象的呈现,而在于抵达事物深处、挖掘客观世界背后的真相。

1915年当胡适进入哥伦比亚大学学习时,正是艾略特的成名作《普鲁弗洛克的情歌》发表之时,而艾略特的代表作《荒原》(1922)和《空心人》(1925)等重要作品的面世是在胡适结束留学美国之后的事情,它们未能引起胡适的关注。1931年胡适因徐志摩引荐才接触到艾略特的诗,

---

① 梁实秋:《〈草儿〉评论》,《梁实秋文集》(第1卷),鹭江出版社2002年版,第15页。
② [美]威廉·詹姆斯:《实用主义:一些旧思想方法的新名称》,陈羽纶、孙瑞禾译,中国青年出版社2013年版,第244页。
③ 朱自清:《文艺的真实性》,《朱自清全集》(第4卷),江苏教育出版社1990年版,第92—101页。
④ [美]奚密:《现代汉诗:一九一七年以来的理论与实践》,奚密、宋炳辉译,上海三联书店2008年版,第110页。

"晚上与志摩谈。他拿 T. S. Eliot 的一本诗集给我读,我读了几首,如 The Hollow Men 等,丝毫不懂得,并且不觉得是诗"。"志摩说,这些新诗人有些经验是我们没有的,所以我们不能用平常标准来评判他们的作品。我想,他们也许有他们的特殊经验,到底他们不曾把他们的经验写出来。"[①] 徐志摩对艾略特的现代派诗歌虽说也不完全懂,但还有几分好奇,而胡适却丝毫没有兴趣,他认为文化经验的不同是理解的障碍,因为不理解,他也就完全否定了美国现代诗人表达的经验,进而也失去了反思早期白话诗写作的可能。

无论从写作伦理所强调的现实精神,还是从写作方式的现代特质来看,"具体的做法"都成为新诗重要的传统,即使在今天看来,"具体"也是诗歌写作的通行原则。然而,"作诗如作文","诗"成为对现实的模仿,由于过分强调现实经验的真实性,在打破了文类界限之后,新诗除在"分行"这一点还像诗之外,在内容上和散文并无区别,这也正是胡适提倡的"有什么话,说什么话;话怎么说,就怎么说"[②],《尝试集》中就有许多这样的诗,如《鸽子》《老鸦》《湖上》等,散文化的"具体"和诗歌的"具体"在思维方式上并非一回事。与散文对客观世界的"复写"不同,诗歌更追求一种发现和创造。

三 废名的"当下观物":修正及缺失

"白话诗"的"写实主义"的倾向与实用主义哲学重实践性的主张似乎有着明显的契合,然而,如果将之与同样受到实用主义哲学启发的美国现代诗歌相比,却可以看到一种明显的差距。以艾略特为代表的美国现代派诗歌开创了一代诗风,对整个 20 世纪诗歌产生了举足轻重的影响。它将实用主义哲学"返回事物本身"的思想呈现为去除主体干预、尊重并挖掘物质世界的客观性和丰富性的诗歌,而胡适的"白话诗"却只体现出"散文化"的对客观事实的摹写,缺乏对实用主义哲学的深层理解,"仿佛

---

① 胡适:《胡适全集》(第32卷),安徽教育出版社2003年版,第75—76页。
② 胡适:《建设的文学革命论》,《胡适文集》(第2卷),北京大学出版社1998年版,第45页。

磨损了的照片，无非是记录了单调的事实。它之所以被磨损了，乃是因为对象只能从一个固定的视角来接近"①。虽然二者相距甚远，缺乏一种诗艺成熟度和思想深度的可比性，然而，由于都受到实用主义哲学的影响，通过这样一种比照，可以更清晰地看到新诗不断自我更新的过程。

实际上，胡适的"具体的写法"的问题很快暴露出来，因其"散文化"、缺乏语言自觉而遭到了诟病，梁实秋说："自白话入诗以来，诗人大半走错了路，只顾白话之为白话，遂忘了诗之所以为诗，收入了白话，放走了诗魂。"②梁宗岱也毫不客气地说："硬要把这粗拙，模糊，笼统的白话，不加筛簸也不加洗炼，派作文学底工具，岂不是要开倒车把我们送到浑噩愚昧的原人，或等于原人底时代么？"③20世纪二三十年代，废名、梁宗岱、梁实秋、朱光潜、李健吾、林庚等诗人、理论家都强调对诗歌语言的自觉，它也由诗人们付诸写作实践，语言的自觉可以说是衡量不同时期新诗的"现代"特质的标准。

这里主要谈的是废名对"白话诗"的修正。废名原是"白话诗运动"的支持者，他认为新诗之"新"在于"诗的内容的变化，这变化是一定的，这正是时代的精神"④，而旧诗无论怎样变化都是"同一性质的文字"⑤，所谓"诗的内容"意味着新的经验，这一点与胡适的看法一致。然而，废名的看法又不止于此，他对新诗的认知是以古典诗歌为背景的，在他看来，古诗不是不好，而是新诗不能按古诗的写法去写，新诗不同于古诗的"新的写法"就是要创造属于新诗自身的传统，也就是他说的"内容是诗的，其文字则要是散文的"⑥。相对于胡适极力在旧诗中寻找平易浅白的白话诗家"苏黄辛陆"作为新诗成立的依据，废名看重的却是"温李"一派"自由表现其诗的感觉和理想"⑦的诗，这样的诗才是新诗可以

---

① ［美］约翰·杜威：《作为经验的艺术》，《杜威全集·晚期著作（1925—1953）》（第十卷），孙斌译，华东师范大学出版社2015年版，第129页。
② 梁实秋：《读〈诗底进化的还原论〉》，《时报副刊》1922年5月29日。
③ 梁宗岱：《文坛往那里去——"用什么话"问题》，《梁宗岱文集（Ⅱ）：评论卷》，中央编译出版社、香港天汉图书公司2003年版，第55页。
④ 废名：《新诗回答》，载废名、朱英诞《新诗讲稿》，北京大学出版社2008年版，第4页。
⑤ 废名：《新诗回答》，载废名、朱英诞《新诗讲稿》，北京大学出版社2008年版，第5页。
⑥ 废名：《新诗回答》，载废名、朱英诞《新诗讲稿》，北京大学出版社2008年版，第7页。
⑦ 废名：《已往的诗文学与新诗》，载废名、朱英诞《新诗讲稿》，北京大学出版社2008年版，第22页。

凭借的古典资源。也就是说，无论新诗还是旧诗，废名看重的都是其间共通的"诗的精神"。

对于胡适提出的"具体的做法"，废名表示赞同，并用"实感"一词云呼应，他还进一步提出了"当下观物"及"完全当下的诗"，所谓"当下观物"即"每每来自意料之外"①。他认为，"旧诗是情生文文生情的，新诗则是用文来写出当下便已完全的一首诗"，"新诗要写得好，一定要有当下完全的诗"②。废名的诗歌批评走的是传统诗学的路子，对于诗歌观念的阐发也基本是在文本分析中表达的，因而比较感性和含糊，对于什么才是"当下观物""当下完全的诗"，他并没有在理论上给予清晰的解释，因而对其的内涵只能在他的诗歌批评文字中去揣摩和寻找。

废名评价胡适的《蝴蝶》时说："这诗里所含的情感，便不是旧诗里头所有的，作者因了蝴蝶飞，把他的诗的情绪触动起来了，在这一刻以前，他是没有料到他要写这一首诗的，等到他觉得他有一首诗要写，这首诗便不写亦已成功了，因为这个诗的情绪已自己完成，这样便是我所谓诗的内容，新诗所装得下的正是这个内容。"③ 可以看出，"当下"这一瞬间包孕了诗歌发生的所有因素，因其具有综合性的"完整"，故称之为"完全的诗"。废名认为，胡适《蝴蝶》的成功在于其抓住了瞬间的感觉，这样的感觉是突发性的，没有固定的程式可借用。也就是说，要在"具体的感觉"中寻找"诗的情绪"，而不是停留在"具体的感觉"上，这样废名对"具体"的理解相对于胡适就包含了主体的因素，因而相比胡适"写实的经验主义"，废名显然更注重主体的感受性，他认为这正是每一首诗的个性所在。

西渡认为"当下观物"体现了废名对创作"直觉"的重视，这是以一种"即兴"的方式来完成的，而"完全"则体现了创作主体的一种自由状态。④ 相对于胡适客观的"写实"，废名的"实感"不仅指向一种经验的真

---

① 废名:《已往的诗文学与新诗》，载废名、朱英诞《新诗讲稿》，北京大学出版社2008年版，第117页。
② 废名:《已往的诗文学与新诗》，载废名、朱英诞《新诗讲稿》，北京大学出版社2008年版，第118页。
③ 废名:《已往的诗文学与新诗》，载废名、朱英诞《新诗讲稿》，北京大学出版社2008年版，第27页。
④ 西渡:《灵魂的未来》，河南大学出版社2009年版，第39—41页。

实，同时也指向审美主体的原初感性，它通过语言的创造获得了主体的自由。因此，废名是将"白话诗"丢失的主体性召回了新诗，"新诗由于大量采用人们的实际经验作为表现材料，表面上具有某种'写实'的性质，但它却并不以现实为指归，因而从根本上摆脱了现实的附庸地位，成为'自己完全'的诗和自身意义的来源"①。可以说，胡适在处理现实的方式上仍是传统的，废名对新诗的理解才具有现代的气息。

废名分析胡适的《一颗星儿》比《鸽子》写得好的原因，因为前者是"诗人一时忽然而来的诗的情绪"，有"诗的内容"，后者却还只是一篇散文。废名认为"当下性"包含了"诗的情绪"，是"一个灵魂真是随处吐露消息"，"这样非意识的写出来的，写出来乃能感人了"②。因此，表面上看，"具体的写法"和"当下观物"很近似，都注重"身体的在场"，但通过比照和辨析会发现废名更有对于诗歌的内在精神的自觉，他看重一首诗里是否透露出诗人真实的、饱满的情绪和情感。在分析沈尹默的《公园里的"二月蓝"》时，他说："这种新诗有一种朝气。这样的写景不是一般旧诗调子，也不是文情相生的，作者对于一件事情有一个整个的感觉，又写得很好，表现着作者的性情。"③ 废名认为新诗应该是有感而发，出自当下真实的体验，而非刻意地为写而写，同时，一首诗通过语言带来的"整个的感觉"才能真正反映这种真实经验。从今天的角度来看，这种"整个的感觉"包含了一种综合的能力：语言、感觉、想象、思想……新诗的感受力是一种综合的能力，只不过，从废名、朱英诞的《新诗讲稿》来看，他们主要强调的是感性和直觉带来的艺术感受力，而未能将诗歌经验的复杂性充分考虑。

废名在对新诗的阐述中，也提到了经验的个性与普遍性的问题，这是在评论冰心《繁星》中的《安慰》一诗时指出的，"像这样的诗乃是纯粹的诗，是诗的写法而不是散文的写法，表现着作者的个性，而又有诗的普

---

① 西渡：《灵魂的未来》，河南大学出版社2009年版，第13页。
② 废名：《已往的诗文学与新诗》，载废名、朱英诞《新诗讲稿》，北京大学出版社2008年版，第31、32页。
③ 废名：《已往的诗文学与新诗》，载废名、朱英诞《新诗讲稿》，北京大学出版社2008年版，第40页。

遍性了"①。因废名诗学观念的重心在感性层面，废名并未对"普遍性"的内容作具体阐述，但根据前后文，它应该指的是：感性的瞬间虽是个人的、短暂的，但可以通过共通的经验而获得更持久的生命力，也就是说，这样的经验综合了感性和理性。感性与理性在诗人的世界难分彼此，这也正是现代诗歌的特征，而废名的诗歌资源基本来自古诗，缺少西方现代诗歌的启发和参照，他和胡适都反对议论和说理，虽然不无道理，但也说明他潜意识中对经验中的理性成分怀有偏见。

废名对"诗的内容"的强调包含着对感觉和想象功能的重视，这显然是将语言从工具论拉回到了本体论。语言工具论认为先有思想后有文字，而现代语言哲学则认为先有语言后有思想。在废名之后，也有很多诗人、研究者持语言本体的观念。朱光潜指出："'以言达意'是一句不精确的话"，"这是弥漫古今的一个大误解"②。受西方象征主义诗学影响的梁宗岱则指出："言语和思想是相生相长的"，"我们固可以'拿有这样的头脑才有这样的文字'来解释。可是这只是上半截底真理，我们得要补充一句：有了这样的文字，更足以助长这样的头脑"③。梁宗岱对语言的理解来自以马拉美、瓦雷里为代表的西方象征主义"纯诗"的观念。在胡适那里，语言是表意的工具，而在现代诗歌中，语言就是全部，"现代性写作首要的问题，不是言之有物，而是让言成为物"④。在新诗的发展中，既有以废名为代表的从中国古典诗歌中寻找语言自觉的依据的，也有如梁宗岱这种从西方现代诗歌得到启发而确立语言自觉的观念的。同样，20世纪30年代"现代派"诗人也具有明确的语言自觉意识，林庚注重语言对感觉的表达以及诗与散文在语言上的区别，卞之琳注重语言的磨炼和淘洗，这种精雕细琢的态度既是中国古典诗学的传统，也受西方现代诗歌的影响。

现代诗的复杂性正是现代生活的复杂性，正如艾略特所说："我们的文明涵容着如此巨大的多样性和复杂性，而这种多样性和复杂性，作用于

---

① 废名：《已往的诗文学与新诗》，载废名、朱英诞《新诗讲稿》，北京大学出版社2008年版，第121页。
② 朱光潜：《诗论》，生活·读书·新知三联书店2014年版，第207—208页。
③ 梁宗岱：《文坛往那里去——"用什么话"问题》，《梁宗岱文集（Ⅱ）：评论卷》，中央编译出版社、香港天汉图书公司2003年版，第54、54—55页。
④ 江弱水：《文本的肉身》，新星出版社2013年版，第34页。

精细的感受力,必然会产生多样而复杂的结果。诗人必然会变得越来越具涵容性,暗示性和间接性。"①艾略特的诗歌表达了现代人的空虚、绝望、意义缺失,其背景在资本主义的高度发展使人产生异化,在诗歌方式上他也进行了大胆的创新。而在20世纪初,中国才从封建专制中走出来,科学、民主、个性解放才是时代的呼声,中国诗人对西方现代派诗歌感到隔膜是情理之中的事情。按照以艾略特代表的现代派诗人的理解,对客观世界的尊重不是呈现感官层面的内容,而是要充分发掘日常经验的丰富性和复杂性,并在其中融入对现代生活形而上的思考,这样看来,"具体"所包含的诗学问题远比胡适、废名当初理解的更为复杂。后来,随着叶公超、卞之琳、赵萝蕤对艾略特等现代诗人的推介和翻译,中国现代诗人才逐渐找到了学习西方现代诗歌的契机和可能,20世纪40年代以穆旦为代表的西南联大诗人更为自觉地追求着现实、象征、玄学相结合的"综合的经验"。

"具体的做法"对新诗的建设性是毋庸置疑的,早期新诗对"具体性"的提倡,意味着新诗在起步阶段就将真实性和感受力作为一个重要的艺术标准纳入了新诗的传统中。"具体"和"实感"不仅是新诗摆脱古典诗歌模式的有效策略,而且越来越与每个时代具体的诗学问题相关。从现代中外诗歌的发展来看,"具体"是克服情感的虚假和泛滥的有效措施,同时,也是新诗艺术发展中具有现代特质的艺术手段。然而,在新诗发展的很长时间,由于观念代替了具体的实感,诗歌呈现出虚假和空洞的状态。即使在新时期以后的诗歌中,由于惯性,"具体性"在很长时间内也是缺席的,"八十年代那些歌咏自然、田野、农业和庄稼的诗歌,竟然几乎从未细致地写到过一棵具体的树、一片具体的庄稼、一个具体的地方、一条具体的河流"②。也就是说,即使到了20世纪80年代,宏大叙事的惯性仍然存在,诗歌的写作还没有回到事物本身,直到20世纪90年代,"叙事性""日常性"作为一种写作策略将"具体"纳入写作中,它意味着对抽象性、观念性写作的反抗,不过,和早期白话诗一样,它也表现出和早期白话诗相似的误区,即"日常化"并不都是"诗",它还需要经过艺术的转

---

① [英] T. S. 艾略特:《艾略特诗学文集》,王恩衷编译,国际文化出版公司1989年版,第32页。
② 王凌云:《比喻的进化:中国新诗的技艺线索》,《江汉学术》2014年第1期。

换。陈超指出:"'具体'很重要,但'具体'的质地更重要。"① 他针对的是20世纪90年代的诗歌,但实际上这也是新诗发展的普遍性标准。

"回到事物本身"是美国实用主义哲学的核心内容,虽然以胡适为代表的早期新诗并未得其精髓,但它却以艾略特为代表的美国现代诗歌为中介间接地影响了中国20世纪三四十年代的现代主义诗歌,"戏剧化""寻找客观对应物"等处理主体经验及其与客体之间关系的诗歌方式实际上都呼应了实用主义哲学。即使如此,由于艾略特等美国现代诗人具有宗教文化的背景,是否能通过创造性的语言智慧使人获得宗教意义上的救赎是他们审视诗歌的价值功能的重要尺度,有趣的是,詹姆斯、桑塔耶纳这些曾经任教于哈佛的实用主义哲学家后来也都对宗教投以极大的兴趣。而对于中国现代诗人而言,即使形而上的哲思也是内在于现实的,这也决定了在处理主体和客体之间的关系上,中国诗人的选择和处理方式始终是不同的。

---

① 陈超:《个人化历史想象力的生成》,北京大学出版社2014年版,第29页。

第二章 "抒情"："身体"内外

按通常的看法，诗歌和抒情几乎是同义词，没有抒情，诗不成其为诗，在新诗中，这种看法仍然被大多数人所赞同。"白话诗"作为新诗的开端，它的偏于写实、说理是对僵化的古典抒情模式的反叛，然而它的弊端却为郭沫若、周作人、朱自清等人所诟病。中国诗歌具有深厚悠久的抒情传统，所谓"言志缘情"，同时，18世纪末到19世纪上半叶的西方浪漫主义诗歌也在新诗中发生着影响，新诗回归抒情势所必然。新诗的抒情是逐步确立并成型的，朱自清在回顾早期新诗的发展时说，"民国十四年以来，诗才专向抒情方面发展"①，朱自清在这里指的是到了新月派诗歌才真正有了"理想的抒情"②，如果说20世纪20年代初期是抒情逐渐成形的阶段，那么在这一过程当中，新诗的抒情特质是如何确立的？早期新诗的写作暴露出哪些问题？相对于古典诗歌，如何认知"现代的抒情"的？这些问题都需要到历史中去辨认。王德威指出："在革命、启蒙之外，'抒情'代表中国文学现代性——尤其是现代主体建构——的又一面向。"③ 如果说现代的主体通过抒情得以呈现是考察新诗现代性的重要标准，那么，在新诗抒情问题上，这一现代的主体又应该具有怎样的品质？如果说"在情感的情绪震颤状态中，主体性往往是与身体性联系在一起"④，那么，早期新诗的抒情主体和身体的关系又如何？本章主要以白话诗以后的新诗（20世纪20年代初期）在抒情问题上呈现出来的不同思路为对象进行考察，尝试对上述问题进行回答。

---

① 朱自清：《诗与哲理》，《朱自清全集》（第2卷），江苏教育出版社1996年版，第334页。
② 朱自清：《抗战与诗》，《朱自清全集》（第2卷），江苏教育出版社1996年版，第345页。
③ 王德威：《抒情传统与中国现代性：在北大的八堂课》，生活·读书·新知三联书店2010年版，第3页。
④ ［德］赫尔曼·施密茨：《身体与情感》，庞学铨、冯芳译，浙江大学出版社2012年版，第10页。

一 "感伤的诗"与"生理的冲动"

作为一种新的文体形式，新诗的性质和文体规范在20世纪20年代初尚未成形，因而理论的建设就显得尤为重要。在白话诗的写实说理倾向之后，周作人、郭沫若、康白情等都发表了"主情论"，并逐步确立了新诗的抒情性质。"主情论"并非铁板一块，以俞平伯的《冬夜》、康白情的《草儿》、汪静之的《蕙的风》以及湖畔诗社的四人合集《湖畔》等早期新诗集为对象，关于新诗抒情问题的讨论非常热烈，并且当时的探讨已初步覆盖了新诗在其后发展中所遭遇的与抒情相关的各种问题，而其核心就是对感伤主义的批评和反思。围绕"抒情"的讨论以及对写作中所暴露的"感伤"的批评在20世纪20年代初期主要体现为以下三个方面。

第一，在确立新诗的抒情性质的过程中，大多"主情论者"认为情感具有自发性，诗歌所抒之"情"是一种不吐不快的感性的"冲动"，这就与理性划出了泾渭分明的界限。这样的认知是与"五四"个性解放的时代语境相呼应的，但早期抒情诗的情感的浅薄和泛滥，以及感伤主义的流行也正是由这种抒情认知所导致。

作为新诗早期的实践者，俞平伯说，诗应以"主观的情绪想象做骨子"，"凡做诗底动机大都是一种情感（Feeling）或是一种情绪（Emotion），智慧思想，似乎不重要。我们从心理学上，晓得这种心灵过程是强烈的，冲动的，一瞬的。若加以清切的注意或反省，或杂以外来的欲望，便把动机底本身消灭了。所以要做诗，只须顺着动机，很热速自然的把它写出来，万不可使从知识或习惯上得来的'主义''成见'，占据我们底认识中心"。① 1922年俞平伯的诗集《冬夜》和康白情的诗集《草儿》由亚东图书馆出版，这是在《尝试集》《女神》之外最引人注目的两本新诗集，俞平伯在"自序"中称"诗底心正是人底心，诗底声音正是人底声音"。朱自清给俞平伯所作的"序"也称赞其有"迫切的人的情感"，而康白情在"自序"中则同样说他的诗是"自由吐出心里的东西"，"我不

---

① 俞平伯：《做诗的一点经验》，《新青年》1920年第4期。

过剪裁时代的东西，表个人的冲动罢了"。

以这样的认知为标准，理性在早期抒情诗中被排斥。创造社的成仿吾在《诗之防御战》一文中批评包括胡适在内的白话新诗"中了理智的毒"①。白话诗之后，胡适就抛弃了说理，他甚至批评俞平伯的《冬夜》并非如诗人自己所倡导的那样是主情的，而是偏于智性和说理："平伯最长于描写，但他偏喜欢说理；他本可以作诗，但他偏要想兼作哲学家。"②如果说俞平伯、胡适在当时都是"主情论"的提倡者，那么之所以会出现这种认知上的差距，其原因要么是"情"的标准对于胡适、俞平伯而言并不相同，要么如胡适所说，俞平伯的理论和实践之间确实存在差距。

早期新诗普遍认为抒情诗之"情"是一种感性的、自发的情感，情感的冲动来自人的本性，这是诗歌原始的发生机制，它在西方浪漫主义诗歌中也得到了充分的体现。查尔斯·泰勒认为相对于古代人将本性具体化为秩序，"现代观点赞同把本性作为正确冲动或情感的根源。所以，不是在秩序观中，而是在体验健全的内部冲动中，我们遇到了作为典范和核心的本性"③，西方浪漫主义诗歌以自我为主体的情感表达来自对人的"本性"的认同，而这种"本性"即身体性的。同样，与"情"作为早期新诗的写作伦理相呼应，"冲动"一词在当时常被用来描述情感或情绪的状态，它不仅是心理的，同时也是生理的，具有即发性、瞬时性、直接性的特征。这样的诗歌很容易感染读者，引起读者在情感、情绪上的共鸣，但这种"感染"也具有瞬时性的特点。

闻一多对《冬夜》的批评，同样基于对感性情感的肯定、理性情感的排斥，他明确批评俞平伯的一些诗作缺乏情感和想象："大部分的情感是用理智底方法强造的，所以是第二流底情感。"在闻一多看来，由观念和思想发生的情感是第二流的情感，所谓"观念和思想"主要是指"五四"以来的人本主义思潮，而第一流的情感是"以与热情比较为直接地倚赖于感觉的情感"。④ 正是第一流的情感才能产生诗歌的艺术，第二流的情感实际上并非诗歌所需要的"情感"，闻一多敏锐地区分出不同情感的差异，

---

① 成仿吾：《诗之防御战》，《创造周报》1923年第1期。
② 胡适：《俞平伯的〈冬夜〉》，《读书杂志》1922年第2期。
③ [加拿大]查尔斯·泰勒：《自我的根源：现代认同的形成》，韩震等译，译林出版社2001年版，第435页。
④ 闻一多、梁实秋：《〈冬夜〉〈草儿〉评论》，清华文学社1922年版，第61、63页。

感性的情感是具体的、身体性的情感，而非抽象的、精神性的情感。按现代的观念来看，虽然闻一多反对理性并不可取，但他认识到"情"也可能出自理性，这一洞见在当时超越了很多人。

随着时代语境和写作观念的变化，理性、思想在后来逐渐被重视。"湖畔"诗人汪静之后来就认识到了"思想"对于抒情的意义："我们知道有许多诗仅以情感为目的，仅以情感为主旨，也可以成为佳作，但大多数的好诗却都是含有思想的，而高深伟大的作品则非含有高深的思想不可。"[①] 汪静之认为"思想"一词可以以"真理"代之，并称之为"情感的真理"，而抒情与智性的结合也正是20世纪40年代现代主义诗歌的重要特征。

第二，早期抒情诗及一些相关批评注重的是"情"的内容，并没有在意如何抒情，没有认识到抒情的问题最终是一个语言问题。感伤的抒情往往缺乏高明的技艺，同时由于这种情感来自"生理的冲动"，如果在语言上任其倾泻、缺乏升华，就易将读者的注意力引向道德问题上，因而偏离诗歌作为一门语言艺术应该具有的指向。

早期新诗集所表现出来的技艺缺失的问题，并没有引起足够的重视，当时胡适等人更看重的是其内容、风格所具有的时代价值。在新旧文学之争中，胡适特别强调经验、情感之"新鲜""真实"的重要意义，他批评了俞平伯诗歌的理性，却对康白情的《草儿》、汪静之的《蕙的风》所表现出来的感性则积极支持。胡适称康白情的诗"富于创作力，富于新鲜味儿，很可爱的"[②]。汪静之的诗集《蕙的风》出版时，胡适写序对其进行赞誉，认为其新鲜的气息更甚于早期白话诗的代表俞平伯和康白情："他的诗有时未免有些稚气，然而稚气究竟远胜于暮气；他的诗有时未免太露，然而太露究竟远胜于晦涩。况且稚气总是充满着一种新鲜风味，往往有我们自命'老气'的人万想不到的新鲜风味。"[③] 在胡适看来，新题材、新经验对于新诗而言才是最重要的，真诚、坦率正是新诗区别于旧诗的重要特征。

在西方浪漫主义的发展过程中，情感的作用不仅是个人的，也是社会

---

① 汪静之：《诗歌与真理》，《文学周报》1928年第6期。
② 胡适：《1922年3月10日日记》，载姜义华主编《胡适学术文集：新文学运动》，中华书局1993年版，第412页。
③ 胡适：《〈蕙的风〉序》，《胡适文集》（第3卷），北京大学出版社1998年版，第624页。

的，自然主义的情感可以与公民道德相结合，并通过这一情感的纽带将社会联结在一起，"情感被认为是自然的，它们团结人，而不是孤立人的；它们作为一种公共资源而被所有人享用。公开表达强烈的情感，不但不会引发尴尬，还是慷慨真诚的象征，也是社会联系的象征"[1]，与此相似，在对待早期新诗的情感表达上，一些诗人和诗歌批评家常常从时代的角度认识新诗的情感价值。汪静之诗集《蕙的风》的出版引发了有关文艺与道德关系问题的论争，起因是以胡梦华《读了〈蕙的风〉以后》一文为代表，指责汪静之的诗作得"多么轻薄，多么堕落"[2]。针对此种言论，周作人发表《什么是不道德的文学》、鲁迅发表《反对"含泪"的批评家》对胡梦华等的攻击予以反击，肯定《蕙的风》的反封建性质，认同它的自然、清新正体现了新文学的风貌。周氏兄弟的支持立足于时代变革的语境，而并非基于对新诗艺术的考量，这也间接说明了感伤的抒情在特定时期的积极意义之所在。

  虽说新诗的本职在抒情，但并非"有情"就是好诗，有高明的诗艺，才有美好的情感。《蕙的风》在技艺上的残缺就引发了有关文艺与道德关系的论争。与胡适、周作人、鲁迅不同，闻一多、梁实秋不是基于思想的立场而是基于诗歌艺术的立场支持胡梦华对《蕙的风》的批评："这本诗不是诗。描写恋爱是合法的，只看艺术手腕如何。"[3]在给梁实秋的信中，闻一多激烈地鄙薄道："《蕙的风》只可以挂在'一师校第二厕所'的墙上给没带草纸的人救急。实秋！便是我也要骂他诲淫。与其作有情感的这样的诗，不如作没情感的《未来之花园》。但我并不是骂他诲淫，我骂他只诲淫而无诗。淫不是不可诲的，淫不是必待诲而后有的。作诗是作诗，没有诗而只淫，自然是批评家所不许的。"[4] 在闻一多看来，情爱的题材没有诗艺的保障就会变成道德的问题，爱情不是不能写，但是其情感的表达需要从艺术出发。闻一多一语洞穿，感情的浅薄不仅是一个内容问题也是

---

[1] ［英］威廉·雷迪：《感情研究指南：情感史的框架》，周娜译，华东师范大学出版社 2020 年版，第 217 页。
[2] 胡梦华：《读了〈蕙的风〉以后》，《时事新报》1922 年 10 月 24 日。
[3] 闻一多：《1923 年 3 月 25 日致闻家驷的信》，《闻一多全集》（第 12 卷），湖北人民出版社 1994 年版，第 162 页。
[4] 闻一多：《1922 年 11 月 26 日致梁实秋的信》，《闻一多全集》（第 12 卷），湖北人民出版社 1994 年版，第 127 页。

技艺问题,语言缺乏表现力和情感轻浮互为表里,闻一多的批评"注意的是诗的艺术,诗的想象,诗的情感"①,而感伤的抒情存在的问题就在于不注重诗艺对情感的规约,导致"情感太薄弱,想象太肤浅"②。

第三,20世纪20年代的抒情诗很多囿于个人的情感,缺乏时代精神和深厚的现实基础,导致了风花雪月的个人感伤主义的流行。《湖畔》作为《蕙的风》的姊妹篇,其无病呻吟的问题在文学研究会的刊物《文学旬刊》上被批评,其参照对象是徐玉诺具有现实感的诗歌。文研会的郑振铎等人提倡"血和泪的文学",也就意味着新诗需要对个人化的狭小诗意进行反动,而现实的人生如何进入诗歌,"为人生"与"为艺术"能否获得一种平衡也成为新诗发展中受到关注的问题。

虽然出于对新生事物的支持,朱自清在给《蕙的风》作的"序"中认为,汪静之的诗胜在"清新""质直""多是性灵的流露"。同样因其经验之新,他也赞誉"湖畔诗派"的四人合集《湖畔》"带着清新和缠绵底风格",不过,朱自清也意识到其中存在的问题,他称其"只有感伤而无愤激"③,这意味着"感伤主义"作为一个抒情问题被提了出来。朱自清在他同年写的《毁灭》(1922)一诗中描述了感伤主义缥缈虚幻、柔弱无力的特征:

> 这好看的呀!
> 那好听的呀!
> 闻着的是浓浓的香,
> 尝着的是腻腻的味;
> 况手所触的,
> 身所依的,
> 都是滑泽的,
> 都是松软的!
> 靡靡然!

---

① 梁实秋:《谈闻一多》,《梁实秋散文》(第1集),中国广播电视出版社1990年版,第367页。
② 闻一多、梁实秋:《〈冬夜〉〈草儿〉评论》,清华文学社1922年版。
③ 朱自清:《读〈湖畔〉诗集》,《时事新报》1922年6月11日。

朱自清直接地表达了他对"感伤"的抵制态度，在这首诗的最后，朱自清说要"摆脱掉纠缠，/还原了一个平平常常的我！/从此我不再仰望看青天，/不再低头看白水，/只谨慎着我双双的脚步；我要一步步踏在土泥上，/打上深深的脚印！""我宁愿回我的故乡"——诗人的"故乡"便是"现实"，新诗不能只制造诗意的幻觉。

因此，早期新诗有关抒情与理性、抒情与技艺、抒情与道德等的讨论都与感伤主义有关。感伤的抒情是一种语言现象，也是一种身体现象，"由疾病引发的不安的、热动的主体形象，遍布于1920年代普遍感伤、浪漫的新诗写作中，焦灼的、羸弱的乃至疯狂的身体感受，也成为现代文学经验发生的前提之一"①，尤其是在情感的初始形态中，"情"往往是身体性的，它带有即时性、突发性的特征，直接而未经沉淀的情感会包含不受理性控制的夸大、虚饰的成分。进言之，来自身体的冲动在转换为情感的过程中，会因"冲动"的热力让情感无限膨胀，也会因在现实中的挫败而使情感变得柔弱，后者往往表现为感伤主义的抒情，"感伤性是一种情感过剩的形式，因此是一种伦理和修辞的缺陷，它在读者和诗人身上均可发现，显示的是自我怜悯，缺乏成熟的情感控制"②。从语言的角度来看，"感伤与非感伤之间的一个有用区分在于，人们不依赖于情感表达或激发的强度与类型来判断感伤与否，而是把那些在再现的细节中未能进行鲜明的语言表达和有力的实现、只是以平凡方式和陈词滥调来呈现情感才称之为'感伤性'"③。情感的过剩、语言的贫乏都是感伤性的标配，即便是它从真实的情感出发，却被它的夸饰及其导致的无力所稀释。虽然感伤主义来自身体的冲动，但其所表达的情感却由于最终离开了身体而趋于夸张和抽象，现代的主体只有在具体的表达中才能获得一种真实性。

对感伤主义的抵制和清除伴随新诗的发展过程，随着意识上的警惕，并借助于理性的精神、诗艺的发展和现实的力量，新诗中的感伤主义情绪得到了有效遏制。1936年金克木（署名柯可）在《论中国新诗的新途径》④一文中反对抒情诗的"赋得"和"即兴偶成"，"不虚发，不轻发，不妄发，不发而不可收"，情感要"真"和"深"。他还指出，中国古诗

---

① 姜涛：《公寓里的塔：1920年代中国的文学与青年》，北京大学出版社2015年版，第96页。
② 张松建：《抒情主义与中国现代诗学》，北京大学出版社2012年版，第102页。
③ 张松建：《抒情主义与中国现代诗学》，北京大学出版社2012年版，第102页。
④ 柯可：《论中国新诗的新途径》，《新诗》1937年第4期。

以抒情为主，但新诗需要表达新的感情，"若情并不新，只足证明作诗者是生错了时代的古人，于诗无干"。随着现代主义诗歌的兴起，对抒情中的感伤主义无论在观念上还是在技艺上都有了更有效的抵制方式，卞之琳的《读诗与写诗》、朱光潜的《文学上的低级趣味》、袁可嘉的《漫谈感伤》、李广田的《论伤感》等文都对感伤主义进行了清理和反思，在西方现代诗歌的影响下，寻求客观对应物、戏剧化也成为遏制感伤的现代思路。

感伤主义不仅存在于个人化的诗歌写作中，也存在于政治化的诗歌写作中。在《论现代诗中的政治感伤性》一文中，袁可嘉认为不仅存在情绪的感伤，还存在着观念的感伤，他批评的对象是20世纪40年代的"文艺大众化"运动。袁可嘉的观点并不意味着现代主义诗歌对现实的排斥，恰恰相反，对现实的深入、历史意识的强化正是以奥登为代表的西方现代诗歌的追求，这样的现实精神也影响了新诗，20世纪40年代的现代主义诗人并没有将艺术和现实对立起来，而是"追求一个现实、象征、玄学的综合传统"①。李广田也认为要避免伤感，除了技艺，"最重要的当然是要从生活改造起来才行。使生活的领域扩大，使生活的经验丰富，使生活勇敢而有力"，一个"泼辣坚实的生命"，"自可免于狭小的，片面的，或过火的反应"②。这意味着具有现代性的新诗需要诗人主体对于现实的在场，以这样的标准回头看，早期新诗"感伤"的根源更是一目了然，虽然它强调真诚，"美德是真诚的，真诚是高尚的"③，却缺乏牢固的现实根基，主观情感的真诚只是一种诗学伦理标准，在诗学效果上却很可能包含"不真"的成分。

与上述感伤的抒情诗相比，同时期郭沫若的浪漫主义诗歌影响更大。从情感机制来说，这样的抒情诗都是因生理冲动而发生的，不同在于前者是古典的、静态的、柔弱的，后者是现代的、动态的、有力的。相对于感伤的抒情诗，郭沫若的诗歌更具有时代特征，也就是更现代，它具有更突出的社会政治含义，然而这种"现代"准确地说应该是前现代，因为它在表达方式上与西方浪漫主义诗歌具有同质性，郭沫若的诗歌是激情的，但

---

① 袁可嘉：《新诗戏剧化》，《诗创造》1948年第12期。
② 李广田：《论伤感》，《文讯》1948年第4期。
③ [英]威廉·雷迪：《感情研究指南：情感史的框架》，周娜译，华东师范大学出版社2020年版，第222页。

这种激情一旦受挫，就容易落入感伤。

二 "素朴的诗"：离弃"生理的冲动"

席勒在18世纪古典主义和浪漫主义之争中，曾将诗歌分为素朴的诗和感伤的诗："诗人或则就是自然，或则寻求自然。在前一种情况下，他是一个素朴的诗人，在后一种情况下，他是一个感伤的诗人。"素朴的诗是和谐统一的，感伤的诗人是活跃紧张的，"素朴诗人把我们安排在一种心境当中，从那里我们愉快地走向现实生活和现实事物。可是，另一方面，感伤诗人除少数时刻外，却经常会使我们讨厌现实生活。这就是因为无限的特性在一定程度上把我们的心灵扩大到它的自然限度之外，以致它在感官世界中找不到任何事物可以充分发挥它的能力。我们宁可回到对于自身的冥想中，在这里，我们会给这个觉醒了的、向往理想世界的冲动，找到营养。至于在素朴诗人那里，我们则要努力从我们自身向外流露，去找寻感性的客观事物"①。两种诗歌各有特点，感伤的诗是主观的、厌世的，它向外扩张；素朴的诗则是客观的、平和的，它内收于己。席勒肯定的是"素朴的诗"，而如果存在一种理想的诗歌，席勒认为是将二者结合起来，席勒的这一分类恰好在20世纪20年代的早期新诗中呈现出来。

如果说20世纪20年代初"感伤的诗"盛行一时，那么与此相对，周作人的诗则属于没有太多情绪渲染的"朴素的诗"。这一评价来自沈从文："使诗朴素单一仅存一种诗的精神，抽去一切略涉夸张的词藻，排除一切烦冗的字句，使读者以纤细的心，去接近玩味，这成就处实则也就是失败处。因这个结果，文字虽由手中向大众化，形式平凡而且自然，但那种单纯，却使读者的情感奢侈，一个读者，若缺少人生的体念，无想象，无生活，对于这朴素的诗，反而失去认识的方便了。"②沈从文的评价道出了周作人诗歌朴素又耐人寻味的特点。

对于新诗的抒情性质，周作人在《论小诗》做出总结："本来诗是

---

① 伍蠡甫主编：《西方文论选》（上卷），上海译文出版社1979年版，第493页。
② 沈从文：《刘半农〈扬鞭集〉》，《沈从文全集》（第16卷），北岳文艺出版社2002年版，第123页。

'言志'的东西,虽然也可用以叙事或说理,但其本质以抒情为主。"[1] 四年后,他在《〈扬鞭集〉序》中又言:"新诗的手法,我不很佩服白描,也不喜欢唠叨的叙事,不必说唠叨的说理,我只认抒情是诗的本分","凡诗差不多无不是浪漫主义"。[2] 然而,周作人的诗却非青春浪漫型的诗,而是一种中年甚或老年的诗,它看似浅白朴讷,细细体味却有一种禅意。这样的"朴素"实际上是他写作的一贯风格,尤以他的新诗集《过去的生命》为突出,下面是《山居杂诗》中的一首:

> 一片槐树的碧绿的叶,
> 现出一切的世界的神秘,
> 空中飞过的一只白翅膀的白蛉子,
> 又牵动了我的惊异。
> 我仿佛会悟了这神秘的奥义,
> 却又实在未曾了知。
> 但我已经很是满足,
> 因为我得见了这个神秘了。

一片碧绿的槐树叶包含着世界的神秘,这神秘究竟是什么却既不可解,亦不可说,但诗人却很是满足,正应了那句"一花一世界,一叶一菩提",但周作人却并不像废名酷爱冥想和联觉,他只是直接地呈现即时即刻的观感,至于其中的人生况味,得仔细咀嚼才能体察。需要注意的是,这首诗与1920年底周作人的一场病有关:发热,医生诊断为肋膜炎,次年9月才治愈。这首诗写于他养病期间,他出院后在北京西山碧云寺养病,其间除了一些诗作,还有一组写给孙伏园的信,可看出他因疾病对新诗新的领悟:

> 般若堂里早晚都有和尚做功课,但我觉得并不烦扰,而且于我似乎还有一种清醒的力量。清早和黄昏时候的清澈的磬声,仿佛催促我

---

[1] 周作人:《论小诗》,《周作人自编文集·自己的园地》,河北教育出版社2002年版,第43页。
[2] 周作人:《〈扬鞭集〉序》,《周作人自编文集·谈龙集》,河北教育出版社2002年版,第41页。

们无所信仰，无所皈依的人，拣定一条道路精进向前。①

我的神经衰弱，易于激动，病后更甚，对于略略重大的问题，稍加思索，便很烦躁起来，几乎是发热状态，因此平常十分留心免避……努力将我的思想遣发到平常所走的旧路上去：②

近日因为神经不好，夜间睡眠不足，精神很是颓唐，所以好久没有写信，也不曾做诗了。③

经过"五四"的各种思想、主义的冲撞以及理想主义的"热病"之后，一场真实的病倒是让周作人的精神冷静并抽离出来，收入《过去的生命》的诗歌如《爱与憎》《梦想者的悲哀》《歧路》《小孩》《饮酒》等，留下了周作人逐步在意识上拒绝"主义"的纷扰并回到"自己的园地"的痕迹，其中有怀疑也有醒悟。1927年他在《谈虎集》的"后记"中又说道："凡过火的事物我都不以为好"，"民国十年以前我还很是幼稚，颇多理想的、乐观的话，但是后来逐渐明白，却也用了不少的代价"④。他自称散文《寻路的人》是他自己的表白，他说："我却只想缓缓的走着，看沿路的景色，听人家的议论，尽量享受这些应得的苦和乐，至于路线如何，那有什么关系？"⑤ 从中可以看出，周作人对现实明确的疏离感。

然而，"朴素"也并非周作人的天性，1922年2月26日他在《晨报副刊》上发表《诗的效用》一文持"主情"的观点，且将"情"归之于生理的冲动："诗的创造是一种非意识的冲动，几乎是生理上的需要，仿佛是性欲一般"，"文艺本是著者感情生活的表现，感人乃其自然的效用"。⑥ 时隔数月之后，他又发表《论小诗》一文："小诗的第一条件是须表现实感，便是将切迫地感到的对于平凡的事物之特殊的感兴，迸跃地倾吐出来，几乎是迫于生理的冲动，在那时候这事物无论如何平凡，但已由作者

---

① 周作人：《山中杂信》，《周作人自编文集·周作人书信》，河北教育出版社2002年版，第5页。
② 周作人：《山中杂信》，《周作人自编文集·周作人书信》，河北教育出版社2002年版，第9页。
③ 周作人：《山中杂信》，《周作人自编文集·周作人书信》，河北教育出版社2002年版，第10页。
④ 周作人：《后记》，《周作人自编文集·谈虎集》，河北教育出版社2002年版，第393页。
⑤ 周作人：《寻路的人》，《周作人自编文集·过去的生命》，河北教育出版社2002年版，第44页。
⑥ 周作人：《诗的效用》，《周作人自编文集·自己的园地》，河北教育出版社2002年版，第17页。

分与新的生命，成为活的诗歌了。"① 可以看出，周作人在描述写诗的冲动时，明确地将它看作生理性的，这也符合浪漫主义以及中国传统诗学的观点。这样的生理冲动会带来精神上的"热病"，而精神的"热病"包括"思想的动摇和混乱"极易导致"神经衰弱"等身体的疾病，因而周作人更愿意撇开让人躁动的诗歌去读佛经、写散文，他说："做诗使心发热，写散文稍为保养精神。"② 为了休养身心，周作人即使是写诗，也是散文化的，不过其古朴、清淡的风格中却又蕴含着幽深，这与传统文化包括佛教文化有内在的联系。

即使个人的写作趋向客观的写实，周作人也仍然认为新诗的本职在于抒情，只是抒情的方式可以进行调整。他将"生理的冲动"转换为一种当下的体验，或曰"刹那间的感兴"，书写的是平凡的事物："我们日常的生活里，充满着没有这样迫切而也一样的真实的感情；他们忽然而起，忽然而灭，不能长久持续，结成一块文艺的精华，然而足以代表我们这刹那内生活的变迁，在这一意义上这倒是我们的真的生活。"③ 来自日本俳句的"小诗"感情疏淡，语言素朴，同时还有清悠淡远的意境，相对于那些激烈跳荡、哀怨满腹的抒情诗，这样的写法使过火的情绪得到了遏制。周作人在《过去的生命》中写道：

> 这过去的我的三个月的生命，哪里去了？
> 没有了，永远的走过去了。
> 我亲自听见他沉沉的，缓缓的，一步一步的，
> 在我床头走过去了。
> 我坐起来，拿了一支笔，在纸上乱点，
> 想将他按在纸上，留下一些痕迹，——
> 但是一行也不能写，
> 一行也不能写。
> 我仍是睡在床上，
> 亲自听他沉沉的，缓缓的，一步一步的

---

① 周作人：《论小诗》，《周作人自编文集·自己的园地》，河北教育出版社2002年版，第48页。
② 周作人：《与废名君书十七通》，《周作人自编文集·周作人书信》，河北教育出版社2002年版，第107—108页。
③ 周作人：《论小诗》，《周作人自编文集·自己的园地》，河北教育出版社2002年版，第43页。

在我床头走过去了。

　　时间流逝中的每一个"当下"都无法复制、还原，这也是现代人的生存事实。波德莱尔提出的现代感性即审美现代性是从"过渡的、短暂的、其变化如此频繁的成分"中"提取它可能包含着的在历史中富于诗意的东西"，"从过渡中抽出永恒"①。相对于波德莱尔诗歌中那些碎片化的瞬间及其对世俗欲望的沉沦，周作人以古典的心态对待这样的"瞬间"，即希望在每一个瞬间获得生命的自足和安宁。在《老年的书》中，他借用日本作家谷崎润一郎的观点，说自己需要的文学是"心的故乡"②的文学，与朱自清在《毁灭》中表达了他希望回到的"故乡"是"现实"不同，周作人希望回到的"故乡"则是生命永恒的归宿。

　　姜涛认为："周作人对于'平凡实感'的偏爱，对于'过火的事物'之忧惧，便不仅仅是个人趣味的表达了，其中包含了他对整个'现代'的疏远及再思考。在日常生活的基础上培育一种新的伦理感受，通过'人情物理'的发现来重建现代中国人理性调和的生活世界，本身就是周作人后来尝试的一种'另类'的现代性方案。"③然而，与其说这是"现代性的方案"，不如说它是返回古典的方案，正如周作人所说："我恐怕我的头脑不是现代的，不知是儒家气呢还是古典气太重了一点。"④这里包含了他清醒的自我定位。当时的小诗作者除了周作人，还有冰心、宗白华等，虽然有散文化的倾向，但他们的诗并不像周作人的那般朴素客观，而更多浅近的抒情和说理，梁实秋就针对冰心认为小诗"是一种最易偷懒的文体，一种最不该流为风尚的诗体"⑤。

　　1926年周作人在回顾新诗时说："一切作品都像是一个玻璃球，晶莹剔透得太厉害了，没有一点儿朦胧，因此也似乎缺少了一种余香与回味。"⑥他因而提倡浪漫主义的创作原则和象征的手法。虽然提倡"具体的

---

① ［法］波德莱尔：《现代生活的画家》，《波德莱尔美学论文选》，郭宏安译，人民文学出版社1987年版，第484—485页。
② 周作人：《老年的书》，《周作人自编文集·秉烛后谈》，河北教育出版社2002年版，第37页。
③ 姜涛：《公寓里的塔：1920年代中国的文学与青年》，北京大学出版社2015年版，第110—111页。
④ 周作人：《后记》，《周作人自编文集·谈虎集》，河北教育出版社2002年版，第393页。
⑤ 梁实秋：《〈繁星〉与〈春水〉》，《创造周报》1923年第12期。
⑥ 周作人：《〈扬鞭集〉序》，《周作人自编文集·谈龙集》，河北教育出版社2002年版，第41页。

写法"的早期白话诗与提倡"刹那间的感兴"的"小诗"在写法上有某种相似之处,周作人的《两个扫雪的人》《微明》《路上所见》《北风》等诗歌就有类似于早期白话诗的写实风格,但同样是写实,周作人的这些小诗在意境和美学层次上和早期白话诗显示出差异。如果早期白话诗的"写实主义"过于平淡直白,那么周作人的"小诗"显得有"余香与回味",这来自客观的写物中所容纳的禅意,即"言近而旨远"。值得注意的是,由于其与早期白话诗在新诗发展中的位置各不相同,周作人的写法具有的意义也就不同:在经历了早期新诗的感伤主义情绪之后,周作人写法上的"往后退"甚至"返回古典"确实起到了警惕"过火的情感"的作用。

然而,与其说这是周作人为新诗提供的方案,不如说是为他个人提供的方案。从构建现代的主体来说,它也存在缺陷,正如他为自己的诗集《过去的生命》作的序(1929)所言:"这些'诗'的文句都是散文的,内中的意思也很平凡,所以拿去当真正的诗看当然要很失望",在当时,周作人也"不知道中国的新诗应该怎么样才是",[①] 只能从个人的处境和性情出发,构造一种首先让自己能接受的新诗。废名在《谈新诗》中认为新诗的形式是散文化的,内容是诗的,而周作人的诗歌从内容到形式都是散文化的。虽然废名对周作人的方案多有赞同,但两人的创作是有差别的。同样是宁静的美学,与周作人笔下具体的日常不同,废名非常注重诗歌的想象力,通过冥想,他将天地万物收纳于一体。相对于废名,周作人的诗非常散文化,缺乏"诗性",并非一种现代意义上的诗。另外,对于日常事物入诗的问题,闻一多也有和周作人不一样的看法,他说:"寻常的情操(Sentiment)不是不能入诗,但那是点石成金的大手笔的事,寻常人万试不得。"[②] 周作人和闻一多的出发点完全不同,前者出于对一种个体生命哲学的考虑,而后者则出于对新诗现代性的追求。

站在时代精神和抒情主义的立场,周作人这种"朴素的诗"也曾被诟病。成仿吾就对周作人引进的日本小诗予以了否定,认为"俳谐不足模仿",一是"俳句仅一单句,没有反覆的音律,他实在没有抒情的可能";二是安于静寂,"与时代精神背道而驰",它为作诗而作诗,而非处处"真

---

① 周作人:《序》,《周作人自编文集·过去的生命》,河北教育出版社2002年版,第1页。
② 闻一多:《评本学年〈周刊〉里的新诗》,《清华周刊》1921年第7期。

挚的热情做根底",是一种"游戏的态度"。① 对此,周作人显然并不认同,晚年他作《〈知堂杂诗抄〉旧序》时还带着嘲讽的语气说:"我哪里有这种不知手之舞之足之蹈之的材料,要来那末苦心孤诣的来做成诗呢?也就只有一点散文的资料,偶尔想要发表罢了。"② 周作人抵制过火的热情的方式,是回到"自己的园地",虽然他的小诗表达了具体的实感,然而,却隔绝了时代、社会的经验,这也决定了他的诗是"小"而"旧"的。

总之,"感伤的诗"和"素朴的诗"代表了早期新诗两种不同的抒情路向,也反映了早期新诗在抒情性上暴露的问题。实际上,浪漫的诗歌也并非如周作人认为的那样一概会导致热病,他刻意地冷却也并非积极的姿态。在西方诗歌中,浪漫主义的热情一方面可能是热病,另一方面也可能走向精神的宁静和永恒。肯尼斯·勃克在《济慈一首诗中的象征行动》中对济慈的《希腊古瓮颂》分析时认为,对于济慈来说,肺结核的高烧和寒冷等疾病症状与其诗歌创作具有紧密的联系,由于身体的激情短暂易逝,需要将其转换为积极的、永恒的精神,需要将身体性的高烧发展成为精神性的冰冷,"精神的行动离开了身体的欲求,从高烧到冰冷的变化并不是一种折磨。因为,在两者分离之后,只有高烧的良性的一面保留了下来"③,"身体的欲求是高烧恶性的一面,而精神的行动是良性的一面。在接下来的发展中,恶性的欲求被超越,而良性的行动的另一半,也就是智性欢乐占据了首要位置"④。也就是说,诗人水准的高低要看他的激情和狂热能否在诗歌中能化为宁静和永恒,这是西方批评家的标准。中国的新诗在当时还只能往两个方向走,或躁动,或冷静,并不具备这样升华和超越的能力。

新诗的现代化进程可以说就是抒情性的发展变化过程,而抒情性并不是一个可以单独抽离出来的问题,在技艺层面它与感觉、想象联结,在情感的层次和深度上它与经验、思想联结。从早期白话诗到新月派、现代派

---

① 成仿吾:《诗之防御战》,《创造周报》1923年第1期。
② 周作人:《〈知堂杂诗抄〉旧序》,载钟叔河编《周作人文类编·夜读的境界》,湖南文艺出版社1998年版,第639页。
③ [美]肯尼斯·勃克:《济慈一首诗中的象征行动》,载[美]哈罗德·布鲁姆等《读诗的艺术》,王敖译,南京大学出版社2010年版,第68页。
④ [美]肯尼斯·勃克:《济慈一首诗中的象征行动》,载[美]哈罗德·布鲁姆等《读诗的艺术》,王敖译,南京大学出版社2010年版,第72页。

以及七月派、西南联大诗人群的发展中可以看出，新诗逐渐从抽象、浮泛的感伤抒情走向真实、具有深度的抒情，早期新诗的躁动和泛滥之"情"得到了有效的抑制和转换。这也正是新诗从脱离于现实的感伤的"个人"走向个人与现实相结合的过程。它同时说明，"身体"作为构成现代主体的重要前提和基本内容，可以在新诗的抒情中扮演积极和消极两种不同的角色：积极是指"身体"在写作中体现为具体性和现实感，消极是指它仅仅体现为一种本能的冲动。

三 浪漫主义与身体的意志化

个性解放是"五四"的时代精神，以郭沫若为代表的浪漫主义诗歌呈现了被解放的主体的躁动和高扬，这种狂飙突进的诗歌随即为世人所瞩目。朱自清在《中国新文学大系·诗集》的"导言"中说："和小诗运动差不多同时，一支异军突起于日本留学界中，这便是郭沫若氏。"[①] 郭沫若的诗歌既具想象力，又具澎湃的诗情，相比之下，同时期的一些抒情诗如《蕙的风》虽在题材上具有一定的现代意识，但却没有走出感伤、静态的抒情传统。

郭沫若的创作明显受到西方19世纪浪漫主义诗歌的影响，浪漫主义通常都将文本中的主体形象等同于诗人的人格，而情感的真挚往往是诗人人格的首要标准。郭沫若说："我想我们的诗只要是我们心中的诗意诗境底纯真的表现，命泉中流出来的 Strain，心琴上弹出来的 Melody，生底颤动，灵底喊叫；那便是真诗，好诗。"[②] 但同样是真诚，相对于感伤主义情感的空泛和柔弱，郭沫若的抒情风格就不仅是真诚，而且包含着时代的律动，正如闻一多评价郭沫若的《女神》"他的精神完全是时代的精神——二十世纪底时代的精神"[③]，他认为郭沫若的《笔力山头展望》是体现20世纪是"动的世纪"的最好一例。

---

① 朱自清选编：《中国新文学大系·诗集》，上海良友图书印刷公司1935年版，"导言"第5页。
② 郭沫若：《致宗白华》，载郭沫若、宗白华、田寿昌《三叶集》，亚东图书馆1920年版，第6页。
③ 闻一多：《女神之时代精神》，《创造周报》1923年第4期。

崇尚个人自由意志的浪漫主义主体具有强大的革命性和创造力，这种时代精神用浪漫主义诗歌的方式表达的结果就是灵魂冲出身体肆意畅游。郭沫若的诗歌是意志化的，身体是实现其意志的工具，这种身体的意志化、工具化体现在两个方面：一是为情绪服务的节奏感；二是身体的受虐。

首先，郭沫若的诗歌具有强烈的节奏感。据诗人自述，他在写作时伴有激昂的身体反应，诗兴的冲动伴随身体的发动。诗人回忆说，《凤凰涅槃》是某天上午上课时诗的意趣袭来，写下了诗的前半部分，后来，"在晚上行将就寝的时候，诗的后半的意趣又袭来了，伏在枕上用着铅笔便只是火速的写，全身都有点作寒作冷，连牙关都只是打战"[①]。同样，他在创作《地球，我的母亲！》时也有这样的身体感受："那天上半天跑到福冈图书馆去看书，突然受到了诗兴的袭击，使出了馆，在馆后僻静的石子路上，把'下驮'（日本的木屐）脱了，赤着脚踱来踱去，时而又率性倒在路上睡着，想真切地和'地球母亲'亲昵，去感触她的皮肤，受她的拥抱。——这在现在看起来，觉得是有点发狂，然在当时却委实是感受着迫切。在那样的状态中受着诗的推荡、鼓舞，终于见到了她的完成，便连忙跑回寓所把她写在纸上，自己觉得好像真是新生了的一样。"[②] 精神的冲动如若不配以身体的舞动，就无法获得一种平衡，这也正是和郭沫若的"自然流露说"一致："我所著的一些东西，只不过尽我一时的冲动，随便地乱跳乱舞的罢了。……我自己对于诗的直感，总觉得以'自然流露'的为上乘。"[③] 此时，当激情和灵感降临，诗人就似乎只是其情感和情绪的被动记录者，读者会在诗中看到"一个身体高度痉挛的甚至自我肢解破碎的抒情自我形象"[④]。

郭沫若认为情感的热烈甚至比技巧更为重要，"要从技巧的立场来说吧，或许《女神》以后的东西要高明一些，但像产生《女神》时代的那种火山爆发式的内发情感是没有了。退潮后的一些微波，或甚至是死寂，有些人是特别的喜欢，但我始终是感觉着只有在最高潮时候的生命感是最够

---

① 郭沫若：《我的作诗的经过》，《郭沫若论创作》，上海文艺出版社1983年版，第205页。
② 郭沫若：《我的作诗的经过》，《郭沫若论创作》，上海文艺出版社1983年版，第204—205页。
③ 郭沫若：《致宗白华函》，载郭沫若、宗白华、田寿昌《三叶集》，亚东图书馆1920年版，第45页。
④ 姜涛：《公寓里的塔：1920年代中国的文学与青年》，北京大学出版社2015年版，第96页。

味的"①。情绪的节奏变成声音的节奏、身体的节奏体现在语言中："我们在情绪的氛氲中的时候，声音是要战栗的，身体是要摇动的，观念是要推移的。"② 显然，郭沫若看重的诗歌节奏感是诗歌发生学意义上的，即中国传统诗学所说的"咏歌之不足，不知手之舞之，足之蹈之"（《毛诗序》）。

　　南帆在《抒情话语和抒情诗》中将抒情话语分为简单和复杂两种类型，并指出"身体激动是简单类型抒情话语的终结之处"，"进入精神空间的抒情话语具有长久的效果"③，郭沫若显然属于前者，情绪的倾泻需要在身体的辅助下才能完成，这是一种简单的抒情话语。相比之下，进入精神空间的抒情话语也并非就是脱离身体的，精神空间的深度和广度需要以现实经验为依托，而这种经验往往具有身体性。浪漫主义诗歌的情绪节奏虽然显示出一种身体性，但其表达的情感和情绪却常常是抽象和悬空的。在新诗发展中，从个性解放到民族解放，都可以看到这种抒情方式的使用。因此在郭沫若的浪漫主义诗歌之后，随着诗歌越来越融入时代、革命和战争，在增强革命和民族意识，发挥文学的宣传功能中，诗歌的大众化就得益于这种抒情方式的身体化特征。

　　借助于狂放无羁的想象，在"重生"的主题下，郭沫若对身体的"施虐"也达到了顶点，身体完全受精神的驱使，身体行为是意志的显现：

　　我剥我的皮，
　　我食我的肉，
　　我嚼我的血，
　　我啮我的心肝，
　　我在我
　　我在我神经上飞跑，
　　我在我脊髓上飞跑，
　　我在我脑筋上飞跑。

　　　　　　　　　　　　　　　——《天狗》

---

① 转引自刘福春《中国新诗编年史》（上卷），人民文学出版社2013年版，第24页。
② 郭沫若：《论节奏》，《创造月刊》1926年第1卷第1期。
③ 南帆：《文学的维度》，上海三联书店1998年版，第296、299页。

这一个又一个"我"都是精神性的"主体",它让完整的身体变得破碎不堪,"我便是我呀!/我的我要爆了!",一个抽象的"我"左冲右突,最终冲出了肉身的限制,获得了自由,但其结果却只能是死亡,而郭沫若将这样的死亡理解为"重生"。这首《天狗》虽然充斥着"身体",但它恰恰是反身体的,郭沫若的主体意志和身体之间的关系是断裂的。

关于现代的主体和身体的关系,王德威认为,现代的主体并非抽象的,而是联结着肉身的欲望:"欲望并不止于所谓的人之大欲,或者饮食男女而已;欲望更遥指了现代人如何定义主体、发挥主体的起点。这样一个主体并不只是简单的抽象概念——这是我们议论的一个重要的部分,也连接到欲望'体现'的所在,那就是我们的肉身。在主体和肉身相互为用的形构下,欲望重新在20世纪被提出来,作为定义现代的中国人或中国人性的一个重要界面。"① 可以看出,这里的"欲望"是比身体本能、生命原欲更大的一个概念,既包含着身体,也包含着主体的精神。同时,这里的主体也并非抽象的,而是包含了身体,主体和欲望之间没有二分的界限。王德威所表述的是主体和欲望相融合的理想形态,但实际情况是主体和欲望之间的联通和互动并非畅通无阻,而是充满了复杂的纠葛,一方压倒另一方、一方抛弃另一方是常见的情形。

从"反封建"的个性解放立场出发,"五四"时期呼唤原始的生命力和野性的蛮力,在对外来思想和诗人的引介上,一些肯定身体本能的哲学家和诗人受到了重视,如尼采、厨川白村、惠特曼等,尤其是惠特曼,对郭沫若等诗人的创作有直接的影响。对生命原欲意义上的"自我"的张扬是惠特曼浪漫主义诗歌的重要内容,他的《我歌唱一个人的自身》《我歌唱带电的肉体》《本能的我》等诗歌都是赞颂人的身体本能,那里有生命的激情和难以被禁锢的冲动。在惠特曼这里,身体是灵魂,灵魂也是身体,它们是同一的。惠特曼的诗歌充满了对自然生命的热情赞颂,他强调诗歌必须有身体的在场,"一切玄学的基础"是活生生的肉体,在《然后一定会理解》中,他写道:

在柔和中,在困倦中,在开花期,在成长期,

---

① 王德威:《抒情传统与中国现代性:在北大的八堂课》,生活·读书·新知三联书店2010年版,第73页。

你的眼睛、耳朵，你全部的感官——你那最高级
的属性——那长于审美的一切，
一定会醒来，充实——然后一定会理解！①

早在1919年，田汉就介绍了惠特曼。他在《平民诗人惠特曼的百年祭》一文中，提及了厨川白村的《文艺思潮论》对欧洲文学中灵肉相持的传统的介绍，而惠特曼的诗歌则是这一传统的代表："以他的思想，系以灵肉调和为根本，极大胆地赞叹肉体之美的缘故。……人之感肉的要求，没有比现代更痛切、更激烈的。本来今人肉的要求越强烈，同时对于灵的强烈之要求也含在中间。正是古代原始的希腊人一样，欲从灵肉浑然一致的境地中看出真正的生之充实，这就是现代的特征。"②惠特曼的诗歌是对希腊文化的重返，在那里有原始健康和谐的生命，"希腊肉帝国的要素，在肯定现在，执着现在，惠特曼的人生观就是肉帝国的人生观了"③。据此，田汉指出："我们'老年的中国'因为灵肉不调和的缘故已经亡了。我们'少年中国'的少年，一方面要从灵中救肉，一方面要从肉中救灵。惠特曼是灵人而赞美肉体的，主张灵肉调和的思想，所以要纪念他。"④ 惠特曼诗歌的"自我之歌"并非抽象的，而是充满了真实的生命能量，田汉对惠特曼诗歌的高度赞扬正是"五四"的个性解放精神所需要的。

郭沫若也在惠特曼的诗歌中找到了时代之需，他说："惠特曼的那种把一切的旧套摆脱干净了的诗风和五四时代的暴飙突进的精神十分合拍，我是彻底地为他那雄浑的豪放的宏朗的调子所动荡了。"⑤ 然而，虽然诗歌风格上是相似的，但与惠特曼诗歌充沛的感性不同，在郭沫若这里，主体和身体并没融合，虽然他的诗歌包含了巨大的热情，但却带有明确的观念性和目的性。

郭沫若的诗歌是高度意志化的，诗中强大的主体性控制着世界的一

---

① [美]惠特曼：《草叶集》（下），楚图南、李野光译，人民文学出版社1994年版，第995页。
② 田汉：《平民诗人惠特曼的百年祭》，《田汉全集》（第14卷），花山文艺出版社2000年版，第308页。
③ 田汉：《平民诗人惠特曼的百年祭》，《田汉全集》（第14卷），花山文艺出版社2000年版，第306页。
④ 田汉：《平民诗人惠特曼的百年祭》，《田汉全集》（第14卷），花山文艺出版社2000年版，第311页。
⑤ 郭沫若：《我的作诗的经过》，《郭沫若论创作》，上海文艺出版社1983年版，第204页。

切，这样的主体和对象之间不存在一种交流和对话的关系，主体的情绪在一种高昂亢奋的身体节奏中释放，《天狗》《地球，我的母亲！》《立在地球边上放号》《笔立山头展望》等气象宏大的诗作，都表现了灵魂脱离了身体后的自由。想象力可以让灵魂离开身体飞升，但实际上自始至终受着主体意志的激发，这样的写法源于浪漫主义诗学。查尔斯·泰勒指出，现代文化之前，外在的自然"规定着我们的理性的秩序"，而现代文化之后，"我们是由我们在自身内部发现的目的和能力规定的"①，也就是说，世界的客观性并非现代诗人所看重的，诗人要表达的是内在于人的那个世界。因此，虽然郭沫若的诗歌凸显了主体的意志，但这个带有疯癫狂暴气质的主体并不具有成熟的现代性。

"五四"时代精神既然肯定了个体意志的自由，这就意味着新诗必定会出现一个极度重视主体意识的时期，而身体必然就成为表达这种意志的工具。郭沫若的诗歌中虽然出现了大量的身体词语如脊髓、血液、呼吸，但实际上，郭沫若的意志是不依托于身体的，"身外的一切！/身内的一切！/一切的一切！/请了！请了"，身体的毁灭意味着个人的意志突破了身体的限制，这并非郭沫若的首创和独创，这种写法在20世纪二三十年代的新诗中具有一种普遍性。早在胡适笔下，就已经出现了意识对身体的跨越，如他的《一念》：

> 我笑你绕太阳的地球，一日夜只打得一个回旋；
> 我笑你绕地球的月亮，总不会永远团圆；
> 我笑你千千万万大大小小的星球，总跳不出自己的
> 轨道线；
> 我笑你一秒钟行五十万里的无线电，总比不上我区
> 区的心头一念！
> 我这心头一念
> 才从竹竿巷，忽到竹竿尖；
> 忽在赫贞江上，忽在凯约湖边；
> 我若真个害刻骨的相思，便一分钟绕遍地球三千万转！

---

① [加拿大] 查尔斯·泰勒：《自我的根源：现代认同的形成》，韩震等译，译林出版社2001年版，第461页。

该诗抒写了精神解放后的自由和轻松。古诗中很少有抽象的事物，将意识写入诗歌是新诗的发明，这"一念"因为脱离了身体而无比自由，同时，想象与科学观念的结合，赋予了这"一念"以新的形式。类似的还有刘半农的《灵魂》："灵魂像鸟飞，世界像树枝；/魂在世界中，鸟啼枝上时//一旦起风，毁却这世界；/枝断鸟还飞，半点无牵挂！"世界即身体，离开了世界/身体的羁绊，灵魂就能获得完全的自由。此外，闻一多的《烂果》也表达了身体是灵魂的阻碍的观念：

> 我的肉早被黑虫子咬烂了。
> 我睡在冷辣的青苔上，
> 索性让烂的越加烂了，
> 只等烂穿了我的核甲，
> 烂破了我的监牢，
> 我的幽闭的灵魂
> 便穿着豆绿的背心，
> 笑迷迷地要跳出来了！

同样地，在《太阳吟》中，闻一多因思乡而寄情于太阳，当摆脱了肉身的禁锢，诗人就可以像太阳一样在宇宙间自由驰骋，这是典型的浪漫主义诗歌的身心观。由此看来，从早期白话诗到新月派诗歌，在身心关系的处理上，很多诗人都是扬心抑身的，还未能在身体与精神之间找到一种连接。

第三章　感性的崛起:早期新诗的现代性

查尔斯·泰勒在《自我的根源:现代认同的形成》一书中引用斯特恩的观点,认为感受性是"我们永恒的感情源泉……内在激励的神力","它在标识什么对我们是重要的内部本性上,捕捉到了感情的至关重要性,捕捉到了它与我们的道德根源内在于我们的感觉的联系"[①]。正因为感觉是身体化的,同时也是隐秘的潜意识的起源,因而具有神秘性和唯一性,"感受力属于最具个人性的事物,是个人内在性的体现"[②]。相对于传统艺术对客观世界的依赖,现代艺术正是在感性的基础上建立起来的,感性的未知、神秘和不确定性,正是诗性的来源。如果对感觉的表现只具有普遍性特征,重复或相似,那也就意味着艺术上的失败。

受西方象征主义、现代主义诗歌的影响,对稍纵即逝的感觉的捕捉和表现成为新诗的重要艺术方式,新诗的现代性与将诗歌作为感性艺术的可能性的不断发展和深化有密切的关系。朱自清在《诗与感觉》(1943)中认为哪里有感觉哪里就有诗,他将"感觉"看成现代诗歌的重要因素:"任一些颜色,一些声音,一些香气,一些味觉,一些触觉,也都可以有诗……发现这些未发现的诗,第一步得靠敏锐的感觉,诗人的触角得穿透熟悉的表面向未经人到的底里去。那儿有的是新鲜的东西。"[③] 从早期象征派到"现代派"诗歌,一个充满个人气息的感觉化的世界在新诗中被打开。这里将通过追溯新诗感性传统的发生,探讨感觉之于新诗艺术传统建立的重要性,同时也审视早期新诗在感性的自觉中所存在的问题。

---

① [加拿大] 查尔斯·泰勒:《自我的根源:现代认同的形成》,韩震等译,译林出版社2001年版,第463页。
② 耿占春:《失去象征的世界——诗歌、经验与修辞》,北京大学出版社2008年版,第341页。
③ 朱自清:《新诗杂话》,《朱自清全集》(第2卷),江苏教育出版社1996年版,第326—327页。

一 感官的觉醒与早期象征派诗歌

1925年，李金发的诗集《微雨》经周作人的推荐在北新书局出版，这是中国现代主义诗歌发生的标志性事件。早在20世纪20年代初，法国象征主义就被周作人、刘延陵、张闻天等人译介，只是随着李金发的诗集的出版，象征主义才开始真正受到关注，并形成了新诗史上的象征派诗歌，李金发、穆木天、王独清、冯乃超等诗人的写作反映了中国早期新诗对西方现代诗歌的接受和借鉴。法国象征主义是对浪漫主义注重自我及其情感的反动，它提倡回到语言本体，注重诗的音乐性和暗示功能，波德莱尔的"契合论"、魏尔伦的"音乐论"、兰波的"炼金术论"、马拉美的"幻美论"以及瓦雷里的"纯诗论"都程度不同地影响了早期象征派诗人。虽然这些诗人对象征主义理解的侧重点不尽相同，但在理论和写作实践中，将诗歌看作一种感觉、感官的艺术却是象征派诗人的共同追求。

梁宗岱是深得法国象征主义精髓的理论家，他的《保罗·梵乐希先生》《象征主义》《谈诗》等多篇文章对法国象征主义都有精要的阐释。在梁宗岱的阐发中，象征的艺术与中国传统的"比""兴"是不同的。"象征"并非单纯的诗歌技艺，它包含着对世界的理解。在象征的世界里，灵与肉、内在与外在化合为一体，"芳香和声音底呼应或契合是由于我们底官能达到极端的敏锐与紧张时合奏着同一的情调，这颜色，芳香和声音的密切的契合将带我们从那近于醉与梦的神游物底表底境界而达到一个更大的光明——一个欢乐与智慧做成的光明，在那里我们不独与万化冥合，并且体会或意识到我们与万化冥合……唤起波德莱尔所谓'歌唱心灵与官能底热狂'的两重感应，即是：形神俱释的陶醉和一念常惺的澈悟"[①]。情景交融、物我两忘，感官的世界最终也是灵魂的世界，它类似于禅宗的参悟，灵魂的提升是通过感性而不是理性获得的。

[①] 梁宗岱：《象征主义》，《梁宗岱文集（Ⅱ）：评论卷》，中央编译出版社、香港天汉图书公司2003年版，第73页。

作为早期象征派的领军诗人，李金发在表现内在化的"自我"时，他会将情绪和体验诉诸具体的形象，如他的《题自写像》：

即月眠江底，
还能与紫色之林微笑。
耶稣教徒之灵，
吁，太多情了。

感谢这手与足，
虽然尚少
既觉够了。
昔日武士被着甲，
力能搏虎！
我么？害点羞。

热如皎日，
灰白如新月在云里。
我有革履，仅能走世界之一角，
生羽么，太多事了呵！

《题自写像》以自言自语的方式描述自我的身体，整首诗虚实相生，实的部分是身体，虚的部分如"即月眠江底，／还能与紫色之林微笑""热如皎日，／灰白如新月在云里"是用抽象的方式来写具体。在这里，诗人对自我身体的欣赏绝非自恋，而是带着距离的审视，这就不同于浪漫主义的沉迷。相对于郭沫若诗歌因为对身体的夸大和神化而取消了身体，李金发显得冷静而客观，甚至有些自卑。这首诗写到了身体的有限性，"害羞""多事"表达的是对自我身体唯一性的确认和接纳。如果说"白话诗"的写实对象是外部的世界，那么李金发的这首诗则是回到具体的"自我"，"身体"保留了"小我"的真相，诗中轻松俏皮的语气正好与身体的"平凡"相呼应，如此细致地审视镜中的自我，在现代诗人中还不多见。他的其他诗歌中也有类似的表达："风在城头嘶过，／灯儿熄了，／我摸索我四体，／这方，那圆？"（《完全》）它们都触及了身体

第三章 感性的崛起：早期新诗的现代性

的限度问题，和"五四"时期普遍高涨的时代情绪显得很不一样。

不过，这样冷静而节制的书写在李金发的诗歌中也是有限的，遍布在他的诗歌中仍然是"灵"的孤独和哀戚，生命的绝望无助以及死亡的黑暗神秘。这些都使李金发的诗歌弥漫着一股伤感的情绪，他对生命的体验并没有上升到形而上层面，而停留于感官的描摹和情绪的倾诉："当生命之剧告终，／火焰亦低细了，／普照之温柔，伤感，／顿成死灰。"（《断句》）在他的代表作《弃妇》一诗中，想象的蔓延带来了意象的跳跃和并置，这都是因为灵魂是自由的，脱离身体的联想可以无止境地进行下去，正像诗人说"我的灵与白云徜徉在天际"（《我的灵……》），诗人真正迷恋的仍然是虚无缥缈的"灵"，而非实在的身体。因此，他的诗歌中虽然存在身体的感性，但灵魂和肉体并不能构成密切的依存关系，或者说，灵魂没有因感性的经验得到提升，这其实也意味着缺乏深切的感受性。

同时，因为与中国现实语境存在隔膜，李金发并不能将"身体"置于具体的历史现实之中。他诗歌的"欧化"气息，是由于他对法国象征主义诗人魏而伦、波德莱尔的诗歌的模仿多于改造，"象征"主要作为一种修饰手法使用的，这导致了他诗歌的"非中国化"特征。李金发的诗歌大多充满了一种生命的颓废和虚无感，这样的主题沿袭了波德莱尔等法国早期象征主义诗人的风格，他将对法国象征主义的理解主要运用于情绪的表达层面，而法国象征主义的"超越性"和"神启性"并没有在他的诗里得到表现，"那种真正有感而发并写得深刻的诗作就几乎很难找见"①。

尽管存在种种问题，但不能否认的是，李金发的诗歌对细腻的感觉的描摹也构成了现代汉语诗歌新的风景，这里面除了借鉴西方诗人如波德莱尔的感性，也有对自身经验的书写。《里昂车中》这首诗就完全写的是对周围世界细微的感觉和印象："细弱的灯光凄清地照遍一切，／使其粉红的小臂，变成灰白。／软帽的影儿，遮住了她们的脸孔，／如同月在云里消失！"整首诗充满了颜色、声音、光影、情绪和想象，具象和抽象结合的手法在李金发的诗歌中得到了充分的运用。

相对李金发热衷于用象征主义手法表达各种神秘、颓废的情绪体验，

---

① 陈太胜：《象征主义与中国现代诗学》，北京大学出版社2005年版，第68页。

象征派另外两位诗人穆木天、王独清则更钟情于象征主义技艺本身：穆木天对诗歌的音乐性及暗示功能的实践，王独清对象征主义"声""色"通感艺术的运用等。象征主义的暗示性，是对不可言说之物的言说，它正是在感性的话语系统中产生的。王独清说："诗，作者不要为作而作，读者也不要为读而读，须要为感觉而读。"① 他的《我从 Café 中出来》用断断续续的句子表现"醉"的状态，同时由押韵、复沓构成了诗歌的音响效果，这样就用声音传递了感觉。

除了声音，色、香、味等感觉的运用也是象征主义重要的艺术方式，看轻意义的表达、看重形式的效果也为象征主义诗歌带来了谜一样的特征，"象征主义对声音、颜色以及音乐的强调都指向了非语言形式的交流。诗歌保留了圣言的形式以保持其文本的多义性"②。穆木天作为"纯诗"的提倡者，他说："诗的世界是潜在意识的世界。诗是要有大的暗示能。"③ 他抱着"诗越不明白越好"的诗歌观念，主张废除句读，这样可以使诗歌的空白空间更大、更朦胧，在流动感中表现一种音乐性。这样的做法无疑可以激发读者的感觉和想象，如他的《落花》的前两节：

  我愿透着寂静的朦胧　薄淡的浮纱
  细听着渐渐的细雨寂寂的在檐上激打
  遥对着远远吹来的空虚中的嘘叹的声音
  意识着一片一片的坠下的轻轻的白色的落花

  落花掩住了藓苔　幽径　石块　沉沙
  落花吹送来白色的幽梦到寂静的人家
  落花倚着细雨的纤纤的柔腕虚虚的落下
  落花印在我们唇上接吻的余香　啊　不要惊醒了她

穆木天的诗在取消标点、叠词叠句和断片式的词语并置中获得一种音乐的暗示效果，只是与西方象征主义不同，它所暗示的不是抽象的哲学，

---

① 王独清：《再谭诗——寄给木天伯奇》，《创造月刊》1926 年第 1 卷第 1 期。
② 耿占春：《失去象征的世界——诗歌、经验与修辞》，北京大学出版社 2008 年版，第 94—95 页。
③ 穆木天：《谭诗——寄沫若的一封信》，《创造月刊》1926 年第 1 卷第 1 期。

而是一种浪漫感伤的情调，这样的"落花"是现实的、具体的，而非抽象的。西方象征主义诗人如果写一朵花，是具体的花更是抽象的花，马拉美说："我说，'一朵花'！在我不是有意排遣任何外在性的情况下，作为不同于熟知的花萼的某种东西音乐般地显现出来，这便是美妙的思想本身，是在所有的花萼都不在的情况下产生的思想。"[①] 法国诗人博纳富瓦解释道："当我们将花用词语加以表达时，花便不再是长在花束上的具体的花，而是一种比具体的花要抽象得多的、更高范畴的花了。"[②] 以具象写抽象，这也是梁宗岱常提到的诗学问题，在《谈诗》中他解读了瓦雷里的"纯诗"概念："所谓纯诗，便是摒除一切客观的写景，叙事，说理以至感伤的情调，而纯粹凭借那构成它形体的原素——音韵和色彩——产生一种符咒似的暗示力，以唤起我们感官与想象底感应，而超度我们底灵魂到一种神游物表的光明极乐的境域。"[③] 通过具象的抽象获得一种宗教式的情感，甚至由此抵达不可言说之世界的真理，这样的艺术观念的形成与柏克森的直觉理论有直接的关联。

同样是写花，王独清的《玫瑰花》就展示了中国式象征主义的特点。该诗对灯下钟情女子的描摹，玫瑰花的芳香中混合着男女之间的情爱，尽显迷离梦幻之美。诗开始的四句：

> 在这水绿色的灯下，我凝看着她，
> 我凝看着她淡黄的头发，
> 她深蓝的眼睛，她苍白的面颊，
> 啊，这迷人的水绿色的灯下！

这四句诗音韵和谐流畅，短短的四句诗中有绿、黄、蓝、白等丰富的色彩，正如诗人所说："这种'色'、'音'感觉的交错，在心理学上就叫作'色的听觉'；在艺术方面，即是所谓'音画'。"[④] 这是象征主义的通

[①] [法] 马拉美：《白色的睡莲》，葛雷译，花城出版社1991年版，第80页。
[②] [法] 伊夫·博纳富瓦：《论瓦雷里》，《瓦雷里诗歌全集》，葛雷、梁栋译，中国文学出版社1996年版，第330页。
[③] 梁宗岱：《谈诗》，《梁宗岱文集（Ⅱ）：评论卷》，中央编译出版社、香港天汉图书公司2003年版，第87页。
[④] 王独清：《再谭诗——寄给木天伯奇》，《创造月刊》1926年第1卷第1期。

感的艺术，它将五官打通。然而，如果只是为了音而音，为了色而色，那么感觉只能停留于感觉，"花"仍然属于托物寄情的对象，并不能唤起读者更多的想象和体验。梁宗岱认为象征主义的感官性也是具有意义的："云石一般的温柔，花梦一般的香暖，月露一般的清凉的肉感——我并不说欲感，希腊底雕刻，达文希底《曼娜李莎图》（Mona Lisa），济慈底歌曲，都告诉我们世间有比妇人底躯体更肉感的东西——而深沉的意义，便随这声，色，歌，舞而俱来。这意义是不能离掉那芳馥的外形的。因为它并不是牵强附在外形底上面，像寓言式的文学一样；它是完全濡浸和溶解在形体里面，如太阳底光和热之不能分离的。"[①] 感官和意义是不分彼此的，而"深沉的意义"并未在早期象征派诗人的笔下形成。郑伯奇在评价王独清的诗集《圣母像前》时，比较了中国的象征派诗歌与西方象征派诗歌的不同，他指出真正的象征派诗人"感觉是极纤细，极复杂，甚至以错觉为正当的感觉"，而"我们的诗人是否有这种异常的感能性？"同时，他也认为中国的象征派诗人没有将具体的情感上升到抽象，更没有西方象征主义的虚无主义色彩和宗教信仰的气息。[②] 因此，早期象征派诗人笔下的官能和感觉只是在"诗歌的思维术"层面具有意义，是对浅白直露的早期新诗在艺术上的反驳和推进。

早期象征派诗歌没有生长出自己的根系。随着革命文学的兴起，早期象征派诗人对自身进行了反思和否定，《大众文艺》1930年第5、6期合刊上刊登了16位作家的文章，总题为"我的文艺生活"。穆木天在其中发言说："那种诗，无论形式怎么好，是如何的有音乐性，有艺术性，在这个时代，结果，不过把青年的光阴给浪费些。"[③] 他还说："我在日本读书时，很喜欢象征派的作品，而现在我宁喜欢有社会意义的诗了。"[④] 现实逼迫着受西方影响的现代新诗向本土转换，而"感觉"作为一种艺术训练则会保存下来。

感受性作为诗歌艺术的基础，需要和精神、思想有效的结合，并将之融汇在富有生命力的现代汉语之中。感性的艺术也是真实的艺术，"感受

[①] 梁宗岱：《保罗·梵乐希先生》，《梁宗岱文集（Ⅱ）：评论卷》，中央编译出版社、香港天汉图书公司2003年版，第20页。
[②] 郑伯奇：《"圣母像前"底感想》，《洪水》1927年第3卷第32期。
[③] 穆木天：《我的文艺生活》，《大众文艺》1930年第5、6期合刊。
[④] 穆木天：《关于读诗的一点意见》，《读书月刊》1931年第2卷第4期。

性是一个人在场的证据,是一个人与世界面对面的时刻才发生的经验,是一个人与事物的具体关系的体现。感受性会呈现出一个世界"①,否则,"感性"只是模仿和借用的"西方的感性"②。早期象征主义的"欧化"是其生命力有限的主要原因,不过它对语言的重视,对直白诗风的反驳都具有重要意义。它不仅带来了令人惊异的面貌,同时作为中国现代主义诗歌的发轫,也建立起了与西方现代诗歌的联结。

二 戴望舒诗歌的"感性":从修辞到经验

按照戴望舒先后出版的三本主要诗集《我的记忆》《望舒草》《灾难的岁月》的顺序,通常将他的创作分为三个时期:第一个时期是从注重音乐性的"雨巷"阶段到抛弃音乐性的"我的记忆"时期;第二个时期是代表戴望舒创作成熟的"望舒草"时期;第三个时期是20世纪40年代的"灾难的岁月"时期。

戴望舒自己及一些诗人同行对"雨巷时期"的创作评价并不高,"用惯了的意象和用滥了的词藻,却更使这首诗的成功显得浅易、浮泛"③,这也是为什么戴望舒在后来编《望舒草》时将原来《我的记忆》诗集中的诗删去了18首,只保存了《我的记忆》等7首诗的原因。

《望舒草》是戴望舒诗歌成熟的标志,这与他这一时期对西方诗歌的翻译有直接关系。戴望舒对象征主义和超现实主义诗歌的翻译主要集中于法国诗人,有波德莱尔、魏尔伦、果尔蒙、耶麦、保尔·福尔、瓦雷里以及阿波里奈尔、艾吕雅等,另外还有西班牙诗人洛尔迦、阿尔倍谛。施蛰存说:"望舒的译诗工作是和他的创作互为影响的。"④ 只要比较一下《烦忧》《我的记忆》与他翻译的耶麦的《天要下雪了》《膳厅》、爱吕雅的《自由》等诗就可看到这种影响。

---

① 耿占春:《失去象征的世界——诗歌、经验与修辞》,北京大学出版社2008年版,第342页。
② 西渡:《灵魂的未来》,河南大学出版社2009年版,第44页。
③ 卞之琳:《〈戴望舒诗集〉序》,载卞之琳著、高恒文编《地图在动》,珠海出版社1997年版,第303页。
④ 梁仁编:《戴望舒诗全编》,浙江文艺出版社1989年版,"引言"第6页。

戴望舒的诗歌翻译是有选择性的，比如同样是对波德莱尔的翻译，他就摒弃了李金发所接受的波德莱尔的颓废、堕落的一面，他翻译的《应和》《异国的芬芳》《黄昏的和谐》《秋歌》等诗都取自波德莱尔诗歌感性而明亮的部分。而对他"望舒草"时期的创作影响更大的是他翻译的法国诗人果尔蒙、耶麦、保尔·福尔等的诗歌，他们诗歌的共同特点是弥漫着浓郁的感官色彩。袁可嘉评果尔蒙："他的诗质柔婉清丽，处处以色彩香味来表达细微的感觉，与瓦雷里的抽象的肉感大异其趣。他的《西茉纳集》中的《发》是我平生所见一首诗中香味最多的作品。"① 在《发》中，果尔蒙将近三十种动植物的香味铺排开来，整首诗散发着浓烈的自然生命气息，用如此丰富的气味来描写对一个女子的感觉，也来自象征主义诗歌重视感官的特点。戴望舒则如此说："他的诗有着绝端的微妙——心灵的微妙与感觉的微妙，他的诗情完全是呈给读者的神经的，给微细到纤毫的感觉的、即使是无韵诗，但是读者会觉得每一篇中都有着很个性的音乐。"② 在这样的影响之下，注重感官的书写也成为戴望舒诗歌的特点。在《望舒草》中，有很多写少女的诗歌，如《路上的小语》《我的恋人》《村姑》《百合子》《八重子》《眼》等，女性的头发、眼睛和嘴唇都是诗人描写的重点，诗人在爱人的形象上涂抹色彩、散发气味、制造声响。在《三顶礼》中，诗人写道："我的恋人的发，/受我怀念的顶礼"，"我的恋人的眼，/受我沉醉的顶礼"，"我的恋人的唇，/受我怨恨的顶礼"，这不仅是赞美恋人，也包含了诗人对身体及其感性至高的赞美。

"现代派"诗人重直觉和暗示，它的表现方式是现代的，但它所表达的情绪却是古典的，杜衡说戴望舒早、中期的诗歌是"象征派的形式，古典派的内容"③，孙作云在评论"现代派诗"时说"他们的眼睛，看到天堂，看到地狱，但莫有瞥到现实。现实对他们是一种恐怖、威胁。诗神走到这里便站下脚跟，不敢再踏进一步"④，而戴望舒写道"假如把我自己描画出来，/那是一副单纯的静物写生"（《我的素描》）。"单纯的静物"是戴望舒对自己诗歌的精准概括，它纯净得不染尘埃，也过滤掉了时代生活的急速变化和动荡不安，仿佛永远置身于一个恬静的梦里，在这个梦里只

---

① 袁可嘉：《欧美现代派文学概论》，上海文艺出版社1993年版，第115页。
② 梁仁编：《戴望舒诗全编》，浙江文艺出版社1989年版，第236页。
③ 梁仁编：《戴望舒诗全编》，浙江文艺出版社1989年版，第52页。
④ 转引自刘福春《中国新诗编年史》（上卷），人民文学出版社2013年版，第142页。

有纯净的自然和恋爱。

相对于早期象征主义诗歌"欧化"的形式主义倾向,戴望舒重"文"胜于重"质",也就是说,他和废名一样,重视诗的内容大于诗的形式。杜衡指出:"在望舒之前,也有人把象征派那种作风搬到中国底诗坛上来,然而搬来的却正是'神秘',是'看不懂',那些我以为是要不得的成分。望舒底意见虽然没有像我这样绝端,然而他也以为从中国那时所有的象征诗人身上是无论如何也看不出这一派的诗风底优秀来的。因而他自己为诗便力矫此弊,不把对形式的重视放在内容之上……(他的诗)很少架空的感情,铺张而不虚伪,华美而有法度。倒的确走的诗歌底正路。"[①] 戴望舒欣赏中国古典"温、李"一派的诗,杜衡看到了戴望舒让象征的艺术本土化的努力,也道出了戴望舒在"化欧"上达到的新高度。

然而,对所谓诗的"内容"的看重,在戴望舒这里,一方面是感觉和想象;另一方面是一种古典的、感伤的情绪。他的诗歌表达了生活于现代都市中的年轻人对古老中国的文化乡愁,记忆和梦幻是他常写的主题。他的诗歌多的是古典的"静气",而少了现代的律动,"窗头明月枕边书",诗人愿意远离尘世的喧嚣,"看天,看星,看月,看太阳。/也看山,看水,看云,看风","静默地看着,乐在其中","乐在空与时以外,/我和欢乐都超越过一切的境界,/自己成一个宇宙,有它的日月星"。(《赠克木》)这样的逍遥和自由自然只是诗人的一厢情愿。

戴望舒的诗歌中的"身体"是功能性的——看、听、闻等,而身体的这些功能向内通向主体的部分却是散淡而柔弱的。他的诗歌呈现的是一种感性的情绪体验,在他的《诗论零札》的"十七条诗论"中,"情绪"一词就出现了7次,也就是说,情绪而非经验是戴望舒诗歌的主要表达对象。由于对精神更准确地说是对情绪的重视,身体和精神的分离也势所必然:"我是青春和衰老的集合体,我有健康的身体和病的心"(《我的素描》);"老实说,我是一个年轻的老人了:/对于秋草秋风是太年轻了,/而对于春月春花却又太老"(《过时》)。戴望舒翻译的波德莱尔的《快乐的死者》中有这样的诗句:"请毫不懊悔地穿过我臭皮囊,/向我说,对于这没灵魂的陈尸,/死在死者间,还有甚酷刑难当!""身心分裂"的事实却道出了"重心轻身"的价值取向,"重心轻身"一方面是戴望舒诗歌的

---

① 梁仁编:《戴望舒诗全编》,浙江文艺出版社1989年版,第52页。

精神气质。另一方面，也成为他诗歌的文体风格——"感性"的价值主要是在形式和修辞层面，它生发的想象是对幻美的艺术世界的追求。

吴晓东指出，"纳蕤思"作为象征主义诗歌艺术中的原型形象，它的特征是"孤独的自恋，内倾与沉想，以心灵去倾听，在放弃行动的同时获得灵魂更大的自由……它要求诗人摆脱对感官世界的沉迷，去把握内心世界的律动并与超越的未知域契合"①。这样的描述也极契合戴望舒诗歌的精神指向，他的诗歌塑造了一个怀着无尽的乡愁、在孤独中追寻理想的诗人的自我形象。相对于李金发《题自写像》轻松的自我调侃的语气，戴望舒诗中的"自我"是纯洁得不食人间烟火的朝圣者——"寂寞的夜行人""可怜的单恋者""执着的寻梦者""怀着乡愁的游子"……这些形象都显得严肃而沉重，诗人向往的是"神仙"的生活、"天上的花园"（《乐园鸟》）。在对理想的寻求中，身体是可以抛弃的，"渴的时候也饮露，／饥的时候也饮露"（《乐园鸟》），"渴饮露，饥餐英"（《古意打客问》），这很明显是对《离骚》"朝饮木兰之坠露兮，夕餐秋菊之落英"的回应。诗人在《寻梦者》中写道："你的梦开出花来了。／你的梦开出娇妍的花来了，／在你已衰老的时候。"身体的衰老是时间的证明，它所换来的恰恰是精神的满足。

戴望舒诗歌中的"主体"是柔弱无力的，而主体的弱小会反过来侵蚀"身体"——在戴望舒的笔下体现为"衰老"："我怕自己将慢慢地慢慢地老去，／随着那迟迟寂寂的时间，／而那每一个迟迟寂寂的时间，／是将重重地载着无量的怅惜的。"（《老之将至》）在路易士的笔下体现为疾病："三月来了，／我之饰着良夜的窗是凄迷的，／而我却有着如棉的身子，／和数声轻轻的咳嗽。"（《三月之病》）而在何其芳笔下则是"季候病"："过了春又到了夏，我在暗暗地憔悴，／迷漠地怀想着，不做声，也不流泪！"（《季候病》）病态的身体是"现代派"诗人普遍性的情绪表征，因主体的柔软导致的对身体的侵蚀必然会使感性的艺术受到伤害，感性的功能无法真正在语言中发挥出来。

"真实的感性"具有唯一性，而在戴望舒的诗歌中，有大量重复的意象（李金发也是如此），如烟水、青色的天、园子、蔷薇、海、天空等，如此高的自我重复率，也就意味着感性可能已经固化，失去了其真正具有

---

① 吴晓东：《临水的纳蕤思：中国现代派诗歌的艺术母题》，北京大学出版社2015年版，第13页。

的艺术功能，这正如朱光潜说的真花、干花、假花的区别。在戴望舒翻译的诗歌中出现的蔷薇、紫罗兰等花草，当这些自然意象出现在他的创作中时，并不意味着它们都来自诗人自身真实的感性。也就是说，"翻译的感性"并不能直接转换成诗人内在的感性。20世纪20年代初闻一多写了花，不是西方的蔷薇，而是东方的菊花（《忆菊》），梁实秋因此说"这不愧是我们东方诗人的本色"①，闻一多也自认为它比早期新诗那些无病呻吟的情诗价值要高。② 而相对于闻一多笔下"菊花"的传统气质，郭沫若笔下的"花"更具现代气息，在《笔力三头展望》中，他写下了现代工业文明之"花"："一枝枝的烟筒都开着了朵黑色的牡丹呀！/哦哦，二十世纪的名花！/近代文明底严母呀！"可以看出，"花"作为感性观照的对象，在诗人的想象中融入了当下的经验，一朵包含着"真实的感性"的"花"只能来自诗人自身对它的观察、记忆和想象。

戴望舒说："象征派的人们说：'大自然是被淫过一千次的娼妇。'但是新的娼妇安知不会被淫过一万次。被淫的次数是没有关系的，我们要有新的淫具，新的淫法。"③ 戴望舒意识到，新诗需要不断生发新的感性，他的诗歌中的感官表达如眼之所观、耳之所听、鼻之所闻都是艺术表现的手段并为情绪服务的，起到了类似于"兴"的作用，而它们自身并没有构成一种本源性的生命经验，还未能包含对世界的思考和认知，也没有和想象构成一种对话关系。

此外，戴望舒诗歌的感性与其丰富的想象力是一体的，他对想象力的重视与他翻译的法国超现实主义诗人苏佩维埃尔（戴望舒译为许拜维艾尔）、西班牙诗人洛尔加、沙里纳思、迭戈等的影响有直接的关系。在《许拜维艾尔访问记》一文中，戴望舒写道："他所需要的是一个更广大深厚得多的世界，包涵日月，星辰，太空的无空间限制的世界，混合过去，现在和未来的无时间限制的世界；在那里，没有死者和生者的区别，一切东西都是有什么有灵魂的生物。"④ 人与世界可以获得神秘的感应是象征主义的基本观念，戴望舒的诗歌里虽然有"宇宙"相关的词汇，但和象征主

---

① 转引自刘福春《中国新诗编年史》（上卷），人民文学出版社2013年版，第42页。
② 闻一多：《1923年3月25日致闻家骃信》，《闻一多全集》（第12卷），湖北人民出版社1994年版，第162页。
③ 戴望舒：《望舒诗论》，《现代》1932年第2卷第1期。
④ 戴望舒：《许拜维艾尔访问记》，《新诗》1936年第1期。

义所追求的"宇宙意识"还是有区别的：西方象征主义、超现实主义诗歌追求一种形而上的哲思和宇宙意识，戴望舒并无多少超验的或带有哲思性质的"宇宙意识"，他只是跟随超现实主义浪漫化的想象将这种感应进一步扩大，通过诗歌的想象带来一种超越性，正如戴望舒喜爱的西班牙诗人迭戈所说"创造我们永不会看见的东西，这就是诗"[1]。

有论者称，戴望舒"将大宇宙与身体（小宇宙）之间的关联，表现得淋漓尽致，而达到一种以'身体化'为主要手段的主客观相融"[2]。"相融"没错，但从严格的意义上来讲，是否出现了身体意象就是充分的"身体化"还需要分辨。可以分析一下他的后期代表作《眼》：

你的眼睛的微光下，/迢遥的潮汐升涨：/玉的珠贝，/青铜的海藻……/千万尾飞鱼的翅，/剪碎分而复合的/顽强的渊深的水。

无渚崖的水，/暗青色的水！/在什么经纬度上的海中，/我投身又沉溺在/以太阳之灵照射的诸太阳间，/以月亮之灵映光的诸月亮间，/以星辰之灵闪烁的诸星辰间？/于是我是彗星，/有我的手，/有我的眼，/并尤其有我的心。

我晞曝于你的眼睛的/苍茫朦胧的微光中，/并在你上面，/在你的太空的镜子中/鉴照我自己的/透明而畏寒的/火的影子，/死去或冰冻的火的影子。

我伸长，我转着，/我永恒地转着，/在你永恒的周围/并在你之中……

我是从天上奔流到海，/从海奔流到天上的江河，/我是你每一条动脉，/每一条静脉，/每一个微血管中的血液，/我是你的睫毛/它们也同样在你的/眼睛的镜子里顾影/是的，你的睫毛，你的睫毛。

而我是你，/因而我是我。

这首诗写于1936年，出自戴望舒20世纪40年代出版的诗集《灾难的岁月》，相对于《望舒草》中的象征主义手法和古典意境，这本诗集将超现实主义手法和浪漫主义精神结合起来，一方面表现出视野的扩大、对现

---

[1] 梁仁编：《戴望舒诗全编》，浙江文艺出版社1989年版，第645页。
[2] 董强：《梁宗岱穿越象征主义》，北京出版社出版集团、文津出版社2005年版，第150页。

实经验的容纳，另一方面在艺术上也表现出对之前诗歌的超越。《眼》这首诗与果尔蒙的《发》一样，也将身体自然化，这一写法并非戴望舒的独创。泰戈尔《园丁集》中有诗《我的心是旷野的鸟》："我的心是旷野的鸟，已经在你的眼睛里找到了它的天空。/你的眼睛是早晨的摇篮，你的眼睛是繁星的王国。/我的歌曲，消失在你眼睛的深处。/就让我翱翔在那一片天空里，翱翔在那一片孤寂无垠的空间里。/就让我排开它那朵朵的云彩，在它的阳光里展翅飞翔。"与泰戈尔的这首诗相比，戴望舒的想象力驰骋得更加汪洋恣肆，诗人在爱人的眼睛里看到了大海、日月星辰甚至太空，而手、眼等也随之幻化为超现实之物，诗人化为"彗星"，与广大的宇宙相接触、相汇通，整首诗充满了丰富的光影和动感。诗人表达的"我"与"你"的交融是全部身心的交融，"我是你/因而我是我"，在与爱人的合一中自我获得了完整，"其惊人之笔，正来自他敢于联想，敢于大胆处理真实而不屈从于表面。这样，每一个感觉、每一个形象都产生于绝对的自由"①。

正如郭沫若的《天狗》等诗歌释放的狂放不羁的想象力一样，戴望舒同样将"身体"放大并置于广阔的宇宙空间，"身体"在被神话和放大的过程中，显示了浪漫主义的主体性，不过，这样的主体并不具有经验性，而只具有意志性。通常将郭沫若的诗歌看作浪漫主义诗歌并不视其为超现实主义诗歌，显然是由于郭沫若诗歌中强大的主体对自然的姿态是掠夺和侵占性的，而超现实主义追求的是人和自然的和谐状态，因而戴望舒的诗歌所表达的也并非西方象征主义和超现实主义诗歌意义上的"宇宙意识"。

江弱水比较了戴望舒的《古神祠前》和《眼》两首诗，他认为，相对于《古神祠前》，在《眼》这首诗中，"一种远为广大的同情，代替了原先的秘密的感觉的互通，也使得戴望舒的诗呈现出崭新的面貌"②。这"崭新的面貌"最突出的特征是想象力纵横捭阖，身体超越了日常的感官经验，梦幻代替了现实。对于新诗的发展来说，想象力的进步无疑就是诗歌的进步，然而，从西方诗歌由浪漫主义到现代主义的发展轨迹来看，由感性生发出来的想象力也需要一种张力的控制，戴望舒诗歌想象力的核心是情绪，而非现实经验。戴望舒所说的"诗是由真实经过想像而出来的，不单

---

① ［法］苏珊娜·贝尔纳:《生活的梦：戴望舒的诗》,《读书》1982年第7期。
② 江弱水:《文本的肉身》,新星出版社2013年版,第127页。

是真实，亦不单是想像"①，然而，到底什么是"真实"，戴望舒并没有进一步思考。因此，在戴望舒的诗歌中，"身体"对于新诗的功能还没有真正发挥出来，"诗人们缺乏的可能不是一种沉思的意向，而是更沉潜的沉思能力"②。

不过，戴望舒的现代气质在其早期诗歌中还是有所展露的。《断指》是戴望舒"我的记忆"时期的作品，呈现出与他早期的其他作品不一样的风格，卞之琳高度评价该诗："在亲切的日常说话调子里舒卷自如，锐敏，精确，而又不失它的风姿，有节制的潇洒和有工力的淳朴。日常语言的自然流动，使一种远较有韧性因而远较适应于表达复杂化，精微化的现代感应性的艺术手段，得到充分的发挥。"③ 与其说这是对《断指》的评价，不如说是卞之琳心中理想的现代汉语诗歌的形态。卞之琳所认为的现代诗歌的语言特点也正是来自他对新诗和现代生活的关系理解：其一，只有扎根于日常经验，诗歌才会扎实而不空泛，硬朗而不柔弱，才不会流于浅近的感伤；其二，古典时期生活的和谐和整体感被打碎之后，需要新的感性艺术才能准确表达现代生活的复杂性；其三，节制、准确、自然的语言是靠近理想新诗并衔接传统的重要方式，卞之琳的这一诗歌观念在他自己的诗歌中才能找到呼应。回到《断指》这首诗，它虽然没有达到卞之琳所说的新诗理想，在戴望舒早期的诗歌中却是特殊的，它舍弃了传统的抒情方式，由于现实的注入、表达方式的变化，而从他的诗歌中脱颖而出。虽然在编《望舒草》时，戴望舒并没有将《断指》选入诗集，而是挑选了同样具有"记实"倾向但在艺术上显得更完美的《我的记忆》及其他几首抒情诗，但正是《断指》中的场景和对话最早体现了新诗戏剧化的追求，同时也因为对现实的介入，表现出与单纯而柔弱的古典审美不同的现代风貌。

如果说戴望舒早期诗歌中的"身体"主要体现为一种感官化的修辞手法，那么抗战以后的诗歌中"身体"则呈现为一种对现实经验的包容，在这一过程中，主体的意志也随之呈现出来。《我用残损的手掌》就不仅以"身体"为触媒，而且以"身体"为主体："只有那辽远的一角依然完整，/温暖，明朗，坚固而蓬勃生春。/在那上面，我用残损的手掌轻

---

① 戴望舒：《望舒诗论》，《现代》1932 年第 2 卷第 1 期。
② 吴晓东：《临水的纳蕤思：中国现代派诗歌的艺术母题》，北京大学出版社 2015 年版，第 30 页。
③ 卞之琳：《〈戴望舒诗集〉序》，载卞之琳著、高恒文编《地图在动》，珠海出版社 1997 年版，第 303 页。

抚,/像恋人的柔发,婴孩手中乳。/我把全部的力量运在手掌/贴在上面,寄与爱和一切希望。"戴望舒在这里运用了超现实主义的手法,这只被无限放大的"手"寄寓着诗人的情绪和记忆,同时还注入了"力量",这是根本性的变化。虽然《断指》也写到了"手":"在一口老旧的,满积着灰尘的书橱中,/我保存着一个浸在酒精瓶中的断指","断指"是记忆的象征物,在时间上它属于过去,是静态的,而《我用残损的手掌》中之"手"却是指向当下并处于动态中的。

  在对情绪的看重中,戴望舒也意识到自己的诗歌缺少"思想",即智性的因素,他写道:"我思想,故我是蝴蝶……/万年后小花的轻呼/透过无梦无醒的云雾,/来振撼我斑斓的彩翼。"(《我思想》)这里的"思想"在诗歌中仍只体现为一种感觉和情绪,而在《白蝴蝶》中戴望舒就更清晰地将"思想"联结于"智慧":"给什么智慧给我,/小小的白蝴蝶,/翻开了空白之页,/合上了空白之页",智性对于感性的熔铸才能获得现代的感性。正如艾青所说:"人是最高级的动物,在眼、耳朵和鼻孔之外,还有脑子。诗人只有丰富的感觉力是不够的,必须还有丰富的思考力,概括力,想象力。""不要满足于捕捉感觉;感觉被还原为感觉,剩下来的岂不只是感觉吗?"[①] 在新诗将对感觉的重视确立为其艺术的起点之后,如何将其熔铸于现代的经验之中是更为重要的问题。

---

① 艾青:《诗论》,人民文学出版社1980年版,第182页。

第四章　从"声音"到"呼吸"：
　　　新诗音乐性的现代转换

　　相对于古典诗歌，现代汉语诗歌在语言体系上发生了根本性的迁移，它不再能获得古典诗歌那样完美的音乐性，因而在新诗的发展历程中，传统音乐性的丧失对很多诗人而言是一个挥之不去的心结，一代又一代的诗人都在努力探讨和建构现代汉语诗歌的音乐性规范。对这一发展进程的梳理，学界早已有较为丰富的论述。与已有的对于新诗音乐性问题的研究不同，本章的论述重点不在具体的音乐建构方式上，而是从新诗音乐性发展逻辑所形成的两种主要方式出发，考察中国现代汉语诗歌对音乐性的理解及实施途径。由此探讨新诗发展的不同时期音乐性的内在指向，以及其中所包含的诗学观念和语言认知，并最终落脚于当下诗歌写作音乐性的走向这一问题上来。

一　"声音观"与新诗的格律化追求

　　新诗发轫是从废除平仄、格律起步的，胡适倡导的白话诗运动提出"不拘格律，不拘平仄，不拘长短；有什么题目，做什么诗；诗该怎么做，就怎么做"[①]，无拘无束也可以是诗，这样的诗歌观念完全打破了古典的诗歌形象，由于它顺应时代的要求，因而得到了很多诗人的拥戴。康白情就在《新诗底我见》中赞成新诗需要自然的节奏，因为古诗的节奏是做出来的，"旧诗里音乐的表见，专靠音韵平仄清浊等满足感官底东西。因为格

---

① 胡适：《谈新诗》，《胡适文集》（第2卷），北京大学出版社1998年版，第138页。

第四章 从"声音"到"呼吸":新诗音乐性的现代转换

律的束缚,心官于是无由发展;心官愈不发展,愈只在格律上用工夫,浸假而仅能满足感官;竟嗅不出诗底气味了。于是新诗排除格律,只要自然的音节","诗要写,不要做"。① 同样地,郭沫若也是自然节奏的提倡者和实践者,在《论节奏》中,他指出:"旧体的诗歌,是在诗之外,更加了一层音乐的效果。诗的外形,采用韵语,便是把诗歌和音乐结合了的。我相信有裸体的诗,便是不借重于音乐的韵语,而直抒情绪中的观念之推移,这便是所谓散文诗,所谓自由诗。"② 可以看出,这些对白话诗、自由诗合理性的论说都是以对古典诗歌及其韵律的否定为核心的,只有解除外在的束缚,才能自由地表达,这也是和"五四"精神相一致的,而舍弃韵律的诗何以成其为诗是当时还来不及考虑的问题。

中国古典诗歌极其看重音乐性,平仄、格律、韵脚等都是为制造音乐性服务的。从诗歌发生学角度来看,诗歌的音乐性问题首先是一个身体感的问题,《毛诗序》有言:"诗者志之所之也。在心为志,发言为诗。情动于中而形于言,言之不足故嗟叹之,嗟叹之不足故永歌之,永歌之不足,故不知手之舞之足之蹈之也。情发呼声,声成文谓之音。"诗、歌、舞最初是一体的,诗是语言的,歌是旋律的,舞则通过身体动作和"歌"的旋律达成一致。因此,重"音乐性"和重"身体感"在诗歌中是同时发生的。新诗成立之初,郭沫若在《论诗》中从诗歌的发生角度论证了诗歌、音乐、舞蹈的一体性,他认为在这一点上中西方诗歌是一致的,③ 而作为自由体的新诗,是否因为舍弃了音乐性就舍弃了这种身体感呢?郭沫若并不认为如此,他的关于新诗节奏的理论和实践证明了离开诗、歌、舞一体的传统表现方式,现代汉语诗歌同样可以获得音乐性。

回顾新诗发生之初,胡适提倡"作诗如作文",新诗以散文化的语言和思维为旗帜来反叛古典传统。在新诗的发展中,废名、艾青等诗人也都提倡自由诗,然而自由诗的实践又形成了新的困扰:"在取消了这些限制之后,诗人的困难反而有增无减。形式仿佛是诗人与读者之间一架共同的桥梁,拆去之后,一切传达的责任就都落在作者的身上。究其实际,自由诗并没有替诗人挣得自由,反而加重了诗人的负担,使他在用字的次序

---

① 康白情:《新诗底我见》,《少年中国》1920年第1卷第9期。
② 郭沫若:《论节奏》,《创造月刊》1926年第1卷第1期。
③ 郭沫若:《论诗》,载谢冕总主编,吴思敬分册主编《中国新诗总系》(第9卷),人民文学出版社2010年版,第59页。

上，句法的结构上，语言的运用上，更直接，更明显地对读者有所交代。"① 同时，从20世纪20年代末的新月派开始，诗人及理论家们就认识到，新诗的格律化不是单纯的声音问题，而是获得抒情的节制的问题，即通过制造规范使诗人们不沉溺于情感的表达，这即形式的功用。所以当白话诗的历史合理性被普遍接受之后，接下来就是要寻找到新诗的形式规范，更准确地说是音乐规范。正因为如此，新诗对格律的探索一直没有中断，以古典诗歌规范的音乐性为依据，诗人及理论家对新诗的音乐性表现出强烈的诉求："一个国家，如果没有适合它的现代语言的格律的格律诗，我觉得这是一种不健全的现象，偏枯的现象。"② 和谐、悦耳、有节奏感、易于吟诵是新诗基本的形式诉求，可以说，早期新诗基本的"声音观"是以这样的音乐性为内涵的。

新诗音乐性的问题很多时候就是格律化的问题，对格律诗的讨论贯穿在20世纪的新诗发展中。对新诗格律问题的理论探讨在新诗产生的二三年后就出现了，陆志韦、刘大白等都是格律问题最早的探索者。陆志韦提倡"有节奏的格律诗"，他说："节奏千万不可少，押韵不是可怕的罪恶。"③ 刘大白则在《中国诗的声调问题》《新律声运动和五七言》等文中强调在诗体解放的同时，必须注意诗歌的外在形式。随之，20世纪二三十年代、50年代、80年代前后都有对格律诗问题的集中讨论，对这一问题关注的诗人、理论家列出来有一长串的名字，如梁宗岱、朱自清、饶孟侃、闻一多、孙大雨、戴望舒、朱湘、朱光潜、卞之琳、何其芳、林庚、王力、李广田、冯至等。那么，经过这一百年的探索，是否对诗歌音乐性的认知达成了某些共识？是否在格律诗的具体规范上形成了某些得到广泛认同的原则？更为关键的是，诗人和理论家们是如何处理作为诗歌形式的音乐性和内容之间的关系的？

在对新诗音乐性的认知上，经历了漫长的格律诗和自由诗之争，在1959年前后达成的一个基本共识是：无论是自由诗还是格律诗，音乐性都是诗成其为诗的基础，自由诗和格律诗并不构成冲突，它们可以平行发

---

① 转引自谢冕总主编，吴思敬本卷主编《中国新诗总论：1950—1976》，宁夏人民教育出版社2019年版，第62页。
② 何其芳：《关于现代格律诗》，载何其芳《关于写诗和读诗》，作家出版社1956年版，第56页。
③ 陆志韦：《我的诗的躯壳》，载王永生主编《中国现代文论选》，贵州人民出版社1982年版，第70页。

第四章 从"声音"到"呼吸": 新诗音乐性的现代转换

展。在对新诗音乐性的探讨中,他们进一步提出了"新格律诗"的概念,这似乎是在旧格律诗和自由诗之间寻找一种过渡和平衡。遵循相对性的原则,新格律诗相对于旧格律诗是"非格律",相对于"自由诗"才是"格律",而自由诗也并非不要规范,而是追求"情绪的节奏""内在的节奏",只是相对于格律诗,其自由的特性才显现出来。总之,所谓新诗的格律只要最低限度地遵循某种规范即可,甚至可以逾越一些,只要符合诗歌表达的需要就无可指责。不过,当"格律"只是一种宽泛的原则,那么这样的"格律诗"也就有了接近自由诗的趋向。因此,在新格律诗的自由和自由诗的规范之间,并不存在泾渭分明的界限,而是存在交叉的部分,重复、排比、回环、押韵等音乐性的手法也是公共资源。

从对新诗格律化理论探讨的历史来看,核心问题在于以什么作为构成新诗音乐性的基本单位:饶孟侃提出了"音节"的概念,闻一多提出了"音尺"的概念,孙大雨、叶公超提出了"音组"的概念(孙大雨中华人民共和国成立后又进一步将"音组"理论完善)……尤其是在20世纪50年代末的格律诗讨论中,林庚、何其芳、卞之琳、王力、朱光潜等诗人和理论家都对新诗的格律化问题提出了不同见解。他们非常细致地探讨了顿、音步、脚韵、节奏、现代汉语与古代汉语的差别等问题,并提出了具体的格律诗方案,如林庚提出了"半逗律""九言体诗",何其芳、卞之琳吸收现代时期的格律诗成果,进一步提出以"顿"作为音乐性的基本单位,王力强调平仄和押韵等。经过长期的探讨,对格律诗的音乐性问题逐渐形成了一些基本的共识,它们反映了当时对新诗音乐性的认知程度。

在格律诗的理论和实践中,以何其芳、卞之琳在20世纪50年代末提出的格律诗方案最适合现代汉语的特点,获得的认同度也最高,并具有承前启后的意义。何其芳认为现代格律诗的基本要求是"按照现代的口语写得每行的顿数有规律,每顿所占时间大致相等,而且有规律地押韵"。他认为字数整齐的五七言格律诗已经不适应现代口语以两字以上的词居多的特点;而卞之琳相比于何其芳,在诗歌格律的看法上"出发点相同,着重点有些不同",他从"顿法"上将格律诗区别为五七言调子和非五七言调子,"五七言一路韵语调子便于信口哼唱(有别于按谱歌唱),四六言一路韵语调子倒接近说话方式,便于照说话方式来念"。由此,卞之琳区分了两种音乐性的节奏,一是格律的,如跳舞;二是自由的,如散步,而这样的"散步"也是有一定的身体节奏感的,并没有离开"顿"的基础。他指出：

> 我不着重分现代格律诗和非现代格律诗，我着重分哼唱式（或者如何其芳同志所说的"类似歌咏"式）调子和说话式调子。只要摆脱了以字数作为单位的束缚，突出了以顿数作为单位的意识，两种调子都可以适应现代口语的特点，都可以做到符合新的格律要求。而只要突出顿数标准、不受字数限制，由此出发照旧要求分行分节和安排脚韵上整齐匀称，进一步要求在整齐匀称里自由变化、随意翻新——这样得到了写诗读诗论诗的各方面的共同了解，就自然形成了新格律或者一种新格律（一种格律不等于一种格式或者体式，因为主要以顿数为单位的这一种格律可以如上面所说的容许各样的格式；而我不想排斥可能从别的标准出发而形成别种格律体系）。所以所谓新格律既没有什么神秘莫测的地方，也不是一大套清规戒律，既是新也是从旧而出。①

卞之琳反对"等音计数"的倾向（如林庚的"九言诗理论"），而只是以"顿数"作为形成音乐性的依据，不再片面追求字数的整齐，而追求"顿"的整齐和节奏的和谐，在哼唱式调子和说话式调子之间，他更倾向于后者。卞之琳的格律诗理论最能体现现代格律诗灵活多样的特点，也能说明现代格律诗经过几代人的探索，很多种方案和设想逐步在实践中被抛弃，而只有简单易行、符合现代汉语诗歌发展规律的方案才能得到真正的响应。不过，相对于卞之琳的"两分法"，后来有语言学学者的说法似乎更准确："诗不是唱的，也不是说的，它介于歌唱和日常口语之间"，"诗是吟诵的"，"'吟'是介于'说'和'唱'之间的一种话语表达"。② 这意味着诗歌的音乐性是语言性的，在对诗歌音乐性的追求中，既不能将其等同于音乐艺术，也不能将其等同于日常化的语言表达。

卞之琳对于诗歌节奏的划分实际上受到了叶公超的影响，叶公超认为新诗有不同于古诗的节奏追求。在《谈新诗》（1937）中，他指出：

---

① 卞之琳：《谈诗歌的格律问题》，《文学评论》1959 年第 2 期。
② 冯胜利：《汉语韵律诗体学论稿》，商务印书馆 2015 年版，第 34 页。

第四章 从"声音"到"呼吸":新诗音乐性的现代转换

> 新诗和旧诗并无争端,实际上很可以并行不悖。不过我们必须认清,新诗是用最美,最有力量的语言写的,旧诗是用最美、最有力量的文言写的,也可以说是用一种惯例化的意象文字写的。新诗的节奏是从各种说话的语调里产生的,旧诗的节奏是根据一种乐谱式的文字的排比作成的。新诗是为说的、读的,旧诗乃是为吟的、哼的。我感觉,新诗里的字都可以当作一种音标看,但旧诗里的字是使我们从直接视觉到意象的;换言之,读新诗的时候,我们的视觉仿佛是我们听觉的先锋,而我们听觉的内在反应是完全为我们各个人的语言习惯所支配的,所以新诗的读法应当限于说话的自然语调,不应当拉长字音,似乎摹仿吟旧诗的声调。①

叶公超在 20 世纪 30 年代提出的看法是超前的,他从语言的角度认识到白话和文言是两种不同的语言体系,因而在诗歌中所构成的音乐性也来自不同的方式。古诗的音乐性是新诗达不到的,也不应该是新诗所追求的。相对于古诗的适于吟唱,新诗更适于"说"和"读",它是由对文字的视觉开始,转化为内在的听觉。

站在今天的角度,现代格律诗的认知中存在着一些问题。首先是对声音的理解比较褊狭。新诗产生之后,诗歌的声音问题实际上就是音乐性的问题,而音乐性的问题就是节奏的问题,很多人认为声音的其他因素对于音乐性的形成并不重要。孙大雨认为,在构成声音的音长、音高、音势和音色诸种因素中,只有音长与节奏有关,在此基础上,他提出了"音组"的概念。② 他认为,外国诗歌的长短、高低、轻重所形成的节奏感并不适用于现代汉语诗歌,长短音相间、重轻音相间、高低音相间,并不能产生节奏。③ 由此,孙大雨否定了尝试从外语诗歌借鉴音乐性手段的做法。另外,何其芳、卞之琳将以"顿"为基础而形成的宽松的"格律"作为新诗音乐性的保证的思路,也同样是基于节奏的时间性特质的考虑。

节奏对于诗歌的"声音"来说是一种重要因素,也是一种基础性的要求,但它不能单独构成诗歌的音乐性。由于意义的引发,听觉上的美感不

---

① 叶公超:《谈新诗》,载杨匡汉、刘福春编《中国现代诗论》(上编),花城出版社 1985 年版,第 324 页。
② 孙大雨:《论音组》,《孙大雨诗文集》,河北教育出版社 1996 年版,第 75 页。
③ 孙大雨:《新诗的格律》,《孙大雨诗文集》,河北教育出版社 1996 年版,第 111 页。

仅靠"顿""音组"来产生节奏，也与音调、音色等存在关联。如对于孙大雨提出的"音组"概念，西渡指出："'音组'如果脱离了语调，只是一个刻板的、没有生命的东西，并不能自动地从中产生生动的、生机盎然的节奏。"① 和节奏主要与声音的长短（时间性）有关不同，语调包含着声音的轻重、高低。与欧洲语言不同的是，"我们的重音并不象一般欧洲语言那样固定在词汇上，而主要是在一句话里意思上着重的地方"②。也就是说，汉语诗歌的音调不是固定的，而是随着意义的变化而变化。这样看来，过去我们只对构成音乐性的节奏相当重视，这是一种抓大放小的策略，但毕竟忽略了其他的声音要素给诗歌带来的影响。而节奏对应的是一种抒情性的诗歌写作方式，一旦诗歌写作风格发生变化，它对诗歌音乐性的作用就没有那么明显了。

其次，在处理新诗音乐性的问题上，对形式和内容的关系的理解存在问题。闻一多在探讨诗歌的声音问题时就认识到"音"与"意"的关联："律诗的格律与内容不发生关系，新诗的格式是根据内容的精神制造成的。"③ "声和音的本体是文字里内含的质素，这个质素发于诗歌底艺术，则为节奏，平仄，韵，双声，叠韵等表象。寻常的言语差不多没有表现这种潜伏的可能性底力量，厚载情感的语言才有这种力量。诗是被热烈的情感蒸发了的水气之凝结，所以能将这种潜伏的美十足的充分的表现出来。"④ 他注意到，诗歌的情感和音乐性在语言中互为表里，不可分开。不过，在具体实践中，闻一多却只是把力量用在了形式问题上，他提出了诗歌的"三美"原则，这一理论上看似并无问题，但为了"建筑美"而"削足适履"，自然就无法行得通。新诗格律化的探讨是希望给"散文化"这一病症开出药方，结果是为了给出普遍性的解决方案，将诗歌的声音问题当作纯粹的形式问题进行讨论。

尽管声音和意义的联系作为一种常识不断被强调，但这仍然不能避免对新诗音乐性的探讨常走入形式和内容二分的误区，这也导致了各种矛盾的状况。最有代表性的是戴望舒，他在20世纪20年代末"雨巷"时期非

---

① 西渡：《灵魂的未来》，河南大学出版社2009年版，第67页。
② 何其芳：《关于现代格律诗》，载何其芳《关于写诗和读诗》，作家出版社1956年版，第71—72页。
③ 闻一多：《诗的格律》，《闻一多全集》（第2卷），湖北人民出版社1994年版，第142页。
④ 闻一多：《〈冬夜〉评论》，《闻一多全集》（第2卷），湖北人民出版社1994年版，第64页。

第四章　从"声音"到"呼吸":新诗音乐性的现代转换

常注重诗歌的音乐性,而几年以后他则说:"诗不能借重音乐,它应该去了音乐的成分","诗的韵律不在字的抑扬顿挫上,而在诗的情绪的抑扬顿挫上,即在诗情的程度上"。①事实上,追求非音乐性的戴望舒并非不要音乐性,而是将音乐性的问题内容化了,正如废名所说:"新诗要别于旧诗而能成立,一定要这个内容是诗的,其文字则要是散文的。"② 因此,诗歌的音乐性问题实际上是作为形式的音乐性还是作为内容的音乐性的问题。

事实上,若真能为现代汉语诗歌找到放之四海而皆准的音律标准,那么,新诗也就成了现代汉语的"旧诗"。林庚、王力等指出提倡格律诗,虽然不是要回到传统格律诗:"我们无论提倡或不提倡现代格律诗,都应该肯定'五四'时代推翻旧格律的功绩。如果我们现在提倡格律诗,也决不是回到'五四'以前的老路,不是复古,而是追求新的发展。"③ 但他们在诗学建设和实践中,都表现出以古诗为现代汉语诗歌的标准的倾向,即使当下,也有一些研究者明明清楚新诗与古诗的不同,却还是走进了古诗的窠臼,甚至因新诗不能获得古典诗歌的音乐性而否定新诗:"新诗的格律理论基本上局限在西方诗的格律里。或借鉴法文诗的大顿,或借鉴希腊、拉丁诗的长短音现象,而借鉴最多的则是英诗。闻一多、何其芳、卞之琳、朱光潜的新诗格律无不取之于英诗。"④ 这样的论断是偏颇而不符合现代汉语诗歌的历史事实的,通过否定新诗格律化的可能性从而否定新诗,显然是一种以古典诗歌为标准来要求现代汉语诗歌的偏执。

在很长时间内,新诗建设者们对音乐性的探讨普遍是将其作为纯粹的形式,并持内容决定形式、形式可以反作用内容的二元论思维,不过,也有一些例外。李广田在分析卞之琳的诗歌时就将形式和内容不可分割的观念贯彻到实践中,他认为卞之琳的诗歌变化无穷,"几乎是每一首诗都有它特有的格式和韵法"⑤,"那所谓形式者并不只是外在的形式,而是内在的,譬如节奏,那思想或理智的本身是有节奏的,感情本身也是有节奏的,所以作者在表现上并不只是用了那文字表面上的逻辑作为'因为……

---

① 戴望舒:《望舒诗论》,《现代》1932年第2卷第1期。
② 废名:《新诗问答》,载废名、朱英诞《新诗讲稿》,北京大学出版社2008年版,第7页。
③ 王力:《中国格律诗的传统和现代格律诗的问题》,《文学评论》1959年第3期。
④ 邓程:《论新诗的出路》,中国社会科学出版社2004年版,第314页。
⑤ 李广田:《诗的艺术——论卞之琳的〈十年诗抄〉》,《李广田全集》(第4卷),云南人民出版社2010年版,第239页。

所以……'之类的平叙,而是用了想象的逻辑,使一情一境跳跃地向前发展"①。李广田看到了形式的重要性,以及它和内容的一体性,透露出形式和内容是一体的见地,只不过在当时,这样的思路只能点到为止,不能有进一步的思考和发展。当然,如果说诗人的写作是可以超越理论的思考和限定,那么,内容和形式的一体性就会在新诗的实践中体现出来。

新诗的音乐性追求是在自由中追求符合现代汉语特点的艺术规律,这种普遍性的规律并不难掌握,但又远远不够。具体到每一首诗,从字到词,从词到句再到节,因为诗情的需要充满了各种变数,"愚劣的人们削足适履,比较聪明一点的人选择较合脚的鞋子,但是智者却为自己制最合自己的脚的鞋子"②。这"最合脚的鞋子"不仅具体到每一位诗人,也具体到每一首诗。因此,形式的不定性——这也确乎是新诗相对于古典诗歌的魅力所在,"旧诗的音乐是通过一定的程式获得的,是用语言去模拟音乐的效果,因而是外在的、人为的,也是公共的。新诗的音乐则是通过自然的音节来表现诗人内在的生命节律,它不依恃外在的韵脚和平仄的安排,而依靠口语自然灵活的节奏来形成一种充分个性化的声音图式。这个声音图式是诗歌形象的重要组成部分,它也是诗人人格和个性的表现,因而绝不可能用一个公共的格式来范围和限制"③。因此,"诗的成功从根本上说是一个奇迹"④,它不可复制、无可模仿,挑战着诗人创造力的极限。

经过一个多世纪的发展,对于新诗音乐性的认识已趋明朗。林少阳指出,对于新诗,"音"并不是单独存在的:"新诗的格律问题并非押韵这一类表面的音韵的问题,更包含了面对新诗的语言符号时阅读意识的问题。汉语新诗不可能在'音'的层面上孤立地考察,而必须结合汉字这一文字符号的语言学特性与阅读心理的互动关系综合论述。……'音'的问题其实是汉语新的书写体派生的问题,换言之,是'(音+形+义)'中的'音'的问题。"⑤ 由此可以看出,不在内容和形式的关系中讨论"音",而是将形式和内容割离,即"音"归属于形式,并服务于内容,这样的方

---

① 李广田:《诗的艺术——论卞之琳的〈十年诗抄〉》,《李广田全集》(第4卷),云南人民出版社2010年版,第219页。
② 戴望舒:《望舒诗论》,《现代》1932年第2卷第1期。
③ 西渡:《灵魂的未来》,河南大学出版社2009年版,第22—23页。
④ 西渡:《灵魂的未来》,河南大学出版社2009年版,第62页。
⑤ 林少阳:《未竟的白话文:围绕着"音"展开的汉语新诗史》,《新诗评论》2006年第2辑。

第四章　从"声音"到"呼吸"：新诗音乐性的现代转换

法终究只能是意义不大的自我循环。

因此，在诗歌的音乐性上可以寻找到一些基本的技巧和方法，但它们只是一些最小公约数。正如艾略特所说：

> 对一个想要写好诗的人来说，没有一种诗是自由的。谁也不会比我更有理由知道，许许多多拙劣的散文在自由诗的名义下写了出来；虽然它们的作者们写的是拙劣的散文还是拙劣的诗，或者是用这种或那种文体写的拙劣的诗，在我看来都无关紧要。而只有拙劣的诗人才会认为自由诗就是从形式中解放出来。自由诗是对僵化的形式的反叛，也是为了新形式的到来或者旧形式的更新所做的一种准备；它强调每一首诗本身的独特的内在统一，而反对类型式的外在统一。形式是由某个人想要说些什么而产生的，在这种意义上，诗的产生先于形式；正如一个音韵学的体系只不过表述了一系列相互影响的诗人的节奏所具有的共同点而已。①

在形式的意义上理解音乐性，在音乐性的意义上理解声音，这是诗学建构的主流方式，这样的方式仍是古典的而非现代的。现代汉语诗歌以诗体的解放为起点，在经过了长时间的摸索之后，它面临的困难和问题是：在相对宽松、自由的前提下，以现代口语为基础的新诗如何获得现代性质的音乐性？区别于传统"声音观"的音乐性应该是一种怎样的音乐性？

二 "呼吸观"与新诗音乐性的现代转换

胡适在1919年说："新诗大多数的趋势，依我们看来，是朝着一个公共方向走的。那个方向便是'自然的音节'。"② 胡适的这一预言在新诗一百多年的发展中得到了印证。现代汉语诗歌的发展是诗歌观念和技艺的演

---

① ［英］T.S.艾略特：《艾略特诗学文集》，王恩衷编译，国际文化出版公司1989年版，第186页。
② 胡适：《谈新诗》，《胡适文集》（第2卷），北京大学出版社1998年版，第142页。

进，其重要的特征之一就是抒情性的降低，它导致了传统音乐节奏感的减弱，而这与现代诗歌的叙事化、戏剧化、隐喻以及反讽等现代诗歌手法的使用有关。像戴望舒对音乐性看法的变化就直接源于他和西方象征主义诗歌的接触，这说明现代派诗歌从内在肌理来说是不能用传统诗歌的音乐形式来表现的。一旦节奏感在诗歌中不再居于那么重要的位置，声音的其他因素就会显现出来。"自然的音节"表面上看似散文化，但通过展现内在的生命经验，诗歌获得更丰富、更深厚的诗性，而音乐性则包含在这一内在的诗性之中。

在新诗发展史上，诗人和理论家早就对声音的心理化、精神化取向有所认识。1926年，郭沫若就在《论节奏》中论述了节奏与身体、心理的关联。对于节奏发生的原因，他在文中介绍了四种说法，第三种就是"生理学的假说"："这种假说，是把心脏的鼓动，和肺脏的呼吸，认为节奏之起源。"郭沫若一方面觉得这种说法"很能鞭擗进里了"；另一方面又觉得无法说明"这种鼓动和呼吸运动，在人是无意识的作用。这种无意识的作用，怎么能够升到意识界上，成为一切生理的与非生理的节奏的根源呢？"这里涉及诗歌作为一种特殊的文体所包含的身体与精神的关系问题，因为难以说清，郭沫若还是更相信节奏起源于情感强弱变化的第四种说法："由我们的感情之紧张与张弛交互融合处所生出的一种特殊的感觉。"① 这实际上是将第三点关于节奏的生理性机制进行了升华，最后郭沫若关注的仍然是构成节奏的因素：一是时间，二是力。"时间"指的是间歇和停顿，"力"指的是强弱。因为难以用科学的方法说明，饶孟侃在《新诗的音节》一文中也用了比较抽象的说法来谈音节和呼吸的关系："一首诗的音节好比是一个人的生命，要是节奏的毛病是在细微的呼吸里，那末也许就有患肺病的危险；要是节奏的毛病是在血管里，那末这个人一定得患心脏病；要是节奏完全毁了，那末就是他死到临头的时候了。"② 因此，现代诗人已经意识到诗歌的音乐性是语言、呼吸、精神之间的神秘联系，由于这之中的身体与精神、生理与心理的互动难以具体地分析说明，因而就渐渐地变成了一个存而不论的问题。

从世界范围来看，人们对于诗歌的音乐性与内在情绪的关系已有许多

---

① 郭沫若：《论节奏》，《创造月刊》1926年第1卷第1期。
② 饶孟侃：《新诗的音节》，《晨报副刊》1926年4月22日。

第四章　从"声音"到"呼吸"：新诗音乐性的现代转换

讨论。俄国形式主义就论证了诗歌的韵律不是纯粹的形式，而是融合了心理、情绪的艺术方式："韵律的格式不能'机械地'产生音韵型的言语，而只能在意义提出这种要求的时候促使其实现。"① 诗歌"借以影响听众的并不是声音本身，而是发声的词语，亦即与意义相联系的声音……这种言语在逻辑上是不确定的、模糊的、神秘的和富于暗示性的；这种言语的声响渲染着一定的心理色调。只是这种心理成分才使我们话语的声音成为具有艺术含义、富于美学价值的事实；而那种形式抽象的'语调系统'之实现，尽管建立在排偶、重复和结尾等基础之上，却起不到上述作用"②。诗歌的音乐性是言语的，它不仅用声音层面的效果在制造音乐性，而且融合了情绪等心理因素，因而不可能有绝对的美学规则，"只有在空洞的、或者纯形式（如音乐和装饰音）的艺术里，艺术材料本身才能按艺术原则有条件地建立"。③ 因此，声音和心理通过语言在诗歌中获得统一，这是现代诗歌的音乐性由"声音"走向"呼吸"的依据。

布罗茨基在对茨维塔耶娃、曼德尔斯塔姆的分析中多次谈到他们诗歌的音乐性问题，认为他们将音乐性视为心灵的节奏，这也是对时间的重构。他在谈到翻译曼德尔斯塔姆诗歌的困难时说："诗人用以和赖以创作的那个声音注定是独一无二的。然而，反映在诗歌韵律中的音质、音高和速度却是可以接近的。不应忘记，诗歌韵律本身就是精神强度，没有任何东西可以替代这些精神强度。它们甚至不能替代彼此，更别说被自由诗替代了。韵律的不同是呼吸和心跳的不同。韵式的不同是大脑功能的不同。"④ 诗歌翻译的困难之一就是声音的难以转译，这其实是"身体感"的难以转译，这里的韵律显然是每首诗的节奏，而韵式则是俄罗斯诗歌在格律上的统一规范。这即说唯有呼吸和心跳方能体现诗人的创造力和想象力，具有"呼吸性"的音乐性才是诗人个性的显现。

同样地，墨西哥诗人帕斯也有相似的观点，他认为"节奏（即布罗茨

---

① ［俄］维克托·日尔蒙斯基：《诗的旋律构造》，载［俄］什克洛夫斯基等《俄国形式主义文论选》，方珊等译，生活·读书·新知三联书店1989年版，第345页。
② ［俄］维克托·日尔蒙斯基：《诗的旋律构造》，载［俄］什克洛夫斯基等《俄国形式主义文论选》，方珊等译，生活·读书·新知三联书店1989年版，第346—347页。
③ ［俄］维克托·日尔蒙斯基：《诗的旋律构造》，载［俄］什克洛夫斯基等《俄国形式主义文论选》，方珊等译，生活·读书·新知三联书店1989年版，第347页。
④ ［美］约瑟夫·布罗茨基：《文明的孩子》，载［美］约瑟夫·布罗茨基《小于一》，黄灿然译，浙江文艺出版社2014年版，第118页。

基说的韵律——引者注）从来不单独存在，它不是度量，而是具体的、有实质的内容，一切语言节奏本身就包含着形象。并且，或现实地或潜在地构成一句完整的诗句"，"而韵律（即布罗茨基说的韵式——引者注），相反，只是抽象的、独立于形象的度量"，"韵律是种趋向于脱离语言的度量，而节奏从不脱离语言，因为它就是语言本身。韵律是手段，是方法；而节奏，则是具体的存在"①。也就是说，脱离文本的音乐性标准只是抽象的规范，对每一首诗而言，其音乐性都是具体而鲜活的。因此，如果将诗歌的音乐性问题作为一个普遍性的问题提出来专门讨论就失去了意义。

生理性的呼吸是诗歌计算音节和停顿的基本依据，呼吸即"换气"，不过，它也可以是抽象意义上的。保罗·策兰有"换气说"："诗歌，可以具有换气的意义"②，"诗是一个人所呼吸的东西；是诗把你吸入。（不过这呼吸，这韵律——它从何而来？）思想——哑默——因而再次拥有语言，即对呼吸的组织；关键性的，它对这呼吸间隔的串通：它辨认，它不判断；它做出决定；它选择；它保持着它的同情——并服从于这同情"③。抽象的"换气"指的也是生命形态的更新，而不仅仅是指为了获得韵律和节奏的生理性换气。可以看出，策兰认为诗歌听从生命内在的召唤，从而听从于语言的召唤，韵律自然地产生于这样的呼应中。

德里达在考证西方语言传统时也从反面证明了呼吸与深层表达的关系，他说："自然的文字直接与声音、与呼吸联系在一起。它的本性不是文字学的，而是呼吸学的。它是庄严呆板的，完全接近于信仰声明中的内在的神圣声音，接近于我们回到自身时听到的那种声音；神圣的声音面向我们的内在情感的充分而真实的在场。"④虽然德里达想要拆解的是声音中心主义，但这"呼吸"是将声音和精神打通的一种艺术追求，"声音"只有和"呼吸"相通的情况下，形式才能由身体走向心灵。

"呼吸观"对音乐性的态度似乎介于格律诗和自由诗之间，它一方面

---

① ［墨西哥］奥克塔维奥·帕斯：《诗与散文》，沈根发译，载［墨西哥］奥克塔维奥·帕斯《弓与琴》，赵振江等译，北京燕山出版社2014年版，第50页。
② ［德］保罗·策兰：《子午圈——毕希纳奖获奖致辞》，《保罗·策兰诗文选》，王家新、芮虎译，河北教育出版社2002年版，第191页。
③ ［德］保罗·策兰：《给勒内夏尔的一封信》，王家新译，载［德］保罗·策兰等《带着来自塔露萨的书——王家新 译诗集》，作家出版社2014年版，第323页。
④ 转引自杨大春《语言·身体·他者：当代法国哲学的三大主题》，生活·读书·新知三联书店2007年版，第113页。

第四章 从"声音"到"呼吸":新诗音乐性的现代转换

有声音上的追求,但并无格律诗那样具体的规范;另一方面它也注重自由诗对所谓"内在节奏"的呈现。正如艾青所言:"我们嫌恶诗里面的那种丑陋的散文,不管它是有韵与否;我们却酷爱诗里面的那种美好的散文,而它却常是首先就离弃了韵的羁绊的。"[①] 然而,"呼吸性"的音乐方式并非散漫无序,而是追求着使其自身获得统一的结构。从对内容和形式的关系的态度来看,它也不同于格律诗观和自由诗观,它们都是在形式与内容二分的思维下理解诗歌的声音问题,未能意识到二元有成为一元的可能。

总之,"呼吸性"的音乐方式是由外在的音乐形式与内在的生命律动合为一体所形成的音乐性特征。它是在内在情绪的统领下,由节奏、语调、语感、声音的变化、词与词之间的关系,以及分行、标点符号等因素共同构成的诗歌的音乐之美。它将生理的呼吸和内在的生命节奏打通,不再纠结于是否要音乐性、如何要音乐性这样的问题上,而是将重心移向内在世界深处,思量的是将抽象与具象融为一体的语言问题。音乐性在其中既有形也无形,不需要单独提出来予以考虑和解决。

可以看出,现代汉语诗歌音乐性的发展由注重"声音"转向注重"呼吸"是一种必然的趋势:"呼吸"与声音有关,但已经不是单纯的声音,而是包含了生命节奏的律动,即郭沫若说的"宇宙间的事物没有一样是没有节奏的"[②]。这样的节奏在词与词的关系中获得,而并非由某种规定的音乐性完成。可以说,从"声音"到"呼吸",完成了现代汉语诗歌在"音乐性"上的现代转换。

如果说传统的诗歌音乐方式主要是将形式进行了固定化处理,那么"呼吸性"的音乐方式则是将形式依据内容而非固定化。朱执信在1920年就根据对古诗的认识提出"声随意转"说,认为"一切文章都要使所用字的高下长短,跟着意思的转折来变换"[③]。朱执信的观点是现代的,但由于他并没有专注于新诗的问题,所以影响不大。在现代诗人中,能将对形式的现代性理解融入实践的是卞之琳。可以从《白螺壳》一诗考察他对形式和内容的关系的理解,以下是该诗的第二节:

---

① 艾青:《诗的散文美》,《艾青全集》(第3卷),花山文艺出版社1994年版,第64页。
② 郭沫若:《论节奏》,《创造月刊》1926年第1卷第1期。
③ 朱执信:《诗的音节》,《朱执信集》(下集),中华书局1979年版,第793页。

>请看这一湖烟雨
>水一样把我浸透，
>像浸透一片鸟羽。
>我仿佛一所小楼，
>风穿过，柳絮穿过，
>燕子穿过像穿梭，
>楼中或许有珍本，
>书叶给银鱼穿织，
>从爱字通到哀字——
>出脱空华不就成！①

李广田在谈卞之琳的诗集《十年诗抄》时认为其变化无穷，"几乎是每一首诗都有它特有的格式和韵法"②，"那所谓形式者并不只是外在的形式，而是内在的，譬如节奏，那思想或理智的本身是有节奏的，感情本身也是有节奏的，所以作者在表现上并不只是用了那文字表面上的逻辑作为'因为……所以……'之类的平叙，而是用了想象的逻辑，使一情一境跳跃地向前发展"③。李广田看到了形式的重要性及其与内容的一体性。对于《白螺壳》这首诗，李广田认为，其"表现为层层剥脱，步步推衍，也就是渐透核心的形式"④，即结构、声音与内容获得了同步的推进，并指向某一个"核心"。李广田的这一看法可以通过分析得到印证："浸透"于"湖水"的"鸟羽"让人联想到"入水濡羽，飞而洒之"，这意味着生命的重负被卸下，生命的痕迹几趋于无形。同样，被"风""柳絮""燕子"穿过的"小楼"，是"时间"和"经验"对生命的铸造和淘洗，"楼中的珍本"也和"白螺壳"一样是生命智慧的结晶。诗人这里说"书页给银鱼穿织"是继续将诗歌的流动感贯穿下去，同时也包含着"日月如梭"的时

---

① 卞之琳：《白螺壳》，《卞之琳文集》（上卷），安徽教育出版社2002年版，第78—79页。
② 李广田：《诗的艺术——论卞之琳的〈十年诗抄〉》，《李广田全集》（第4卷），云南人民出版社2010年版，第239页。
③ 李广田：《诗的艺术——论卞之琳的〈十年诗抄〉》，《李广田全集》（第4卷），云南人民出版社2010年版，第219页。
④ 李广田：《诗的艺术——论卞之琳的〈十年诗抄〉》，《李广田全集》（第4卷），云南人民出版社2010年版，第220页。

第四章 从"声音"到"呼吸":新诗音乐性的现代转换

间观念。生命经过岁月的淘洗,在对生命智慧的领悟中,那些因爱不得而产生的痛苦和悲哀,最后都将被化解。"空华"是佛教用语,回应了诗首白螺壳"空灵"的"空",而最后由一个单音的"成"字收尾给人以尘埃落定的感觉。整首诗紧紧抓住白螺壳精致玲珑的特点展开,这种物理上的特点在诗中被转变成生命经过历练走向审美和宗教的隐喻,而诗歌在声音上的节奏感也和这种升华、推衍相一致。该诗具有流畅的节奏感,每句两顿,每顿都由两音组、三音组构成,加上有规律的"换韵",诗句在整饬中又显得灵活洒脱,而"浸透""穿"这些动词在诗句中的反复叠用,正如冲刷白螺壳的波浪一样推动着诗情的表达。

卞之琳在分析纪德的诗歌时有这样的解释:"这些平淡的意象也就靠字句的流动而放光。它们的步伐也就是摇曳生姿。它们的进行说是断吧,实在还是续的,并不是乱堆在一起,上一句里潜伏了下一句里的东西,像浮在水流里的木片,被一浪打下去,过了一程又出现了,也就像编织的缠花(arabesque),意象相依相违,终又相成,得出统一的效果。有些字眼与意象显然是重复的,可是第二次出现的时候跟先一次并不一样,另带了新的关系,新的意义。"① 他自己的诗歌也履行着这样的诗思方式。江弱水在研究卞之琳的诗歌时运用修辞学概念,将其称为"复辞",他指出:"对于卞诗来说,'复辞'不仅服务于声音,也服务于意义。"② 在此,诗歌内容对形式的参与是非常具体的,音乐性不单是形式的问题,也涉及意象与意象、词与词的关系。这也意味着新诗音乐性的构成并不仅是新诗产生以来人们所强调的形式上的节奏感,意象的排列、词语的叠用以及它们在意义上的推进等"内容"因素也参与其中,这也正是"呼吸性"的音乐方式。

现代汉语诗歌在进入20世纪90年代后,格律诗的问题逐渐被淡化。当代诗人对前辈的格律化探讨似乎并不感恩,西川甚至说:"他们大多是一些创造力匮乏、趣味良好、富有责任感的好心人。他们多以19世纪以前的西方诗歌为参考系,弄出些音步或音尺,这没太大意思……现代汉语诗歌当然有它内在的根由,有它的音乐性、它的轻重缓急、它的绵密和疏

---

① 卞之琳:《安德雷·纪德的〈新的食粮〉(译者序)》,《卞之琳文集》(下卷),安徽教育出版社2002年版,第494页。
② 江弱水:《卞之琳诗艺研究》,安徽教育出版社2000年版,第120页。

松、它的亮堂和幽暗、它的简约和故意的饶舌、它的余音、它的戛然而止、它的文从字顺、它的疙疙瘩瘩、它的常态、它的反常，所有这一切，是使用语言的人绕不过去的。"西川还引用瓦雷里的话说："诗歌是舞蹈，而散文是走路。走路有走路的目的地，而舞蹈，它的每一个动作都是它的目的。"① 当代诗人越来越愿意将诗歌的音乐性当作表达问题而不单是节奏问题，他们更愿意从抽象的意义上来理解诗歌的音乐性，但这并不说明形式的问题就不再重要，只是意味着在具体的语言中探讨音乐性的问题才是当代诗人所关注的。

在当代诗人中，陈东东诗歌的音乐性是较为突出的，他的《雨中的马》可以看作一首关于诗歌音乐性的"元诗"：

黑暗里顺手拿一件乐器。黑暗里稳坐
马的声音自尽头而来

雨中的马

这乐器陈旧，点点闪亮
像马鼻子上的红色雀斑，闪亮
像树的尽头
木芙蓉初放，惊起了几只灰知更鸟

雨中的马也注定要奔出我的记忆
像乐器在手
像木芙蓉开放在温馨的夜晚
走廊尽头
我稳坐有如雨下了一天

我稳坐有如花开了一夜
雨中的马。雨中的马也注定要奔出我的记忆

---

① 西川：《大河拐大弯：一种探求可能性的诗歌思想》，北京大学出版社2012年版，第228、229页。

第四章 从"声音"到"呼吸":新诗音乐性的现代转换

> 我拿过乐器
> 顺手奏出了想唱的歌①

这首诗用声音来书写记忆:在视觉消失的"黑暗"中,只剩下声音,诗人之所以能"稳坐",是因对"声音"表达"记忆"的自信,"乐器"指向最美的声音——音乐。以"雨中的马"为核心,"红色的雀斑""初放的木芙蓉""惊起的灰知更鸟"等具体的物象共同构筑了"声音"的内容,它们使凝重的空间有了动感,让清冷的画面有了温度,这些意象是黑夜中释放的生命的色彩和喜悦,使听觉转化为视觉。诗中反复出现的"乐器""雨中的马""木芙蓉""记忆"等名词,与"闪亮""稳坐""奔出"等动词构成了音乐性的回旋往复。同时,"雨中的马"(记忆)从"尽头"而来又在"尽头"消失是一个自然推进的过程,诗人的"稳坐"是对记忆的完全沉浸,也是对"注定要奔出我的记忆"的坦然接受。最后,诗人也创造出了属于他自己的声音:"我拿过乐器/顺手奏出了想唱的歌",形象化的声音终于成为听觉化的声音。诗人以声音的方式写记忆,而这里的记忆可以说是对声音的记忆,这是纯粹的听觉、声响形式的艺术,它不再指向某种确定的情感和主题,但又在抽象层面与心灵相关。诗人在另一首诗《声音》中这样描写声音:"它应该有驯鹿的姿势。/——被风吹低的嘈杂枯草间,/那声音俊美地一跃!"② 这样的"声音"唤醒了耳朵,也唤醒心灵,正如诗人所说:"把握语言的节奏和听到诗歌的音乐,靠呼吸和耳朵。这牵涉到写作中的一系列调整,语气、语调和语速,押韵、藏韵和拆韵,旋律、复沓和顿挫,折行、换行和空行……标点符号也大起作用。写诗的乐趣和困难,常常都在于此。由于现代汉诗没有一种或数种格律模式,所以它更要求诗人在语言节奏和诗歌音乐方面的灵敏天分,以使'每一首新诗'都必须去成为'又一种新诗'。"③ 当代诗人对诗歌声音的理解比格律诗的探索者们更为复杂,在他们看来,音乐性不再仅仅是节奏,而包含了所有构成声音特质的各种因素,同时也因为意义的介入,变得变幻莫测、摇曳多姿。这也意味着当代诗人具有对现代汉语更敏锐的感受力和更丰富的表现力。

---

① 陈东东:《明净的部分》,湖南文艺出版社 1997 年版,第 21 页。
② 陈东东:《明净的部分》,湖南文艺出版社 1997 年版,第 43 页。
③ 《陈东东访谈:诗跟内心生活的水平同等高》,《诗选刊》2003 年第 10 期。

诗歌作为形式感最强的文体，现代诗歌形式与内容的统一可以通过灵魂和身体的统一性得到解释。梅洛－庞蒂指出："灵魂和身体的结合不是由两种外在的东西——一个是客体，另一个是主体——之间的一种随意决定来保证的。灵魂和身体的结合每时每刻在存在的运动中实现。"① 古典诗歌对韵律的追求强化了诗歌的身体节奏的重要性，但实际上，身心之间通过语言获得的有机联系却是松散的，而新诗虽然形式上没有了古典诗歌的规整，但因为和情绪、情感的关系，每一首诗都有它自己的节奏和规律。也就是身心之间通过语言获得的看似松散实则更为紧密的联结，即具有"呼吸性"的节奏感的奥秘。

现代汉语诗歌的发展呈现出"散文化"的趋势。所谓的"散文化"只是指表达方式的变化，它本质上还是诗，这一点废名在《谈新诗》中早已有所表达。从身体的角度看，现代汉语诗歌的"散文化"只是在脱离传统诗歌明显的身体节奏化的表达方式之后，寻求到的适合现代汉语诗歌精神气质的表达方式，这里的身体姿态不明显或者隐藏于无形，而这也正是"身心一体"所致。如果说，传统诗歌的兴趣点主要体现为"声音"的音乐性上，那么，现代汉语诗歌的兴趣点则越来越体现在"呼吸"上，这是在身体与情感、经验之间获得联结的一种诗歌方式。由此来看，用"呼吸性"一词来概括新诗在 20 世纪的走向比"散文化"一词更准确也更不易造成误解。

"新诗没有了固定的形式与规范，这不意味着不要规范。这个规范与传统格律诗歌比较，可谓是'无形之形'。它不再是简单地见之于外的某一些固定格式、单纯地作用于听觉的规定韵律，而较多地是自由多样、不拘常规的外在之形，或者是作用于意、形成于整体的内在之形，呈现出作用于心官感受的包括新的乐感的综合美感。"② "无形之形""内在之形"赋予了现代汉语诗歌一种神秘性和开放性，"自由"和"内在"让新诗的音乐性进入了不可言说的状态，这是新诗发展的必然。相对于古典诗歌，新诗具有更多的不可操控性，而这样一种神秘性更符合现代人的经验特点，也与现代哲学关于身体与心灵"你中有我、我中有你"的关系取得了一致。

总之，"呼吸观"标志着新诗完成了音乐性的现代转换，只有当我们不再将诗歌的音乐性问题当作一个简单的声音问题来处理，而是进入呼吸的层

---

① ［法］莫里斯·梅洛－庞蒂：《知觉现象学》，姜志辉译，商务印书馆 2001 年版，第 125 页。
② 王泽龙：《新诗的困惑与选择》，《文艺研究》2009 年第 12 期。

面来思考这一问题,诗歌形式的现代意义才会凸显出来,才能走出音乐性和反音乐性非此即彼的怪圈,进入更丰富的诗学讨论空间。

三 "呼吸观"与语言的诗性

诗歌是时间的艺术,当放弃了单纯听觉上的音乐性,而将由诗歌的内在经验带动的"呼吸节奏"作为一种新的音乐性追求,那么,毫无疑问,音乐性的问题就会自然延伸到语言,同时也使语言回到"本体"上来。虽然"现代格律诗学的整个体系,就建立在对于现代语言特性的认识基础之上;而不同观点之间的分歧,同样来自对于现代汉语特性的不同认识"[1],但在"声音化"的音乐性讨论中,语言只是工具,而在"呼吸化"的音乐性讨论中,语言自身就是目的。

离开了传统音乐性对声音的物理属性的强调,诗歌似乎也就离开了音乐节奏所带来的身体感,但其实不然,"呼吸"是以具有情感、情绪的语言带动声音,并以经验化的语言回到身体。存在主义现象学认为,人在使用语言表达自我的时候,是身体化的具体处境中的自我在进行表达。语言和人的存在相连,语言表达的不是预设的观念,而是在场的身体,"语言体现的是身体意向性而不是意识意向性"[2]。这样,语言问题就变成了身体表达问题,"言语是一种身体行为,是身体姿势的一种,身体与世界密切相关,是在世存在的关键,因此言语与意义的关系,不过就是身体与世界的关系,表现为在世存在的方式"[3]。相对于日常的语言表达,身体经验是更为原始的结构,只有诗性语言才能接近并表现它,梅洛-庞蒂的身体哲学所论证的身体的模糊性与语言的诗性是对应的,身体的模糊性即感觉和经验的不可言说性,"必须在活生生的身体的原初的表达活动中来考察语词的意义,因为言语是

---

[1] 刘涛:《百年汉诗形式的理论探求——20世纪现代格律诗学研究》,人民出版社2013年版,第409页。
[2] 杨大春:《语言·身体·他者:当代法国哲学的三大主题》,生活·读书·新知三联书店2007年版,第61页。
[3] 杨大春:《语言·身体·他者:当代法国哲学的三大主题》,生活·读书·新知三联书店2007年版,第62页。

一种特殊的动作,一种特殊的身体表达姿势,所以词语必有自己的暧昧的知觉经验上的渊源,是生存超越知觉经验之外的意义,在这时直接的身体表达已不能满足意义表达的需要,而最初的言语就产生于身体自身的创造性表达活动之中"①。语言的主体性,就是身体的主体性,因此,"语言交流的核心不是观念间的传播,而是身体间的交融"②。这和身体摆脱意识的控制,恢复其主体性的功能具有同样的含义,它意味着语言必须摆脱工具地位,使自主性显现,而现代诗歌正是在这一意义上对语言本身予以重视的,语言不再是工具,而是艺术本体。

如果说诗歌的音乐性问题不仅是一个汉语音律的问题,也是一个立体、复杂的语言问题,这样的语言能表达内在生命的节奏,具有一种"呼吸性",那么它在未产生以前就由身体的原初经验所孕育,诗人在原初的身体经验中体会到的感觉、经验都要经由语言的节奏、语气、语调等来表现。一首伟大的诗歌必定具有某种音乐性,而有音乐性的诗歌不一定是伟大的作品,这也就意味着音乐性只有和诗歌的其他元素结合在"呼吸"中才具有诗学意义。

如果说"呼吸观"下的音乐性直接与语言相关,那么,怎样的语言才能表达身体与精神交汇处的节奏和频率?以下几位当代诗人、诗评家的表述都提供了对这一问题的思考:

> 存在着表面的韵律与内在的韵律之分。表面的韵律要求的是简单的押韵,它对音调、音节的安排感兴趣;内在的韵律则强调诗意与语言的关系,它关注的是诗歌在形式上的构成,也就是说,它关注技巧对于词汇的控制。而这种技巧对于词汇的控制,不是依据语音的高低,也不是依据它的强弱,主要是依据它对词汇的准确性的把握,并通过这种把握生成内在的语言激荡,从而形成诗歌的语言节奏。③

在现代诗人看来,诗歌重要的不是视觉上的整饬和听觉上的旋律感、节奏感。决定诗之为诗的重要依据是诗歌肌质上的浓度与力度,诗歌对生

---

① 唐清涛:《沉默与语言:梅洛-庞蒂表达现象学研究》,中国社会科学出版社2013年版,第83页。
② 杨大春:《语言·身体·他者:当代法国哲学的三大主题》,生活·读书·新知三联书店2007年版,第68页。
③ 孙文波:《在相对性中写作》,北京大学出版社2010年版,第206页。

第四章 从"声音"到"呼吸":新诗音乐性的现代转换

命深层另一世界提示和呈现的能量之强弱:①

> 要是我的诗歌航船有它自己的方向和目的地,我诗歌罗盘的指针,则总是被音乐的磁极所牵引。音乐像是个绝对和终极,高于进行时态的写作的诗歌,而成为所谓理想的诗。这种理想的诗,我曾想,要用异于日常话语的纯粹语言来演奏……那纯粹语言并非日常话语在某一方面(譬如说,语义)的减缩和消除,相反,它是对日常话语的扩充和光大,是语言的各个重要侧面同时被照亮,并得以展现。②

显然,当代诗人和理论家不再像现代诗人那样单独地谈论诗歌音乐性的问题,而是将这一问题和对诗歌语言的认识放在一起思考,这说明对诗歌音乐性的认知在20世纪90年代以后发生了很大的变化。正是因为个体性的身体经验对语言的嵌入,当代先锋诗人的语言风格不能用某种整齐划一的声音特征来概括。张枣诗歌的甜润、西川诗歌的高亢、陈东东诗歌的华丽、臧棣诗歌的冷静等,每一个诗人都因其"经验"的唯一性而形成了各自诗歌独特的声音之美,这也呼应了语言现象学的观点:"正在表达中的语言即言语居于首要的地位,而表现出固定语汇和语法的、作为语言学研究对象的语言则处于第二位。"③ 当节奏不再是唯一的追求,声音的丰富性才能体现出来,每一位诗人的声音特质都是其风格的重要组成部分,语言的自觉也会包含声音的自觉。

张枣是当代诗人中颇重声音的诗人,而这倚重于他对语言的高度自觉,创造现代性的汉语新诗是他的理想。诗人柏桦说:"我常常见他为这个或那个汉字词语沉醉入迷,他甚至说要亲手称一下这个或那个(写入某首诗的)字的重量,以确定一首诗中字与字之间搭配后产生的轻重缓急之精确度。"④ 试看他广受喜爱的《镜中》一诗:

---

① 陈超:《打开诗的漂流瓶:陈超现代诗论集》,河北出版传媒集团、河北教育出版社2014年版,第165页。
② 陈东东:《只言片语来自写作》,北京大学出版社2014年版,第47页。
③ 唐清涛:《沉默与语言:梅洛-庞蒂表达现象学研究》,中国社会科学出版社2013年版,第136页。
④ 柏桦:《张枣》,载宋琳、柏桦编《亲爱的张枣》,中信出版社2015年版,第18页。

>只要想起一生中后悔的事
>梅花便落了下来
>比如看她游泳到河的另一岸
>比如登上一株松木梯子
>危险的事固然美丽
>不如看她骑马归来
>面颊温暖
>羞惭。低下头,回答着皇帝
>一面镜子永远等候她
>让她坐到镜中常坐的地方
>望着窗外,只要想起一生中后悔的事
>梅花便落满了南山①

"镜子"在中西方文化里是既古典又被赋予了现代内涵的意象。"揽镜自照"是一种自我探究的行为,拉康的"镜像理论"等对镜外人之实体与镜中人之虚像的关系进行了解读。张枣这首诗围绕一个"悔"(同"梅")字展开,诗人用其特有的亲切的、温柔的私人化语调逐次铺展着记忆和想象中的细节、场景,"只要想起一生中后悔的事/梅花便落了下来","悔"有伤怀之意,梅花之"落"轻而美,诗歌所表达的悲伤显得温和而节制,而"梅花""南山"这些古典意象的使用又和中国文化、文学构成了一种互文关系。接下来的一系列动作"游泳到河的另一岸""登上一株松木梯子"所表达的现代的自我及其冒险,与"骑马归来""面颊温暖,/羞惭""低下头"所表达的祥和、柔顺的古典之美相互映照,这种古典和现代的结合显示了典型的张枣式风格。整首诗音韵谐和流畅,除了有规律的脚韵、排比、复沓使诗歌获得音乐性的因素之外,还有诗歌在展开过程中通过词语、意象、情绪获得的节奏感,也包括"比如""固然""不如""只要"等虚词在整首诗中所起到的"换气"的作用。整首诗在婉转流畅的声音效果中又有片刻的犹豫和停顿——"面颊温暖/羞惭。低下头,回答着皇帝","皇帝"一词是整首诗中唯一的"重"词,一个突兀的词语的出现恰恰能够显示整体上的"轻"。从空间组织来说,诗歌的视点由近及远,

---

① 张枣:《镜中》,《张枣的诗》,人民文学出版社 2010 年版,第 45 页。

第四章 从"声音"到"呼吸":新诗音乐性的现代转换

又由远及近,再由近及远,在视点的不断移动中不同的场景进行着切换和连接,从而构成了诗歌完整的结构。

对于音乐性,张枣有自觉的追求,最明显的是,他的诗歌有完美的押韵,但他却说"一句诗押韵就是死诗,没有生命了"[①]。对一个成熟的诗人来说,为了形式而形式是没有生命力的,只有不再将诗歌的音乐性作为一个任务去完成,而是在创造性的语言和生命内在的节奏中去获得音乐性,才能使其具有鲜活的生命力。宋琳说:"张枣的语言亲密性当然有作为南方人的先天因素之作用,即所谓'音声不同,系水土之风气'(《汉书·地理志》)的地脉影响,楚方言的口舌之妙与饮食、气候一样自有别于北方,而张枣个人语调的甜润、柔转这一内在气质则既归之于原始的诗性智慧之血缘,又与他在写作中形成的诗学态度有关。"[②] 一首诗的声音特征,不仅是诗歌的语言美感的呈现,也体现了诗人的诗学观念和生命姿态。张枣诗歌的"轻"和"甜"体现了他对待现实世界的"苦"和"重"的态度,这是一种趣味性的化解。这样的姿态呈现在 20 世纪 80 年代以后的先锋诗人笔下,并和宏大叙事的诗歌之"重"形成了强烈反差。

可以看出,虽然对音乐性这一问题的自觉,诗人们也会使用传统的手法如韵脚等,但这不是说诗歌音乐性的理解还停留在声音层面,呼吸观不排斥传统的音乐性手法,但其实质已经发生了根本性的变化。多多说:"诗歌最本性的东西就是音乐。这个'音乐'并不只是音韵、对仗、节奏,而是指'大音乐性'。它并不是合辙押韵、朗朗上口等等这些音乐最外在的东西。它本质是其不可捕捉性。你无法让它停下来。"[③] 语言带动着内在生命经验和生命节奏的呈现,这决定了 20 世纪 80 年代以来当代新诗的声音问题远比现代时期要复杂,当代诗歌中的音乐性问题不再是一个可以从具体的诗歌中剥离出来的普遍性问题,而是因原初经验的不同、语言表达方式的不同而充满了差异性,每一个诗人、每一首诗都在寻找最适合自身的某种音乐性。

总之,单纯的诗歌音乐性的探讨已成为历史的陈迹,当下诗歌的声音

---

① 陈东东:《"我要衔接过去一个人的梦"》,载宋琳、柏桦编《亲爱的张枣》,中信出版社 2015 年版,第 49 页。
② 宋琳:《精灵的名字——论张枣》,载宋琳、柏桦编《亲爱的张枣》,中信出版社 2015 年版,第 155—156 页。
③ 多多:《骑士远逝,孤独永存》,《晶报》2016 年 8 月 19 日。

之美是在"呼吸性"的音乐方式中体现的。诗人们在语言表达过程中展现着和情绪、经验相统一的声音特质，这也成为当代诗歌写作的重要特征。当代诗人为现代汉语诗歌节奏的现代性提供了新的观念和实践，因其开放性和不定性，他们并未对诗歌的音乐性给出固定的格式，诗歌的音乐性会随着诗歌写作观念的发展而发展，这也将会是一种常态。

第五章　感性与当代诗的先锋意识

新诗自创立以来一直非常重视"感性"的价值：胡适提倡"具体的做法"，废名则提出"当下观物"，"小诗"注重"刹那间的感兴"，"现代派诗歌"偏重感觉的表达，20世纪40年代现代主义诗歌则强调综合的"知性"，都意味着将"感性"作为现代诗歌艺术生长的根基，可以说，新诗在艺术上的自觉正归功于感性传统的建立。然而，由于中国文学的"现代性"始终与国家、民族相联结，对于新诗而言，在"感性"成为新诗艺术传统的同时，它也不断遭到"主义"和"问题"的侵袭，徐志摩曾说："思想被主义奸污得苦。"（《秋虫》）诗歌作为感性的语言艺术意味着对理念的剔除，在很长的时间中，又由于环境因素的影响，新诗的感性难以自由地生长，它作为感性艺术的表现日渐趋微，甚至中断。

20世纪80年代以后，当代新诗从启蒙、救亡、阶级、革命等宏大话语中解放出来，抽象的人逐渐回归了具体的人，正因此，"感性"成为构造当代诗歌先锋性的重要维度。实际上，感性的问题也是身体的问题，它在20世纪人文学科中越来越受到重视。西川说："为什么20世纪会回到身体呢？我觉得这跟一个倾向有关系。这个共同的倾向就是回到本原。"[①]"回到本原"暗合了西方现象学的核心，西川把时间扩大到整个20世纪主要是针对西方思想状况而言的，他省略了身体遭受压抑的历史，尤其对中国文化和文学状况而言，"回到本原"是20世纪后期才出现的。具体对于新诗而言，20世纪80年代中期以后它的感性自觉是非常突出的，远远超过了新诗发展的任何一个时期。

这里将以20世纪80年代诗歌的过渡性为叙述起点，考察这一时期的诗歌在处理身体与精神关系的时代性特征。在此基础上，分析"感性"在

---

① 西川：《大河拐大弯：一种探求可能性的诗歌思想》，北京大学出版社2012年版，第123页。

20世纪80年代中期以后的先锋诗歌中的复苏及其所借助的传统资源，进而阐述20世纪80年代中期以后的新诗因为"感性的自觉"而在诗歌认知、语言方式等各个方面所做的超越。

一 "身体"的受虐与20世纪80年代诗歌的精神向度

"感性"传统的恢复并非在20世纪80年代的某个瞬间完成的，20世纪70年代末80年代初的"朦胧诗"是它的一个过渡期。与意识形态色彩浓厚的集体主义诗歌相比，"朦胧诗"在精神向度上主要以启蒙主义、人道主义为追求，呈现出个体意识的觉醒，同时，意象、隐喻、象征的使用使中断的现代诗歌传统得到继承。不过，"朦胧诗"与此前的集体诗歌仍然有相似性，在内容上他们处理的都是诗歌的外部现实，诗人都是以时代代言者的身份立言，诗歌的内容大于形式。虽然"朦胧诗"不再使用政治抒情诗的直接表达方式，而是通过意象来表达情感和思想，但其诗歌中的"意象"仍然具有一定的观念性，它们常常在思想、说理的层面存在，而并非在感觉、经验层面存在。如北岛写道："万岁！我只他妈喊了一声/胡子就长出来"，"胡子"虽然是具体的意象，但由于整句诗借此表达的是一种反讽的观念，因而缺乏了即时的感受性。

在20世纪80年代理想主义的总体氛围下，很多诗人追求着一种超越性的精神向度：海子对梦想的诗歌王国的构建，骆一禾追求的"修远"，昌耀、戈麦诗歌中的神性和宗教感，等等，而"肉体的受难"在此就成为诗歌反抗暴力、抵达梦想的重要方式。在海子的诗歌中，可以看到这样的诗句："温暖而又有些冰凉的桃花/红色堆积的叛乱的脑髓。"（《你和桃花》）海子的诗歌一方面是温暖和寂静，另一方面是尖锐的暴力。这两种倾向同时出现在海子的诗歌中，折射出海子内心世界的挣扎，而后者正是因急遽攀升的激情所导致。海子后期的长诗《太阳·七部书》里更是充满了这样暴力性质的身体。

具有暴力性质的身体书写一直延续到20世纪90年代。周伦佑的《在刀锋上完成的句法转换》（1991）一诗也同样以身体的暴力抗拒着外在的暴力。但与海子的暴力指向绝望和死亡不同，它还表达了一种坚定的意志，肉体的自虐和牺牲不仅意味着一种反抗，也是对理想的献祭：

> 皮肤在臆想中被利刃割破
> 血流了一地，很浓的血
> 使你的呼吸充满腥味
> 冷冷的玩味伤口的经过
> 手指在刀锋上拭了又拭
> 终于没有勇气让自己更深刻一些
> ……
> 让刀更深一些。从看他人流血
> 到自己流血，体验转换的过程
> 施暴的手并不比受难的手轻松
> 在尖锐的意念中打开你的皮肤
> 看刀锋楔入，一点红色从肉里渗出
> 激发众多的感想

"这是你的第一滴血，/遵循句法转换的原则"，诗人所说的"转换"暗指一个理想主义时代的结束。他在另一首诗《火浴的感觉》中还写道："直接以人的名义进入火焰中心/赤裸着身体，在非神话的意义上/体味火，体味一种纯金的热情/被更高的热情所包含，或毁灭/火的洗礼与献身"，"火"对身体的燃烧和淬炼，实际上是精神重铸的隐喻，诗人因而已"不知道痛"。与《在刀锋上完成的句法转换》相似，梁晓明有一首《玻璃》写道："我把手掌放在玻璃的边刃上/我按下手掌/我把我的手掌顺着这条破边刃/深深往前推"，"血，鲜红鲜红的血流出来"，而骨肉分离的结果是"纯洁开始展开"，身体的受难可以涤除污秽和肮脏，这样的"献身"体现了一种英雄主义精神，在身体的受难中获得了精神的升华。此外，还有如李元胜的《身体里泄露出来的光》："我缝上线的皮肤/像墙的裂缝/刺眼的光从里面泄露出来/把四周照亮//为什么是这新鲜的伤口/为什么是这阵阵袭来的疼痛/在帮助我/看到更多的东西"，可以看出，对身体疼痛的书写是理想主义受挫之后产生的诗歌现象，而向前追溯，20世纪60年代时期的诗歌中也有类似的表达。如黄翔的《野兽》（1968）：

>我是一只被追捕的野兽
>我是一只刚捕获的野兽
>我是被野兽践踏的野兽
>我是践踏野兽的野兽
>
>我的年代扑倒我
>斜乜着眼睛
>把脚踏在我的鼻梁架上
>撕着
>咬着
>啃着
>直啃到仅仅剩下我的骨头
>
>即使我只仅仅剩下一根骨头
>我也要哽住我的可憎年代的咽喉

"野兽"这一题材在穆旦、冯至等诗人的笔下也出现过，在他们那里，"野兽"的意象主要表达的是对原始生命力的呼唤；而在黄翔这里，"野兽"则主要代表一种反叛性，当他喊出"我/不是我"（《出生》）时，表达的是诗人在特殊年代对自我身份的怀疑和寻找。该诗中的"骨头"也是后来20世纪80年代诗人笔下常出现的一个意象，"骨头"给身体提供了支撑性的框架，让人站立，它也成为精神品质的隐喻，是坚韧、执着、勇敢、超凡脱俗等精神品质的象征。

20世纪80年代的诗歌与革命政治的诗歌有着某种承继关系，在政治革命的诗歌中，往往是革命理念代替了"身体"的出场，这样的情况也在80年代以后的诗歌中延续，这并不是说"身体"消失了。相反，在80年代早期的诗歌中常出现"身体"的意象，但它们并非具有独立存在价值的"身体"，而是工具性地指向精神的"身体"——几乎所有的身体感受都是精神化的隐喻，包括"饥饿"：

>我听见那种饥饿的声音
>日夜嗥叫在我的面孔里

第五章 感性与当代诗的先锋意识

　　我的手在喉咙里挣扎
　　在吐出的日子上布下爪印

　　被遗忘的人在另一个地点
　　折磨我
　　他们准确地撕扯我的回忆
　　我听见他们歌唱着
　　时间的深处打捞我的伤口
　　在疼痛密集的海上
　　我的身体缄默着

　　我最大的伤口
　　在牙齿间生长
　　我听见那种声音
　　我听见死亡的人在我脸上
　　一遍又一遍胜利地歌唱
　　我把手伸进喉咙里
　　开辟一条无声地嚎叫的航线

　　　　　　　　　　　　　——雪迪《饥饿》

　　这是一代人记忆中的伤痛，"无声地嚎叫"正是一个理想主义勃发的时代发出的声音，它是一种精神渴求的呐喊，也充满着反抗的力量。
　　这种精神化取向不仅仅在20世纪80年代中期以前的诗歌中有集中的表现，而且延续在20世纪80年代中期以后的写作中。王家新是20世纪80年代到20世纪90年代转折时期的标志性诗人，他在这一时期"集束性"地创作了一批具有重量感的诗作（如《转变》《帕斯捷尔纳克》《瓦雷金诺叙事曲》等），"转变"给诗人的精神世界带来了撞击。在王家新20世纪80年代的诗歌中，可以看到一个痛苦的受难者和朝圣者的形象，在《星空：献给一个人》中，诗人将屈原置于仰望和追随的精神高地，"你这从黑夜中升起的光洁璀璨的圣坛呵／你这像众神一样闪闪地注视我的星空"。20世纪90年代初突如其来的"历史的转变"，让诗人感到信仰失落和无所归依，"季节在一夜间／彻底转变／你还没来得及准备／风已扑面而

· 103 ·

来/风已冷得使人迈不出院子","身体里的木桶已是那样的空/一走动/就晃荡出声音"(《转变》)。诗人在迷惘中再次出发,这时一些西方诗人引起了他精神的共振,诗人在与这些被视为先导和知己的大诗人的对话中,完成了对自我的再造。在《帕斯捷尔纳克》中,他写道:"终于能按照自己的内心写作了/却不能按一个人的内心生活/这是我们共同的悲剧","它在要求一个对称/或一支比回声更激荡的安魂曲/而我们,又怎配走到你的墓前/这是耻辱!这是北京的十二月的冬天//这是你目光中的忧伤、探询和质问/钟声一样,压迫着我的灵魂/这是痛苦,是幸福,要说出它/需要以冰雪来充满我的一生"。为信仰而承受苦难是幸福的,这是俄罗斯知识分子对待信仰的方式。从王家新对此认同中可以看出,知识分子的苦难经验在20世纪的共通性,个人的命运最终也是国家、民族的命运,通过帕斯捷尔纳克这样一个俄罗斯诗人,王家新反复追问、质询的是自我生命如何在被赋予中完成的问题。

总之,"精神化取向"是20世纪80年代以后的当代诗歌从20世纪中国的历史和现实中孕育出来的诗歌形态,它相信崇高的意义和终极的真理,并渴望在语言中获得现实生活的答案。然而问题却是,身体作为实现精神诉求的工具,虽然不断出现在诗歌中,但它并非指向自身,身体最多只是没有血肉的骨架,同时因为理想的高远和信念的坚定,受虐和死亡是它必然的命运。

二 南方诗歌传统与当代诗的审美享乐主义

20世纪80年代以后的新诗在多方面合力的作用下获得了发展的动力,其中,古典诗歌的资源尤其是其感性传统不可忽视。从文学地理学的角度来看,中国诗歌的感性传统是以南方诗歌为代表的。"音声不同,系水土风气"(《汉书·地理志》),南、北不同的自然条件孕育了南方和北方不同的文学气质。刘勰在《文心雕龙·物色》中写道:"春秋代序,阴阳惨舒,物色之动,心亦摇焉。……岁有其物,物有其容;情以物迁,辞以情发。"不同的自然环境对诗歌创作的感发作用也不相同,也因此造就了南、北文学不同的题材、风格和气质。刘师培在《南北文学不同论》中说:

"南方之文,亦与北方迥别。大抵北方之地土厚水深,民生其间,多尚实际。南方之地水势浩洋,民生其际,多尚虚务。民崇实际,故所著之文不外记事、析理二端;民尚虚务,故所著之文,或为言志、抒情之体。"[1] 同样地,梁启超在《中国地理大势论》中说:"燕赵多慷慨悲歌之士,吴楚多放诞纤丽之文,自古然矣。自唐以前,于诗于文于赋,皆南北各为家数;长城饮马,河梁携手,北人之气概也;江南草长,洞庭始波,南人之情怀也。散文之长江大河一泻千里者,北人为优;骈文之镂云刻月善移我情者,南人为优。"[2] 关于南、北文学的比较,还可参见王国维、林语堂等的论述。

南方秀美润泽的水土孕育了中国诗歌的感性传统,也由此影响了20世纪80年代"第三代诗"中的一些南方诗人。柏桦在其《论江南的诗歌风水及夜航七人》[3] 一文中以刘师培、梁启超等对南北文化差异的论说为背景,描述了南方诗歌传统在当代南方诗人笔下的复活:陈东东之于吴文英,庞培之于张祜,潘维之于罗隐、姜白石……也包括当下的"诗酒文会"对传统文人"雅集"传统的继承。胡兰成作为将"流连光景、缠绵风月"的传统继承得最为精妙的现代文人,更是得到了柏桦极力的推崇。柏桦认为胡兰成将农业文明下的古老中国之美用汉语表现到了极致,这也是一种人生哲学的体现:"从不为悲苦所扰,要么化苦为美,要么就享受有限的人生,即便遇到大祸大难,他也持以温润从容的态度。"[4] 这样一种审美享乐主义的人生态度在中国文学中形成了一种传统,沈复的《浮生六记》、李渔的《闲情偶寄》、袁枚的《随园诗话》、张岱的《陶庵梦忆》等共同构成了这一传统。

当代新诗从"朦胧诗"到"第三代诗"的转换中,"南方诗人"功不可没,因为"第三代"诗人大多生长在南方。受益于古典传统,他们表达了对长期霸据诗坛的话语方式的拒绝,对诗歌的社会功能以及其改变现实的作用的质疑。当诗歌回归个人的感受性,其呈现的风貌势必发生巨大的

---

[1] 刘师培:《南北文学不同论》,《中国近代文论选》(下),人民文学出版社1999年版,第571页。
[2] 梁启超:《中国地理大势论》,《饮冰室文集点校》(第3集),云南教育出版社2001年版,第1807页。
[3] 柏桦:《论江南的诗歌风水及夜航七人》,《演春与种梨》,青海人民出版社2009年版,第198—240页。
[4] 柏桦:《从胡兰成到杨键:汉语之美的两极》,《新诗评论》2005年第2辑。

变化。20世纪80年代中期的"第三代诗"相比于"朦胧诗",语言的感受力和想象力明显得到增强:"'朦胧诗'中的话语主体,是一种经验主体,即被他们时代的外在暴力所规定的、带有极大的社会性和普遍性的东西;而新生代的话语主体,带有更多体验的性质,他们在解冻时代冷热失调的环境中释放出了更多个体生命的感受,因而重视通过语言对生命体验的追寻,展开对暴力的反抗和自我的语言构造。"[1] 回归感性从某种意义来讲就是回归语言自身。

"北方好经世之想"[2],一些"第三代"南方诗人认为,"朦胧诗"就属于北方诗歌的传统,它来自经世致用的儒家传统,但用诗歌介入现实注定是要失败的,诗歌需要从一种意识形态的宏大话语中解放出来,回归它应有的感性。钟鸣回忆1983年在欧阳江河家里第一次见到北岛的情形:"我们开始交谈。他的分寸感,很快就让我明白,他何以会成为佼佼者。而且会永远成为道德的力量。他近乎枯燥的严肃,带有明显的时代特征。"[3] 在北岛、芒克等"朦胧诗"诗人身上有一种纯正的北方性格,包括正义无私、严肃端正、关心宏大叙事、具有理性精神等。出生于湖南的诗人张枣第一次见北岛,就直言:"我不太喜欢你诗中的英雄主义。"[4] 因此,在对以"朦胧诗"为代表的北方诗歌的摒弃中,"第三代诗人"需要找到一种新的发声方式,而南方诗歌的感性传统就是可以凭借的重要资源。

陈东东认为:"所谓'南方'并不是一个地域的概念,而是一种精神的向度。就某种意义而言,它是悠久的南方传统的继续。所以,我曾把这种精神的向度说成是由'南华经,南宗禅,以及南朝人物般的新愁旧怨,哀痛芜靡和颓废激情所规定',其亮度则'来自将之孕育成熟的肉体的欢乐'。南方总是更多感性的成份、更亲近于人、更热烈、柔美、繁复和细致,也更多梦和幻想;这正好有别于北方的理性、神圣、冷峻、刚毅、简明、粗砺,以及清醒和现实。"[5] 作为典型的南方诗人,陈东东的这番解释

---

[1] 王光明:《导言:中国诗歌的转变》,载谢冕总主编,王光明分册主编《中国新诗总系》(第7卷),人民文学出版社2010年版,第34页。
[2] 梁启超:《中国地理大势论》,《饮冰室合集》(第10册),中华书局1989年版,第85页。
[3] 钟鸣:《"旁观者"》(第2卷),海南出版社1998年版,第815页。
[4] 宋琳、柏桦编:《亲爱的张枣》,中信出版社2015年版,第62页。
[5] 陈东东:《明净的部分》,湖南文艺出版社1997年版,第239页。

第五章　感性与当代诗的先锋意识

也显示了他对南方诗歌传统的自觉。

柏桦也是具有浓郁南方气质的诗人,他在给亡友张枣的《忆江南:给张枣》中,表达了他们共同的南方认同。这首诗剥离了死亡的沉重,点染出一幅古典的江南图景,"江南"成为心灵的乌托邦:

> 江风引雨,春偎楼头,暗点检
> 这是我病酒后的第二日
>
> 我的俊友,来,让我们再玩一会儿
> 那失传的小弓和掩韵
>
> 之后,便忘了吧
> 今年春事寂寂,晚来燕三两只
>
> "我欲归去,我欲归去。"
>
> 不要起身告别,我的俊友
> 那深奥的学问需要我们一生来学习
>
> 就把那马儿系于垂柳边缘
> 就把那镜中的生涯说说
>
> 是的,我还记得你——
> 昨夜灯下甜饮的样子,富丽而悠长
>
> "我欲归去,我欲归去。"
>
> 不!请听,我正回忆到这一节:
> 另一位隔江人在黎明的雨声中梳洗……

这首诗用典密集,柏桦在诗后加了九条注释,其对话或互文的对象除了张枣,还包括苏轼、王昌龄、吴文英、王维等古代南方诗人,暗含了诗人对所推崇的南方诗歌传统的认同。如诗中的"暗点检"来自南宋诗人吴文英的《莺啼序》中的"暗点检、离痕欢唾",诗的最后一句来自吴文英的《踏莎行》"隔江人在雨声中"。吴文英的诗以用语晦涩、喜用典故、丽词密集而著称,是南方诗人的典型,文学史上对他向来褒贬不一,却受到柏桦、陈东东等当代南方诗人的喜爱。柏桦这首诗不写痛失知音的哀痛,却在对往昔的追忆中,传达一种审美享乐主义的生命姿态,"让我们再玩一会儿/那失传的小弓和掩韵"的"玩"字,还有"昨夜灯下甜饮的样子,富丽而悠长"的"甜"字,都充满一种逸乐之美。"'乐'虽然不可能抵偿生命的无意义本质,无法消解形而上的万古愁,但它能遣散生命的无意义本质及其虚空特性,能打发形而上的万古愁于无形之中。"① 中国文人自古以来就有在隐逸享乐中安顿生命的传统,柏桦是这一传统的自觉继承者。对诗人来说,这样的"享乐"也是生命的"学习"。

在《我的逸乐观》中,柏桦说:"年轻的时候喜欢呐喊(即痛苦),如今爱上了逸乐。""逸乐是对个体生命的本体论思考:人的生命从来不属于他人,不属于集体,你只是你自己……生命应从轻逸开始,尽力纵乐,甚至颓废。为此,我乐于选择一些小界来重新发现中国人对生命的另一类认识:那便是生命并非只有痛苦,也有优雅与逸乐,也有对于时光流逝、良辰美景以及友谊和爱情的缠绵与轻叹。"② "唯有旧日子带给我们幸福"(柏桦),以审美的态度赏玩、追忆人生,其中有对生命的沉思,也不乏因生命的流逝产生的颓废、虚无的况味,而无论怎样,艺术都是安慰人生、消磨时光的高智商游戏。这样的享乐是精神性的,同时也是肉身性的,"目之所美,耳之所乐,口之所甘,身体之所安"(《墨子》)。欧阳江河说柏桦是那种"熔沧桑之感和初涉人世的天真于一炉"③ 的诗人。敬文东则称他为"肉体诗人",并解释说"此肉体主要是指一种凭肉体感觉驾驭语言、即兴创造语境的能力"④,这其实就是审美感性的能力。在当代的文化语境中,对"肉身性"的回归也是对抽象的宏大叙事长期以来造成的压抑的反抗,仅此就构成了与古典的差异。因此,一方面是对传统资源的借鉴;另一方面却要为现代汉语诗歌注入新的活力,真正激活"现代的感

---

① 敬文东:《感叹诗学》,作家出版社 2017 年版,第 142 页。
② 柏桦:《我的几种诗观》,《诗探索》2014 年第 1 辑。
③ 欧阳江河:《站在虚构这边》,四川文艺出版社 2018 年版,第 162 页。
④ 敬文东:《中国当代诗歌的精神分析》,中国社会出版社 2010 年版,第 130 页。

性"，否则一味地沉迷很容易模糊传统与现代的界限，落入一种古典文人式的情趣的玩味。

　　来自古典资源的对感性的重视最重要的是带来了语言的变化，诗人宋琳说："地方气质的差异不仅是民俗学的，而且是诗歌语用学的，主要是感知和表达方式上的。"① 张枣则将"感官性"看作现代汉语诗歌的特点，他认为现代汉语诗歌是"一种非常感官，又非常沉思的诗。沉思而不枯燥，真的就像苹果的汁，带着它的死亡和想法一样，但它又永远是个苹果"②。张枣的诗歌中充满了具有色彩、光泽、气味、形状的感官词语，"我咬一口自己摘来的鲜桃，让你/清洁的牙齿也尝一口，甜润得/让你也全身膨胀如感激/为何只有你说话的声音/不见你遗留的晚餐皮果/空空的外衣留着灰垢/不见你的脸，香烟袅袅上升——"（《何人斯》）。《何人斯》诗题取自《诗经》，该诗的基本内容和叙述情境也依照《诗经·小雅·何人斯》而来，只是在张枣笔下，感官化的语言尽显现代汉语的魅力。

　　不过，更为重要的是，张枣的写作仍然在古典的现代转换上，而"反思性"正是一种现代的品质，他自称《何人斯》"感官能力与反思的成分都很强"③。在这首诗中，人物关系在对记忆和现实的叙述中呈现一种紧张、矛盾的状态，"嘤其鸣矣，求其友声"（《诗经·小雅·伐木》），"永结同心"的古典愿景在现代似乎已经终结，只是张枣将结局进行了扭转，变为了信心和肯定："二月开白花，你逃也逃不脱，你在哪儿休息/哪儿就被我守望着。你若告诉我/你的双臂怎样垂落，我就会告诉你/你将怎样再一次招手；你若告诉我/你看见什么东西正在消逝/我就会告诉你，你是哪一个"，这里包含着诗人对现代人的悲剧宿命论的超越。

　　因此，相对于古典诗歌的感性特征，张枣的诗歌也是沉思的，从"元诗"的角度看，这里面包含了诗人对于传统的理解，以及对一种具有现代特质的新诗写作的自觉思考，正如他所说："古典汉语的古意性是有待发明的，而不是被移植的。也就是说，传统在未来，而不在过去，其核心应该是诗意的发明。"④ "他们菊花般升腾坠地/清晰并且芬芳"（《深秋的故事》），"你"作为"清晰并且芬芳"的古典传统，在张枣看来，需要现代

---

① 宋琳：《俄尔甫斯回头》，北京大学出版社 2014 年版，第 289 页。
② 张枣著，颜炼军编选：《张枣随笔选》，人民文学出版社 2012 年版，第 210 页。
③ 张枣著，颜炼军编选：《张枣随笔选》，人民文学出版社 2012 年版，第 212 页。
④ 张枣著，颜炼军编选：《张枣随笔选》，人民文学出版社 2012 年版，第 216 页。

的"我"的激活,否则,传统只会是"飘零""收敛"的命运。况且,南方文化的"自然性"在现代已经失去了存在的根基,到处都是现代的水泥森林和人造自然,在这样的情况下,"南方"如果与新的现实无关就只会是一种怀旧性的修饰。

张枣的这种努力在后来的南京诗人朱朱的诗中进一步得到了发展、变化。朱朱的诗歌散发着一种清澈的感性:"浴后是纯洁的,我们的身体/像非洲的青山,像手指从未触摸的/小小的鼻子,它刚被雕刻好/陷入了最初的寂静",诗人宋琳评价朱朱:"意蕴在欲言又止的不确定状态中融入光束、色彩和质感。"①诗歌以感性的方式建立与世界的关系,诗人只能在诗歌伦理的意义上完成对现实的使命,而不能僭越它的界限:

> 他无法将复杂呈献给阳光,
> 更不能使运动延伸向天空,
> 像一座逐渐封闭的庙宇,
> 以自我铸成了偶像,
> 借助那一点透进来的光,
> 要唤起我们的阴森和恐惧,
> 他将诗艺雕琢了又雕琢。
>
> ——《一位中年诗人的画像》

"感受性是一个人在场的证据,是一个人与世界面对面的时刻才发生的经验,是一个人与事物的具体关系的体现"②,感觉的精细和繁复最终是语言的精细和繁复,因而感性的背后是对精致诗艺的追求。现代诗人卞之琳曾借用张岱的《陶庵梦忆序》中的"大梦将寤,犹事雕虫",将自己的诗集取名为《雕虫纪历》,意为对精雕细刻的文学传统的继承,在经过了一个语言粗糙化的时代之后,这样的传统也在回归,"诗的伦理就是和空洞的道德大词作斗争,就是让一些基本的人类情感回归它们原初的灵敏性、微妙性和强度"③,而对感受力的发掘正是唤醒现代汉语的表现力、回

---

① 宋琳:《俄尔甫斯回头》,北京大学出版社2014年版,第40页。
② 耿占春:《失去象征的世界——诗歌、经验与修辞》,北京大学出版社2008年版,第342页。
③ 一行:《新诗与伦理:对三种理解模式的考察》,《新诗评论》2011年第2辑。

归诗歌审美性的重要保证。

  需要强调的是,"南方"代表了一种"审美享乐主义"的中国文学传统,而对于当代诗人而言,感性的确立以及感性的语言方式还来自西方文化和现代诗歌的影响,西方文化中的享乐主义思想可以从尼采一直上溯到伊壁鸠鲁,而更为直接地影响当代诗歌的是波德莱尔、马拉美、瓦雷里的象征主义诗歌以及超现实主义诗歌。现代时期在以李金发为代表的早期象征派诗歌那里,主要还只是对西方感性的模仿,诗人自身的感性还没有得到真正意义上的释放,同时,生涩的句法也没有和现代汉语建立真正的联系。20世纪80年代以后,中国当代诗歌受到了西方现代诗歌更有力的冲击,像史蒂文斯这样重视感受性和想象力的诗人,张枣称之为"沉溺于'语言之乐'的奇异的享乐主义者"①,这样的"享乐"意味着对待生活和语言的游戏态度,在史蒂文斯看来,生活有趣,诗才会有趣,"除非生活充满乐趣,否则生活一无是处"②,重视想象、虚构和诗歌的感性品质,当代诗歌也因此轻盈、有趣、生动起来。

三　先锋之后：激活"现代的感性"

  由于理性主义磨损了人们审美感知的能力,恢复丧失的感性就成为诗歌的首要工作,"人'依据身体'所建立的现代感觉主义则是最幽暗的欲望、冲动、色情对意义超世性的全面造反"③,身体的感性尤其是它在艺术中的感受力也是一种个体自由的能力。在20世纪90年代以后的诗歌中,对"现代感性"的激活意味着新的诗歌观念、语言观念的形成,感性的激发不仅意味着审美力的释放,也意味着诗人对自我的发现,因而"现代的感性"也越来越成为一个重要的诗学标准。

---

① 张枣:《序:"世界是一种力量,而不仅仅是存在"》,载[美]华莱士·史蒂文斯著,陈东东、张枣编《最高虚构笔记:史蒂文斯诗文集》,陈东飚、张枣译,华东师范大学出版社2009年版,第2页。
② [美]华莱士·史蒂文斯著,陈东东、张枣编:《最高虚构笔记:史蒂文斯诗文集》,陈东飚、张枣译,华东师范大学出版社2009年版,第266页。
③ 张志扬:《现代性理论的检测与防御》,社会科学文献出版社2000年版,第327页。

"感性"作为重要的现代诗歌传统，在当代得到了发掘。通过对废名诗论的研究，西渡认为感性是获得真实的途径，废名强调的"实感"就是要"重新唤醒被修饰催眠的感性"①。虽然对于"现代感性"这一概念，西渡并没有给予明确的界定，但他指出新诗的感性不同于古典的感性，现代汉语诗歌的语言是一种欧化语言，现代汉语"区别于古汉语的特殊的感性，正是通过翻译引进的'西方感性'"②。"现代的感性"确立了新诗的身份，然而，"西方感性"成为新诗"现代的感性"还需要重视当下的直觉和经验，这样才能赋予现代汉语诗歌以活力，这也正是一些优秀的诗人在诗性品质上所具有的共通性。正如西渡对当代诗人的感性特征的总结：

> 西川 1980 年代的美学趣味带有古典主义倾向，充满自制而不乏感性的魅力；陈东东则是超现实主义和东方趣味的混合，早期的诗犹如一个超现实主义的杜牧；肖开愚则是一个驳杂的现代感性的容器，各种不同的美学倾向在这一容器中进行着热烈的反应，显示了奇特的活力和融合力；海子和骆一禾既有浓厚的浪漫主义倾向，也不乏敏锐的现代感性。③

除上述诗人之外，在对现代感性的创造中形成了独特的语言方式和个人风格的诗人中，臧棣堪称代表，且影响了很多年轻的诗人。他能够迅速捕捉日常生活中极其微观的感性经验，并且能将感受性与思辨性巧妙地融合起来，其带有沉思性的语言方式也远离了传统的抒情。试看臧棣的这首《波浪的眼光始终是最准确的丛书》：

> 我们的身体是我们的河岸。
> 为什么不是湖岸，可以有一百个理由，
> 为什么不是海岸，至少有一万个理由。
> 所以我相信，波浪的眼光始终是最准确的。
> 你感觉到我的身体时，大河正流经

---

① 西渡：《灵魂的未来》，河南大学出版社 2009 年版，第 15 页。
② 西渡：《灵魂的未来》，河南大学出版社 2009 年版，第 44 页。
③ 西渡：《灵魂的未来》，河南大学出版社 2009 年版，第 129 页。

世界的起点。但我不想和你讨论
世界为什么会有这样一个起点；
我不想把一只鸟弄得太累。
或者为潜台词着想，我不想让沙子变成
唯一能让我们冷静下来的东西。
沙子应该去干点别的事情。
我知道，沙子曾是最细腻的向导，
它比爬来爬去的螃蟹思考过更大的范围。
凡是沙子思考过的东西，
我们都会用你的身体把它固定下来。
此岸由世界上最好的沙子组成，
对岸未必不是彼岸；但更主要的，
此岸未必不是对岸。我们都误解过此岸，
但幸运的是，波浪的眼光
不仅迷人，而且始终是准确的。

对感受力的重视意味着恢复身体的唯一性，"回归身体"即意味着身体是认知的原点，在敌视感性的时代，身体往往也成为禁忌，即使在启蒙以后的现代历史中，"身体"也是时时需要被警惕和监管的，对它的排斥已经内化为一种个人的自觉。孙文波写道："他十分轻易地放弃了自己的肉体，/如同一个孩子扔掉吃剩的果核。但/那是什么果核？看一看吧，/多少世纪过去了，人们仍然在/在寻找它！"（《满足》）对历史的认知、对身体与精神关系的哲学思考构成了当代诗人重视感性的前提，臧棣的这首诗就基于这样的背景。

该诗中的"河岸""波浪""沙子"这三个主要意象构成了诗人言说的对象和框架，"我""你""我们"三种人称代词穿插其间，以这三个意象出现的先后为顺序，诗歌可以划分为三层。

第一层，诗歌起句是一个简单判断句，"我们的身体是我们的河岸"，而诗人又自问为什么身体是河岸而不是湖岸、海岸？"一百个""一万个"意味着理由极其充分，因为"河岸"相对于"湖岸""海岸"更具有一种对话性，更具有抽象意义上的此岸和彼岸的意味，用"河岸"来比喻"身体"，显然与诗人的理解有关，因为"波浪的眼光始终是最准确的"。如果说河岸代表着身体的有形,那么波浪就是河岸的延伸,是身体释放的热情,它是无形的部分,与人的精神相连。"世界的起点"正是身体,即尼采所说"以身体为准绳",而"我不想和你讨论"实际上是说身体的问题不是一个理论的问题,而是一个感觉的问题,"我不想把一只鸟弄得太累",这里的"鸟"和"我"之间的差异,是由感觉、认知和语言的距离造成,它们之间很难获得一种对话和理解。

诗歌的第二层以"沙子"为中心。相对于"波浪"的热情和流动,"沙子"是冷静和稳定的,它同时指向那些细小、无限的事物,这"细腻的向导"虽然冷静而理性,但仍然具备感性,感性所容纳的事物更为广阔无边,因此"它比爬来爬去的螃蟹思考过更大的范围"。"凡是沙子思考过的东西,/我们都会用你的身体把它固定下来","身体"上铭刻着经验和记忆,也只有经过"身体",我们对世界的认识才能真正形成,这是从有形(身体感知)到无形(经验和意识),又从无形(经验和意识)到有形(身体记忆)的过程。

诗歌的第三层围绕"此岸"和"彼岸"展开了辩驳,针对的是人们对身体的"误解"。"此岸由世界上最好的沙子组成",从身体的角度来看,"沙子"和"海浪"一样,也可看作身体的延伸,正是因为身体的感性才能充分体验生之美好。此岸、彼岸的说法来自宗教,此岸是肉身性的,而肉身是短暂易朽的,彼岸则意味着灵魂和永恒。"我们都误解过此岸",因为渴望超越或超脱,会倾向于抛弃世俗的此岸,而对此岸的误解就是对肉身之于生命的意义的误解,此岸世界中有尚待发现的秘密的天堂。对于诗人来说,它依赖于语言,正如史蒂文斯所说"在个人的内心缔造一种比宗教大得多的美学是可能的"[①]。"但幸运的是,波浪的眼光/不仅迷人,而且始终是准确的",诗歌在结尾处回到了"波浪"这一意象,它是富有活力而真实的身体感性,而不是彼岸的某种信仰和思想。

诗人通过"河岸""波浪""沙子"三个彼此关联的意象,对"身体"的价值给予了澄清,历史、知识在此失去了决定性的作用,这样的认知也是诗歌感性学的出发点。也正是在这一意义上,臧棣提出了诗的"非知识化""非历史化",其含义在于"将诗歌重新发展成一种独立于科学、历

[①] [美]华莱士·史蒂文斯著,陈东东、张枣编:《最高虚构笔记:史蒂文斯诗文集》,陈东飚、张枣译,华东师范大学出版社2009年版,第257页。

史、经济、政治、哲学的知识形态"，"现代诗歌所取得的最大成就，即是通过持续的丰富多彩的艺术实验，将想象力塑造成了一种执着于自由关怀的知识"①。诗歌要想从各种依附中独立出来，诗歌的想象力以及语言的创造力就是诗人获得自由的方式，"怀着巨大的热忱，在新时代的感性的基础上，使诗歌的表现力充分地活跃起来"②。

在《抒情诗》中，臧棣写道："细如陌生人的皮肤/细如胆大时的心细/细如精细，那的确是/我们在回忆或人生中/能拥有的最好的惊喜"，对可见部分细致、精确的传达，对不可见部分的感知和想象，呈现事物的精确之美是以臧棣为代表的当代诗歌的追求。臧棣说："优美，复杂，细致，柔韧，轻逸，已渗入了我的感知力；我不会为任何时尚而抛弃它们的。"③感受力是一种具有当下身体感的审美能力，它是诗人面对具体事物时的审美欢娱，《菠菜》一诗就作了如此表达：

> 美丽的菠菜不曾把你
> 藏在它们的绿衬衣里。
> 你甚至没有穿过
> 任何一种绿颜色的衬衣，
> 你回避了这样的形象；
> 而我能更清楚地记得
> 你沉默的肉体就像
> 一粒极端的种子。

在这首诗中，不同人称之间围绕"菠菜"进行了一场对话。一种稀松平常的蔬菜进入诗歌，意味着它的诗意尚待发现。诗歌一开始就启动了感性的力量：菠菜有着鲜艳的"绿衬衣"，这是极富感官性的形象，而诗中的"你"可能是诗人潜在的一个对话者，而"你"却不会是菠菜一样的形

---

① 臧棣：《诗歌：作为一种特殊的知识》，载王家新、孙文波编《中国诗歌 九十年代备忘录》，人民文学出版社2000年版，第45页。
② 臧棣：《后朦胧诗：作为一种写作的诗歌》，载王家新、孙文波编《中国诗歌 九十年代备忘录》，人民文学出版社2000年版，第207页。
③ 臧棣：《假如我们真的不知道我们在写些什么……——答西渡的书面采访》，载西渡、王家新编《访问中国诗歌：中国23位顶尖诗人访谈录》，汕头大学出版社2009年版，第205页。

象,说明"你"和"菠菜"的不同,"你沉默的肉体就像/一粒极端的种子"时,相对于"菠菜"的日常和鲜明,"你"是极端的、非日常的。尤其是"你"的身体潜藏着巨大的能量,它是可以打破日常的静谧的,代表了和温柔的"菠菜"不一样的精神气质。

> 为什么菠菜看起来
> 是美丽的?为什么
> 我知道你会想到
> 但不会提出这样的问题?
> 我冲洗菠菜时感到
> 它们碧绿的质量摸上去
> 就像是我和植物的孩子。
> 如此,菠菜回答了
> 我们怎样才能在我们的生活中
> 看见对他们来说并不存在的天使的问题。

　　这里诗人的视角进一步转向"菠菜","为什么菠菜看起来/是美丽的?为什么/我知道你会想到/但不会提出这样的问题?"诗人发现了"菠菜"的平易之美,也似乎是在提醒读者,我们对习以为常的"美"是如何漠视,"美"似乎总在生活以外,在超越生活的地方存在。"我冲洗菠菜时感到/它们碧绿的质量摸上去/就像是我和植物的孩子","冲洗""摸""碧绿"都是"我"的"感性"的呈现,用"孩子"比喻"菠菜"一下子就拉近了菠菜和"我"之间的距离,并赋予了"菠菜"人格化的特征。这样明亮和健康的诗句,一扫传统书写感性时的感伤、柔弱,诗人对"菠菜"这一新鲜而陌生的意象的书写,充满了一种即时的身体感,这恰恰说明,感性能唤醒沉睡的语言,赋予它活力。

　　接下来的提问是这首诗的核心,即如何"看见对他们来说/似乎并不存在的天使的问题",这也正是诗人借《菠菜》提出的诗学问题,相对于菠菜的"世俗","天使"具有高贵的神性。然而,诗人亦是可以在"菠菜"的形象中看见"天使"的人。这里的"他们",显然指的是和"我们"在对世界和语言的理解上不同的另一类人,"他们"没有信仰,不相信语言,不相信诗歌,也不相信天使和奇迹。接下来诗人将笔锋重新拉回到菠菜"鲜明的形象"上：

> 菠菜的美丽是脆弱的
> 当我们面对一个只有五十平方米的
> 标准的空间时，鲜明的菠菜
> 是最脆弱的政治。表面上，
> 它们有些零乱，不易清理；
> 它们的美丽也可以说
> 是由繁琐的力量来维持的；
> 而它们的营养纠正了
> 它们的价格，不左也不右

"鲜明的菠菜/是最脆弱的政治"，呼应的是希尼那句著名的话："在某种意义上，诗歌的功效等于零——从来没有一首诗阻止过一辆坦克。在另一种意义上，它是无限的。"[1] 在诗人眼里，菠菜的美丽不是因为它色彩鲜明的形象，而是因为它的烦琐和零乱，而这正体现了世界的感性中有不被规范的秩序，而语言首先需要面对的就是这样的现场，它需要剔除先入为主的观念，显示一种生命的还原，这也正是"菠菜"（诗歌）能够带来的"公正"和"营养"。

同时，这首诗在感性中的思辨气质，意味着诗人对事物的精细观察和描绘只是一个起点，最终它们要被组织到对世界的思考中去，这样的想象力中包含着诗人对世界的思考，"我希望我的诗让感性获得智性的尊严，让智性焕发感性的魔力"[2]。具有现代特质的诗歌感性仍然需要卓越、深邃的思考置于其中，感性与理性之间是互相容纳、互相成就的关系，现代诗歌从浪漫主义到现代主义的发展，已经基本厘清了这个问题，正如诗人西渡所说："那种疯狂、迷醉、神灵附体的状态对我不但缺乏吸引力，而且被认作是有失尊严的事。诗歌的想象力中显然存在原始和非理性的成分，

---

[1] ［爱尔兰］谢默斯·希尼：《希尼三十年文选》，黄灿然译，浙江文艺出版社2018年版，第250页。
[2] 臧棣：《假如我们真的不知道我们在写些什么……——答西渡的书面采访》，载西渡、王家新编《访问中国诗歌：中国23位顶尖诗人访谈录》，汕头大学出版社2009年版，第212页。

但它只有在意识的控制下才能在写作中发挥恰当的作用。"[1] 因此，感性和智性并不能分割，在感性中融入思辨，这也正是"感性"的现代气质。

  从整体的诗歌观念和创作意图来看，臧棣的诗歌本身就是像"菠菜"一样的政治。对于当代先锋诗人而言，在摆脱了观念化的语言方式之后，通过感性和想象力对现实的再造重建了生命的信仰，"诗歌就是用风格去消解历史，用差异去分化历史，以便让我们知道还可能存在着另外的生存面貌"[2]。历史不再对诗歌写作构成压力，虽然这之中也包含着诗人对现实的反思和思考，但这样的现实已经远非直接的现实，"现实主义是对现实的损毁"[3]。诗歌的目的不再是展现直接的真实性，而是需要将现实吸纳后重新吐出。总之，"感性"在20世纪八九十年代的当代先锋诗歌中扮演了重要角色，而"先锋"之后，激活"现代的感性"也将是一种创作常态。

---

[1] 西渡、臧棣等：《面对生命的永恒困惑：一个书面访谈》，载王东东编《诗歌中的声音：西渡研究集》，华文出版社2019年版，第258页。

[2] 臧棣：《假如我们真的不知道我们在写些什么……——答西渡的书面采访》，载西渡、王家新编《访问中国诗歌：中国23位顶尖诗人访谈录》，汕头大学出版社2009年版，第223页。

[3] [美] 华莱士·史蒂文斯著，陈东东、张枣编：《最高虚构笔记：史蒂文斯诗文集》，陈东飚、张枣译，华东师范大学出版社2009年版，第257页。

第六章 "文本的快感"与"第三代诗"的语言实践

20世纪80年代,当代诗歌对语言的理解发生了很大的变化,这主要是以"第三代"①诗潮为代表的,语言的自足性在"第三代"诗人那里得到了应有的重视。在"第三代诗"语言观念的形成中,西方后现代主义思潮对其产生了影响,其中,罗兰·巴特(也译罗兰·巴尔特)的名字在对"第三代诗"的叙述中被提到的最多。这位法国思想家似乎和"第三代诗"构成了一种理所当然的关系,但它们之间到底关系如何大都语焉不详,罗兰·巴特是否对"第三代诗"构成了影响以及构成了怎样的影响并非一个可以随意下定论的问题,对它的追溯可以厘清"第三代诗"的发生机制。如果说"第三代诗"与罗兰·巴特的"零度写作"观念有一种呼应关系,那么他同样重要的"文本的快感"的观念似乎与"第三代诗"没有交集,更没有像"零度写作"那样被"第三代诗"作为一个口号提出。但作为一种语言方式,却呈现在"第三代诗"的写作实践中,其意义也更为深远,它是当代诗歌从20世纪80年代过渡到20世纪90年代的重要环节,而这一点也并没有引起研究界的重视。

基于此,本章将以"第三代诗"与罗兰·巴特的关系为起点,并以罗兰·巴特的文本观、语言观为理论参照,考察"第三代诗"的语言自觉和写作实践,探讨"第三代诗"与罗兰·巴特的文本观、语言观的相似和殊异,进而揭示"第三代诗"自身的现实境遇和逻辑思路。

---

① 这里的"第三代诗"指的是20世纪80年代中后期的先锋诗歌。参见洪子诚、程光炜编选《第三代诗新编》,湖北长江出版集团、长江文艺出版社2006年版,"序"。

一 罗兰·巴特与"第三代诗"的"零度写作"

在学界对"第三代诗"的叙述中，罗兰·巴特是一个被经常提起的名字，它甚至成为描述"第三代诗"的一个符号性指称。罗兰·巴特是结构主义的代表人物，他早期的代表作《写作的零度》（1953）于1988年在中国翻译出版，① 从时间上看，这本书的翻译和出版要远晚于"第三代诗"的出现，它们之间的联系更多来自评述者包括"第三代"诗人事后的阐释，柏桦就将罗兰·巴特的理论与"非非"的诗学观念和实践进行了比较，说明它们之间存在契合。② 实际上，"第三代"诗人在20世纪80年代初就开始了创作，"第三代"诗人的一些重要诗作如韩东的《你见过大海》《有关大雁塔》等于1985年就已发表，而影响甚大的徐敬亚编选的《中国现代主义诗群大观》，收集的是"第三代诗"从1986年到1988年的诗作。也就是说，在罗兰·巴特的思想被正式翻译以前，"第三代诗"就已经成型。此外，"非非主义"诗人周伦佑、蓝马在后来的采访中也都否认受到了罗兰·巴特的影响，③ 他们在20世纪八九十年代使用和罗兰·巴特完全一样的概念时也都没有加以说明。

但这并不能表明包括"零度写作"在内的概念都是他们独创的。实际上，在20世纪80年代的"理论热"中，后现代主义理论广受中国读者的关注，它最早的影响来自一些介绍性的文字，虽然中国读者没有读到翻译的原著，但这些新的思想观念以及新名词对经历了长期封闭的国内文学界和思想界来说具有重要的启示作用。在20世纪80年代的先锋探索中，"第三代"诗人对法国后结构主义的作家和哲学家有一种天生的好感，在极其迫切地超越前代人的动机之下（"pass北岛"），往往一个新的理论名

---

① ［法］罗兰·巴尔特：《写作的零度》，李幼蒸译，中国人民大学出版社2008年版，"译者前言"第7页。
② 柏桦：《成都：1980—1990》，载万夏主编《与神语：第三代人批评与自我批评》，中华工商联合出版社2014年版，第67—69页。
③ 参见白杰《后现代主义的本土转化与"非非主义"的诗学变构》，《烟台大学学报》（哲学社会科学版）2017年第3期。

第六章 "文本的快感"与"第三代诗"的语言实践

词就能给他们带来重大的启发,或许不求甚解、囫囵吞枣,但极有可能是这些介绍性的文字让亟须变革的诗人找到了灵感。当时被介绍的后现代主义理论家除了罗兰·巴特还有拉康、德里达、福柯等人,但"第三代诗"尤其是"非非主义"与罗兰·巴特更为接近。

值得注意的是,在罗兰·巴特之前,法国新小说的代表作家罗伯·格里耶的小说在20世纪70年代末就已经被翻译到中国,而罗伯-格里耶正是罗兰·巴特推崇的法国"新小说"的代表作家。杨黎的代表作《冷风景》副标题就是"献给阿兰·罗布-格里叶",他还说1981年的时候,他读到一本内部交流的罗伯·格里耶的《窥视者》,这本小说对他产生了很深的影响。[①] 除了杨黎以外,何小竹也写过《在一艘货轮上阅读罗布-格里耶的〈橡皮〉》一诗,而罗兰·巴特的语言观念与包括罗伯·格里耶在内的一些作家有着亲缘联系,"在写《写作的零度》时,巴特尚未发现罗布-格里耶(事实上,正是1953年,《写作的零度》出版之际,罗布-格里耶的第一篇小说《橡皮》才问世),他只是注意到了加缪,并将加缪作为'零度写作'的最合适代表,罗布-格里耶出现后,巴特毫不犹豫地将他取代了加缪,并将他安排到文学史中最后的最重要一环"[②]。因此,"第三代"诗人对罗兰·巴特周边作家的阅读也成为他们在观念上接近罗兰·巴特的原因,由于罗兰·巴特处在从结构主义到后结构主义的发展逻辑之中,与其说"第三代诗"受到了他的影响,不如说是受到了来自他这一链条上多种可能因素的影响。

出于对法国左翼文学和萨特的"介入的文学"的反驳,罗兰·巴特的"零度写作"指的是写作与现实无涉,它试图消除历史的重负和个人的情绪,并倾向于一种客观、中性的写作风格。"零度写作"的观念恰好契合了20世纪80年代一些诗人们的创作诉求,正是为了反抗北岛、杨炼、江河等具有浓厚文化、政治意味的"朦胧诗","非非主义""他们""莽汉"等诗派才将诗歌的语言和题材下移。他们反浪漫主义、反崇高、反意象,力图对不堪重负的语言符号进行解构和还原,尤其是在"非非主义"的理论中,可以找到与罗兰·巴特的"零度写作"相近的观念和陈述,如蓝马的"前文化理论"以及感觉、意识、语言的还原理论,他认为"只有解除

---

① 杨黎:《灿烂:第三代人的写作和生活》,中华工商联合出版社2014年版,第38页。
② 汪民安:《谁是罗兰·巴特》,江苏人民出版社2015年版,第79页。

掉语言的历史（解除掉它的沦落和衰败），才能还原出语言的初衷"①，而周伦佑在他1987年的创作手记中写道：

> 人类的精神活动是从语言的零度开始的——语言的零度即价值的零度。零度以下是尚未被命名的原初世界（命名即是发现，不多不少，恰恰达到零度）；零度以上便是人类的精神世界，即意义世界、价值世界。"反价值"指向人类的精神世界、意义世界、价值世界——如果实现，便是要使人类重新回到他的零度状态——语言的零度，精神的零度。从这个意义上可以说：反价值就是反意义。但这并不是"反价值"的目的。"反价值"的真正目的是要人类从精神的零度出发重新做出选择——不同于现有价值选择的别一种选择。②

罗兰·巴特的"零度"一词密布于上述文字的空间，这很难说是诗人自己的发明，只不过，诗人给予了它具有20世纪80年代文化特征的解释。同时，"非非主义"的写作实践也与这样的观念对应，他们的诗歌倾向于通过冷静、客观的方式将事物还原、悬置起来。柏桦认为："在非非诗中，词语获得了自由，语言恢复了最初的新鲜（虽然这新鲜是没有意义的），非非变成了传达原语言的信息行为。一切祈祷式或命令式的语势（诗歌传统意义上的抒情话语权势）被一种直陈式写作所替代（或消解），被巴特式的'纯洁写作'所替代。诗歌达到了一个要求——形式就是文学责任最初和最后的要求。"③"非非主义"诗人杨黎有一首代表作《撒哈拉沙漠上的三张纸牌》：

> 一张是红桃K/另外两张/反扣在沙漠上/看不出是什么/三张纸牌都很新/新得难以理解/它们的间隔并不算远/却永远保持着距离/猛然看见/像是很随便的/被丢在那里/但仔细观察/又像精心安排/一张近点/一张远点/另一张当然不近不远/另一张是红桃K/撒哈拉沙漠/空洞

---

① 洪子诚、程光炜编选：《第三代诗新编》，湖北长江出版集团、长江文艺出版社2006年版，第318、321页。
② 周伦佑：《反价值时代——对当代文学观念的价值解构》，四川人民出版社1999年版，第73页。
③ 柏桦：《左边：毛泽东时代的抒情诗人》，凤凰出版传媒集团、江苏文艺出版社2009年版，第163页。

第六章 "文本的快感"与"第三代诗"的语言实践

而又柔软/阳光是那样的刺人/那样发亮/三张纸牌在太阳下/静静地反射出/几圈小小的/光环

这首诗体现了"非非主义"冷静的观物风格，它抛弃了深度，尽量杜绝文本以外的指涉，文本形成一个自足的有机体，语言自身构成了这一有机体的血肉和骨骼。该诗中的撒哈拉沙漠以及纸牌的意象对读者的阅读经验来说具有一种新鲜感，沙漠的空旷、寂寥和厚重，纸牌的神秘、巫性和轻灵，组合起来有一种陌生的效果。"三张纸牌都很新/新得难以理解"，它们的摆放看似随意，却又似乎别有深意，这种深意来自语言的空白而非诗人的主体意志，语言在这里只显现为能指。该诗语感自然流畅，语句与语句构成了环环相扣的封闭链条，虚构的场景和意象织于其中。

"他们""莽汉"等诗派的诗歌，虽然没有像"非非主义"那样标榜"零度写作"，但他们在当时具有轰动效应的取消深度、消解意义的写作也具有"零度"的特征，只不过这个"零度"是指其创作动机的消解意味，而非其创作风格的"零度"。韩东的《你见过大海》《有关大雁塔》就属于此类，而他20世纪90年代的诗作《甲乙》则更趋于冷静，显示出与杨黎的"零度写作"相近的风格，不过与杨黎不同的是，韩东冷静、客观的语言中包含了明显的批判意识。除了韩东的诗歌，20世纪80年代同属于这一类写作的还有于坚的《罗家生》《尚义街六号》、李亚伟的《中文系》等。具有反叛性的诗歌虽然在当时的影响很大，但它们只是诗人创作的一个层面和一个阶段，诗人最终需要回到具有肯定性的汉语写作上来。

"第三代诗"提倡的口语化、凡俗化的写作易于大量制作，因此也易泛滥成一种毫无创新性的写作。周伦佑在20世纪90年代初指出罗兰·巴特提出的"白色写作"（与"零度写作"近似的概念）在西方起到了超出现代主义的深度意义的作用，却被中国当代诗人误用，这是由于中国新诗的现代主义发育还不充分，它势必造就"缺乏血性的苍白、创造力丧失的平庸、故作优雅的表面文章"[1]。他因而提倡一种相反的"红色"写作，可以看到，90年代"非非"解散之后，周伦佑与罗兰·巴特唱了反调，他提倡的"介入"正是罗兰·巴特所反对的，这似乎撇清了与这位法国思想家的关系，但这样的看法毕竟只能属于90年代。

---

[1] 周伦佑：《反价值时代——对当代文学观念的价值解构》，四川人民出版社1999年版，第291页。

罗兰·巴特的"零度写作"并非为了反叛，而是要建构语言的乌托邦，他提出的"不及物写作"证明了他在文本上的结构主义思想。在西方，从海德格尔的现象学到结构主义，对待语言的态度发生了根本性的变化，结构主义认为文本是一个封闭的系统，文学的意义在于写作本身，作家主体不应该进入文本，即"作者已死"。海德格尔指向存在的语言在结构主义那里变成了自我指涉的语言，语言不再反映现实指向存在，而只具有自我繁殖的功能。罗兰·巴特深受结构主义的影响，同时，他的语言观念的形成也受到了马拉美、瓦雷里、布勒东等形式主义者的启发，马拉美认为"诗句不是用想法，而是用词语来造就的"，"词语包含的潜能远远多于思想"。① 语言就是它自身，而不是表情达意的工具，这样的认知是罗兰·巴特建立他的文本观的前提。

　　对形式的重视，也是"第三代"诗人在意识上的自觉，"他们"诗派说："我们是绝对的形式主义者"，"当一个人为光洁的纸写作，他是一个形式主义者无疑"。② 但对于20世纪80年代以反抗作为书写策略的诗人而言，这一意义上的写作还未能真正展开，还需要进一步"把对意义的消解令人惊叹地同审美感性结合起来，发展成为一种相对完整的诗歌感受力"③。因此，"第三代诗"走向具有结构主义性质的写作是必然的，这也是"第三代诗"中处于边缘具有"现代主义"倾向的诗人所追求的，正如其中的代表张枣所说："挑战者本身从一开始直到现在并未能提供一种取代性的定型文体。这说明挑战者错误地选择了挑战的对象，也就是说，他们选择挑战的对象其实是其自身，因为早期朦胧诗并不是风格的权威，而只是风格的可能，这是一个大有可为的可能，它源于白话文学运动另一桩一直未了的心事——对'现代性'的追求。"④ 在张枣看来，当代诗歌最终会回到具有现代性的写作上来，不同风格的写作曲曲折折也都是向着这一目标，包括他自己在内的诗人就走在这条路上。

---

① ［德国］胡戈·弗里德里希：《现代诗歌的结构：19世纪中期至20世纪中期的抒情诗》，李双志译，凤凰出版传媒集团、译林出版社2010年版，第93页。
② 洪子诚、程光炜编选：《第三代诗新编》，湖北长江出版集团、长江文艺出版社2006年版，第325页。
③ 臧棣：《后朦胧诗：作为一种写作的诗歌》，载王家新、孙文波编《中国诗歌 九十年代备忘录》，人民文学出版社2000年版，第206页。
④ 张枣著，颜炼军编选：《张枣随笔选》，人民文学出版社2012年版，第171页。

第六章 "文本的快感"与"第三代诗"的语言实践

从兰波、马拉美、瓦雷里到史蒂文斯,西方诗人对文本自足性和语言想象力的重视已经形成了一个传统,通过诉诸复杂的技艺,语言可以创造新的现实。对"第三代诗"而言,现代汉语的激活也是诗歌的感受力、想象力的唤醒,在经历了长期意识形态的制约和语言工具论之后,语言意识在"第三代诗"中逐步觉醒,语言不再是表意的工具,语言自身的意义得以显现。"第三代诗"的语言自觉有来自西方的影响,也有作为一个诗人的语言意识。柏桦于 1981 年所作的《表达》一诗就触及语言问题,尽管它并不清晰:

　　我要表达一种情绪
　　一种白色的情绪
　　这情绪不会说话
　　你也不能感到它的存在
　　但它存在
　　来自另一个星球
　　只为了今天这个夜晚
　　才来到这个陌生的世界

这首诗表达的是一种难以言传的情绪,虽不知柏桦这里使用的"白色"是否与罗兰·巴特的"白色写作"有关,但它也表达了对人与语言关系的现代认知。在诗人看来,自我内在的世界充满了一种不可言说性,正如诗人能感觉到的这种"白色的情绪"。虽然诗人并没有形成明确的语言观念,但有一点是肯定的:诗歌的语言是非逻辑的、非日常的,一方面,不可言说的世界只有通过创造性的语言才能将之呼唤出来;另一方面,语言对意义的抵达是有限的,现代诗歌正是在语言的不确定性、偶然性、多义性中获得了真正的自由。

对于"第三代"诗人而言,他们的语言意识还处于起步阶段,还不可能具有西方经历了漫长的发展才形成的语言认知,海子、张枣、欧阳江河、陈东东、柏桦、西川、张曙光、肖开愚、翟永明、钟鸣、孙文波、臧棣、西渡、王寅等诗人显示出对现代汉语写作可能性的自觉探索。20 世纪 80 年代的语言自觉最初是从修辞层面开始的,海子的诗在当时就令人耳目一新:

亚洲铜，亚洲铜
祖父死在这里，父亲死在这里，我也将死在这里
你是唯一的一块埋人的地方

亚洲铜，亚洲铜
爱怀疑和飞翔的是鸟，淹没一切的是海水
你的主人却是青草，住在自己细小的腰上，
守住野花的手掌和秘密

亚洲铜，亚洲铜
看见了吗？那两只白鸽子，它是屈原遗落在沙滩上的白鞋子
让我们——我们和河流一起，穿上它吧

亚洲铜，亚洲铜
击鼓之后，我们把在黑暗中跳舞的心脏叫做月亮
这月亮主要由你构成

  海子这首诗创作于1984年，"土地"这一主题具有宏大叙事的特征，然而，海子对它的处理方式却是全新的，他书写了一种个人化的土地经验，这是由其修辞方式达成的。"亚洲铜"这一意象令人耳目一新，"铜"的颜色不仅与土地相似，同时"铜"也象征着悠久的中华文明，土地对生命而言不仅是养育，也是历史。除了意象的新奇，语言的跳跃、修辞的陌生化都使它有别于已有的诗歌表达习惯，第二节的"你的主人却是青草，住在自己细小的腰上，/守住野花的手掌和秘密"，以及第三节的"那两只白鸽子，它是屈原遗落在沙滩上的白鞋子"，令人惊奇的意象组合远远超出了理解的限度，同时也使语言呈现了轻松、俏皮的一面。如果说海子对土地的书写具有赞颂的特征，那么，它就完全不同于意识形态化的赞歌，后者具有明确的主题性，而在海子这里，对土地的热爱完全通过修辞的精妙而获得。从海子早期的这首诗可以感受到，卸下重负之后，诗歌开始轻盈地飞升，而在他创作之初，修辞之轻平衡了精神之重。

  相比于"朦胧诗"及集体主义的诗歌，"第三代诗"由外向内收，个人色彩显著增强，一方面个性的解放也是诗歌感受力、想象力的解放；另

第六章 "文本的快感"与"第三代诗"的语言实践

一方面陌生化的语言反过来也激活了个人的感觉和经验,但海子的诗歌仍然是在历史、神话中创造修辞的可能,他的诗歌有明确的意义目标,远非语言本身。对于20世纪80年代的另外一些诗人而言,还需要找回"消失的汉语",重塑词与物的关系,张枣在《朝向语言风景的危险旅行》一文中从"元诗"的角度分析了20世纪80年代几个诗人的语言追求。其中之一是西川的《起风》一诗:

> 起风以前树林一片寂静
> 起风以前阳光和云影
> 容易被忽略仿佛它们没有
> 存在的必要
> 起风以前穿过树林的人
> 是没有记忆的人
> 一个遁世者
> 起风以前说不准
> 是冬天的风刮得更凶
> 还是夏天的风刮得更凶
>
> 我有三年未到过那片树林
> 我走到那里在起风以后

所谓"元诗",即关于诗之诗,是用诗的方式表达对诗的理解。在"起风"之前,树林是"寂静的""被忽略的""没有记忆的""说不准的","阳光和云影"之所以没有存在的必要,是因为人无法通过语言进入其中,"穿过树林"却"没有记忆",是因为自然和人(语言)的分离。在进入语言之前,甚至人的感受、体验都是模糊的:"是冬天的风刮得更凶/还是夏天的风刮得更凶",这片"起风以前的树林"让我们感受到的是词语的沉默、命名的空白,"起风"这一动作在诗中是诗人生命转换的一个开关。如果将"起风"看作"语言意识的觉醒",那么,"我走到那里在起风以后"意味着因为"词","物"才重新获得生命,而重新命名被意义所固定的事物,这是对语言的唤醒。

在新的语言认知下,"第三代"诗人获得了崭新的诗歌体验,柏桦回

· 127 ·

忆张枣痴迷语言的情境："在我与他的交往中，我常常见他为这个或那个汉字词语沉醉入迷，他甚至说要亲手称一下这个或那个（写入某首诗的）字的重量，以确定一首诗中字与字之间搭配后产生的轻重缓急之精确度。"①张枣在语言中探险的种种努力，堪为当代先锋诗人的表率，而张枣回忆说20世纪80年代他与柏桦有这样一段对话：

  他（柏桦）马上问了一个非常简单但很内行的问题："你是先想好再写，还是语言让你这样写？"我说是语言让我这样写下去。他说这与他一样。因此我发觉我们是同志：寻找语言上的突破。②

  张枣表达的是对语言的敬畏，一种新的语言认知。"语言自身在说话"是西方语言转向后对语言的重新认识，海德格尔说："语言之为语言如何成其本质？我们答曰：语言说话。"③语言不再是表达的工具，它不再受言说主体的控制，词语自身的运动代替了受主体控制的运动，充分的语言意识让文本成为独立、完整的"肉身"，这是结构主义意义上的文本观。从"诗歌"这一文体来看，"肉身"包含了一首诗所容纳的所有因素，除文字层面的感觉、想象以外，声音层面的节奏、韵律、语气、语调，形象层面的标点、分行、分节等，形式就是一首诗的全部，对文本的"肉身性"的强调祛除了本质主义语言观对意义的追求，语言不再对外在的环境和以往的历史负责，语言也因此显示出自恋的个人化特征。

  结构主义层面的"零度写作"唤醒了"文本的肉身"，语言脱离外在制约后，诗人的精神和身体获得了双重的自由，这里面包含了对启蒙理性和政治理性的祛魅。"第三代诗"探索着内在世界的混沌，语言的不透明性正如知觉经验的不透明性，通过非连续性的语言，世界的未知、神秘、不可言说的部分才被展露，语言所创造的世界因此也是无限的。"语言是这种特殊的结构，如同我们的身体，它给予我们的东西多于我们放入其中的东西"④，与长期以来诗歌明晰的主题相悖，它揭开了更为广阔的人的意识的不确定性、想象的无边界性。

---

① 柏桦：《张枣》，载宋琳、柏桦编《亲爱的张枣》，中信出版社2015年版，第63页。
② 张枣著，颜炼军编选：《张枣随笔选》，人民文学出版社2012年版，第206页。
③ ［德］海德格尔：《在通向语言的途中》，孙周兴译，商务印书馆2008年版，第2—3页。
④ ［法］莫里斯·梅洛-庞蒂：《符号》，姜志辉译，商务印书馆2003年版，第294页。

第六章 "文本的快感"与"第三代诗"的语言实践

二 "文本的快感":"第三代诗"的语言狂欢

罗兰·巴特的文本观是一种游戏性的文本观,它取消了现代主义的深度,他的《文之悦》(1973,也被译为"文本的欢娱""文本的快感"等)一书就表达了这样的观念。这本罗兰·巴特后期的重要著作,在中国翻译出版已到了21世纪初,[①]而对"第三代诗"而言,从对语言的重视到追求"文本的快感"也是一个自然的过程。虽然"文本的快感"这一概念的输入远迟于"第三代诗"的写作,但从平行研究的意义上,本书可以继续借用这一概念来考察"第三代诗",在"零度写作"的背景下,通过这一视角进一步对"第三代诗"的语言实践进行探讨。

罗兰·巴特的理论充满了一种含混、模糊的特征,这与他追求一种非本质主义的写作方式直接相关,他是在结构主义意义上将文本比作"身体",并认为这种身体是一种"醉"的、迷狂状态的身体。"文具人的形式么,是身体的某种象征、重排(anagramme)么?是的,然而是我们的可引动情欲之身体的某种象征、重排"[②],"文本的快感"类似于性爱的快感,"文本是一种身体,尤其是一种性爱的身体,人的性爱身体与文本的性爱身体的交流导致一种极乐"[③]。与萨特主张存在主义意义上的主体不同,"巴特唤醒的这个人,只是个欲望主体、快感主体、享乐主体,总之,是一个纯躯体性主体,是个欲火熊熊燃烧的主体,是个丧失了意识警戒线的本能主体"[④]。怎样的文本才具有这样的特性呢?罗兰·巴特认为是断裂的、不再提供观念、意义和目的而只提供愉悦和游戏的文本,它所制造的快乐是随机的、偶然的、不可预测的。这样的文本在艺术上通常具有先锋性和实验性,是一种形式主义的文本,"文化及其毁坏均不引发色欲;恰是它们两者间的缝隙,断层,裂处,方引起性欲。文之悦类似于控制不

---

① [法]罗兰·巴特:《文之悦》,屠友祥译,上海人民出版社2009年版,第5页。
② [法]罗兰·巴特:《文之悦》,屠友祥译,上海人民出版社2009年版,第21页。
③ 杨大春:《语言·身体·他者:当代法国哲学的三大主题》,生活·读书·新知三联书店2007年版,第219页。
④ 汪民安:《谁是罗兰·巴特》,江苏人民出版社2015年版,第205页。

住、忍受不了、完全幻想性的瞬间"①。在罗兰·巴特看来，就像色情产生于服装的缝隙和微微敞开露出若隐若现的肌肤一样，"文本的快感"也产生于文本的空白和裂隙之处。从现代诗的角度来看，"缝隙、断层、裂处"是常见的语言方式，正如色情不是为了繁殖，专注快乐的文本也不对现实负任何责任，它陶醉和玩味语言的游戏，这也正和"第三代诗"逃离文化和现实的重负的写作倾向相契合。因此，这里将"文本的快感"运用于描述"第三代诗"，主要是指一种语言方式，而不强调罗兰·巴特在这一概念上的"身体享乐"指向。

"文本的快感"不仅存在于写作中，也存在于阅读中，"阅读是看不见的作者的言语与读者的言语的肉身化的遭遇"②。对现代诗歌而言，能够带来快乐的文本不是轻松易懂的文本，而是艰涩难懂的文本，即阅读的障碍对读者会构成挑战，对困难的克服、对挫败感的战胜于现代诗的读者而言也是非常重要的阅读体验，"非连续、消解、不确定性和不可读都包含某种可厌性。但同时又包含着极度诱惑"③，诗召唤着它的知音，这也就是现代诗歌对读者主体性的建构，甚至读者阅读文本的快感和诗人创作文本的快感同等重要。

罗兰·巴特的享乐主义文本观虽然没有直接影响到"第三代"诗人，但追求语言的快乐也是"第三代诗"在语言自觉之后的逻辑发展，是诗歌转向非功利之后的一个必然结果。这一点在"第三代"诗人笔下有丰富的呈现，张枣、陈东东、钟鸣、欧阳江河等诗人都表现出对"语言之乐"的实践，只不过他们的方式和风格各不相同。陈东东的"文本的快感"来自华美的语言、铺排的句法以及富有音乐性的声音，他创造了一种去除了意义的"声音的快乐"；钟鸣则自称为"文本主义者"，他可以将词语的能指游戏发挥到最大限度；张枣的诗歌重视对古典诗歌传统的吸纳，他将汉语之"甜"作为一种自觉的追求，④并善于将对汉语之美的发掘寄寓于颜色、声音、光线、形态等感官的细节中，其轻逸的书写方式脱去了意识形态之重，感官的愉悦、语词的欢乐充溢其间；柏桦则直接提出了"逸乐"

---

① ［法］罗兰·巴特：《文之悦》，屠友祥译，上海人民出版社2009年版，第11页。
② 唐清涛：《沉默与语言：梅洛－庞蒂表达现象学研究》，中国社会科学出版社2013年版，第145页。
③ 杨大春：《文本的世界》，中国社会科学出版社1998年版，第187页。
④ 张枣著，颜炼军编选：《张枣随笔选》，人民文学出版社2012年版，第230—231页。

第六章 "文本的快感"与"第三代诗"的语言实践

的文学观,不过他所说的"乐"主要来自中国文人遗世独立、独善其身、追求个人生命趣味的传统,他的"语言之乐"浸透着传统文人流连光景的生命态度。

史蒂文斯说"诗歌是语言之欢"①,"文本的快感"或曰"语言的快乐"中包含着对长期以来被取消的游戏功能的重视,张枣称之为"趣味"。中国文化语境对"游戏""快感""享乐"这样的词有一种天然的抵触,似乎太缺少精神性和理想主义色彩,于是"有趣"一词就成为取而代之的选择,而"有趣"也正是对无趣的口号诗、观念诗的反驳。张枣认为有趣的写作和有趣的人生是一体的,"除非生活充满乐趣,否则生活一无是处"②,"首先得生活有趣的生活"(《跟茨维塔耶娃的对话》)。在他的诗歌中常常能看到充满趣味的表达,如他的《边缘》一诗:"新区的窗满是晚风,月亮酿着一大桶金啤酒;/秤,猛地倾斜,那儿,无限/像一头息怒的狮子/卧到这只西红柿的身边"。诗人将一系列日常意象进行了戏剧化的处理,奇妙的想象赋予了这些事物机智、俏皮、谐趣的特征,由此将"存在"这一话题的沉重感化解,诗人以此表达了甘居"边缘"的诗歌立场。

"趣味"意味着对存在的无限可能性的发现,对于一切陈规陋习的抛弃,这一旨趣作为新的诗歌传统延续到了 20 世纪 90 年代以后的诗歌中。臧棣说:"许多人都认为当代诗歌应包含一种重的东西,而我是反其道而行之,我让我的诗歌尽可能多地包含'轻'的东西。诗歌对我来说越来越是罗兰·巴特指陈的那种写作——'一些智慧,毫无权势,尽可能多地饱含快乐'。"③ 当诗歌走出了功利主义的语言观,语言的游戏性就不同程度地呈现出来。20 世纪是语言认知发生重大变化的时期,语言游戏说的提出者维特根斯坦深受索绪尔语言学的影响,他认为词语本身没有确定的意义,意义是在使用当中体现的,需要根据上下文来确定。因此语言存在模糊性和流动性,这也造成了其游戏性的特征,这种游戏观是一种反本质主义的语言观。

---

① [美] 华莱士·史蒂文斯著,陈东东、张枣编:《最高虚构笔记:史蒂文斯诗文集》,陈东飚、张枣译,华东师范大学出版社 2009 年版,第 265 页。
② [美] 华莱士·史蒂文斯著,陈东东、张枣编:《最高虚构笔记:史蒂文斯诗文集》,陈东飚、张枣译,华东师范大学出版社 2009 年版,第 266 页。
③ 臧棣:《假如我们真的不知道我们在写些什么……——答西渡的书面采访》,载西渡、王家新编《访问中国诗歌:中国 23 位顶尖诗人访谈录》,汕头大学出版社 2009 年版,第 229 页。

中国当代诗人对西方语言观的接受需要在汉语诗歌的框架中发挥作用，随着对语言本体的回归，当代诗歌势必会经历"驱逐意义"的阶段。实际上，早在20世纪20年代，朱自清在描述"早期象征派"诗歌的特点时，就敏锐地意识到了象征派诗歌的语言"表现的不是意思，而是感觉和情感"①，"意思"落在诗歌的内容层面，而"感觉"则指向语言本身，"早期象征派"表现了语言的新质，语言的工具论被本体论取代。不过，现代时期由于民族国家危机，历史并没有给纯粹的个人情绪以及语言表达提供多少契机，而这样的机遇最终落在了当代诗歌身上，诗人在语言世界自由探索的可能性得到施展，"说什么"让位于"怎么说"，结构主义意义上的"纯诗写作""不及物写作"在"第三代诗"那里呈现出来。

臧棣认为，陈东东是20世纪80年代中期以后"不及物写作"的代表，这完全是因为陈东东在对声音的华美演绎中，展现了语言的可能："这种写作的不及物性意味着一种强烈的写作的欢悦，一种在文字符号的网络中自如地滑行的写作的可能性，其终极的文本境界，就像布罗茨基在《蝴蝶》一诗中描绘的'写出的一行行诗句/毫无目的'。"② 诗歌的"无目的"体现在对形式的专注上，在陈东东的诗歌中是对声音、感觉、想象的敏锐捕捉，他的《读保尔·艾吕亚》《远离》《即景与杂说》等诗都点亮了"汉语之灯"，如他说的"把灯点到石头里去"，"灯也该点到江水里去"（《点灯》）。这里面有艾吕雅（也译艾吕亚）的超现实主义和马拉美的象征主义诗歌观念的影响。"灯一样的语言"即汉语诗歌之光：

　　当云层终于断裂
　　鱼群被引向临海的塔楼
　　华灯会突然燃遍所有的枝头
　　照耀你的和我的语言

　　　　　　　　　　——《语言》

诗歌作为一门注重声音的艺术，其声音并非简单地依附内容而存在，

---

① 朱自清选编：《中国新文学大系·诗集》，上海良友图书印刷公司1935年版，"导言"第8页。
② 臧棣：《后朦胧诗：作为一种写作的诗歌》，载王家新、孙文波编《中国诗歌 九十年代备忘录》，人民文学出版社2000年版，第205页。

第六章 "文本的快感"与"第三代诗"的语言实践

在象征主义诗歌中，声音本身就是全部的意义，瓦雷里说"诗的钟摆摇晃在声音和思想之间，在思想和声音之间，在在场与不在场之间"①。而弗里德里希认为瓦雷里的诗歌就是"从一个意义尚不明朗的节奏游戏和声响中萌发的，随后才被添加上词语、图像和理念的"②，声音的重要性胜于词语的意义。在这样的写作观念的影响下，陈东东的"纯诗"写作在"第三代"诗人中显得格外突出，纯净、高邈的意象和欢快、上扬的节奏都是对生命原初场景的赞颂和重返，它们共同搭建了一个万物归一的世界：

宁静是通往纯粹之路
海的瞭望塔　窗棂、晴天
绿松石的花朵　冰凉的花朵　在军舰鸟之下

在诗歌的居所和高岬一侧
一面春天的旗帜抖开　为盛夏带来新的凉意
她用手指点　侧卧于水上　有回声响起

赞颂的笛音已溢出了茎秆
　　　　　催花生长　让风劲扫
而招展的她

正好从最高的桥拱下漂过
　　　　　鸥鸟　海口
那宁静是指针　使美更纯粹　将歌手们引导

与张枣诗歌散发的温柔悠长的古典气息不同，陈东东的诗歌有一种西化的畅快明丽。这首诗完全由短句组成，且省略了标点符号，通过空格的方式将诗句分隔开，让语言自身的节奏达到最大限度，而纷繁的意象指向语言能指的狂欢，诗歌所展现的空间是一个超离了现实和历史的纯净之

---

① [法]保罗·瓦莱里：《文艺杂谈》，段映虹译，生活·读书·新知三联书店2017年版，第336页。
② [德国]胡戈·弗里德里希：《现代诗歌的结构：19世纪中期至20世纪中期的抒情诗》，李双志译，凤凰出版传媒集团、译林出版社2010年版，第173页。

地，所有的意象都似乎经过了清洗，一种赞颂性的声音向着高处飞升。在陈东东看来，"广大的事物愈升往高处，它留在我幽闭暗室里的明亮成分就愈加充盈"。（陈东东《在南方歌唱》）因此，"语言与幻想的游戏的抒情诗"① 成为陈东东早期诗歌的重要追求。

不同的诗人抵达"文本的快感"的途径不同，既有"抒情之乐"，也有"思辨之乐"。欧阳江河就偏离抒情而善于思辨，他创造了一种冷峻、理性的风格，《手枪》一诗就是在词语的机巧游戏中获得反讽的效果："手枪可以拆开/拆作两件不相关的东西/枪变长可以成为一个党/手涂黑可以成为另一个党。"诗人善于在词语的修饰和思想的火花之间设置转换的开关，《玻璃工厂》一诗也是如此：

> 在同一个工厂我看见三种玻璃：/物态的，装饰的，象征的。/人们告诉我玻璃的父亲是一些混乱的石头。/在石头的空虚里，死亡并非终结，/而是一种可改变的原始的事实。/石头粉碎，玻璃诞生。/这是真实的。但还有另一种真实/把我引入另一种境界：从高处到高处。/在那种真实里玻璃仅仅是水，是已经/或正在变硬的、有骨头的、泼不掉的水，/而火焰是彻骨的寒冷，/并且最美丽的也最容易破碎。/世间一切崇高的事物，以及/事物的眼泪。

这首诗体现了欧阳江河诗歌智性、雄辩的风格，它来自诗人对语言极其熟练的操控能力，通过词语与词语的巧妙组合来体现思想的纵深。诗人将思想的领悟寄托于"玻璃"这一非自然的、颇具新鲜感的意象上，在对"玻璃"的性质从科学到玄学的分析和解剖中，也是在词语的辗转腾挪中，表达了一种哲学化的体悟，正如诗人所说"玻璃已经不是它自己，而是/一种精神"。在这首诗中，"玻璃"最后已经脱去了具体的物质属性，成为一种抽象的"道"。

"第三代诗"的文本实验充分显示了对语言能指的兴趣，"整个'第三代'诗人比起其前辈诗人来，所共同拥有的特征之一，就是普遍强烈的对诗的文本意识的自觉，对诗的语词表达的可能性表现出来的那种空前的关

---

① ［德国］胡戈·弗里德里希：《现代诗歌的结构：19世纪中期至20世纪中期的抒情诗》，李双志译，凤凰出版传媒集团、译林出版社2010年版，第123页。

第六章 "文本的快感"与"第三代诗"的语言实践

注热情和旺盛的实验意欲"①。不过,"第三代诗"也并非仅仅沉溺于语言之中。在20世纪80年代理想主义勃兴的文化氛围中,"纯诗"之"纯"不仅是语言的,也是精神的,相对于形式之"纯",有一些诗人热衷于建构超越世俗的乌托邦世界。这种精神之"纯"因缺乏当下性也具有"不及物"的特征,海子、西川、骆一禾等校园诗人的诗歌就显示出这样的倾向。西川80年代的诗歌具有一种古典主义的气质,表现出对一种神秘、永恒、不可知的力量的追寻,具有一种人文关怀和浪漫气质,如《体验》《夕光中的蝙蝠》《广场上的落日》《把羊群赶下大海》等诗。他的诗有着对具有宗教感的"神性"的领悟,"有一种神秘你无法驾驭/你只能充当旁观者的角色/听凭那神秘的力量/从遥远的地方发出信号/射出光来穿透你的心"(《在哈尔盖仰望星空》)。通过纯净而优雅的语言,诗人构筑了一个幻想中的天堂:"我多想看到九十九只天鹅/在月光里诞生!//必须化作一只天鹅,才能尾随在/它们身后——/靠星座导航"(《十二只天鹅》),即使在他1994年的诗歌《午夜的钢琴曲》中也仍然承继了这样的精神纯化的风格。

然而,理想主义的诗歌也容易走向虚幻和高蹈,特别是在现实的撞击之下诗人被迫从天空回到地面,就会表现得无所适从,甚至走向怀疑和虚无。"海子之死"代表了这种精神高蹈的结束,而能够坚持下来的诗人则从精神的乌托邦跌入了词语的狂欢。作为海子的朋友,西川20世纪90年代以后以《致敬》为代表的诗歌,写作风格就发生了很大的变化,由于传统的文体方式和纯净的语言负载不了巨大的精神压力,西川干脆打破文体的界限,不再分行,而采用散文化的形式,烦琐絮叨、没有方向感的庞杂语言是对纯净、单一、本质的破坏。可以感受到,这种语言的狂欢中隐藏着精神的空虚和无助,似乎唯有借助铺排、杂糅的语言,才能打破魔咒,排遣个人写作的危机。因此,西川在90年代的一些诗作貌似表现出"文本的快感",却是由精神上的"不快"所导致。如果说80年代"文本的快乐"是单纯的词语的快乐,那么90年代词语的狂欢就折射了精神的庞杂和混乱,包含了意识形态的忧患,这样失去秩序的"狂欢"让人有窒息感和压迫感。因此,当抽象、悬空的写作失效,诗歌呼唤的不仅仅是词语,

---

① 李振声:《季节轮换:"第三代"诗叙论(修订版)》,复旦大学出版社2008年版,第168—169页。

也是身体对于写作的在场。

三　文本的困惑及突围

"第三代诗"朝着两个不同的方向发展，一是向下、向外的——用口语、日常来反崇高、反形而上，但它是阶段性的；二是向上、向内的——回到个人意识和经验的世界，追求语言的独立性和审美价值，在汉语的内部建立诗歌的现实，这是新诗的现代性所确定的道路。在回到语言本体的强大动力之下，"第三代"诗人重新认识了词与物的关系，词就是物，词语就是现实。

在中西方强大的诗歌传统之下，如何获得一种具有现代性的汉语写作，当代诗人还在探索之中。值得欣慰的是，当代诗人对于现代汉语诗歌的发展有一种强烈的使命感，张枣就是这一意义上的诗人。他说："从开始写作起，我就梦想发明一种自己的汉语，一个语言的梦想，一个新的帝国汉语。"[①] 张枣的诗偏爱创造一种非现实指涉的文本，它含混、模糊、游移，虽然也有个人经验和意识的投影，但更重要的是，他将语言看成是史蒂文斯说的"最高虚构"。张枣写道：

> 我潜心做着语言的实验
> 一遍又一遍地，我默念着誓言
> 我让冲突发生在体内的节奏中
> 睫毛与嘴角最小的蠕动，可以代替
> 从前的利剑和一次钟情，主角在一个地方
> 可以一步不挪，或者偶尔出没
> 我便赋予其真实的声响和空气的震动
> 变凉的物体间，让他们加厚衣襟，痛定思痛
> ——《秋天的戏剧》

[①] 陈东东：《亲爱的张枣》，载宋琳、柏桦编《亲爱的张枣》，中信出版社2015年版，第18页。

第六章 "文本的快感"与"第三代诗"的语言实践

张枣的诗呈现了一个"语言炼金术"意义上的诗人形象，诗人捕捉着语言的精细、微妙之处并试图让语言的自我繁殖成为可能，因为对语言的执着，"凉的物体"有了温度和痛感，沉默的生命开始苏醒并说话。与此同时，诗人也承受着写作的焦灼，这是新诗自诞生以来就无法回避的传统与现代、民族与西方、语言与现实的关系问题。它们一直贯穿在现代汉语诗人的创作中，"尚未抵达形式之前／你是怎样厌倦自己／逆着暗流，顶着冷雨／惩罚自己，一遍又一遍"。语言的创造有欢乐，但同样也有艰难的磨砺，需要诗人付出极大的耐心，对于当代诗人而言，写作不是罗兰·巴特所追求的"享乐"而更多的是苦心孤诣。

"第三代"中的一些诗人之所以在20世纪80年代表现出"不及物写作"的倾向，基于历史和现实两方面的原因，其中历史原因是指新诗政治化的背景。而从80年代的时代状况来说，虽然相对于政治化的年代，个体获得了一定的自由，但没有根基的自由却又面临精神的涣散，"自我并不是不存在，而是流逝，是一些可以改变的印象、可以消失的思想、可以慢慢模糊的记忆构成的脆弱织物"[1]。世界瞬息万变，现代的经验充满了一种含混和暧昧的特征，即张枣所说的"空白、失语的恐怖时代"[2]。在这样的现实中，人失去了安稳感和归属感，人和自然也不再能建立起古典的诗意，诗人更趋于向内求助于语言获得慰藉和拯救。

然而，意义的空缺和抽象化都会导致进一步的精神危机，中国儒家诗教传统强调诗歌艺术和现实之间的呼应和改造的关系。西方个人主义性质的"纯诗"在中国文化中并没有生根的土壤，文本的享乐主义并不能让中国诗人心安理得，它最终会导致"身份的危机"，张枣已经察觉到这一问题，他说："用封闭的能指方式来命名所造成地生活和艺术脱节的危机。它最终导向身份危机。""词不是物，诗歌必须改变自己和生活。"[3] 然而，由于种种原因，张枣创造"汉语诗歌帝国"的信心逐渐萎缩，即使不断逃离不断拯救，也似乎总在难以两全的怪圈里循环。实际上，不仅仅是张枣，很多当代诗人也面临这样的问题。

在"不及物写作"中，真实的身体消失了，只剩下"文本的肉身"、

---

[1] 耿占春：《失去象征的世界——诗歌、经验与修辞》，北京大学出版社2008年版，第319页。
[2] 张枣著，颜炼军编选：《张枣随笔选》，人民文学出版社2012年版，第183页。
[3] 张枣著，颜炼军编选：《张枣随笔选》，人民文学出版社2012年版，第191页。

语言的幻象，语言成为一道屏蔽身体的围墙，身体的当下性、具体性没有进入语言，语言容纳的只是想象、幻觉和梦境，一个无边漫涌的个人意识世界，这是一个静止的词语世界。词与物的长期分离，最终的结果不是词的自足，而是语言的自我循环、精神的高蹈和虚无。"似乎只有语言在说话。只有语言活动自身的存在。当诗人不把语言视为自身可以支配的对象时，他得到了语言的支持，他可以从中呼唤或者获取某种力量。他是一个能够把语言作为另一主体进行交往的人。"① 然而，当"真实的肉身"不能进入"文本的肉身"，文本就会失去活力，语言自闭的游戏不能解答存在的困惑，诗人"身体"的消失最终导致语言的荒芜和死亡。正因为认识到这一点，张枣提出需要在汉语性和现代性之间建立一种写作，而现代性就是当代性，是身体对于语言的在场。

对于"及物"与"不及物"的问题，西方思想界的认知也不是绝对的。萨特作为"介入的文学"的提倡者，并不认为诗歌也需要承担"介入"的使命，他将马拉美、兰波的"纯诗"看作纯正诗歌的典范，认为这样追求语言炼金术的诗歌无须承担"介入"的责任。② 与此相对，罗兰·巴特作为"介入"文学的反对者，他虽然批判了萨特的主张，但对于"纯粹"的文学，他也不是没有怀疑。他一方面肯定马拉美的"纯诗"写作；另一方面又认为"没有一种写作始终是革命的，而且一切形式的沉默，只能由于一种完全的沉默，才可避免欺诈性……此种艺术遂具有同自杀相同的解构"③，因此他提出了"零度写作"或称"中性写作""白色写作"，以区别于"纯诗"写作。然而，这样的写作是否为一种绝对可靠的选择？他说："不幸，没有什么比一种白色写作更不真实的了……达至经典水准的作家成为他自己原初创作之模仿者，社会从这位作家的写作中创造出一种方式，并使他重新成为他本身'形式的神话'之囚徒。"④ 没有一种写作能永远担当先锋，任何一种写作一旦定型就会成为自己的掘墓人，不断的自我解构才是先锋的意义所在。这也说明了在千变万化的写作风格中，只有语言的创造性这一根基是不变的。

从世界诗歌的范围来看，从19世纪的象征主义到20世纪的超现实主

---

① 耿占春：《失去象征的世界——诗歌、经验与修辞》，北京大学出版社2008年版，第328页。
② ［法］萨特：《什么是文学?》，《萨特文论选》，施康强译，人民文学出版社1991年版。
③ ［法］罗兰·巴尔特：《写作的零度》，李幼蒸译，中国人民大学出版社2008年版，第47页。
④ ［法］罗兰·巴尔特：《写作的零度》，李幼蒸译，中国人民大学出版社2008年版，第49页。

第六章 "文本的快感"与"第三代诗"的语言实践

义,对语言自足性的重视使现实世界在诗歌中不断贬值。与此同时,对象征主义和超现实主义批评的声音也没有间断过,批评者认为它们远离普通人群,属于中产阶级的自娱自乐,是"诗人与人类大家庭的分离"①。特别是 20 世纪之后,世界性的战争、极权政治、文化及宗教冲突等现状改变了个人的经验世界,自我封闭和沉溺不再可能。因此,在 20 世纪也诞生了很多注重诗歌现实品质的伟大诗人,如曼德尔斯塔姆、奥登、米沃什等,这些诗人对中国当代诗歌的影响同样是不可低估的。

关于"身体"(现实)与语言的关系,西方现象学的研究也可以给我们提供一些启示。梅洛-庞蒂认为,语言具有"拟躯体性"②特征,"从语言的拟躯体性出发,那么语言的工具性就只能是第二位的,正如我们身体的工具性只能是第二位的。这样一来,母语就显示出它特有的生命的意义"③,语言的本体意义得到确立,就是身体的本体意义得到确立,这两对关系是同时到场的。身体的本体意义在于它是我们认识世界、和世界相处的首要前提,这是存在意义上的身体对于世界的在场,而语言必须说出"身体"这沉默的存在。因此,诗人的言说不仅包含了语言的先行在场,同时也意味着那难以言说的"存在"包含在这样的语言中,只有这样,才能重新找回失落的主体性。简言之,语言不仅是文本的,也是存在的。

20 世纪 90 年代以后,当功利化、商业化的现实撞破了诗人的语言幻象,诗人们需要寻找新的突破,通过变化语言方式来创造新的可能,而其中一个重要的路径就是从语言的乌托邦回到人的世界,用"真实的肉身"唤醒"文本的肉身"。从理论上来说,重新认识语言,也包含着重新认识现实和自我,现实并非被规定的,而是充满了复杂和不确定性,而自我也非无所不能,它的弱小、局限包含着身体的限度。同时,诗人"真实的肉身"进入文本并非就破坏了语言的自律性;相反,正是语言规定了何为诗歌中的现实,只有通过语言诗歌才能真正揭示诗人与世界的相遇。因此,当诗歌重新回到现实,这样的"现实"也与之前简化的"现实"不同了。

事实上,20 世纪 80 年代结束之后,诗人自己就进行了大量的清理和

---

① [波兰]切斯瓦夫·米沃什:《诗的见证》,黄灿然译,广西师范大学出版社 2016 年版,第 194 页。
② [法]莫里斯·梅洛-庞蒂:《符号》,姜志辉译,商务印书馆 2003 年版,第 108 页。
③ 唐清涛:《沉默与语言:梅洛-庞蒂表达现象学研究》,中国社会科学出版社 2013 年版,第 133 页。

反省工作。洪子诚总结说，西川的《生存处境与写作处境》、欧阳江河的《'89 后国内诗歌写作：本土气质、中年特征与知识分子立场》、王家新的《奥尔弗斯仍在歌唱》《阐释之外》、陈东东的《有关我们的写作》、臧棣的《后朦胧诗：作为一种写作的诗歌》、耿占春的《改变世界与改变语言》等文都阐发了在经历了 20 世纪八九十年代的变化之后，诗人对诗歌艺术与历史、现实之间关系新的认知，"有关诗歌写作的艺术纯洁与历史真实命运之间关系的复杂性与'悖论性'，事实上已被充分'揭发'"。[①] 因此，在经历了 20 世纪 80 年代这一革命性的阶段之后，诗人们可以更加理性地进行艺术选择。

罗兰·巴特"文本的快感"因追求身体的享乐而去除了写作者的主体意识，当代诗歌经过 20 世纪 80 年代"第三代诗"的发展，更需要的是梅洛－庞蒂所说的具有存在意义的"身体—主体"，它意味着一种具体、真实、具有当下性的写作，意味着"真实的肉身"对"文本的肉身"的进入。因为"身体"的流动性特征，它也不会回到过去那种依附于现实的表象写作上去，这样的写作不再虚空，而是一种行动："身体、书写在实践中构成了一种行动，它只注重过程，只在行动过程中显现，而不通往结果，不显现为本质；行动总是具体、有形的，而不是以往所崇尚的抽象和理念，它总是在意义的空无中运作，而不会固定在任何意义。"[②]

总之，20 世纪 80 年代西方后现代主义思想对中国先锋诗歌的发生有重要的影响。这之中就包括罗兰·巴特给"第三代诗"带来的启发，只是这样的影响并非决定性的，"第三代诗"有自身的现实境遇和发展逻辑。可以说，"第三代诗"从罗兰·巴特的"零度写作"起步，经过了反叛性的阶段之后，就将注意力转移到了语言本身。"文本的快感"显示了"第三代"诗人对现代汉语的高度自觉，但他们最终还是需要从单纯的"语言快感"走出，将诗歌拉回到语言的切身性、存在性层面。

---

① 洪子诚：《学习对诗说话》，北京大学出版社 2010 年版，第 58 页。
② 王涛：《书写：碎片化语境下他者的痕迹》，北京大学出版社 2013 年版，第 100 页。

第七章 身体、语言与后新诗潮

"朦胧诗"之后，20世纪80年代中期的当代诗歌出现了反叛、超越"朦胧诗"的先锋诗歌潮流，文学史对"朦胧诗"之后的先锋诗歌有各种称谓，"'新生代'、'后朦胧诗'、'实验诗'与'第三代诗'是几可互换的概念"[1]。八九十年代先锋诗歌在诗人构成、诗歌观念上存在延续性，一些批评家希望找到一个能统称"朦胧诗"之后的先锋诗歌的概念，比如"后朦胧诗"的概念在一些表述中不仅仅指20世纪80年代的诗歌，也包括与"第三代诗"既存在断裂又存在延续关系的90年代的诗歌。臧棣也认为可以将"朦胧诗"以后（1984—1994）的"第三代诗歌"、20世纪90年代的诗歌统称为"后朦胧诗"，他认为"后朦胧诗"相对于"朦胧诗"变化的核心是语言的自觉，20世纪八九十年代的先锋诗歌在这一点上是一致的。[2] 与"后朦胧诗"同样时间范围的概念还有"后新诗潮"，虽然也有些人将它等同于"第三代诗"，但更多的是将它指称20世纪80年代的"第三代诗"以及与之有延续性的90年代先锋诗歌，由于"后新诗潮"使用得更为广泛，故本书采用这一称谓。

20世纪80年代中期之后，在重新恢复诗歌的语言生机的过程中，诗人的"身体意识"也同时得到了不同层面的伸张。相对于"身体"缺失的政治诗学话语，"身体话语"作为一种解构性力量，同时也作为一种话语修饰方式，参与到了重建当代诗歌的过程中。下面将从语言和身体、身体与精神关系的角度透视后新诗潮中的身体写作现象。

---

[1] 洪子诚、程光炜编选：《第三代诗新编》，湖北长江出版集团、长江文艺出版社2006年版，"序"第5页。
[2] 臧棣：《后朦胧诗：作为一种写作的诗歌》，载王家新、孙文波编《中国诗歌 九十年代备忘录》，人民文学出版社2000年版，第203—204页。

一 "第三代诗"的口语策略及其身体问题

在新诗的发展过程中,"口语"一再作为写作策略被提出,其背景常常是历史和文学的变革时期,艾略特说"诗界的每一场革命都趋向于回到——有时是它自己宣称——普通语言上去"①,艾略特所说的"普通语言"在中国可以理解为汉语中的"口语"(包括方言)。20世纪80年代中期,在诗歌重新恢复语言生机的过程中,"第三代"诗人同样将"口语"作为口号提出,他们所说的"语言还原"就是回到"口语",这可以看作一次语言生机的重启。这里将主要考察"第三代诗"对口语重视的现实动机,同时也将辨析"第三代诗"对口语的信任中所包含的观念误区,揭示一度甚嚣尘上的"下半身写作"将"身体"极端化的深层问题。

(一)口语:"第三代诗"语言的"肉身化特征"

"第三代诗"是一个笼统的称谓,作为"朦胧诗"之后兴起的一个诗歌运动,它波及的地域、涉及的社团非常广,仅参加1986年徐敬亚等发起的"中国诗坛1986年现代诗群体大展"的"诗派"就有六十余家,因而其特点难以进行整合性的归纳。即使从当时最有影响力的诗歌派别如"他们""非非主义""莽汉主义""整体主义""新传统主义""海上诗群"等来看,"第三代诗"也是混杂多样的,不同的诗派在写作观念、写作方式上存在较大差异。但即使如此,有一点是共同的,即重新确立语言的自觉,正因为如此,他们走出的第一步一定包含了对上一代的反叛,天平的重心会快速移到另一个相反的方向。

南京"他们"文学社的主要诗人韩东呼吁"诗到语言为止",其反叛的对象直指"朦胧诗":"诗歌以语言为目的,诗到语言为止,即是要把语言从一切功利观中解放出来,使呈现自身,这个'语言自身'早已存在。

---

① [英]T. S. 艾略特:《艾略特诗学文集》,王恩衷编译,国际文化出版公司1989年版,第180页。

但只有在诗歌中它才成为了唯一的经验对象。"① 从文体特质来讲,诗歌有语言的自觉是常识,当时提出这一口号,并非本体意义上的。由于诗歌的语言在观念化的写作中已趋于僵化、固化,失去了新鲜感和创造性。既针对意识形态化的诗歌也针对朦胧诗,"第三代诗"提出了反文化、反崇高、反语言、反意象、反抒情等一系列带有浓厚革命情绪的口号,而能够承载这种反抗意识的语言就是口语。口语具有灵活、直白、简洁、原始甚至粗鄙的特点,用它来冲击并瓦解长期以来的语言惯性以恢复汉语诗歌的活力就是理所当然的。试看"非非主义"诗人杨黎的《冷风景》的开头部分:

这会儿是冬天
正在飘雪

这条街很长
街两边整整齐齐地栽着
法国梧桐
(夏天的时候
梧桐树叶将整条整条街
全部遮了)

这会儿是冬天
梧桐树叶
早就掉了
街口是一块较大的空地
除了两个垃圾箱外
什么也没有②

这首诗使用的就是最日常的口语,标题"冷风景"名副其实,诗人对街景的描绘冷静客观,没有掺杂任何书写者的情绪。诗歌也有明确的主

---

① 韩东:《自传与诗见》,《诗歌报》1988 年 7 月 6 日。
② 洪子诚、程光炜编选:《第三代诗新编》,湖北长江出版集团、长江文艺出版社 2006 年版,第 61 页。

题，也没有在冬天、雪、梧桐等意象中增加隐喻的功能，它取消了深度抒情，剔除了长期以来的宏大话语。不过，只有将该诗置于历史的发展线索中，才能看出这种"客观"所包含的现实针对性。

　　王光明指出："从主体自我的确定，到主体自我的消解，既是经验到体验的过渡，也是对'朦胧诗'所建立的人的'寓言'，以及以意象、象征为主导特征的'寓言化'文本的解构过程。"① 与朦胧诗中具有启蒙性质的"主体"相对，随着革命浪漫主义的主体意志的消散，"第三代诗"的"主体"呈现为"客体化"的风格，"人"变成了没有主体意识的"物"。"第三代诗"提出的三个"还原"即感觉还原、意识还原、语言还原，② "还原"也正是西方现象学的理论方法，它要求悬置判断，直面事物本身，并对世界有重新发现和反思，而梅洛-庞蒂的知觉现象学更进一步地将身体的感知作为认知世界的原点，认为我们和世界之间每时每刻都在发生感性的联结。在这一意义上，"第三代"诗人学会了"重新学会看世界"③，因为如果世界对我们是先验预设的，就意味着它对我们的关闭，我们的眼睛什么也不会看到。因此，口语的实验中包含着对感受力和语言能力的唤醒。

　　"第三代诗"最引人瞩目的还不是杨黎这种仅仅止于静观的诗，而是冷静却包含着浓烈火药味的诗，如韩东著名的《你见过大海》《有关大雁塔》等诗就比较典型。"有关大雁塔/我们又能知道些什么/我们爬上去/看看四周的风景/然后再下来"（韩东《有关大雁塔》），这首诗消解了杨炼笔下"大雁塔"的历史意识和文化重负，"大雁塔"从遥远的时空中回到了眼前。"那些不得意的人们/那些发福的人们/统统爬上去/做一做英雄"（韩东《有关大雁塔》），"爬上去"并不能真正成为"英雄"，而是完成了一次在既定文化轨道上对"英雄"的想象，它并非个人的经验，而"爬塔"只是一次遵循文化训导的消费行为。

　　口语是一种表达亲历性、切身性的语言，对它的使用意味着身体的出场，于坚说："现代诗歌应该回到一种更具有肉感的语言，这种肉感语言

---

① 王光明：《导言：中国的诗歌的转变》，载谢冕总主编，王光明分册主编《中国新诗总系》（第7卷），人民文学出版社2010年版，第35页。
② 周伦佑、蓝马：《非非主义诗歌方法》，载周伦佑选编《打开肉体之门——非非主义：从理论到作品》，敦煌文艺出版社1994年版，第316—317页。
③ [法]莫里斯·梅洛-庞蒂：《知觉现象学》，姜志辉译，商务印书馆2001年版，第18页。

的源头在日常口语中。'我手写我口'（黄遵宪）。口语是语言中离身体最近离知识最远的部分。"① 伊沙则说："口语就是身体、粗鲁、狂放、率真、蕴含着当代精神。"② 因此，"第三代"诗人以口语的方式重塑了诗歌的语言，对口语的强调意味着回到一种具有真实性、当下性的写作，对他们而言，具体的身体才是重新开始写作的起点，只有在身体中才可能存在没有被改造的部分："写作首先必须面对身体，面对存在的每一个细节，面对这个社会的肉身状态，留下个人活动的痕迹，这是写作中的基础性部分，如果在写作中看不到这一面，就会落入单一的大而空的务虚之中，像过去那种政治抒情诗一样。"③

这一思考落实到语言的修饰层面就是于坚提出的"拒绝隐喻"，他说："身体的写作是一种有感觉的写作，活的写作，有生殖能力的写作。没有身体的写作，都是空的，形而上的，从思想到思想，从纸到纸，从文到互文，那种写作永远是一种技术性的写作，它是可以复制的。"④ 他的诗就实现了这样的写作诉求：

很多年 屁股上拴串钥匙 裤袋里装枚图章／很多年 记着市内的公共厕所 把钟拨到 7 点／很多年 在街口吃一碗一角二的冬菜面……（《作品第 52 号》）

尚义街六号／法国式的黄房子／老吴的裤子晾在二楼／喊一声 胯下就钻出戴眼镜的脑袋／隔壁的大厕所／天天清早排着长队／我们往往在黄昏光临／打开烟盒 打开嘴巴／打开灯……（《尚义街六号》）⑤

这些诗充满了琐碎的日常生活细节，它既区别于崇高、庄重且具有英雄主义色彩的"朦胧诗"，也区别于同时期逐渐走向精致、繁复的学院化诗歌。于坚拒绝意象的隐喻功能，也极少有抒情性的表达，他的有些诗歌只剩下未经选择的事实。他于 20 世纪 90 年代创作的《0 档案》仿造"档

---

① 于坚：《拒绝隐喻》，云南人民出版社 2004 年版，第 92 页。
② 伊沙：《我在我说——回答"90 年代汉语诗研究论坛"》，《诗探索》2000 年第 1—2 辑。
③ 于坚、谢有顺：《写作是身体的语言史》，《花城》2003 年第 3 期。
④ 于坚、谢有顺：《写作是身体的语言史》，《花城》2003 年第 3 期。
⑤ 于坚：《一枚穿过天空的钉子》，云南人民出版社 2004 年版，第 69、130 页。

案"的形式，记录了一个普通人的一生，在它所呈现的个体生存真相中，可以看到历史的投射，通过反抒情、非诗性的语言对琐碎、凡俗的生活进行"还原"，充满了一种原始、粗糙的现场感。然而，这同样是一种可以不断复制的写作，同时，"拒绝隐喻"作为一种写作策略可以理解，作为一种写作实践却没有可行性，因为没有诗人能真正进行一种主体消失、文化缺席的自动写作。

（二）口语的"肉身性"与普通话的"精神性"

以于坚为代表的"第三代诗人"将对"朦胧诗"的反叛处理成了口语对普通话的反叛，并将这次运动与胡适的"白话诗运动"相提并论。众所周知，胡适的"白话文运动"改变了长期以来"言文分离"的历史，正是这场语言变革使中国文学完成从古典到现代的裂变。实际上，不仅在"五四"白话文运动中，20世纪多次社会变革、政治革命中都有倡导口语的文学运动，在30年代左翼文学倡导的"大众语运动"、延安文艺运动、中华人民共和国成立后的新民歌运动中，"口语"都被当作连接大众的最佳工具。因为语言作为表达思想、启迪民智的武器，它的大众化、通俗化直接关系到社会变革的胜负成败。而伴随语言的革命，在这个过程中也出现了一系列的矛盾，如现代化与民族化、审美和政治、化大众和大众化、本土和西方等，这些问题一直困扰着20世纪的中国文学。

对口语的重视表达了一种"音本位"的观点（与中国"字本位"的传统相对抗），"在中国现代知识分子看来，所谓语言的本质，一直就是声音。在语言的各要素中，唯独声音最能反映人的'在'，最能表达他的权力意志"[1]。对"声音"的看重，事关权利的获取，口语即权利，它是对"雅言"传统的反抗，同时，口语的"非诗化"性质能为启蒙、革命更好的服务。[2] 然而，经过漫长的时代变迁，"口语"也会变得僵化，当逐渐排除了口语原生态、混杂多变的肉身性特质，它就不再是当初那个生动活泼的"口语"，而是重新被宏大的时代话语冲洗成干净、规范的语言，或者被倾向于"雅言"的诗学话语过滤为一种圣洁、超越性的语言。

---

[1] 郜元宝：《汉语别史——现代中国的语言体验》，山东教育出版社2010年版，第104页。
[2] 参见郜元宝《汉语别史——现代中国的语言体验》，山东教育出版社2010年版，第85—134页。

在于坚看来,"口语"作为对抗"普通话"的武器,与"白话"对抗"文言"具有同样的意义:"第三代诗的历史功绩在于,它重新收复了'汉语'一词一度被普通话所取缔的辽阔领域,它与从语言解放出发的五四白话诗运动是一致的,是对胡适们开先河的白话诗运动的承接和深化。……它是白话文运动之后的第二次汉语解放运动,是对普通话写作的整体反叛。"① 于坚将"第三代诗"看作新诗发展的一个重要分水岭,其标志就是语言的变革,这自然是夸大了"第三代诗"的历史意义,显然,胡适的白话文运动开启的是另一种语言体系,而"第三代诗"的语言实验毕竟是在现代汉语内部进行的。

在《诗歌之舌的硬与软:关于当代诗歌的两类语言向度》一文中,于坚将普通话和口语置于对立的两极,并描述了它们的差异:"普通话把汉语的某一部分变硬了,而汉语的柔软的一面却通过口语得以保持",特别是在20世纪50年代以后,由于时代的制约,"普通话向着了一种广场式的、升华的更适于形而上的思维、规范思想而不是丰富它的表现力的方向发展,使汉语成为更利于集中、鼓舞、号召大众,塑造新人和时代英雄、升华事物的'社会方言'。它主要是一种革命话语,属于汉语中直接依附于政治生活的部分",而口语写作是"表现日常人生的现时性、当下性、庸常、柔软、具体、琐屑的现代汉语"。同时,它"复苏了与宋词、明清小说中那种以表现饮食男女的常规生活为乐事的'肉感语言'的联系"。② 由于政治抒情诗以及"朦胧诗"的诗人主要来自北方,北方本来又是政治中心,于坚就将北方诗歌作为诗歌权力的象征,而南方诗歌因其远离政治中心则成了自由、民间的象征,北方诗歌与南方诗歌的对立从语言上讲就成为"普通话"和"口语"的对立。在20世纪五六十年代政治化生活中,具有意识形态特征的"普通话"成为主导的语言方式,而毛话语对于这一时期语言的形成具有极强的示范作用,普通话作为一种标准化的北方语言具有庄重、简练、理性的特征,因其与政治的结合,到后来变得越来越僵化、生硬、刻板。正是以这样的历史经验为前提,于坚才提倡带有南方文化特征的"口语"。

---

① 于坚:《穿越汉语的诗歌之光(代序)》,载杨克主编《1998 中国新诗年鉴》,花城出版社 1999 年版,第 4 页。
② 于坚:《诗歌之舌的硬与软:关于当代诗歌的两类语言向度》,载杨克主编《1998 中国新诗年鉴》,花城出版社 1999 年版,第 453、463 页。

虽然于坚对口语的"肉感性"的强调对于"第三代诗"的写作具有很强的现实意义，但如果深究，会发现他的表述也存在一些漏洞。从现代汉语的构成来说，"普通话"和"口语"并不能构成一种分类上的二元对立关系。追溯来源可以看出，"五四"以前，构成中国语言文字的诸要素有：1. 诗词曲文；2. 官话（口语）；3. 白话文；4. 方言土语；5. 两次外来语。①到了"五四"时期，"白话"取代了"文言"成为书面语，称为"白话文"，"白话文"除了来自口语，也来自当时的刊物、小说等所使用的书面语，还包括外来语。被于坚视作典范的"白话诗运动"遵循着"有什么话，说什么话；话怎么说，就怎么说"②的原则，实际上白话文也是一种书面语，只是尽量靠近口语的语法和用词，"严格说来只是在文字许可的程度上对'说话'的想象性模仿罢了"③，它并非纯粹的口语。

同时，现代汉语也是不断发展变化的，在这个过程中，方言、口语、普通话并非泾渭分明，而是存在交融和紧张并存的关系：

> "现代汉语"是上述诸语言要素的凝聚，这一凝聚的过程并非某一要素（比如"文言"）的彻底退场或消失，亦非某一要素（比如"口语"和"白话"）的绝对排他性存在，而只是诸要素原来结构关系的重新调整，也就是说，"现代汉语"是包含着丰富差异面的民族语言的新的同一，这新的同一以丰富的差异面的保存为前提，因此，"现代汉语"是汉语现代化发展的一个尚未结束的过程，不能把"现代汉语"简单理解为某种抽象的或者以权威机关颁布的固定不移的语言概念，比如，"我们并不能在普通话和现代汉语之间画上等号"。而之所以如此就因为"现代汉语"一直就包含着同一与差异的内在紧张。④

在现代汉语内部，不同的语言方式之间存在交流和改造的关系，包括被废弃的文言后来也慢慢加入其中，因而在现代汉语的写作中，没有纯粹的口语，只有口语对其他语言的吸收。特别是当"口语"进入文学创作中

---

① 郜元宝：《汉语别史——现代中国的语言体验》，山东教育出版社2010年版，第42页。
② 胡适：《建设的文学革命论》，《胡适文集》（第2卷），北京大学出版社1998年版，第45页。
③ 郜元宝：《汉语别史——现代中国的语言体验》，山东教育出版社2010年版，第101页。
④ 郜元宝：《汉语别史——现代中国的语言体验》，山东教育出版社2010年版，第42—43页。

后，它实际上就不是纯粹的口语了，而是成了文学的语言。

　　于坚将口语和普通话对立起来，显然是为了凸显"口语"在20世纪80年代诗歌变革中的作用，这种分类和概括乍一听很有道理，但经不起推敲，存在概念不清、以偏概全、绝对化等问题。西渡指出，于坚的问题在于将写作风格伦理化，同时还将"普通话"的外延漫无边际地扩大。① 因此，于坚对口语的强力提倡，更准确地说是对一种新鲜、自然、生动的语言的倡导，他坦承"口语决不是诗，但比起书面语，它的品质在自由创造这一点上更接近诗"②。因此，这里仍然存在口语如何提炼、加工的问题。

　　必须肯定的是，"第三代"诗人从原始、生动、肉感的地方性语言、日常语言中寻找活力，由此丰富诗歌的语言，这样的语言与身体的记忆、经验与感觉密切相关，先锋诗歌向日常语言寻求突破其实就是让身体出场，以反抗长期以来意识形态话语对诗歌语言的压制和围剿。如果说胡适提倡的"具体的写法"包含着对真实身体感的重视，那么，"第三代诗"提出的"具体性""肉身性"也是在此意义上的，按照韩东的说法是"生命的具体性、自足性、一次性、现实性和不可替代性必须得到理解"③，由于"具体性"指向"当下"，它就不是被安排和预设的，也不需要过滤和升华，它只是它自身。

　　早在现代时期，口语就被艾青等诗人提倡，艾青认为"口语是最散文的"，"当我们熟视了散文的不修饰的美，不需要涂脂抹粉的本色，充满了生活气息的健康，它就肉体地诱惑了我们"。④ 这段话出自艾青1939年的《诗的散文美》一文。艾青那时候就注意到"口语"的"身体性"，这与艾青对真实、自然的诗歌品质的看重是一致的，只不过与"第三代"诗人不同，同样是提倡口语，艾青的诗歌仍然具有浓郁的抒情性。除了艾青，现代时期赞同口语入诗的还大有人在，不过其写作方式各不相同，比如卞之琳，他使用口语，但不抵制其他的语汇。他说："我写新体诗，基本上用口语，但是我也常吸取文言词汇、文言句法（前期有一个阶段最多），解放后新时期也一度试引进个别方言，同时也常用大家也逐渐习惯了的欧

---

① 西渡：《写作的权利》，载王家新、孙文波编《中国诗歌　九十年代备忘录》，人民文学出版社2000年版，第31页。
② 于坚：《拒绝隐喻》，云南人民出版社2004年版，第92页。
③ 韩东：《〈他们〉，人和事》，《今天》1992年第1期。
④ 艾青：《诗论》，人民文学出版社1980年版，第154、153页。

化句法。"①卞之琳的"口语诗"往往是一种戏剧体，写的大都是民间日常生活，不像艾青的诗歌具有抒情性。因此，口语写作并不一定指向某种确定的风格。

　　20世纪90年代，"民间写作"和"知识分子写作"表现出对口语的不同态度，"知识分子写作"的诗人大都强调口语的改造，张曙光说："从八十年代中后期，我主要采用口语，但尽量使用提炼过的口语，或在书面语中给人造成一种类似口语的感觉。使用这种所谓'口语的节奏'我觉得能够在更大程度上容纳当下的经验，抵消诗歌由于高雅给人们带来的疏离感。"②口语不经过转化、提纯不会产生真正优秀的现代汉语诗歌，这种转化、提纯就包含了技术的难度。陈东东也指出，口语虽然重要，但新诗是现代汉语的新诗而不是口语的新诗，"现代汉诗的诗歌语言是现代汉语，而不是普通话或方言。后二者得要选取、消化、变成现代汉语后才能属于现代汉诗"，"'知识分子化'是现代汉诗的写作立场和写作宿命"，③"知识分子化"意味着无论什么样的语言，都需要经过专业诗人的重新创造，这是西方象征主义诗歌以来的语言观念，"诗就是在语言中再造一种语言。这种语言是形而上的，超越一切口语与书面语，超越普通的语法，而进入另一现实"④。对待语言不同的态度，也标示出"知识分子写作"和"民间写作"的差异，"民间诗人"沈浩波在《我的敌人》一诗中写道："坐在学院和咖啡馆里写诗的/浸淫于修辞学和迷恋词语的/耽于休闲的趣味和形式主义的"，"躲在语言的真空以为可以自成一统的/利用语言的空间自我感动以为别有深意的"，诗人用讽刺性的语言将"知识分子写作"的诗人设想为假想敌，可见其浓厚的主观性和情绪性。

　　方言作为口语的重要来源，它在对既有的语言模式的突围中确实起到了重要的作用，四川诗人柏桦说："我认为真正意义上的口语诗，好的口语诗应该是方言。"⑤但方言入诗也需要经过语言的转化，而不是不加选择地就能进入诗歌。在20世纪80年代先锋诗歌中，四川是最热闹的地方，

---

① 卞之琳：《雕虫纪历·自序》，《卞之琳文集》（中卷），安徽教育出版社2002年版，第459页。
② 张曙光：《关于诗的谈话》，载孙文波、臧棣、肖开愚编《语言：形式的命名》，人民文学出版社1999年版，第246页。
③ 陈东东：《只言片语来自写作》，北京大学出版社2014年版，第197、203页。
④ 江弱水：《文本的肉身》，新星出版社2013年版，第37页。
⑤ 柏桦：《现代汉诗的现代性、民族性和语言问题》，《当代作家评论》2010年第5期。

第七章　身体、语言与后新诗潮

产生了"非非""莽汉"等诗人群,这些诗人就并非直接用四川方言写作。敬文东认为相对于"朦胧诗"使用的普通话,四川诗人的语言具有明显的地方性特征,他通过对80年代以来四川重要的诗歌团体"非非""莽汉"以及一些重要的诗人如欧阳江河、钟鸣、翟永明、柏桦、肖开愚、孙文波等的语言分析,论述了四川方言的铺排、大嗓门、雄辩、绝对化等特征,以及其鲜明的肉体性:"肉体性意味着,它始终从近处(比如身体或身体周围)取譬,很少把目光移向远离自己身体周围的虚拟空间和事物。"①这即本书所说的口语的身体化特征,然而,这样的特征仍属于语言风格,这种语言风格却并非完全由方言制造。

"第三代诗"提出了意识、感觉和语言的还原,不过,按照胡塞尔、海德格尔、梅洛－庞蒂等现象学家的观点,彻底的还原是不可能的,因为"彻底的反思是本身依赖于非反思升华的意识,而非反思生活是其初始的、一贯的和最终的处境"②。"口语"写作中出现了具有明确反抗性的诗歌,"反抗"本身就意味着一种立场和态度,它由"第三代"诗人的现实处境引发,因而和过去有纠缠不清的联系。"反抗性"的"口语诗"和早期"白话诗"一样,都具有过渡的性质,它的主要贡献体现在历史价值层面,并不是体现在新诗的发展层面。在对口语的提倡中,口语的"肉身性"主要指的是一种真实、具体的诗学品质,它的意义主要呈现在诗歌表达的内容层面,然而,在新诗现代性的意义上,"身体"的意义还在于审美层面的感性功能,也就是说,口语并非目的,创造性的语言才是最后的目的。

(三)"下半身写作"及其"身体"误区

"身体"的琐碎、庸常在20世纪八九十年代口语化的诗歌中作为一种反抗和还原的手段得到了充分体现,然而,"身体"的意义还不止于此。它的本能冲动还能对人类的道德原则、话语秩序、价值观念构成更加激烈的挑战,这是身体最危险、最激进的部分,而只有这种原始的力量才能冲破已有的僵化模式,因此,在必要的时候,"革命"也需要肉身的出场。

如果说"第三代诗"的口语有一种"肉身化"的特征,它呈现了形而

---

① 敬文东:《中国当代诗歌的精神分析》,中国社会出版社2010年版,第125页。
② [法]莫里斯·梅洛－庞蒂:《知觉现象学》,姜志辉译,商务印书馆2001年版,第10页。

下的世俗生活,那么,将这种"肉身化"发展到极端的就是20、21世纪之交以沈浩波、朵渔、徐江、盛兴、南人、李红旗、尹丽川、巫昂等为代表的"下半身写作"。这是以他们创办的《下半身》杂志命名的,顾名思义,"下半身写作"是直接奔着"性"去的,沈浩波执笔的宣言式文章《下半身写作及反对上半身》里写道:"让这些上半身的东西统统见鬼去吧,它们简直像肉乎乎的青虫一样令人腻烦。我们只要下半身,它真实、具体、可把握、有意思、野蛮、性感、无遮拦",即所谓"从肉体开始,到肉体为止"。①

所谓"还原"在这里意味着对"性"的去蔽,它力图打破伦理道德层面"性"的禁忌,剔除将性爱"升华"的精神指向,这无疑是一种挑战性的姿态。在传统中被道德压制,在现代历史中被革命规训,"身体"有种种不被主流文化和政治接纳的历史。"身体"有极强的反叛性和颠覆性,在西方现代诗歌中就有用身体反抗传统并开一代诗风的诗人(如惠特曼、金斯堡等),问题是:"下半身"写作能否开中国当代诗歌的一代诗风,在什么意义上开一代诗风?它能维持多久?虽然研究界对"下半身写作"已有很多评论,并大都持否定意见。②不过,与其简单的斥之为"恶俗",不如检讨一下它的发生逻辑和观念误区。

从发生逻辑来看,"下半身写作"与20世纪80年代"第三代诗"的口语化写作一脉相承,但又显示出对"身体"更自觉的追求。朵渔说:"80年代在很大程度上是一场语言革命,'诗到语言为止',它涉及了诗的日常性,却没有对身体本身的足够的自觉的重视。"③的确,韩东们的"诗到语言为止"的观念中包含了对日常、当下的"身体"的重视,"还原"的意识虽然意味着对"身体"所积淀的文化属性的取消,但并没有否定"身体"的精神向度。然而,在"下半身写作"中,就不仅是通过日常的"还原"反抗意义的暴力,而且是通过"形而下"的方式对主流进行挑衅,借助于"性"达到反道德、反诗性的目的。正因为如此,"下半身"写作完全否定了"身体"所具有的精神内涵,"强调下半身写作的意义,

---

① 沈浩波:《下半身写作及反对上半身》,载杨克主编《2000中国新诗年鉴》,广州出版社2001年版,第545、546页。
② 具体可见罗振亚《朦胧诗后先锋诗歌研究》(中国社会科学出版社2005年版)第四章的详细论述。
③ 朵渔:《我现在考虑的"下半身"——并非对某些批评的回应》,载杨克主编《2000中国新诗年鉴》,广州出版社2001年版,第567页。

首先意味着对于诗歌写作中上半身因素的清除，知识、文化、传统、诗意、抒情、哲理、思考、承担、使命、大师、经典、余味深长、回味无穷……这些属于上半身的词汇与艺术无关，这些文人词典里的东西与具备当下性的先锋诗歌无关"①。在这种情况下，"下半身写作"的"身体"就只是充当了斗争的武器。

沈浩波是"下半身写作"的干将，写了不少这类题材的诗歌，如《一把好乳》《挂牌女郎》《我们那儿的男女关系》《做爱与失语症》《耍流氓》等。他以宣泄的方式书写人们三缄其口的"性"，揭开两性关系神圣化、浪漫化的面纱，他采取调侃、戏谑、反讽等多种方式，从伦理、语言、审美等各个方面还原"性"的形而下性质。如他的《棉花厂》一诗："姑娘站在小旅店的庭院深处／一棵大树底下／小马说：姑娘，把头抬起来／他用手托起姑娘的下巴／又摸了摸她的胸／然后说：就是她了／／小马在里面打炮，我和小张／在外面等／老板娘对小张说：今天得收60块／'这是棉花厂得小姑娘／才17岁'／我说：棉花厂的？／老板娘说：我这里不光有棉花厂的／还有服装厂，和酱油厂的。"② 这是一首描述嫖娼经历的叙事诗，有对话、人物和情节，诗人将"嫖娼"这一被伦理道德、社会规范否定的行为合理化、常态化，诗人描写得越是具体，对规则的挑衅性越强。沈浩波等标举的这种"下半身"写作受到了无数的批评。然而，把自己扮演成"坏人"只是一种策略，并非真的就是道德败坏，"其实一个坏蛋／也有内心荒凉的时候／其实一个坏蛋／内心早已一片荒凉／寸草不生"，"坏人"内心的荒凉和虚无与其叛逆的姿态处在一个逻辑链条上。

"下半身"写作的昙花一现已经说明它存在的问题，于坚表达了这样的看法："年轻一代试图通过身体、感官来分裂意义。我以为确实只有身体可以分裂意义的统治。但诗歌毕竟是语言的运动，而不是身体的行为，这是一个悖论。意义的暴力，依然是只有意义的创造才有可能反抗。"③ 于坚的看法是客观而准确的，他反对仅仅将"身体"当作一种反叛的工具，"身体写作"应该进入语言层面释放身体，进入诗学、哲学层面阐释身体。

---

① 沈浩波：《下半身写作及反对上半身》，载杨克主编《2000 中国新诗年鉴》，广州出版社 2001 年版，第 544 页。
② 康城等编：《70 后诗集》，海风出版社 2004 年版，第 556—557 页。
③ 于坚、朵渔：《世界在上面，诗歌在下面——于坚回答诗人朵渔的二十个书面问题》，载杨黎《灿烂：第三代人的写作和生活》，中华工商联合出版社 2014 年版，第 350 页。

"下半身"写作对"身体"极端化的处理方式,并不意味着对身体的尊重,从一个坚固的铁笼里释放出来的只是一头横冲直撞的野兽。

　　法国哲学家梅洛-庞蒂的知觉现象学对身体与语言关系的论说也为对这一问题的思考提供了启示。梅洛-庞蒂认为,"身体"并非"肉体",而是包含了生物性和文化性,他肯定人的精神世界的意义,但精神并非抽象,"精神是和作为心理生理之整体的生命发生关联的"[①],为了区分于主体哲学的"精神",他提出了"身体—主体"这一概念,"身体—主体"处在极端的主观主义和客观主义之间,处在肉身和灵魂之间。从这样的角度来看,"第三代诗"中的"身体"被"形而下化"后,身体和主体显出分裂的特征。肯定"身体"无可厚非,但将"身体"简化为"肉体",并且在诗歌中让肉体的重要性高于语言,其结果自然就是取消"诗",它对"身体"的书写实际上是简单化、模式化的,是对复杂的现代生活缺乏足够的耐心和信心的表征。

　　口语的真正价值是在具有创造性的写作中获得的,"有以口语入诗的诗,但这样的口语在真正的好诗里,其实已经在诗的架构和语境中成为一种文学语言,它的魅力不在于它是口语,而在于它的'文学性'"[②]。强调口语的"肉身性"包含着对一种生动活泼、真实自然的语言的追求,但作为诗歌的语言,它应该还有更高的追求,即要努力说出"身体"中那无法言说的部分:"必须在活生生的身体的原初的表达活动中来考察语词的意义,因为言语是一种特殊的动作,一种特殊的身体表达姿势,所以词语必有自己的暧昧的知觉经验上的渊源,是生存超越知觉经验之外的意义,在这时直接的身体表达已不能满足意义表达的需要,而最初的言语就产生于身体自身的创造性表达活动之中。"[③] 身体对于语言的表达极其重要,但这种重要,是在创造性的语言对原初经验的抵达中获得的。

　　"第三代诗"的"口语写作"以及"下半身写作"总的来看是一种观念预设的写作,它的观念就是它所反抗的对象的反面,因而它并非抛弃了一切观念的成规,做到了真正的还原;"下半身写作"中的"身体"只是

---

① 张尧均:《隐喻的身体——梅洛-庞蒂身体现象学研究》,中国美术出版社2006年版,第34—35页。
② 陈太胜:《口语与文学语言:新诗的一个关键问题——兼与郑敏教授商榷》,《江汉大学学报》(人文科学版)2004年第6期。
③ 唐清涛:《沉默与语言:梅洛-庞蒂表达现象学研究》,中国社会科学出版社2013年版,第83页。

文化对身体的规训的反面，却非身体的原初经验，它拾起了"身体"在工具层面的反抗功能，却丢失了"身体"在诗学层面的建设功能。具有主体性的身体经验是唯一的，需要借助于创造性的语言来表达，否则，"身体"一如既往的只是文化符号。因此，"第三代诗"的"口语写作"包括"下半身写作"的语言缺位亦是身体的缺位。

二 20世纪90年代诗歌中的"色情"因素

20世纪90年代的当代新诗失去了20世纪80年代诗歌明亮上扬的色调，在总体上显示出一种暧昧、混杂、下沉的风格，这也正是时代精神状况的投射。随着市场经济和消费主义的到来，在欲望的驱使下，"色情"文化似乎也出现在现实生活中，它似乎是对禁欲的革命时代的反动，同时也呼应了西方的文化思潮。但实际上，由于消费主义文化祛除了"色情"的暧昧性和神秘性，这样的"色情"只能被称为一种"伪色情"。巴塔耶、罗兰·巴特等当代西方哲学家对"色情"提供了深具启发的理论分析，"色情是性，但不仅仅是性，是被改造的性和被改造的'自然'，它包含着人类的喜悦和不安，恐惧和战栗"[①]。与大众文化中"伪色情"的消费性质不同，在文学艺术领域，借"色情"这一文化现象进行的书写却有着现实、文化和语言等方面的考量。

在西方现代诗歌中，对"色情"的书写本身并非目的，它往往是政治、宗教、文化的放大器，通过它的私人性和世俗性，彰显了个体在现代社会中的处境，因而具有明显的批判意义。它是审美借助"色情"产生的颠覆性力量。波德莱尔的《恶之花》就因为其中的六首诗歌涉及女性的裸体、性幻想等色情话题，被法庭下令禁止发行，后来将这6首诗删除，诗集才得以出版。此外，艾略特的《荒原》《普鲁弗洛克的情歌》等诗歌中也都有与"色情"相关的内容：现代都市中的酒吧女，下层人之间的"性"等等。

在中国现代新诗中，"色情"尽管是极其边缘的写作题材，但也有冯

---

① 汪民安：《身体、空间与后现代性》，凤凰出版传媒集团、江苏人民出版社2006年版，第234页。

至、徐志摩、邵洵美、沈从文等重要诗人涉猎，只是他们多是通过"色情"表达具有唯美或颓废色彩的个人经验，从中看不到更为丰富复杂的现实内涵。在当代诗歌中，主要是从 20 世纪 80 年代转换到 20 世纪 90 年代之后，"色情"因素对写作的植入成为一个暗流涌动的现象，在一些重要的当代诗人笔下有各种不同的呈现。本部分试图探究以王家新、欧阳江河、钟鸣、翟永明、肖开愚、孙文波、韩东为代表的诗人在写作中对"色情"因素的使用，探讨它们出现的内在机制和动机，并分析这一写作所包含的语言问题及其对 20 世纪 90 年代以后新诗的影响。

（一）"色情"话语与 20 世纪 90 年代精神状况

20 世纪 90 年代中国社会的急遽转型给诗人的精神世界带来了巨大的冲击。因为突然失去了清晰的方向，诗人只能暂时回到一个封闭的自我世界，韩东的这首《潮湿》就是这一精神状况的写照：

> 潮湿的夜在森林附近
> 我打开河蚌中的灯
> 打嗝的声音从听筒的一头传来
> 也是刚才电话发出的声音
> 水雾比烟更稳定
> 眼睛因此低垂
> 铁在生锈，木头在腐烂
> 肉被泡得发白
> 我甚至翻不动一页书
> 海绵再也不能吸收
> 每只碗都满了
> 悲痛的时候从眉梢往下滴水
> 我的每片指甲都在出汗
> 消息像一只飞不动的鸟
> 翅膀一直触到淤泥
> 而灯光使我联想起某个部位的
> 普通红肿

韩东呈现的是一个隐秘而晦暗的世界。整首诗中，消极的意象纷至沓来，潮湿的夜、生锈的铁、腐烂的木头、泡得发白的肉、飞不动的鸟……它们所共同表达的是一种沉重而压抑的情绪，一切凝滞而迟缓，没有任何生机和希望。"悲痛的时候从眉梢往下滴水/我的每片指甲都在出汗"，悲痛和紧张因为某种原因竟成为相互依存的情绪。而唯一的"灯"却在"河蚌"中，"而灯光使我联想起某个部位的/普通红肿"，"红肿"象征着受伤和疼痛，那么"某个部位"是哪个？从诗歌前面不断出现的"悲伤"情绪来看，红肿的似乎应该是"眼睛"，"普通"一词意味着它并非由疾病引起。在这首诗中，身体器官词汇和涉及"性"的隐喻较多，"色情"增加了个人经验的隐秘性，或者说"色情"是对个人经验在表达上更富于暧昧色彩的呈现。

韩东呈现了20世纪90年代初当代诗歌过渡性的一种类型，除此之外，90年代诗歌还存在另一种过渡性的诗歌，它悬置内在世界和外在世界的冲突，并体现为一种日常生活话语的出现及其与理想主义话语的平行或对峙。还可以看到，随着诗歌重心向日常生活的转移，与80年代重主观意志的抒情性不同，"叙事性"成为90年代诗歌的一个新的特征，正是在这样的背景下，具有个人经验属性的"色情"才成为这一时期诗歌写作中出现的特殊现象。

当代诗歌写作向日常生活的转移包含着一种迫不得已，王家新在20世纪90年代初写下了多首表达个人在时代转折中彷徨和困顿的诗作。在《伦敦随笔》中，诗人一开始就将自己比为"归来的奥德修斯"，其寓意是明显的，"它或许就是《离骚》中的那匹马/在你前往的躯体里却扭过头来，/它嘶鸣着，要回头去够/那泥泞的泥土……"，这是一个矛盾的带着过渡性的姿态。这首诗以浓雾中的伦敦为背景，一面是诗人在伦敦的日常生活，另一面是诗人与异域生活存在鸿沟的内心独白。批评家程光炜评价其是"散发着发霉气味的、准色情的"[1]。实际上，《伦敦随笔》中的所谓"色情"无非对一个女子感性、恣意的爱和生活及其意外死亡的记叙，"当她的指甲疯狂地陷入/一场爵士乐的肉里。/在那里她一顺手就从你的烟盒里摸烟，但在侧身望你的一瞬/却是个真正的天使"。诗人将"色情"作为

---

[1] 程光炜：《90年代诗歌：另一意义的命名》，载王家新、孙文波编《中国诗歌 九十年代备忘录》，人民文学出版社2000年版，第175页。

日常生活的核心内容置入文本中，但"在一个女人身体里进行的/知识考古学"却隐含着一种自我嘲讽，因为和沉重的精神世界相比，"肉身"轻如羽毛，不具有价值和意义。可以看出，"日常"在王家新笔下只是一道掩饰内心伤痛的风景，诗人似乎只是日常生活的旁观者，他的内心还秉持着另一种生活，这是对沉痛的历史、自我身份和责任的铭记，因而在诗中不断出现一个分裂的自我形象。正如程光炜所言"读者必须把有效的阅读置于两种相互误解、乃至相互消解的语言现实之中，必须习惯在纪念碑与私人房间、图书馆与咖啡馆、悲剧英雄与喜剧人物、寓言背景与夜游呓语的混置、复合、交谈的情景中进入文本"①。

与王家新的《伦敦随笔》一样，肖开愚的《动物园》也书写了现实和心理的双重自我。《动物园》表面看是一首叙事诗，实际上在叙事中不断插入诗人神经质的独白、纷乱的思绪，因此而引起诗行急遽地跳跃，诗人在现实和自我意识之间来回切换。女性角色是构成"日常"的重要部分，所谓饮食男女，或者说在诗人的日常生活中，性别是重要的因素，但诗人与女性角色仿佛处于两个平行世界。显然，诗人的情绪指向某种现实的经验，并显露出一种精神的紧张和压力，"高压""野蛮""撒谎""饥饿""邪恶""污秽""吃人""子弹""阴影"等词语的嵌入都指向历史。不过，诗人的郁积、紧张和焦虑因为女伴感性的带动得到了一定程度的缓解，"她面庞明媚集合起秋天下午/全部果实的饱满颜色，多么耀眼，/扭转了我沉重思想的万花筒"。诗人以戏谑、游戏的方式对待同行女性的浪漫和天真，在男性世界里，浪漫和天真实际上暗含着缺少历史感和现实感。

相比于《伦敦随笔》，《动物园》中的"色情"话语是更为显在的写作策略。诗人以动物园里的各种动物为叙述框架，并将核心命题指向动物性的本能和欲望，而在人的现实世界，以女性为凝视对象的书写也充满着"色情"意味："时髦女士摆脱黑夜连续的高压，邀请我离开与他们肉搏战的房间"，起始的一句像是实写，但似乎也有隐喻的性质，"高压""肉搏"都是过去时间中的紧张经历，"离开"意味着一个新的开始。接下来，诗人与女伴的对话充满了一种调情的意味，男人、女人、动物之间的亲密

---

① 程光炜：《90年代诗歌：另一意义的命名》，载王家新、孙文波编《中国诗歌 九十年代备忘录》，人民文学出版社2000年版，第175—176页。

第七章　身体、语言与后新诗潮

关系在不断地穿插叙述中相互指涉,"拥抱""抚摸""舔食"等动词以及"嘴巴""舌尖""肌肤""大腿""臀部"等身体器官的名词都明显指向"色情",这是人在巨大的外部压力之下转向形而下的自我,颓废感和绝望紧密相连。在诗人笔下,作为客体的身体器官支配着精神主体:"两条重腿扛着我离开过每个单位,/老爷们拒绝管理我的自由,安排/这身多余的肌肉,哦,大腿,走吧!""花苞身体命令她开放。/脑子邪恶的忧虑放弃我——她裙子/和修腿摆动的阴影代替时间肉麻的阴影/解放我的警惕,和鼻子、香水埋葬霉味。"这里所表达的并非具有主体性的身体,而是机械性的身体行为,它显然意指主体的丧失。

如果说整首诗充满了混浊、晦暗的"兽性"的欲望,那么当诗人最后"听到,接着看到鸟的合唱团"后,一束光瞬时照了进来,一切似乎变得不一样了,"婉转的声部,绚丽的羽毛,/蓦然明白,美妙就是兽性的一半。/欲望秽浊的舞池里,涡流旋转,/卷走腐烂的形象,裸露出婴儿/纯洁的身体"。这是污浊世界的一抹明亮和纯净,诗人涣散、消极的情绪突然为之一振,"在这座美丽的竞技场,每一瞬间/都可能手挽鸟后,相互耳语",诗的结尾这一抹亮色驱散了整首诗的阴郁。最终诗人赋予了兽性以"神圣"的色彩,诗人对"色情"的书写也由此获得了意义,被人类文明、现代政治的功利主义视作洪水猛兽并驱逐的"兽性",却正是人类获得自由并应当返回的场所。这是"欲望"在现代社会的处境问题,而"欲望的权利"[1] 也正是需要被表达的,因为在色情中,"他达到了自主的存在"[2],从这一角度来看,该诗也构造了一个反讽的结构。

肖开愚在转折时期的写作充满了对历史和自我的反思意识,在《国庆节》中他写道:"那个自大的概念已经死去/而我们有这么多活生生的话要说","话已被前辈说完/我们写诗不过是抄写/我运用钻石的光芒/写诗,我运用少女的激素/写诗,我运用巨鸟和小植物的影子/写诗,我两百次写到阴茎/开花,这都是撒谎"。(《傍晚,他们说》)出于对诗意惯性的反抗,肖开愚将生活中最形而下、最粗粝不堪的身体器官如"嘴巴""舌头""乳房""阴茎""阴道"等展示出来,"迷信人体、机能、生命力,所以

---

[1] 肖开愚:《个人写作:但是在个人与世界之间》,载西渡、王家新编《访问中国诗歌:中国23位顶尖诗人访谈录》,汕头大学出版社2009年版,第129页。
[2] [法]乔治·巴塔耶:《色情史》,刘晖译,商务印书馆2004年版,第113页。

写躯体和器官。我想要使用与生理有关的名词"①,"色情"词语的使用包含一种愤懑的反抗,同时也是对浪漫主义诗歌词语惯性的抵制。与王家新的《伦敦随笔》不同的是,肖开愚对日常及色情的书写意味着可以从自我的世界走出去,那是以一种值得期待的方式回到公共空间、人群之中,他的《国庆节》《北站》《下雨》等诗写的都是人潮攒动的地方。

总之,在时代的转折中,虽然当代新诗写作似乎转入了凡俗的日常生活和更内在的个人经验,然而,由于内心仍然执着于已有的价值标准,当诗人们从高处转向日常之后,他们表达的却是理想之我与凡俗之我的分裂。而"色情"作为一种文化现象和精神症候,它以特殊的方式呈现并强化了过渡时期个人生活的暧昧性和无力感。

(二)"色情"空间:咖啡馆及其他

20世纪90年代以后,"广场"的时代逐渐逝去,"我不知道一个过去年代的广场/从何而始,从何而终"。(欧阳江河《傍晚穿过广场》)一些具有时尚文化特征的大众休闲空间(如咖啡馆)在都市生活中大量兴起,从"广场"到"咖啡馆",空间的转移是社会文化重心变化的标志。咖啡馆作为一个公共性和私密性兼具的空间,无疑是展示个人与历史、时代关系的一扇窗口。

在欧阳江河的长诗《咖啡馆》中,"咖啡馆"成为盛装时代情绪的容器。咖啡不仅仅是一种流行时尚,也可以说是西方文明的象征,因此,以"咖啡"为原型,欧阳江河这首诗的第一节就道出了20世纪90年代中国人在顷刻间"被西化"的时代命运:"一杯咖啡从大洋彼岸漂了过来,随后/是一只手。人握住什么,就得相信什么。""这只手"明显指的是"南巡"事件带来的中国社会的转轨。"我未必相信咖啡是真实的,当我/把它像一张车票高举在手上,/时代的列车并没有从我身边驰过",人们还来不及反应,时代就在转瞬间跨入了一个新世界,这里有诗人对时代的激情和时代中边缘身份之间的吊诡。

接下来,诗人以抽象的方式写在咖啡馆进进出出的人,以此展示这个

---

① 肖开愚:《个人写作:但是在个人与世界之间》,载西渡、王家新编《访问中国诗歌:中国23位顶尖诗人访谈录》,汕头大学出版社2009年版,第129页。

时代中的众生相。在这里,时间脱离了自然的特性而具有主观化的特征,"时间"的"按键"或开或关都是人为的,可以像"录像带"一样快进或快退。"十秒钟,仅仅十秒钟,/有着中暑一样的短暂的激情,使人/像一根冰棍冻结在那里。这是/对时间法则的逆行和陈述,少到不能再少,/对任何人的一生都必不可少。"这是时间的相对论,在现代化的机械世界中,一切都变得平庸而短暂,而逝去的时代却因其激情的稀缺而获得了永恒和在场,诗人的审视中包含着那一代人难以改变的"时间哲学"。

"这时走进咖啡馆的不是一个人,/而是一群人",在一个以消费主义为中心的时代,人的个性都被抹平,一切都可以制作和复制。当"广场"不在,而咖啡厅这一西式的社交、休闲空间已非原来法国知识分子谈论革命、思想、文学意义上的场所,在当下的文化中它只是一个充满了无聊和空虚、暧昧和欲望的空间,因为人们不再相信什么,一切都变得短暂易逝:

> 国家与私生活之间一杯飘忽不定的咖啡
> 有时会从脸上浮现出来,但立即隐入
> 词语的覆盖。他们是在咖啡馆里写作
> 和成长的一代人,名词在透过信仰之前
> 转移到动词,一切都在动摇和变化,
> 没有什么事物是固定不变的。

实际上,这也是对只能坐而论道的"小资"们的反讽,在因对现实无能为力而导致的"词"大于"物"的世界里,他们的语言也大于行动,但那些高蹈的"脱离身体"的"想法"只会"像空气中的一只气球那么轻"。

接下来,诗歌转换了时间和空间,将对咖啡馆的记忆扩大到跨越国界的文化空间,诗人写到了西方世界的政治和革命,它是十二月党人的流亡岁月,是萨特、波伏瓦这样的法国知识分子"介入"社会的传统,是普宁和日瓦戈医生,是俄罗斯知识分子和他们坚贞的爱人。在诗中,欧阳江河还提到了对"色情"艺术颇有心得的法国作家纪德和哲学家罗兰·巴特,并写道:"他看见/整个巴黎是从黑色晚礼服上掉下来的/一粒纽扣。衣服还在身上吗?天堂/没有脱衣舞。"太纯净的地方就不存在缝隙和断裂,而

"色情"也正产生于文化禁忌之中，自由和禁忌或许是人类面临的永恒的悖论。

革命的时代刚刚逝去，信仰陷落，物欲席卷而来，在一个后革命的时代，理想的冲动已经置换为有闲阶级的空虚，"如果人的目光收敛，/把无限膨胀的物质的空虚，集中到/一个小一些的/个别的空虚中去，人或许可以获救"。然而，这样的"获救"只是反讽，当代人的灵魂似乎只有漂泊：

> 每个国家有一副纸牌和一个咖啡馆。
> "你是慢慢地喝咖啡，还是一口喝干？
> 放糖还是不放？"这是把性和制度
> 混为一谈的问题。熬了一夜的咖啡
> 是否将获得与两个人的睡眠相当的浓度？
> 我们当中最幸福的人，是在十秒钟内
> 迅速老去的人。年轻的将坠入
> 从午夜到黎明的漫长的性漂泊。
> 不间断地从一个情人漂泊到
> 另一个情人，是否意味着灵魂的永久流放
> 已经失去了与只在肉体深处才会汹涌的
> 黑暗和控诉力量的联系？

"每个国家有一副纸牌和一个咖啡馆"，"纸牌"代表的是一种偶然性的命运，"咖啡馆"则是私人生活，而国家容易"把性和制度/混为一谈"，私人的生活在当下已经被制度化。如果说"色情"意味着个人世界的独特性，意味着神秘、未知和永远在场的期待，那么，祛除了"色情"的生活则是千人一面的，是失去自由灵魂的无家可归。"花上一生的时间/喝完一杯咖啡，然后走出咖啡馆，/倒在随便哪条大街上沉沉睡去"，这是当代人在理想主义时代逝去后的空虚和茫然，"咖啡馆"留给世人的只有属于过去的文化记忆。

正如欧阳江河所说："在我的《咖啡馆》中，色情话语所表达的则是一种由来已久的倦怠，一种严重的受挫感。"[①] 关于时间、欲望和政治的思

---

① 欧阳江河：《'89后国内诗歌写作：本土气质、中年特征与知识分子身份（节选）》，载王家新、孙文波编《中国诗歌 九十年代备忘录》，人民文学出版社2000年版，第193页。

考通过咖啡馆进进出出的人以及历史在现实中的闪回得以呈现。欧阳江河对现代社会的"色情"有精准的判断，他说："色情和空想一样，其消失将成为一个时代结束的最后的回声。"① 当"手中的望远镜/颠倒过来"（《关于市场经济的虚构笔记》），即生活的逻辑被颠倒过来，"实际上你不可能从旧时代和新生活/去赴同一顿晚餐"，而"色情"的消失也就具有了症候性的意义。

翟永明在20世纪90年代同样也写到咖啡馆这一场所，她自己就在成都创立了"白夜"咖啡馆，对咖啡馆的生活可谓熟悉之至。她的《咖啡馆之歌》通过对咖啡馆的书写呈现了当下生活的空虚和浅薄，只不过翟永明的诗相比欧阳江河的诗没有那么浓厚的思辨性，而多了对日常生活的观察。她善于抓取一些片段来审视人性，在咖啡馆，她看到的是"乏味的爱情""晦涩的辞藻""萎靡不振的田园生活"以及"色情"能力的丧失："出没于各色清洁之躯中的/严肃话题/如变质啤酒/泛起心酸的、失望的颜色"，诗人问道："'上哪儿找/一张固定的床？'/带着所有虚无的思考/他严峻的脸落在黑暗的深处"，而诗人的态度仍然是"向死而生"，"我的身体/展开那将要凋谢的花朵/自言自语：/'拿走吧！/快拿走世上的一切！/像死亡 拿得多么干净'"。这是诗人面对这样一个浮躁的世界所持有的勇气和决绝。

在消费社会中，咖啡馆已经遍及都市的各个角落，然而，曾经的咖啡馆文化却荡然无存。"欲望太多，海水太少"（西川《致敬》），欲望支配下生活世界发生着惊人的变化，暧昧的色情并不属于消费时代。因为过度的暴露，"性"失去了本身具有的神秘感，"性平庸至极，犹如平原之漫步。到处都是性和身体，但到处都是空的性和身体"②。孙文波写道："衣服层层剥去，最终/却没有任何东西裸露出来。"（《室内脱衣舞》）不仅如此，"性"在现代形成了一套完备的话语方式，人们不接触性，就可以从观念和知识中获得"性"。当"性"在公共空间的私人性和神秘感消失，"色情"也就消失了，诗人对此有清醒的觉察，韩东的《抚摸》一诗写道：

---

① 欧阳江河：《'89后国内诗歌写作：本土气质、中年特征与知识分子身份（节选）》，载王家新、孙文波编《中国诗歌 九十年代备忘录》，人民文学出版社2000年版，第193页。
② 汪民安：《身体、空间与后现代性》，凤凰出版传媒集团、江苏人民出版社2006年版，第40页。

> 我们互相抚摸着度过了一夜
> 我们没有做爱,没有互相抵达
> 只是抚摸着,至少有三十遍吧?
> 熟悉的是你的那件衣裳
> 一遍一遍地抚摸着一件衣裳
> 真的,它比皮肤更令我感动
> 我的进攻并不那么坚决
> 你的拒绝也一样
> 情欲在抚摸中慢慢地产生
> 在抚摸中平息
> 就像老年的爱,它的热烈无人理解
> 我们没有互相抵达
> 衣服像年龄一样隔在我们中间
> 在影子的床上渐渐起皱
> 又被我温热的手最后熨平

现代社会被张枣称为"过度启蒙的时代"[①],而消费主义的盛行使这一问题更趋严重——自由、开放消除了性禁忌,却也使"色情"的文化、传统的咖啡馆文化从人们的生活中消失了。在这首诗中,"抚摸"的动作似乎应该指向"性"的结果,但诗人反其道而行之,让它成为一种不具有目的性的行为,"一遍一遍地抚摸着一件衣裳/真的,它比皮肤更令我感动","性"的浓度并没有因为"衣裳"的阻隔而减淡。相反,"这赤裸的爱,它的热烈无人理解","性"并非只是裸露肉体,而是包含着情感的敞开和裸露。诗中"抚摸"这一行为的"无功利性"正是"色情"的基本特性。它重视的是时间和过程,不需要任何回报,这无疑是对注重实用性、功利性的资本主义的反抗,"色情"追求的即巴塔耶所说的非生产性的"耗费"。

[①] 张枣著,颜炼军编选:《张枣随笔选》,人民文学出版社2012年版,第77页。

（三）色情、权力与语言策略

罗兰·巴特说："权力是一种支配性的力比多"[1]，他通过"色情"隐喻"文本的快感"，认为从文本中可以获得类似于"色情"的欢娱，"文化及其毁坏均不引发色欲；恰是它们两者间的缝隙，断层，裂处，方引起性欲"[2]。实际上，当代先锋诗歌中的"色情"是双向的，既是内容也是形式。前者指向对权力的书写，后者意味着一种充满机巧、带有游戏性的语言。

钟鸣的《中国杂技：硬椅子》就将文本内容层面和语言层面的"色情"合而为一。"椅子"在当代人的口语表达中早就成为"身份""地位""权力"的隐喻，但极少诗人将这一寻常之物引入诗歌，钟鸣将这一传统家具作为诗歌的核心意象进行创造。它集具象和抽象为一体，由此"椅子"成为钟鸣的私人词语：

> 当椅子的海拔和寒冷揭穿我们的软弱，
> 我们升空历险，在座椅下，靠慎微
> 移出点距离。椅子在重迭时所增加的
> 那些接触点，是否就是供人观赏的
> 引领我们穿过伦理学的蝴蝶的切点？

在中国传统文化中，"椅子"拥有无人能及的"海拔"，但在这样的高处也一定是孤寂而寒冷的，而与这种无上的"权力"相对的是"海拔"以下的普通人及其"软弱"的命运。中国杂技交叠的椅子营造了一个空间结构，它需要创建各种支点以维持系统的平衡，而伦理学就是维持秩序的规则，它运作在阴与阳、上与下、男与女等的关系中。实际上，相对于权力中心之"阳"，所有的人包括男性都是阴性的。"在皑皑而无雪的冷漠和空虚里，／在绷得像陶土一样的千人一面，／他坐出青绿，黄色，绛紫，制

---

[1] ［法］罗兰·巴尔特：《符号学原理》，王东亮等译，生活·读书·新知三联书店1999年版，第3页。
[2] ［法］罗兰·巴特：《文之悦》，屠友祥译，上海人民出版社2009年版，第11页。

度,吃住软硬,//兼施暴力和仁慈。"这典型的中国"椅子"是一门关于封建文化下的权力的艺术。在这样的文化中,一旦涉及权力便没有"公""私"之分,"一个处子裸露,大胆而无羞,/所有的女人便通感了他的裸露"。"我们有'私'吗?公开后将不会存在","我们真有'私'吗,像椅子,/仅属于攀援之手",正是椅子的杂技提供了身体"攀援"的范围和动力。

该诗实写的是舞台上表演的女杂技演员,她在层叠交错的椅子间寻找着支点和平衡。通过女性角色,钟鸣将"色情"织入对权力的书写中。"她们练就一身的柔术,却使我们硬到底/不像肋骨在我们体内,能恕罪,得救;/不像一株蔓,牵引着鸟和它定时而归的//幸福",在权力机制中,女性靠柔弱和顺从以获得生存的保障,具有色欲性质的"柔"和"硬"是统一于权力的,这一姿态虽然技巧高超,却是机械的、无生命力的。而诗中所写的"肋骨"显然是指亚当和夏娃犯了原罪被逐出伊甸园,正因为带着人性永恒的渴望和痛苦,他们才能获救,相反则只能如诗中所说"她们的柔和使椅子像要一个软枕头//似的要她们,要她们灯火里的技艺,/要她们柔软胸部致命的空虚"。她们所收获的不是椅子就是枕头这样的结构之物、僵硬之物,"致命的空虚"是人被权力所吞噬的悲剧。

钟鸣以日常的家具"椅子"为中心,以戏谑、反讽和寓言化的方式将传统文化和权力的问题用"语言的手术刀"进行了深入剖析,"硬椅子"之"硬"直接指向封建权力的特性以及它对私人生活无孔不入的渗透。柏桦解释说:"通过中国椅子(他一直喜欢中国古代家具,尤其明代椅子)探讨一个深刻的中国主题——色情与政治,伦理和书写的扭曲,人民的力量和权威的微妙关系,人类经验的隐私领域与脆弱性以及权力关系是如何铭刻在人的身体上的。这是一把多么实在而有意义的椅子,但这一切都通向一个虚无。"[①] 在整首诗的结构中,舞台、历史和个人经验交织在一起,诗人以语言的"杂技"对应"椅子"的"杂技",这语言的"杂技"也正是罗兰·巴特所说的"文之悦"。

因此,"色情"作为一种心理和文化范畴,在诗歌中也能成为一种话语和修饰方式。欧阳江河是将"色情"作为一种自觉的话语方式和写作策略的诗人,他说:"我是在政治话语、时代风尚和个人精神生活这样的前

---

① 柏桦:《今天的激情:柏桦十年文选》,上海人民出版社2006年版,第77页。

后关系中使用'色情'这个词的，而且我不打算排除官方意识形态强加给这个词的道德上的诘难，我认为这种官方道德诘难与民俗对'色情'主题的神秘向往混合在一起时，往往能产生出类似理想受挫的可怕激情。在当代中国，色情与理想、颓废、逃亡等写作中的常见主题一样，属于精神的范畴，它是对制度压力、舆论操作、衰老和忘却做出反应的某种特殊话语方式。"[1] "色情"作为文明的产物，它的政治性和审美性已经被许多哲学家、文学家所关注。在欧阳江河看来，"色情"是现代生活中标志性的并具有复杂意味的文化现象。作为一种文化禁忌，"色情"是受压而产生的激情，它透射出反叛、神秘、暧昧的特征，这样的特征又与整体的时代氛围包括权力、经济、时尚构成了一种既疏离又合作的关系。欧阳江河将其运用到了对经济体制的书写之中，在《计划经济时代的爱情》中，他写道：

> 时尚最终将垂青于那些
> 蔑视时尚的人。不是一个而是
> 一群儿女如云的官员，缓缓步下
> 大理石台阶，手电的光柱
> 朝上直立：两腿之间虚妄的
> 攀登。女秘书顺手拔下
> 充电器的金属插头，没有
> 再次插入。
>
> 阴阳相间、空心的塑料软管，
> 裹紧100根扭住的
> 散布在开端的清晰头发丝。电镀银
> 消褪之后，女秘书对官员
> 的众多下属说：给每秒钟
> 3000立方米的水流量
> 安装100个减压开关。

---

[1] 欧阳江河：《'89后国内诗歌写作：本土气质、中年特征与知识分子身份（节选）》，载王家新、孙文波编《中国诗歌 九十年代备忘录》，人民文学出版社2000年版，第192页。

> 硬的软了下来，老的
> 更老。顺着黑夜里
> 一道微弱的光柱往上爬——
> 硬币、纸币，家庭的流水账目，
> 一生积蓄像火焰在水底。
>
> 一个官员要穿过100间卧室，
> 才能进入妻子的、像蓄水池上升到唇边
> 那么平静的睡眠。录音电话里
> 传来女秘书带插孔的声音。
> 一根管子里的水，
> 从100根管子流了出来。爱情
> 是公积金的平均分配，是街心公园
> 耸立的喷泉，是封建时代一座荒废后宫
> 的秘密开关：保险丝断了。

"计划经济"是一种由权力人为管理和控制的一种经济制度，这种经济体制不鼓励"私有财产"，它势必构成对欲望的阉割和压制。因为欲望被压制而无法释放，获得"平静"之路才如此漫长，"一个官员要穿过100间卧室，/才能进入妻子的、像蓄水池上升到唇边/那么平静的睡眠"，"计划"的危险在于如果积压的能量太多，就会导致"保险丝"的熔断。"压力""减压""充电""开关""保险丝"等都是科学术语，欧阳江河通过物理学原理并引入虚拟的场景来形象地探讨"计划经济"的种种问题，同时，诗人还大量使用了一些具有"色情"意味的词语，即将科学和色情并用，充满反讽意味地勾画出这一经济体制的特质。由于采用具象的方式解释抽象的原理，使这首诗又像一幅暧昧不明的漫画，这也正符合现代文化的特征，"暧昧是事物和人在现代世界中失去它们在以往时代所具备的质的稳定性和清晰性后所具备的现身形态"[①]。个人欲望和经济发展是社会生活中相互依存的两个方面，当"色情"话语被用在经济体制的管理和运行上，公共话语和私人话语的并置和穿插，也意味着它们之间的暗度

---

① 一行：《词的伦理》，上海书店出版社2007年版，第7页。

陈仓。

而转型后的市场经济则带来了"高压的释放"："喉咙里有一个带旋钮的/通向高压电流的喉咙：录下来的声音，/像剪刀下的卡通动作临时凑在一起，/构成了我们这个时代的视觉特征"（《关于市场经济的虚构笔记》），压力及其释放恰好吻合了转轨期的文化特征。巴塔耶认为，人类生活的快乐建立在无功利的"耗费"的基础上："我们想要的是让我们精疲力竭并让我们的生活处于危险之中的东西"，"我们拥有大量的能量，我们无论如何都要消耗掉"。① "色情"就是在这样的情况下发生的，它不具有生殖的功利性，同时还需要一系列否定它的条件作为其存在的保障。这样看来，市场经济的"功利"和"无压"反而是取消了"色情"。

"色情"的问题也是"写作"的问题。"从中裂开的幽暗酒吧，/对于一把餐刀是开心果，但如果使用的/是筷子，仅有的饥饿将倾向于放弃肉体"（《关于市场经济的虚构笔记》），正如旧时代的"色情"不在，旧时代的词也不在，诗人必须为这个新的时代寻找新的"词"，即诗人张枣所说的"因地制宜"②。欧阳江河的诗歌具有思辨和玄学的特质，他善于营造一种无序的语言风格，以对应非理性、非逻辑化的现实，复杂、铺排却含混的语言不断在自我否定中腾挪转移，词与词之间的稳定的关系被随意打破和置换，在语义上充满了一种含混的特点。

罗兰·巴特倡导的"文本的快感"正是由语言的暧昧性带来的，这也正是欧阳江河诗歌语言的特点，同时，它也是时代精神状况的投射："中国式现代性特有的镶嵌、涂抹和混合性质，它的政治、经济、传统文化与西方文化并生的大拼盘结构带来的美学和意识形态趣味的复杂性。"③ 也就是说，这样的形式本身就具有一种意识形态性。在欧阳江河的诗歌中，"色情"不是身体性的，而是他诗歌的分析性语言体系中的话语要素。

比较来看，同样是用"色情"的方式书写权力，陈东东的方式就非常感性，它似乎带有旧式文人的逸乐和颓废，有一种幽暗、阴郁、颓废的南方气息。他在《病中》一诗中写道："病中一座花园，香樟高于古柏/忧郁的护士仿佛天鹅/从水到桥，从浓荫到禁药/从午睡的氛围里梦见了飞

---

① [法]乔治·巴塔耶：《色情史》，刘晖译，商务印书馆2004年版，第86、161页。
② 张枣著，颜炼军编选：《张枣随笔选》，人民文学出版社2012年版，第77页。
③ 一行：《词的伦理》，上海书店出版社2007年版，第19页。

翔——那滞留的太阳/已经为八月安排下大雨"，密集的具有忧郁气质的意象共同营造了一个拟想中的"花园""香樟""古柏""桥"和"水"都是南方古典气质的自然意象。然而，现代医学术语在诗歌中的加入、特异的场景却制造了一种不同于古典的惊惧效果："一个重要的老人呻吟/惊动指甲鲜红的情人：抚慰/清洗、扣弄和注射/他陈旧的眼眶滚出泪水/抵挡玫瑰和金钱的疼痛"，这里写的是玩弄权力者衰败的肉体，"性"和"权力"双重无能的结局。接下来的"阴云四合，池鱼们上升/得病的妇女们等待着浇淋/正当你视线自花园移开/第一滴雨/落进了第一个死者的掌心"，性、疾病和死亡，这些否定性的修辞构成了对玩弄权力者的反讽。陈东东善于通过隐喻的方式将"色情"置于政治和伦理之中，并在他诗歌中建构一个内在的反讽结构。

总之，"色情"是20世纪80年代到90年代转换时期当代诗歌写作中一个值得关注的写作现象，它出现在20世纪90年代诗歌日常性和叙事性兴起的过程中。通过对这一文化禁忌的挪用，它一方面呈现了20世纪80年代理想主义落潮后，消费主义的兴起带来的当代人的精神状态的变化；另一方面"色情"也指向"文本的快感"，在对权力结构、文化政治、伦理法则的书写中，呈现出20世纪90年代以后诗歌反讽性、游戏性、戏谑性等特征。

第八章　语言与现实的博弈

20世纪80年代中国先锋诗歌的主旋律一方面是反叛和解构，另一方面是理想主义和古典主义的盛行。西川说："中国的诗歌形成了一种新的陈词滥调：要么描述石头、马车、麦子、小河；要么描述城堡、宫殿、海伦、玫瑰；贫血的人在大谈刀锋和血；对上帝一无所知的人在呼唤上帝。"[1] 在解除了政治话语对诗歌的捆绑之后，80年代的诗歌似乎可以挣脱现实的重负无限地飞升。然而，在找回汉语诗歌的活力的同时，当代诗歌又落入了一种超离现实的唯美和虚幻之中，这样一种困境在后来人们对80年代的回望中变得更加清晰。

20世纪90年代社会的急遽转型让诗人们关闭的现实感重新苏醒——继续地高蹈和幻想在严峻的现实面前显得做作、不诚实，诗人们不得不睁开闭上的眼睛，重新思考诗歌和当下中国的关系。西川说："当历史强行进入我的视野，我不得不就近观看，我的象征主义的、古典主义的文化立场面临着修正。"[2]"我当时从内心深处需要一种东西，它应该既能与历史相应，又能强大到保证我不会被历史生活的波涛所吞噬，如果可能，最好还能最大限度地保证我的独立性。"[3] 当代诗歌写作的转型用欧阳江河的话说是"手中的望远镜被颠倒过来"[4]，它指的是重新恢复诗歌和现实的关系。

在语言的审美意识苏醒之后，急遽变化的时代使诗人们不得不重新面对现实，重建诗歌与现实的关系需要诗人"身体的在场"。从身体哲学的

---

[1] 西川：《大意如此》，湖南文艺出版社1997年版，第258页。
[2] 西川：《大意如此》，湖南文艺出版社1997年版，"自序"第2页。
[3] 西川：《大河拐大弯：一种探求可能性的诗歌思想》，北京大学出版社2012年版，第188页。
[4] 欧阳江河：《'89后国内诗歌写作：本土气质、中年特征与知识分子身份（节选）》，载王家新、孙文波编《中国诗歌　九十年代备忘录》，人民文学出版社2000年版，第182页。

层面来看,"身体"作为一种具体的物质存在,它是在与现实的交往过程中认识和确认自身的,因此,诗歌与现实的关系包含着诗人如何通过语言处理身体和世界的关系问题。

与20世纪80年代单向度的诗歌相比,20世纪90年代的诗歌更为丰富和复杂,它不再追求"纯诗"的语言快感,所呈现的也不再是反映论的现实。"现实"的内涵被大大拓宽,传统意义上的"现实"在诗歌写作中并非决定性的因素,这也意味着诗人在面对"现实"时不会回到20世纪80年代以前那种简单直接的方式中去。语言的自觉带来了对"现实"全新的理解,无论怎样的"现实"都需要通过语言获得生命,只不过,在不同的诗人笔下,语言与现实相遇后呈现为极不相同的状况。从诗歌观念到创作实践,20世纪90年代先锋诗歌所呈现的驳杂状况是语言与现实博弈的结果,诗人们所呈现的不同风格也正是这一博弈的表征。

一 现实:作为一种修饰

20世纪90年代诗歌对历史、现实的诉求体现在"知识分子写作"这一概念中,西川、陈东东、欧阳江河、肖开愚、孙文波、张曙光、钟鸣等诗人都对这一概念进行了确认和阐发。其中,欧阳江河将知识分子写作描述为"具体的、个人的、本土的",对写作和生活的互动关系,他提到了法国知觉现象学梅洛-庞蒂的话"语言提供把现实连在一起的'结蒂组织'",认为"知识分子写作"追求的是"具体的"真理。[1] 欧阳江河是有较深理论修养的诗人,他对梅洛-庞蒂的提及,暗示着诗人对语言和现实之间关系的觉悟。梅洛-庞蒂认为语言的问题也是身体表达的问题,而"身体"的哲学含义即作为认知主体的在世性、当下性特征,"被具体看待的作为我之所是的主体最终与这个身体和这个世界不可分离"[2],语言不是先在的,它与人的存在紧密相连。

---

[1] 欧阳江河:《'89后国内诗歌写作:本土气质、中年特征与知识分子身份(节选)》,载王家新、孙文波编《中国诗歌 九十年代备忘录》,人民文学出版社2000年版,第184页。
[2] [法]莫里斯·梅洛-庞蒂:《知觉现象学》,姜志辉译,商务印书馆2001年版,第512页。

第八章　语言与现实的博弈

对"现实"的理解始终居于当代诗歌观念的核心位置，语言、身体、主体、现实这些相关性的因素让当代诗歌进入了一个复杂的状态，需要不断地在自我辩驳中前行。对于20世纪90年代"知识分子写作"中的"现实"，程光炜解释说："这里的现实也不是过去的那种生活的现实，而是文本中的现实。它是沉积在作者，也是读者记忆里的知识、经验、幻觉与激情，是一切现实与超现实的可能性。"① 可以看出，由于语言的自觉，"现实"已经成为一个综合的概念，"一种综合的新诗学应该既关心语言的内部关系也关心语言的外部关系"②，这与20世纪40年代现代主义诗歌所追求的"综合的诗歌"很相似。它融合了对生活的感受和对时代的洞察，将感性与思辨有效地结合在一起，这也意味着当代诗人同样需要一种"综合"的能力："'能力'不仅包括谋篇布局、遣词造句之功，还包括对生活、世界的领悟力和想象力，它要求诗人能够在更广泛的文化关联中，思考写作的位置，并清新、有力地以诗歌的方式，塑造他的时代经验。"③在此意义上，诗人的语言能力与对现实的立场成为同一个问题。

现实并不外在于语言，意义存在于语言之中。在处理当代经验时，诗人们始终将它和技艺的问题、语言的问题放在一起，臧棣说："在现代诗歌的写作中，技巧永远就是主体和语言之间相互剧烈摩擦而后趋向和谐的一种针对存在的完整的观念及其表达。"④ 诗人通过各种语言方式将当下的经验形式化，经验和技艺在诗歌中是一种复合体，"判断一首诗优劣的不是它是否具有崇高的思想，而是它承受复杂经验的非凡的能力，与之相称的还有令人意外的和漂亮的个人技艺"⑤。能够与语言产生摩擦的"主体"必定是具有现实感、当下性的，曾经那种集中、单纯的"主体"在当代诗歌中越来越趋向于分散和具体，这样的主体渗透了诗人的感觉、想象和思想，通过诗歌的形式如词句、分行、分节、标点、韵律体现出来。

当谈到"知识分子写作"，20世纪90年代的诗人们常用"个人的"

---

① 程光炜：《九十年代诗歌：另一意义的命名》，载王家新、孙文波编《中国诗歌　九十年代备忘录》，人民文学出版社2000年版，第175页。
② 宋琳：《俄尔甫斯回头》，北京大学出版社2014年版，第14页。
③ 姜涛：《巴枯宁的手》，北京大学出版社2010年版，第68页。
④ 臧棣：《后朦胧诗：作为一种写作的诗歌》，载王家新、孙文波编《中国诗歌　九十年代备忘录》，人民文学出版社2000年版，第213页。
⑤ 程光炜：《九十年代诗歌：另一种意义的命名》，载王家新、孙文波编《中国诗歌　九十年代备忘录》，人民文学出版社2000年版，第175页。

"具体的""本土的""中年的"等词来界定，它们都指向具有当下性的写作。王家新在《瓦雷金诺叙事曲》中写道："狼群在长啸，/诗人！为什么这凄厉的声音/就不能加入你诗歌的乐章？"诗人们面对新的现实，需要寻找新的语言方式，这是时代语境的问题，也是诗歌技艺的问题。张曙光的《尤利西斯》（1992）写道：

> 这是个譬喻问题。当一只破旧的木船
> 拼贴起风景和全部意义，椋鸟大批大批地
> 从寒冷的桅杆上空掠过，浪涛的声音
> 像抽水马桶哗哗地响着，使一整个上午
>
> 萎缩成一张白纸。有时，它像一个词
> 从遥远的海岸线显现，并逐渐接近我们
> 使黄昏的面影模糊而陌生
> 你无法揣度它们，有时它们被时间榨干
>
> 或融入整部历史。而我们的全部问题在于
> 我们能否重新翻回那一页
> 或从一片枯萎的玫瑰花瓣，重新
> 聚拢香气，追回美好的时日①

　　与20世纪80年代热情洋溢的理想主义相比，以经济效益为中心的90年代显得冰冷和理性，社会生活的出发点是让一切回到规约之中以获得最大的利润，似乎转瞬之间，金钱就瓦解了80年代启蒙主义对意义的追求。尤利西斯是希腊神话中的英雄，作为《荷马史诗》中的经典形象，它经历了不断地被改写，最有代表性的是乔伊斯的《尤利西斯》。这里，张曙光借尤利西斯在战争结束后漂泊返乡的故事，隐喻了当代诗人在90年代文化语境中的角色和境遇：抽水马桶的声音代替了海上航行的浪涛声，不再有奇迹和冒险，书写的行为"萎缩成一张白纸"，意味着它的无法完成。当一个英雄主义的时代结束，对意义的追问就不能在90年代的现实中找

---

① 张曙光：《午后的降雪》，重庆大学出版社2011年版，第88页。

到答案，诗歌表达了对一个逝去的时代的缅怀和追忆。对外在的现实幻灭之后，诗人所面对的只能是语言的现实，"在词语的岛屿和激流间穿行寻找着巨人的城堡"，最终我们必须返回"冰冷而贞洁，那带有道德气味的历史"，一切都被平面化，诗人在这里表达了一种语言抓不住现实的虚无感。在一个现实本身失去意义的时代，如何让写作焕发出意义，成为当代诗歌不能回避的问题。

欧阳江河试图用诗歌表达全球化时代的经验，以《傍晚穿过广场》为转折，他在20世纪90年代以后的一些代表性诗作如《计划经济时代的爱情》《关于市场经济的虚构笔记》《时装街》等中都表达了新的文化语境下的经验。《时装街》一诗布满了全球化时代来自不同地域的文化元素，它们的并置显示了一个没有差异的世界，诗歌通过密集的意象、繁复的修饰以及戏谑的语调，展现了政治、文化、身体、性别的时代特征：

> 那快嘴叫了辆三轮去逛时装街，
> 哦一气呵成的人称变化，满世界的新女性
> 新就新在男性化。穿得发了白的黑夜
> 在样样事情上留有绣花针。你迷恋针脚呢
> 还是韵脚？蜀绣，还是湘绣？闲暇
> 并非处处追忆着闲笔。关于江南之恋
> 有回文般的伏笔在蓟北等你：分明是桃花
> 却里外藏有梅花针法。会不会抽去线头
> 整件单衣就变成了公主的云，往下抛绣球？①

欧阳江河从当代物质生活中提取令人眼花缭乱的意象，它们将整首诗装饰得繁花似锦。诗人善于将具象的事物抽象化，"清朝和后现代/只隔一条街。华尔街不就是秀水街吗？"古与今、中与西的纠缠随着意象的车轮旋转，在词语没有目标的更迭、转换中，诗人的意识也随之流动，某种精神取向不断出现又很快消失，最终，具有控制和取舍能力的主体湮没在铺排、杂糅的词语之中。这种取消话语边界、将不同的文化碎片拼贴在一起的方式也正是后现代文化的特质，在词语的狂欢与真实经验的角逐中，诗

---

① 欧阳江河：《时装街》，作家出版社2013年版，第165页。

歌成了没有目的地的语言的旅行。姜涛对此评价说："一方面，诗人检讨着世界，一方面又戏仿着世界，享受其中无穷的乐趣，这种暗中的'共谋'关系，从伦理的角度看，自然可以成为责难的口实，但诗人的创造力却不会黯然失色，因为他的职责不在于提供清晰的道德观，在风格的探索中，展示在世界面前的想象的含混和尴尬，反而可能是他的优长所在。"[①]形式即内容，在意义缺失的时代，诗歌的不确定性也正是世界的不确定性。

20世纪80年代的"纯诗"写作去除了意义，而趋向于一种形式的抽象，对读者而言，诗歌不再是"可理解的"的文本，而只是"可写的"文本，它仅仅在声音、想象等美学层面存在。陈东东作为80年代"纯诗"写作的代表性诗人，他在语言的世界制造了想象性的幻美之旅，这样"明净的部分"显示了对现实的疏离。90年代之后他的诗歌发生了一些变化，"纯净"似乎被打破，一些现实因素进入了他的诗歌，不过，对于一个深受象征主义和超现实主义语言观念影响的诗人来说，"现实"的引入并非为了完成对现实的发言。在陈东东90年代的长诗《解禁书》中，虽然他引入了现实的文化语境、生活空间、人物行为，但它们在诗歌中都成为诗人试图"解禁"和"起飞"的"陆地"，诗人对语言能建构现实之外的乌托邦仍然坚信不疑。写于21世纪的《全装修》（2003）也是以现实题材为起点，诗人将当下生活戏剧化为电脑游戏中的魔幻生活和"装修"的现实生活，诗人的意识在游戏者和装修者之间来回穿梭，而哪一种现实才是真实，似乎已经没有分辨的必要，"一个逊于现实之魔幻的/魔幻世界是他的现实"，现实比魔幻世界更加魔幻，这是现实的荒谬，然而却成全了"装修"（语言的修饰）于是，幻觉、虚像代替了现实。下面是《全装修》的最后一节：

这情形相当于一首翻译诗/溜着小狗忽必烈的那个人/将一头短发染成了金色//他如何能设想他被设想着/脑袋退出了电脑虚拟的/包月制现实，并且用赤裸投身//超现实，镶嵌进卫生间墙上/这片瓷砖画装修的悠远/披上浴袍像披上锁子甲，凭窗//望星空，构思又一种/魔幻记忆——他曾经穿越了/浅睡和深困间反复映照的//火焰山之梦？或

[①] 姜涛：《巴枯宁的手》，北京大学出版社2010年版，第140页。

许他只不过/自小区水景和不锈钢假山/择路返回。这情形相当于一首//翻译诗：它来自沙漠的/月全食之夜，不免对自己说/——天呐，我这是在哪儿①

现实与游戏中的两种不同角色看似可以自由切换，然而这并非真正的"自由"，而更多的是人找不到主体后的惶惑，诗人在语言的"高速"运转中将抵达现实的可能性作废，现实变成了语言的材料，语言的狂欢表面上看似语言的力量压倒了一切，实际上是语言向现实的投降。诗中的"翻译诗"一词实际上是对在现实与虚拟世界游走的当代人的反讽，也延伸出写作的问题：怎样才能回到真实的写作？姜涛认为，陈东东的这首诗仍然延续了诗人对"元诗"的追求："它最大的功效，不简单地等同于语言活力的激发，而是通过对一种自明的、绝对的'现实'的瓦解，在与既定意识形态秩序的疏远中，建立了当代诗歌可贵的'场域'自主性。与此同时，诗人的社会身份也得到重新塑造，不再扮演公众舞台的主角或社会法庭上一个吃力的自我辩护者，在文学自律的现代想象庇护下，他们通过放弃大写的自我而获得专业的自我，成为一群'词语造就的亡灵'。"②陈东东20世纪90年代的写作仍和他80年代的写作保持了内在的一致性，虽然加入了现实的因素，但他却称之为"本地的抽象"（"本地的抽象"一词来自史蒂文斯，见陈东东的诗《插曲》）。从80年代的"语言的抽象"到90年代"本地的抽象"，按陈东东的说法它们都属于"诗歌的抽象"或"诗之音乐"，③"抽象"意味着对"具体"的升华和转化，具有极强的形式意味。因此，80年代的语言本体论仍然在90年代继续，只是因为现实因素的影响，其语言风格发生了明显的变化，从纯净、唯美走向了戏谑、反讽。

20世纪90年代诗歌语言的变化一方面由诗歌艺术创新的内在动力引发；另一方面也是由当下生活普遍的无力感、焦虑感、不安全感等时代症候所决定。20世纪80年代语言的自觉在90年代变成了语言的"胜利"，语言的表达方式也正和现实的文化性质一致。虽然语言获得了创新性，

---

① 陈东东：《海神的一夜》，江苏凤凰文艺出版社2018年版，第277—278页。
② 姜涛：《巴枯宁的手》，北京大学出版社2010年版，第45—46页。
③ 西渡、王家新编：《访问中国诗歌：中国23位顶尖诗人访谈录》，汕头大学出版社2009年版，第150页。

但如何在语言的快感之中传递一种精神立场，即如何通过表达方式的变化，重建诗人对现实的主体性是困扰当下诗歌写作的问题。

　　与世界获得联结是身体现象学的重要立场，而语言呈现了身体与世界交往的关系。从身体哲学的角度来看，身体的局限在于"作为实在者，它在某个时刻占据一个位置，似乎无法具有超越性——超越性意味着我能抵达我不在的地方"，它不能在其内部完成自身，因此，"只有与他人联合，身体才能同时拥有多个位置"。① 因此，作为一种自觉，身体（主体）必须发展出实践性和交往性，主体是在一种相互联结的关系中被构成的，它并非抽象的启蒙主义性质的主体，而是如欧阳江河所认识到的，是具体的主体。在90年代诗歌语言和现实的博弈中，词语的快感占据了诗歌的主要视野，怎样在诗学的意义上建立与世界的联系并显现其主体性这一20世纪90年代的命题并没有被完成，一些诗人将现实处理成了修饰方式，而意义、价值以及批判立场等文学传统则在语言的欢乐中散尽。

　　陈先发的《养鹤问题》（2012）显示了进入21世纪后诗人在语言与现实关系上的一种姿态：

　　　　在山中，我见过柱状的鹤。
　　　　液态的、或气体的鹤。
　　　　在肃穆的杜鹃花根部蜷成一团春泥的鹤。
　　　　都缓缓地敛起翅膀。
　　　　我见过这唯一为虚构而生的飞禽
　　　　因她的白色饱含了拒绝，而在
　　　　这末世，长出了更合理的形体

　　　　养鹤是垂死者才能玩下去的游戏。
　　　　同为少数人的宗教，写诗
　　　　却是另一码事：
　　　　这结句里的"鹤"完全可以被代替。
　　　　永不要问，代它到这世上一哭的是些什么事物。
　　　　当它哭着东，也哭着西。

---

① 王晓华：《身体美学导论》，中国社会科学出版社2016年版，第52页。

哭着密室政治，也哭着街头政治。
就像今夜，在浴室排风机的轰鸣里
我久久地坐着
仿佛永不会离开这里一步。
我是个不曾养鹤也不曾杀鹤的俗人。
我知道时代赋予我的痛苦已结束了。
我披着纯白的浴衣，
从一个批判者正大踏步地赶至旁观者的位置上。①

"鹤"是中国文人传统中具有仙风道骨气质的一种鸟，张枣在他后期代表性的长诗《大地之歌》中也有"戳破虚空""渺不可见"的"鹤"的形象："鹤之眼：里面储存了多少张有待冲洗的底片啊！"，"我们得发明宽敞，双面的清洁和多向度的/透明，一如鹤的内心"（《大地之歌》）。在这首具有"元诗"性质的诗里，"鹤"是诗人理想的现代汉语诗歌的象征，它是"陌生"而"至高无上"的。陈先发笔下的"鹤"仍与张枣诗歌中的"鹤"有相似之处，"这唯一为虚构而生的飞禽/因她的白色饱含了拒绝"。不同的是，"鹤"在张枣的诗歌中是一种理想的汉语诗歌写作，也代表了理想的自我，而陈先发诗歌中的"自我"与"鹤"有着距离，因环境的变化，"在这末世，长出了更合理的形体"，它显然是"理想"在当下生活中的变形。"养鹤是垂死者才能玩下去的游戏"，诗人将"养鹤"这一行为赋予了"悲壮"的价值含义，而与此相对，"我"没有做出这样的选择，而这并非意味着诗人"逆着鹤的方向飞"（张枣），因为"'鹤'完全可以被代替"，而替代它的是无处不在的"哭"，这里的情感力量是巨大的。接下来，诗人笔调一转，回到个人的日常生活场景，并说："我是个不曾养鹤也不曾杀鹤的俗人。/我知道时代赋予我的痛苦已结束了。/我披着纯白的浴衣，/从一个批判者正大踏步地赶至旁观者的位置上。"结尾的这几句诗人所表达的对待现实的立场包含着强烈的反讽意味，同时也有无奈和自嘲。相对于20世纪的最后二十年，21世纪随着经济和科技的发展，社会的变化远远超过了人们的想象。这首诗所反映的诗人对待语言和现实

---

① 刘春、王晓主编：《落在纸上的雪：当代诗人十二家》，广西师范大学出版社2013年版，第347页。

关系的立场颇似道家的"无为而无不为",即"以不介入的方式介入"。这样的"旁观者"和20世纪八九十年代的"批判者"姿态相比已经发生了惊人的变化。然而,即使在这样一种情况下,作为一个"旁观者"仍然可以让语言之"鹤"飞翔,因为"旁观者"也具有一种真实的历史身份,只有在这个位置上,诗人才能找到属于当下语境的真实经验。张枣写的《边缘》(1997)一诗就已经预示了这种身份的变化。

二 "最高虚构":在语言中创造现实

进入20世纪90年代之后,诗人作为时代代言人的身份逐渐丧失,在一个多元化的时代,任何一种诗歌写作都不能称自己是标准。相对于80年代单向度的写作,90年代诗歌的内在现实和外在现实的交汇,构成了几乎每个诗人的写作场景。臧棣认为90年代诗歌的重要特点是"历史的个人化和语言的欢乐",对于这两者之间的关系,他说:"语言的欢乐一直是现代诗歌的一个永恒的主题,它特别同美国诗人斯蒂文斯(W. Stevens)的审美实践联系在一起。而在大多数90年代诗人那里,语言的欢乐仍然有它自己的历史学特征。""'欢乐'既意指语言的一种审美功能的恢复,又涉及人的意识的进展(或说深入)。对语言的态度,归根结蒂也就是对历史或现实的态度。"[①] 在臧棣这里,语言中包含的历史意识是自明的,无须刻意去表现,"历史的个人化"意味着要祛除极端政治化年代"历史的集体化"的诗歌形态,让诗歌的眼光下移,重新审视凡俗的日常生活,回到真实的生命经验即具体的"身体性"。对个体经验的表达也就是对人的普遍性的表达,正如艾略特评叶芝:"他在开始作为一个独特的人说话的同时,开始为人类说话了。"[②] 对于诗歌来说,真实的"个人"始终存在于语言的自觉之中,随着将历史和现实看成一种表达中自然存在的因素,"现实"的边界被模糊,实际上也就取消了它存在的意义和价值。

[①] 臧棣:《90年代诗歌:从情感转向意识》,载王家新、孙文波编《中国诗歌 九十年代备忘录》,人民文学出版社2000年版,第246页。

[②] [英] T. S. 艾略特:《艾略特诗学文集》,王恩衷编译,国际文化出版公司1989年版,第167页。

第八章 语言与现实的博弈

没有任何诗人可以脱离他的历史语境去表达,"我们难以区分是经验在组织、塑形表达,还是语言在组织、塑形经验。在一种语言共同体和话语共同体的层面上,可以说是表达在赋予经验以可理解的形式和具体形态。组织和塑形的力量不只是在某个感受性主体的内部,这种力量还存在于历史语境,甚至是当下的社会语境之中"[①]。"现实"的多样性也意味着语言的丰富性和多样性,诗歌中的"现实"并非客观存在,它是在语言中生成的。姜涛指出:"它是语言之外的反映论意义上的客观现实吗?一旦深入当代诗歌错杂的写作现实中,我们就可以发现与其说是某种既定的'物'被语言所触及,毋宁说及物是文本自我与周遭历史现实间的相互修正,反驳和渗透的过程,它关注的是写作与物之间变化多端的关联而非被现实的所谓真实性所俘获。"[②]"物"不是纯粹客观的,而是处在与语言的互动之中,"物"在不同诗人那里经由语言的通道呈现出不同的样貌。因此,以和现实关系的远近亲疏来谈论诗歌,并不是一个严格的诗学问题,而是一个文学伦理问题,谈论它容易落入题材学、主题学范畴,并以一种简单的价值判断收尾。

因为"历史的个人化"的观念,臧棣的诗歌实践也表现出对传统"现实"和"历史"观念的挑战。他的诗取材于日常生活的各个角落,大量的观物诗是诗人对无数个细小瞬间的捕捉,是诗人的感性和思想的在场。同时,他的写作实践说明,诗歌不仅是抒情的、审美的,也是思想的、认知的。在《咏物诗》中他写道:

> 每颗松塔都有自己的来历
> 不过,其中也有一小部分
> 属于来历不明。诗,也是如此。
> 并且,诗,不会窒息于这样的悖论。
>
> 而我正写着的诗,暗恋上
> 松塔那层次分明的结构——
> 它要求带它去看我拣拾松塔的地方,

[①] 耿占春:《失去象征的世界——诗歌、经验与修辞》,北京大学出版社2008年版,第356—367页。
[②] 姜涛:《巴枯宁的手》,北京大学出版社2010年版,第157页。

它要求回到红松的树巅。①

罗兰·巴特认为："在现代诗中，自然变成了一些由孤单的和令人无法忍受的客体所组成的非连续体，因为客体之间只有着潜在的联系。人们不再为这些客体选择特有的意义、用法或者用途；人们不再把一种等级系统强加于这些客体之上；人们也不再把它们归结为一种精神行为的或一种意图的意指作用……自然变成一个由各垂直面组成的系列，客体陡然直立，充满着它的各种可能性。"② 罗兰·巴特倡导对语言的还原，语言要尽可能揭示被遮蔽的真理，这不仅是发现世界的未知和神秘，也是恢复语言的生机。臧棣的诗歌就体现为这一层面的价值追求，"诗歌是现今保护神秘的最可靠的力量。如果没有神秘作伴，那样的境况可能只意味着人类在心智上的堕落"③，臧棣的诗歌对世界神秘性的恢复，显示了一种天真而深刻的诗性。

感性经验只是创作的起点，臧棣倾心的仍然是现实的抽象性："日常领域是非常暧昧和神秘的，我着迷的仍是现实的抽象性。日常领域，日常事物，日常经验，对我来说，是需要用一种艺术实验才能抵达或捕捉的境界。"④ 在语言世界中的求索不仅是为了照亮自我的世界及其与时代、现实的关联，更为重要的是，在语言中创造一种新的现实。耿占春如此评价臧棣的诗歌："一切经验都具有一种未完成性，一切经验都延续到表达这种经验的时刻，延续在表达经验的话语行为的活动之中。这是一种对经验的持续的在场能力。经验的未完成性是感受性的活力，也是语言的存在形式，因而诗人能够说，每一种经验都在发明一种诗。"⑤ 也就是说，经验可以在语言层面进一步展开，想象和思辨创造了新的"现实"，而这样的"现实"并不代表着世界的真理，它只是无限可能性中的一种，这样看来身体的唯一性似乎可以经由语言而被超越。

---

① 臧棣：《宇宙是扁的》，作家出版社2008年版，第123页。
② [法]罗兰·巴尔特：《写作的零度》，李幼蒸译，中国人民大学出版社2008年版，第33页。
③ 臧棣：《假如我们真的不知道我们在写些什么……——答诗人西渡的书面采访》，载西渡、王家新编《访问中国诗歌：中国23位顶尖诗人访谈录》，汕头大学出版社2009年版，第212页。
④ 臧棣：《假如我们真的不知道我们在写些什么……——答西渡的书面采访》，载西渡、王家新编《访问中国诗歌：中国23位顶尖诗人访谈录》，汕头大学出版社2009年版，第211页。
⑤ 耿占春：《失去象征的世界——诗歌、经验与修辞》，北京大学出版社2008年版，第240页。

受里尔克的影响，冯至的"观物诗"体现为一种"本质化"的追求，臧棣并不试图将"观物"的这一刻凝定，也不希望抵达某个终点，"我们的心灵对称于/我们所能描绘的事物吗？/或者，这被雨刚刚浇过的夜晚/是一朵变形的花吗？"（《超越天意》）他是在分析和自我诘问中将对象放置在一个未知的位置上，诗歌因此而具有了开放性，这也正是汉语的开放性，"你不脆弱于我的盲目。/你如花，而当我看清时/你其实更像玉；/你的本色只是不适于辉映。""你美于不够美，/而我震惊于你的不惊人，/即使和影子相比，你也是高手。/你不花于花花世界。/你不是躺在彩旗上；/你招展，但是不迎风。"①（《蝶恋花》）这首诗由"你"和"我"的互为镜像构造而成，通过词语叠加、词性活用、成语打碎等方式造成一种机智、轻松和饶舌的效果。意义在词语之间产生，这也正是以维特根斯坦、索绪尔为代表的现代语言学的观点，诗人注重的是词语的关联性以及词语的不断延伸和转换，由此也产生了想象和思维的不断伸展。

臧棣在他的长诗《月亮》里将张枣的"诗，干着活儿，如手艺，其结果/是一件件静物，对称于人之境……"（张枣《跟茨维塔伊娃的对话》）作为题记，对张枣诗歌观念的认同也是臧棣对史蒂文斯所代表的重视想象、重建现实的诗歌观念的认同。史蒂文斯的诗歌代表了一种"最高虚构"的理想：

> 他用抽象释放具象，在修辞上强力地推进，并对存在本身提出新的设想，用最高虚构代替上帝的观念。他的诗经常是堂奥遥深，机变百出，仿佛也不顾读者能否进入。但是，史蒂文斯的诗有严密的修辞论辩的框架和层次，只要深入下去，就会发现他的用词都精确地利用了语言的多义性的各种内在的关节。作者明显意识到要让每个词都变成一首诗，并且让它们紧凑地服务于一个意义的整体。在意义与无意义间游戏的时候，他的诗会显出对声音的一种欣欢症似的陶醉感。②

这样的特点也可以在臧棣的诗歌中找到。他认为，诗歌的价值在于对现实的"虚构"，并最终与真实的现实无关，它是"不及物"的："我愿

---

① 臧棣：《宇宙是扁的》，作家出版社2008年版，第96、98—99页。
② 王敖：《怎样给奔跑中的诗人们对表：关于诗歌史的问题与主义》，《新诗评论》2008年第2辑。

意想象诗歌的本质是不及物的。假如我的诗歌在文本上看起来像是及物的话，那是因为我觉得及物会引发一种风格上的富于变化。对我来说，诗歌可能永远都意味着一种超越现实的力量。"① 臧棣认为语言使诗成为一门技艺，并独立于现实，他在《后朦胧诗：作为一种写作的诗歌》一文中高度赞扬陈东东20世纪80年代的"纯诗"写作，对20世纪80年代的"不及物"写作也给予了认定，20世纪90年代诗歌追求的"及物"在臧棣看来是一个伪问题。在他的诗歌中，历史和日常一样，不再是主题，而只是创作的素材，经由语言的"光合作用"，历史和现实在各种细节中获得了新的生命，在《猜想约瑟夫·康拉德》一诗的结尾，他写道："一群海鸥就像一片欢呼/胜利的文字，从康拉德的/一本小说中飞出，摆脱了/印刷和历史的束缚……"文字摆脱了历史的束缚，这显然重新定义了诗歌和历史的关系，诗歌具有独立于现实的价值，甚至能开辟出一条认识现实的道路。

20世纪90年代一些诗人和批评家对历史意识的强调中仍包含着对"真实"的信赖，而臧棣认为这样的"真实"对诗歌写作来说并没有那么重要，他说："就虚假的程度而言，真实的观念永远都比美的观念虚假。……诗歌是更高级的现实。"② 从柏拉图开始，西方文化就认为艺术是对世界的模仿，特别是现实主义更是强调对世界真实的反映，然而，与结构主义理论相呼应，20世纪西方文学将写作和现实分离，书写本身获得了独立的意义，呈现客观世界的真实不再是文学的任务。在西方思想和文学的影响下，中国当代诗人持这种观点的不在少数，如孙文波说："即使是在我们所说的对经验的依赖中，经验也不是单纯的以对它的摹写来进入诗歌的；从来也没有那种复写似的经验的使用，更多的是，作为一种认识论范畴内的对事物的认知，经验对于我们而言，带有背景的意味，它只有在具有改造的前提后才能有被使用的价值。"③ 诗歌对世界的认知依赖于现实经验，也依赖于语言，由此，当代诗歌的表达方式也由梦幻的抒情走向理性的思辨。

---

① 臧棣：《假如我们真的不知道我们在写些什么……——答西渡的书面采访》，载西渡、王家新编《访问中国诗歌：中国23位顶尖诗人访谈录》，汕头大学出版社2009年版，第222页。
② 臧棣：《假如我们真的不知道我们在写些什么……——答西渡的书面采访》，载西渡、王家新编《访问中国诗歌：中国23位顶尖诗人访谈录》，汕头大学出版社2009年版，第204页。
③ 孙文波：《在相对性中写作》，北京大学出版社2010年版，第209页。

第八章 语言与现实的博弈

传统认识论认为对世界的认知必须是客观的，只能由科学来完成，诗歌属于审美的范畴，它的主观性决定了它不能完成对世界的认知。法国科学哲学家巴什拉认为在对世界的认知上，诗与科学并非对立的，狭隘、简单的科学认识论对世界的认知是有缺陷的，希望将科学与诗学、知识与想象统一，以纠正我们对世界认知的种种偏见：

> 只要我们谈论某客体，我们就会以为自己是客观的。但是，在我们最初的选择中，与其说我们指定客体，不如说客体指定着我们，并且我们相信：我们对于世界的基本思想往往是一些我们青春的机密。有时，我们为某个被选定的客体感到欣喜，我们进行种种假设和设想，于是形成了一些形似某种知识的信念。然而，根源并不纯洁：最初的事实并不是根本的真理。事实上，只有当人们首先同眼前的客体决裂，只有当人们不受最初选择的诱惑，只有当人们制止并否认了产生于最初观察的思想时，科学的客观性才可能实现。①

如何回到感性的原点，重新认识事物？巴什拉采取现象学的方法，在对于真知的追寻中，他寻求一种科学理性和诗性经验相互补充的方式，科学并非客观，想象也并非主观，这也正说明，对于"真实"的认知可以是多维度的。对诗歌而言，如果硬要将"真实"作为一个诗学标准，那也不同于科学，"诗歌是一种即时的形而上学。一首短诗应该同时展现宇宙的视野和灵魂的秘密，展现生命的存在和世间诸物。如果诗歌仅仅追随生命的时间，那它就不如生命；只有中止生命，就地经历快乐和苦难的辩证法，它才能胜过生命"②。诗歌的玄妙之处正在于它不是现实的跟随者，而是通过感觉和想象扩大了现实、超越了生命。

诗性的想象，对世界的天真和惊奇，都意味着臧棣的诗歌中包含着浪漫主义的因子。从西方现代诗歌的发展来看，想象力、感性、激情、对现实的超越等浪漫主义诗歌方式并非退缩于个人的世界，相反，它具有革命的力量，正如帕斯所言："诗歌是社会的原初语言——激情与感性——，

---

① ［法］加斯东·巴什拉：《火的精神分析》，杜小真、顾嘉琛译，岳麓书社2005年版，第7页。
② ［法］加斯东·巴什拉：《梦想的权利》，顾嘉琛、杜小真译，华东师范大学出版社2013年版，第245页。

先于一切宗教启示；同时，它也是历史和变化：革命的语言。诗歌的原则是社会的，因此也是革命的：它是对原初的、不平等之前的契约的回归。它是个人的而又属于每一个男人和每一个女人；它是对原初的天真的收复。"① 浪漫主义既是一种回归——向人与自然和谐统一的世界的回归，也是革命——批判现实、向着未来，恢复"原初的天真"即对现存语言规范的革命。

关于诗歌与现实的关系，臧棣还有一个形象的说法，叫"诗歌的风箱"："在诗歌的'空'中放进一个现实的物象，一种我们可以在陌生的环境中能加以辨识的东西。这里，诗歌的'空'也可以理解为我们自身对诗歌的'无知'"，"如果我拉动风箱的把手，我也许会给诗歌的'空'带去一股强劲而清新的现实之风"。② 诗歌并不是为了抵达某种预设的目标，也不是为了呈现某种"现实的物象"，诗歌是借助语言之"风箱"和"现实的物象"发生一种相互作用而创造出的一种永远处于不确定状态的文体形式，其结果使语言和现实都变得新奇而陌生。

因此，诗歌处理和现实的关系，就是要赋予语言以新的意义，"我们找不到物体的名称，连最熟悉的物体在我们看来也是不确定的"③，但只有在创造性的语言中，意义才能被完成，而这样的意义也并非确定的，它因语言的不透明而处在含混的状态："说话，不是把一个词语放在每一个思想中：如果我们如此行事，我们就不能说出任何东西，我们就不会感到生活在语言中，我们将仍然在沉默中，因为符号在一种自己的意义面前立即消失……当语言拒绝说出事物本身时，仍然不容置疑地在说。"④ 也就是说，语言的"创造性"远远重要于是否表达了某种思想和意义，只有在创造性的语言中，事物才能恢复自身。语言和意义的关系与身体和精神的关系相似，身体不是精神的载体，语言也不是意义的工具，身体中有精神，而语言也包含了意义。纯粹的语言游戏是形式主义，但容纳了身体意向性的语言就并非形式主义了。诗人守护语言的秘密，也即守护身体和精神的秘密。

---

① [墨西哥] 奥克塔维奥·帕斯：《泥淖之子：现代诗歌从浪漫主义到先锋派》，陈东飚译，广西人民出版社2018年版，第51页。
② 臧棣：《骑手和豆浆：臧棣集1991—2014》，作家出版社2015年版，第314页。
③ [法] 莫里斯·梅洛-庞蒂：《知觉现象学》，姜志辉译，商务印书馆2001年版，第231页。
④ [法] 莫里斯·梅洛-庞蒂：《符号》，姜志辉译，商务印书馆2003年版，第52页。

借助于语言的变形术，臧棣使日常的细节脱离了作为起点的熟悉的经验世界，日常经验得到重新辨识和刷新，对语言世界的探索成为诗人的职责，现实世界的真实让位于语言世界的神秘。

三 "身体在场"与新诗的当代经验

在20世纪文学中，虽然"现实"是一个反复被探讨的概念，随着它的边界的无限扩大，它存在的理由似乎也被取消了。加洛蒂在《论无边的现实主义》中说"一切真正的艺术品都表现人在世界上存在的一种形式"①，他认为不存在非现实主义。同样，在中国当代先锋诗歌中，诗人们也越来越趋向于取消传统的现实观，将"现实"作泛化的处理。然而，在有着儒家文化传统的语境中，对很多人而言，"现实"仍然保留了它原来的含义，并与知识分子的社会责任感联系在一起。

以20世纪80年代个体意识的觉醒和语言意识的自觉为背景，90年代初，一些诗人和批评家迫切地呼唤"历史意识"，批评家陈超提出了"个人历史化的想象力"，他说："如何在真切的个人生活和具体历史语境的真实性之间达成同步展示，如何提取在细节的、匿名的个人经验中所隐藏着的历史品质，正是这些诗人试图解决的问题。"②陈超关注的是个人和历史之间的融合，这一提法在90年代转型中得到了很高的呼应。值得警醒的是，对"融合"的强调易包含一种二元的思维。在解除了语言的工具性之后，只有以语言为本体才能打破惯常的个人与历史的关系模式，因此，比在个人意识中融入历史意识更为重要的是，如何在语言的本体论意义上保持对现实的敏感和介入。

20世纪90年代的诗歌通过叙事性的介入来获得一种具体的历史感，作为"叙事性"的代表诗人，张曙光说："当时我的兴趣并不在于叙事性本身，而是出于反抒情或反浪漫的考虑，力求表现诗的肌理和质感，最大限度地包容日常生活经验。不过我确实想到在一定程度上用陈述话语来代

---

① ［法］罗杰·加洛蒂：《论无边的现实主义》，吴岳添译，百花文艺出版社1998年版，第175页。
② 陈超：《个人化历史想象力的生成》，北京大学出版社2014年版，第12页。

替抒情，用细节来代替意象。"① "叙事性"对日常细节的重视祛除了20世纪80年代的抽象主体以及高蹈的理想主义，这意味着一种置身当下、回到身体的写作，通过"戏剧化"等现代写作技巧摒弃了单向度的抒情，诗歌呈现出一种客观、凝重的风格。王家新的《帕斯捷尔纳克》《词语》、西川的《致敬》、欧阳江河的《傍晚闯过广场》《咖啡馆》、肖开愚的《下雨——纪念克鲁泡特金》《动物园》《公社》《原则》、张曙光的《尤利西斯》《照相》《看得见风景的房间》、孙文波的《在无名小镇上》《祖国之书及其他》、陈东东的《解禁书》、西渡的《一个钟表匠人的记忆》等一大批诗歌不再是对雕虫小技的炫耀和沾沾自喜，相对于80年代封闭的"纯诗"写作，历史意识的注入无疑使诗歌具有了厚度和力度。

虽然"及物"与"不及物"之间的差异，在确立了语言的自觉以及将"现实"的内涵扩大化之后就被消除了，但是，如果诗人的身份中还包含着"知识分子"这一层含义，那么，在他们的意识中就或多或少存有那份以天下为己任的社会责任感，而最好的解决方案就是在语言和现实、美学和政治之间取得平衡。中国儒家诗教有"兴、观、群、怨"的传统，济世救民的精神在以杜甫为代表的诗人身上有充分的体现，杜甫的诗歌并因之有"诗史"之称，而这一诗歌传统到了现代也没有丢失，冯至曾在《杜甫传》中高度赞扬了杜甫的现实精神，20世纪90年代的当代诗人也写了不少关于杜甫的诗，有肖开愚的《向杜甫致敬》、西川的《杜甫》、黄灿然的《杜甫》、梁晓明的《杜甫传第二十七页》等，这说明杜甫的诗歌精神和当下诗人的价值立场有某种密切的关联。宋琳说："将亲历者的历史见证'毕陈于诗，推见至隐，殆无遗事'是一种诗学难度，历史上可能只有杜甫等极少数诗人真正追求这一难度。"② 肖开愚的《向杜甫致敬》一诗以反讽的方式，通过书写当下的中国致敬了杜甫："这是另一个中国。/为了什么而存在？/没有人回答，/也不再用回声回答。/这是另一个中国。"同样地，他创作的《北站》（1997）也包含了诗人对自我与现实关系的思考：

---

① 张曙光：《关于诗的谈话》，载张曙光等《语言：形式的命名：中国诗歌评论》，人民文学出版社1999年版，第235—236页。
② 宋琳：《俄尔甫斯回头》，北京大学出版社2014年版，第16页。

第八章　语言与现实的博弈

> 我感到我是一群人。
> 在老北站的天桥上，我身体里
> 有人开始争吵和议论，七嘴八舌。
> 我抽着烟，打量着火车站的废墟，
> 我想叫喊，嗓子里火辣辣的。①

诗人将"我"置身于"车站"这样一个嘈杂的公共环境之中，"我感到我是一群人"在每一节的起句不断强化了个体和"群"的关系。启蒙主义所强调的主体的"我"被历史中嘈杂的声音所分解，自我不能成为一个统一的、纯粹的整体，"身体"本来相对而言是最属于个人的空间，但这首诗却将"身体"的个人性进行了拆解。诗歌里"我的身体"从第1、2节的"拥挤不堪"到第3节的"空荡荡"，从第4节的"他们"对"我"的堵截，到第5节他们"跨入我的碗里"，再到最后一节"我的脚里有另外一只脚"。在这里，绝对个人主义的"自我"消失了，个体经验或主动或被动地融入了群体的经验，正是因为"群体"已经融入了"我的身体"，所以"他们像汗珠一样出来"，萨特"他人即地狱"的观念被否定，对群体的肯定包含了对中国传统儒家文化精神的继承。诗中"戴着手表，穿着花格衬衣"的人，指的是追求情调和趣味的中产阶级，他们"提着沉甸甸的箱子像是拿着气球"是指对历史疏离、旁观、轻薄的态度，而"堵"意味着"我"和他们观念的冲突。接下来的"他们有一点会计的假正经"，并且"哼着旧电影的插曲"，虽然诗人并不认同这样的"他们"，但因为"饿极了"，他们"跨入我的碗里"，说明处在历史和现实中的个体，也有他的局限和无奈。正是因为各种声音构成的喧哗，"他们"也会"聚成一堆恐惧"，离开不能正常运行的公交车和酒吧，"我只好步行"意味着一种到民间去的亲身实践，"我感到我的脚里有另外一双脚"，这是个人和他人的真正融合。

肖开愚对现实精神的强调代表了一种写作的方向，在《国庆节》《下雨——纪念克鲁泡特金》等诗中，显示出他对超越性、虚幻性的抛弃，他以杜甫为自己的精神导师："杜甫的批评态度不像现代知识分子对待主流社会主流文化的批判性态度，他不是抱一个边缘的态度，而是担当大义，

---

① 肖开愚：《肖开愚的诗》，人民文学出版社2004年版，第97页。

以主流自任。我自己写诗从来就以主流自认，我不用在边缘的态度思考问题，我证明地看到问题。"① 在诗人以边缘自居的当下，有这样的"主流"意识的诗人并不多见，它是对知识分子身份的自觉和担当，而对当下性的重视最终需要借助于个人化的语言来表达。

哲学意义上的"身体写作"是具有当代意识的写作，这里的真实并非反映论的真实，而指的是以语言的方式对深层存在的逼近，姜涛的诗歌可作为这样的案例。他的诗歌反映了当代人的不安和无所着落感，诗人用大量的日常细节放大了当代生活粗糙和无序的特质，与此相对应的是，他的诗歌中有大量身体的出场：

"两只粉碎的菜包在胃中""左胸酸痛""笔直的裤缝""葱茏的腿""挖鼻、修脚""女人肉体之外凸起的伦理部分"（《沪杭道上》）

"皮肤皱紧，眼袋含着阴影"（《内心的苇草》）

"早六点起床/在垫上奔跑十五分钟""她的头发/被山风扎起的性感的样子"（《灭火》）

"穿着高领毛衣，露出喉结和头颅""春光涣散，勾出男人的胸乳"（《即景》）

"女友的肚子""身上的锁骨和假山"（《诗生活》）

"男人的脊背""金黄牙齿"（《外遇诗》）

"他们的西装上布满血管和青筋""暴露的臀部"（《家庭计划》）

"大汗腺""体重""胡须""眉目""饕餮的山谷""沉睡的手臂"（《惺松诗》）

"臂弯""浊眼""鼾声"（《我的巴格达》）

"屁股肿痛""京味的下巴""接吻""火热的精囊""牙齿""凹陷的脑纹""肥嘟嘟的下巴"（《另一个人生》）

一些研究者已注意到了姜涛诗歌的"身体"特征，王东东说"他的诗句频频涉及某种诗歌生理学"②，穆青认为，姜涛诗中所具有的"身体厚度

---

① 凌越：《诗在弱的方面——肖开愚访谈》，《书城》2004年第2期。
② 王东东：《文本化、自然和人：当代诗中的情感教育——试论姜涛的诗歌写作》，《诗探索》2008年第1辑。

和深度",以及"它沉重的印痕和粗重的分泌物",一起"构成了姜涛诗歌独具个性的阅读质感","人体上最沉重部位就屡屡现身在诗歌之中,几乎成为风格的标志"。① 在姜涛的诗中,"身体"不仅体现为日常化的生活,也呈现为一种语言方式:"故意踉跄/甚至摔上一跤"(《固执己见》,"精魂全在一口深吸的气里"(《富裕测验》)。在这里,身体与精神、本体与喻体合二为一。

姜涛的"身体意识"并非偶然。他曾说:"在诗歌史上,将生理上的官能感受融入诗歌形象,或者说'用身体来思想',是极为重要的现代技巧。"② "用身体思想"是王佐良对穆旦诗歌的经典论断,作为专业的诗歌研究者和诗人,穆旦也是姜涛所熟悉的,穆旦诗歌中的"身体"不仅是生理的,也是历史的。姜涛对穆旦诗歌将身体经验历史化的书写予以了认同:"他的诗中有大量肉体经验的描写,但肉体在他那里并不是抽象的,等同于赤裸裸的欲望,也不是纯真自足的,而是一种进入历史的方式。穆旦书写的身体,总是充满痛楚的痉挛,这种痉挛是发生在历史当中的,将历史经验转变为一种身体经验。"③ 实际上,个人身体经验的历史化也是姜涛的追求。

姜涛的诗歌由丰厚的日常经验所支撑,诗人自觉地抵制固化的写作经验和模式,它是非英雄主义的,在对当下经验的书写中充满反讽、怀疑、诘问、辩驳以及无奈、自嘲等多种情绪的缠绕。姜涛有对诗歌的"某种尖锐的粗粝之美的向往",他说"我期待的是一种与当下思考、感受和生活,形成真实摩擦的写作"。④ 这是一种反精致、反浪漫的诗学态度,它在对当下性的书写中自觉保持一种力量感和紧张感。

浪漫主义诗人雪莱认为"诗人是世界未经承认的立法者",不同于浪漫主义对超越性的追求以及对制造透明的主体的热衷,姜涛的诗歌并不通过制造幻想获得灵魂的抚慰和拯救,而是尽可能揭示当下生活的真实,

---

① 穆青:《诗歌的体态、体液和体味》,载西渡、郭骅编《先锋诗歌档案》,重庆出版社2004年版,第188—190页。
② 姜涛:《巴枯宁的手》,北京大学出版社2010年版,第126页。
③ 姜涛等:《困境、语境及其他——关于诗歌精神的讨论》,《中国诗歌研究动态》(第3辑),学苑出版社2007年版,第24—25页。
④ 姜涛:《姜涛访谈录:有关诗歌写作的六个常见问题的回答》,载西渡、郭骅编《先锋诗歌档案》,重庆出版社2004年版,第176页。

"我倾向于那种复杂的表达方式"①。姜涛的诗歌表现出逼近现实的勇气，日常的吃喝拉撒，包括散步、装修、性爱、疾病等似乎并不适于入诗的现实生活内容都出现在他的诗歌中。然而，它们并非以自然主义的面貌出现的，而是包含了"身体"和当下现实的碰撞。姜涛的诗歌勾画出这样一个包含日常细节的个人生活史和精神史的肖像画，折射出丰富的历史信息，诗人在面对种种荒诞和无奈时的自我解嘲和语言对现实的刺破，都反映了一个当代青年知识分子的现实，也折射出一个时代的精神状况。在他的诗歌中，诗人主体是隐匿的，这种舍弃高蹈和虚幻的理想主义方式，显示了在当下动荡混杂的文化语境下，对诗歌写作的一种新的可能的努力。

作为诗歌研究者，姜涛对穆旦诗歌的"身体的历史化"给予了高度肯定，穆旦诗歌中的"感官化"，受到了惠特曼诗歌反理性主义的影响，是对"身体"本身的肯定（《我歌颂肉体》），它与智性的结合体现了中国20世纪40年代诗歌对思想知觉化的追求。但与穆旦对身体本能的看重不同，姜涛更看重的是"历史化的身体"。不同于穆旦诗歌"肉身性"特征中所包含的感性和理性的搏斗，姜涛以非常理性、冷静的方式把握时代的生存状态，他并没有像穆旦那样高扬身体的本能，并依托于一种感性和智性相结合的诗歌方式。出于对传统的风花雪月写作的疏离，姜涛笔下的"身体"不是浪漫主义性质的，而是"身体"被权力、资本控制之后在一个狭小空间的全部可能，"身体"成为诗人承受现实，同时也是转换传统的抒情的方式：

> 身边的这个男人也老了
> 像落伍的麒麟，在消化的气味中
> 走失。而我醒了，补缀着
> 还是我和他——每逢周末
> 都要驱车到郊外
> 换洗大脑里陈旧的影像，
> 停车坐爱红叶之新款
> 并在山腰上，预定了激情之夜。

---

① 《姜涛、胡续冬、冷霜、蒋浩四人谈话录》，载西渡、王家新编《访问中国诗歌：中国23位顶尖诗人访谈录》，汕头大学出版社2009年版，第305页。

激情的顶点却往往空旷
我们面对面，坐着，像堆好的雪人
身体一半裸出，但不交出
以至单人床彻夜坦白①

  这是《另一个一生》中的一个段落。这首诗以对往昔生活的回忆为线索，用各种琐碎点滴组成了一幅记忆中的生活图景，可以看出，过去生活的欢腾和现在生活的淡漠。"梦多异象"意味着潜意识中对未来的恐惧，整首诗在过去与现在的对照中，将生活的亦真亦幻裸露出来，诗的结尾写道："树木分不出性别，都长出粗大的喉结/和落叶的乳房/它们的准则是原地不动/和每一件经过的事物接吻/又不担心将它们轮番忘记"，暧昧而含混，这恐怕是一种生活方式，也是一种诗歌方式。有研究者指出："观察、反思和回应构成了诗歌和世界的关系，而在一部分侧重描写内心情绪和感情生活的诗作中，诗人也更倾向于通过在一个时间段内描绘情绪和感情的动态过程，在变中表现不变，在不变中表现变。庸常的日常生活中的不安，对于幸福、安宁状态的不信任以及与寻常意义上的真善美的疏离感正是这类经验的普遍特征。"②《伤逝》同样是一首关于都市男女同居生活的诗作："男的蜷起四肢，女的张开铁臂/每逢双休，就蛇鹤双行/用手语示爱。/即便偶尔争吵，也大手大脚惯了/摔了呼机又摔手机/冬天过得比春天烂漫"。③这首与鲁迅小说同题的诗，对于逝去的爱人，却不再有沉痛的哀悼和忏悔，而有"沉重"被解构后的释然，同时又带有反讽的意味。该诗用"非诗意"的饮食男女的身体语言驱逐了纯爱的浪漫语言。

  姜涛将"身体"看作表达真实的方式，在一个信仰涣散、心灵缺乏依托的时代，个体的生命能把握的唯有"身体"这一物质实在，它是短暂易朽的，但也是最后的唯一的真实。在这样的情况下，通过"身体"抵达当下生活就成为他诗歌的重心。如果说穆旦的诗歌将形而下的原始冲动升华为一种形而上的生命理想，那么，在姜涛的诗歌中，他剔除了种种对于"身体"的文化判断，回到它每一个具体的当下。

---

① 《鸟经》，上海三联书店、华东师范大学出版社2005年版，第30—31页。
② 吴向廷：《〈鸟经〉中的拯救与自救》，载臧棣、萧开愚、张曙光主编《中国诗歌评论——诗在上游》（2012春夏号），上海文艺出版社2013年版，第93页。
③ 《鸟经》，上海三联书店、华东师范大学出版社2005年版，第21页。

然而，身体如果还是身体，它就有溢出被规定的可能。在德勒兹看来，身体是一架欲望机器，它能够永不停息地进行生产和创造，它不会被控制和固定。在这样的情况下，它与控制的力量之间的冲撞势所必然，姜涛更多关心的是被封闭、被管辖的身体的状态，虽然他诗歌的"反讽"中包含着对现实的洞察和批判，但它并不寻求改变，即使抗争、反叛对于整体结构也不会有丝毫改变，这似乎是向个体身体的限度投降。同时，姜涛诗歌中的"身体"是在理性的审视中呈现的，它保证了一种在场感，却剔除了诗人在表达上的感性。也就是说，在姜涛这里，他诗歌中的"身体"具有个人性质，但这样个人的"身体"仍然是经过诗人的理性过滤的，身体感性对于诗歌表达所具有的作用被否定了，正如西渡评价说："过分理性的写作方式，感性成分的减少，诗人自身的心灵隐藏太深，造成了阅读层面的困难。"[①]

除了上述对知识分子当下经验的书写，当整个社会被卷入汹涌的经济大潮之后，"底层"的问题在当代生活中便凸显出来，也相应成为一个文学题材。然而，如何在诗歌中书写当下社会中的这样一个群体，这对诗歌艺术是一个考验，直接的没有经过消化的"底层"会是对诗歌品质的伤害，现实性不能成为忽视美学性的理由，"打工诗歌"这样的命名毕竟只是写作题材上的。从诗歌艺术的角度来看，需要在介入现实的同时，让"介入"的行为最终也成就诗艺，即需要将题材问题变成美学问题。蒋浩的《牧神的午后》就呈现了"底层书写"兼具社会学和诗学品质的样貌：

他感到了厌倦和困乏

睡入他内部的搅拌机停止了轰鸣
停在半空的吊车，更多的风
裹在长臂里

马达贴着跟腱，糊在眼角的
鱼尾纹，铁丝网——
还有铁锹，悬空的地板，香烟盒

[①] 西渡：《灵魂的未来》，河南大学出版社2009年版，第153页。

第八章　语言与现实的博弈

它们光亮的表面减弱了它们的
呼吸……

它们是熟悉的
……睡在一起

"哦，上帝——"
他祈祷着，拧干了眉毛里的汗水
"是劳动，创造并宽恕了他"

破旧的工作服，从棉线的
裂口中吐出小舌头，舔着
皮肤上的光斑。睡眠，更宽广的
睡眠，往脸上涂黑漆
四肢里的石灰质、冰块、啤酒
撞在一起，下沉

"在女人们看来，他过于宽大的身体
就是一座海市蜃楼"

……他脱下衣服，露出
一只布满皱纹的长颈瓶，流出的
灰色泥浆，浸吞着家俱
以及它们的替身……

在接下来的几个小时，这座大楼
将变成一个空的，充满黑暗的
火柴盒……

窗外，是落日——
穿过脚手架，从上面掉下燃烧的
砖块，瓦片，水泥……

· 195 ·

"他的身体先于他的心
着了火……"

到了后半夜，墙壁中的钢筋
爬上了脖子，越缠越紧
越磨越亮，从骨头里
拉出一辆堆土机

剧烈的尿频，腰酸，背疼，头昏
他醒来了，抓搔着
全身的小齿轮

"哦，我的上帝——"
他继续祈祷着，"让我变成
其中的一颗小沙粒
躲进搅拌机"[①]

  这是一首写建筑工人生活的诗。从标题来说，它和法国象征主义诗人马拉美的那首著名的《牧神的午后》同名就颇具反讽意味，一个是芳香而唯美的身体，另一个却是脏污、疲惫、贫困的身体。这首诗描绘了一个建筑工人在一天的劳累之后的身体状态及其隐藏的不安：当一天的劳动停歇下来，整个工地就都静止下来，吊车、马达、铁丝网、铁锹、地板、香烟盒、工人体内的"搅拌机"等典型细节还原了建筑工人的生存场景。"是劳动，创造并宽恕了他"，劳动解放了人，创造了人的价值，这也是马克思《1844年经济学哲学手稿》、恩格斯《劳动在从猿到人转变过程中的作用》对于劳动之于人的价值和意义的重要观点，然而，马克思对资本主义性质的"劳动"的批判也说明，"资本主义的异化劳动又不断通过劳动分工，加在身体上的各种活动，以及对身体劳动力的剥削，导致

[①] 蒋浩：《牧神的午后》，载唐晓渡、张清华选编《当代先锋诗30年（1979—2009）谱系与典藏》，江苏文艺出版社2012年版，第481—482页。

身体最大的局部化，使身体成为了手段的器具而已，导致了身体的异化，丧失了生存的整体感，以及人类的类存在感"[1]。"底层"的问题首先是身体的问题，在工人睡眠的身体中有"撞击并下沉"的石灰质、冰块、啤酒，脱下衣服的身体是"一只布满皱纹的长颈瓶"，流出了"灰色泥浆"，诗人用超现实主义手法表现了建筑工人被掠夺和损害的肉身。当工人沉入睡眠，一座正在建造的大楼"将变成一个空的，充满黑暗的火柴盒"，水泥建筑的生命是被建筑工人赋予的，但水泥建筑剥夺了建筑工人的生命。也就是说，现代社会中的"身体"完全沦为了劳动力，失去了身体应有的自由和尊严。

接下来，诗人进一步描写建筑工人睡眠中的身体，它仍然在受着白天的意识的支配，"到了后半夜，墙壁中的钢筋/爬上了脖子，越缠越紧/越磨越亮，从骨头里/拉出一辆堆土机"，如果说"搅拌机"意味着建造，"堆土机"就意味着摧毁，暗示工人的身体无法放松和安静下来。同样通过超现实主义手法，诗人将即使在睡眠中也持续着的身体紧张感和疼痛感表现出来，"剧烈的尿频，腰酸，背疼，头昏/他醒来了，抓搔着/全身的小齿轮"，无法得到片刻的喘息，整个生命似乎只剩下惯性般的不停运转。诗中工人的两次祈祷完全不同，第一次"是劳动，创造并宽恕了他"，是对劳动的肯定和承担，结尾处是"让我变成/其中的一颗小沙粒/躲进搅拌机"，是对劳动的否定和逃避，同时，想象中的"小沙粒的身体"和现实中的"宽大的身体"的对比形成进一步的反讽，而从"搅拌机"到"堆土机"再到"搅拌机"，构成了诗的完整结构。整首诗处处充满了张力和悖论，对建筑工人身体细节的极端书写，是对马克思关于"劳动对于人的解放意义"这一哲学命题的当代思考，"如果劳动仅仅导致身体的痛苦，但是又不可能不劳动，也不是剥削他人的劳动，如同资本家虽剥削他人劳动而自己享受却还导致自己在拜物教中陷入幻觉，对劳动的重新理解成为必须的"[2]。诗人将对底层生活的揭示从现象上升到了思想的反思层面。

随着经济的迅猛发展，急遽变化的生活让人们置身于一个充满不安、"非诗意"的世界之中，当下诗人所面对的是传统的诗意不再，新的社会现实如何构成"诗意"的问题。因此，包括面对"底层"这样的问题，所

---

[1] 夏可君：《身体——从感发性、生命技术到元素性》，北京大学出版社2013年版，第145—146页。
[2] 夏可君：《身体——从感发性、生命技术到元素性》，北京大学出版社2013年版，第147页。

谓"介入的文学"需要通过语言为中介对社会发言,"对所处时代的见证即是良知与历史意识相互作用于写作实践的一种行动,它是语言的行动,是借语言实现的精神行动"①。而诗人的语言正具有这样的行动能力,语言的倾向性正是身体的倾向性,语言中所包含的立场会对人的存在产生影响。因为只要是表达,都包含着作为肉身化的主体即身体—主体:"作为在世界中的存在,身体主体并不如同纯粹意识那样囿于自身,只需要内心沉默的独白,而是处于与事物,与他人,与世界本身的联系和交流之中。由此,表达和语言就成为身体主体中不可缺失的一维。"②语言将沉默的身体变成了行动的身体,在与世界的联结中,语言会作用于人的行为,"词语有特别的能力把我引到我的思想之外,词语在我的个人世界中制造其他的思想得以进入的裂缝"③。因此,语言在时间上也属于未来,联结着他人,身体的交往性诉诸语言之后体现为语言行动的能力,它正是一种精神立场。

综上所述,20世纪90年代以后的很多先锋诗人都在语言和现实的博弈中艰难地求索,并呈现出极为不同的面貌。在很多情况下,现实经过语言的过滤、变形和重组,诗歌所呈现的"现实"只不过是各种包含着现实又疏离了现实的"混合组织",或者说,它最多是对现实的"隐现"。语言和现实之间的关系在每个诗人那里都充满了不同的层次,这也正是当代诗歌的丰富性和不确定性所在,"写作可以进一步把词语变成能够与事物一决高下的东西"④,对词的命名不是一次性的工作,而是在不断的推进中一次次完成着自身。

---

① 宋琳:《代序:诗人与时代》,载宋琳《俄尔甫斯回头》,北京大学出版社2014年版,第4页。
② 张尧均:《隐喻的身体:梅洛-庞蒂身体现象学研究》,中国美术学院出版社2006年版,第97页。
③ [法]莫里斯·梅洛-庞蒂:《符号》,姜志辉译,商务印书馆2003年版,第295页。
④ [法]吉尔·德勒兹、菲利克斯·迦塔利《什么是哲学?》,张祖建译,湖南文艺出版社2007年版,第41页。

第九章　新诗现代化进程中的"诗人"问题

　　就一般印象而论,"诗人"相对于小说家、散文家,其身份的特殊性似乎更为明显,其人格更富有艺术和传奇色彩,并具有与其诗作合一的品质。然而,抛开这些印象,进入新诗发展的历史中,"诗人"也是作为一个核心的诗学问题存在的。如果不能将写出分行的文字的都叫作"诗人",那么,"什么样的人才是诗人"这一问题就自然产生了,除创作出优秀的诗作之外,诗人的人格、诗人的形象、诗人的身份、"诗"与"人"的关系等问题也一直颇受诗人和理论家们的关注。这些问题之间有内在的联系,对它们的认知始终与写作观念和实践分不开。

　　诗人的人格与创作的关系是新诗在各个时期都颇为关注的问题,对它的不同看法代表了不同时期的诗歌观念。在现代语境中,诗人的人格并非指传统意义上的道德修养,而是包含着艺术修养,一个健全的诗人的人格几乎包纳了一个诗人成功所具备的全部能力——敏锐的感受力、充沛的想象力、丰富的知识、深刻的生命经验、对现实的责任感等,这些最后都通过卓越的语言能力注入文本。在新诗的发展中尤其是早期的建设时期,诗人的人格问题被普遍谈论,但是越到后来,诗人们越认为它是一个不需要特别提出来的问题,这里面也包含了现代诗歌观念的变化。事实上,虽然人们可以制定成为一个优秀诗人的人格标准,但最终决定一个诗人是不是优秀甚至伟大的仍是他的诗歌,而一首伟大的诗既是必然的,它与诗人的人格有关,但又是偶然的,一个具备优良素质的诗人也许能创作出好诗,但未必能创作出伟大的诗歌。

　　诗人的形象和诗人的人格在很多时候是同一的,这是由于内在于诗学观念的"诗人的人格"最终体现为"诗人的形象"。如果说诗人的人格是内在于诗人主体的,那么,"诗人的形象"就反映了诗人经由写作及其相关的言行给予读者的一种综合的印象。"诗人的形象"不仅是由文本构造的，同时也可能由诗人的生活言行所构造。这二者有时具有一种对应关系，有时关系又不太明显，如文本外的诗人形象完全消失，只剩文本内的诗人形象。文本内的诗人形象是一个语言问题，文本外的诗人形象却并非完全独立于文本，它是在与文本的互动中呈现出来的，所谓"知人论世"的批评方法，就是将"诗"与"人"联系起来进行考察。虽然有"文如其人"的说法，但事实"人"与"文"常常不一致，二者所遵循的标准是不同的，前者是道德，后者是审美。这个不一致并不是指真实的、内在的诗人与文本不一致，而是以伦理道德、社会规范为标准描绘的那个诗人与文本之间不一致。对诗人而言，重要的仍然是作品，以此为前提，诗人道德之"善"与诗歌文本之"美"之间能否构成一种对话关系才是最为关键的。

基于此，本章以新诗发展的时间为轴，试图厘清的问题主要有：在新诗发展的不同时期，诗人人格的标准如何，诗人的形象又如何，不同时期有怎样的变化，它们是如何通过诗学主张和实践建立的。对这些问题的思考最终是要回答"诗人"作为一个诗学问题与新诗现代化进程的关系。

一　浪漫的诗人

诗歌是中国古典文学的正宗，孔子曰："《诗》可以兴，可以观，可以群，可以怨；迩之事父，远之事君；多识于鸟兽草木之名。"（《论语·阳货》）诗歌的教化作用是居于审美和认识之上的，《毛诗序》有言："故正得失，动天地，感鬼神，莫近于诗。先王以是经夫妇，成孝敬，厚人伦，美教化，移风俗。"诗歌对国家秩序来说，它承载着重要的教化功能，而对个人来说，它是文化修养和社会地位的标志。中国儒家文化对文人的要求将"修身"放在第一位，所谓"修身齐家治国平天下"，道德要求居于人格标准之首。刘勰《文心雕龙》在"序志""原道""宗经"诸篇中，提出为文要以孔子儒家诗教观为宗旨，"盖文心之作也，本乎道，师乎圣"，抒情主体的道德和品格是审美发挥效用的前提："志足而言文，情信而辞巧。"（《文心雕龙·征圣》）王国维同样看重诗人的人格，他说："三代以下之诗人，无过于屈子、渊明、子美、子瞻者。此四子者，若无文学之天才，其人格亦自足千古。故无高尚伟大之人格，而有高尚伟大之文学者,殆未之有也。"(《静庵文集续编·文学小言》)在中国古代诗人中,屈原、陶渊明、杜甫、苏轼等诗人高洁的人格都为后世所仰望。

新诗发生以后,对诗人人格的强调并未改变。相对于古典诗歌传统对诗人人格的强调重在品德,早期白话诗对诗人修养的强调重在艺术修养方面,这有其现实的考量。白话文被保守派讥讽为"引车卖浆之徒所操之语",而胡适"有什么话就说什么话"更导致了诗歌的浅白单调,在这种情况下,康白情、宗白华等人对诗人的修养发表了看法。康白情在《新诗底我见》中全面地论述了诗人的修养(包括个性、知识、艺术、感情的修养)问题,他说:"要预备新诗的工具,根本上就要创造新诗人;——就是要作新诗人底修养。"[1]

新诗伊始,对"诗人"的关注甚至要超过对诗歌艺术规律的关注,诗人、情感、想象几乎是一体的,"从发生学角度进行的,有关诗歌的'主体性'论述大幅度扩张,'情感'与'想象'代替形式上的规约,成为诗的根据"[2]。1920年康白情和宗白华还展开了关于诗人人格培养的探讨,作为"主情论者",康白情认为诗歌中要有诗人的形象,因"情"是诗人人格的体现。这也说明康白情看似中立地谈论诗人的人格修养中,已经涉及新诗的艺术观念问题,即诗歌的本职在于抒情。不过,康白情认为一个好的诗人还需要知识,这也是古典诗人的人格要求,而宗白华认为诗人人格的培养,在"读书穷理"之外,养成健全的人格还需要在自然中和社会中活动,[3]他说的是诗歌创作的经验问题。实际上,早期新诗谈论的这些问题都在日后的创作中反复出现,因为当时新诗才起步,这些谈论只是普遍意义上的,并无明确的现实针对性。

20世纪20年代,"主情论"在诗坛上占据了话语的优势,西方浪漫主义诗人的经典形象作为一种参照,直接影响了20世纪初诗人形象的确立:诗人应该是感性的、激情的、富于灵感的。俞平伯就说:"凡做诗底动机大都是一种情感(feeling)或是一种情绪(emotion),智慧思想,似乎不重要","要做诗,只须顺着动机,很热速自然的把它写出来,万不可使从

---

[1] 康白情:《新诗底我见》,载杨匡汉、刘福春编《中国现代诗论》(上编),花城出版社1985年版,第47页。
[2] 姜涛:《"新诗集"与中国新诗的发生》,北京大学出版社2005年版,第117页。
[3] 宗白华:《新诗略谈》,载谢冕总主编,吴思敬分册主编《中国新诗总系》(第9卷),人民文学出版社2010年版,第37页。

知识或习惯上得来的'主义''成见'，占据我们底认识中心。"① 早期新诗作者大都认为情感来自一种本能的冲动，感性大于理性的人才是诗人。

在理论思考的同时，以郭沫若为代表的浪漫主义诗人的出现让诗人的形象跃居于前台，特别是郭沫若《女神》的出版，更为世人勾画出一种典型的诗人形象，天才、灵感、激情等是这一形象的重要因素。郭沫若说："我是一个偏于主观的人"，"我自己觉得我的想象力实在比我的观察力强"，"我又是一个冲动性的人"，"我一有冲动的时候，就好象一匹奔马，我在冲动窒息了的时候，又好象是一只死了的河豚"。② 郭沫若使中国新诗摆脱了早期白话诗"非诗化"倾向，"诗不是'做'出来的，只是'写'出来的"③。他的《凤凰涅槃》《立在地球边上放号》《天狗》等诗作将激情和想象熔为一炉，而对偶然性的灵感和激情的依赖也意味着诗人的写作充满了不可复制性，这也是郭沫若后来自叹再也创作不出类似《女神》这样的作品的原因。

创造社的诗人都将诗人的人格问题放在创作的重要位置上，这可以从《三叶集》中看出。《三叶集》是郭沫若、宗白华、田汉（原名田寿昌）三人关于新诗艺术的通信集，其中田汉和郭沫若的往来信件中有关于"诗人人格公开"的探讨。在郭沫若看来，诗人应该如卢梭在《忏悔录》中那样将个人隐私也毫不隐讳地吐露，这样才能代表一个诗人的"真诚"："我常恨我莫有Augustine，Rousseau，Tolstoi 的天才，我不能做出部赤裸裸的《忏悔录》来，以宣告于世。我的过去若不全盘吐泻净尽，我的将来终竟是被一团阴影裹着，莫有开展的希望。"④ 在诗人的标准上，他们认为除天赋之外，还需要真诚，"我最爱的是真挚的人。我深信'一诚可以救万恶'这句话，有绝对的真理"⑤。在这样的观念下，无限制的袒露自我成为一种风尚。然而，即使是"真"的情感也有高下之分，且它并非一首好诗的决

---

① 俞平伯：《做诗的一点经验》，《俞平伯全集》（第3卷），花山文艺出版社1997年版，第519页。
② 郭沫若：《论国内的评坛及我对于创作上的态度》，《时事新报》1922年8月4日。
③ 郭沫若：《致宗白华函》，载郭沫若、宗白华、田寿昌《三叶集》，亚东图书馆1920年版，第7页。
④ 郭沫若：《致宗白华函》，载郭沫若、宗白华、田寿昌《三叶集》，亚东图书馆1920年版，第44页。
⑤ 田汉：《田汉致郭沫若函》，载郭沫若、宗白华、田寿昌《三叶集》，亚东图书馆1920年版，第30页。

定因素。早期新诗中那些感伤的抒情诗，情感是真，但其浅薄却为人诟病。同时，抒情主体之"真诚"，会因其表达方式的不恰当，导致"不真"的效果。因此，情感重要，技巧同样重要，这一问题随即被新月派的闻一多等诗人认识到，并得到了有效的遏止。

"人格公开"的讨论源于浪漫主义文学对"文"与"人"的一致认定："一件艺术品本质上是内心世界的外化，是激情支配下的创造，是诗人的感受、思想、情感的共同体现。因此，一首诗的本原和主题，是诗人心灵的属性和活动。"① 随着对诗人主体的强调，诗人的人格特征更加明确地进入了文本，这样的观念影响至深，如李长之在20世纪40年代仍然将情感之真与人格之真看作诗歌最为重要的标准，他评价胡适"没有诗人的性格"，而郭沫若则具有"诗人的性格"："他曾经在只有五块钱的时候，从上海乘火车到杭州，去会一个没见过的女人，下了车就已经空空如也了。就这么点冲破现实的魅力和情感，现代中国诗人就很少有。然而郭沫若有，所以他便有那四十二首抒情诗《瓶》了！"② 感性的、炽热的、非功利才是"真诗人"，像胡适这样理性的人只能是学者，王国维有言："词人者，不失其赤子之心者也"，"主观之诗人，不必多阅世。阅世愈浅，则性情愈真。"③

中国的浪漫主义诗歌受到了英国19世纪浪漫主义诗人拜伦、雪莱、华兹华斯等的影响。西方浪漫主义诗歌重视直觉和想象，而这些都有赖于诗人的天才，不仅如此，诗人和现实之间还有一种天然的对立："从华兹华斯到艾略特，诗人们都预设了自己与平常人的本质上的区别。或者说，诗人具有超越性的想象力，或者整合文化的特殊才能，或者让感官和思想结合的能力，这都让诗人成为天才和例外。更有甚者，19世纪的浪漫主义让人们相信，大诗人是民族的灵魂，民族的歌手。"④ 在西方文化传统中，诗歌具有宗教性的神圣功能，诗歌因其超越性与现实之间有不可调和的矛盾，诗人并不只是具有语言天赋的人，他们还是先知、天使、圣徒，"诗

---

① [美] M. H. 艾布拉姆斯：《镜与灯——浪漫主义文论及批评传统》，郦稚牛等译，北京大学出版社1989年版，第25—26页。
② 李长之：《现代中国新诗坛的厄运》，《李长之文集》（第3卷），河北教育出版社2006年版，第98页。
③ 王国维：《人间词话》，齐鲁书社1986年版，第92、93页。
④ 王敖：《怎样给奔跑中的诗人们对表》，《新诗评论》2008年第2辑。

人是世界未被承认的立法者"（雪莱），诗人的权利不仅在艺术层面，也在社会政治和文化层面。这是浪漫主义的语法规定，这样的角色定位带给诗人这一身份极大的荣耀。

然而，正如以赛亚·伯林所说，浪漫主义"更看重精神的原创性和主体的表现力、而非社会上有约束力的价值和标准的精神姿态"①。它在社会政治层面的非理性容易滋生各种负面的问题，同时也会造成对诗歌艺术的伤害。针对早期新诗中的浪漫主义的"疯癫"和"热病"，鲁迅、周作人、朱自清、梁实秋等提出了批评意见，新月派诗人对古典的节制、匀称的学习，文学研究会诗人对现实的关注，都体现了避免浪漫主义热病的诉求。

文学研究会将责任感和理性精神引入新诗，这是与其整体的文学观念相一致的，他们反对"天才"的论调。《文学旬刊》第55期（1922年11月11日）登载傅东华译的潘莱的《诗人与非诗人之区别》一文，此文从观察力、敏锐性、感受力等方面论证了"诗人与非诗人的区别"的不可靠，认为与其求之特殊的人格品质，不如求之特殊的写作、组织能力。配合该篇译文，《文学旬刊》第56期又载《诗与诗人》一文，主张诗与诗人"始终是人间的产物"②。这些论述明显具有现实针对性，澄清了对诗人形象一边倒的看法，也纠正了"诗人"与"诗"在浪漫主义诗歌那里已经变得极为简单化的关系。

奚密认为，与郭沫若为代表的"留日"创造社不同，徐志摩是"留学英美"的绅士派浪漫主义的代表，而欧洲的浪漫主义从传统来说源于欧洲中世纪的"骑士精神"，表现为忠诚于君主、勇敢无畏、讲求信义、追求公平正义等，对女性的赞美和对爱情的追求也是"骑士精神"的重要内容。徐志摩对爱、美、自由的追求直接来自西方现代思想和文化，他对自然的书写、对爱情的执着等都直接师承了英国浪漫主义诗歌。诗人的语言是诗，诗人的行动也应该是诗，而知识和学问远没有想象和灵感对于一个诗人重要，"诗人是天生的，而不是培养出来的；诗人需要的是热情和想象力，而不是学富五车"，"业余诗人，而非专业作家，才是艺术最忠实的信徒，最勇敢的实践者"③。他与郭沫若的诗歌在题材和风格上都判然有

---

① ［德］吕迪格尔·萨弗兰斯基：《荣耀与丑闻：反思德国浪漫主义》，卫茂平译，上海人民出版社2014年版，第399页。
② 转引自姜涛《"新诗集"与中国新诗的发生》，北京大学出版社2005年版，第262页。
③ 奚密：《早期新诗的Game-Chananger：重评徐志摩》，《新诗评论》2010年第2辑。

别，徐志摩更懂得情感的节制和艺术的表达，正因为如此，才有了徐志摩批评郭沫若一事。1923年5月6日徐志摩在《努力周报》上发表了《杂记》一文，将郭沫若的《泪浪》一诗中的"泪浪滔滔"一词作为他批评"坏诗、假诗、形似诗"的例子，并因此与创造社有了裂隙。不过，即使如此，徐志摩和郭沫若对"诗"和"人"关系的认识却是一致的，即"诗"等于"人"。

总的来看，新诗在最初的十年间，诗人的形象与其诗歌风格形成了一种对应关系。郭沫若的诗歌塑造了一个具有时代特征的、激情的、狂放的诗人形象；徐志摩诗歌中的诗人形象则是风流倜傥、浪漫多情的；戴望舒诗歌中的诗人形象是"天的怀乡病者"；等等。沈从文说："把生活欲望、冲突的意识置于作品中，由作品显示出一个人的灵魂的苦闷与纠纷，是中国十年来文学其所以为青年热烈欢迎的理由。只要作者所表现的是自己那一面，总可以得到若干青年读者最衷心的接受。"这是"五四"以后诗人与诗的关系的基本状况。不过，也有例外，朱湘性格"古怪"，然而他的诗却是宁静安详的，与当时诗人的普遍状况相去甚远，"作者在生活一方面，所显出的焦躁，是中国诗人中所没有的焦躁，然而由诗歌认识这人，却平静到使人吃惊"[①]。温柔舒缓的调子也正是由艺术的节制带来，这种不一致是因为在生活的困顿面前，诗歌恰恰是一种治疗和平衡，也正是在这一意义上，20世纪20年代的周作人因为生病的缘故，创作了一系列"素朴的诗"。

诗人的形象是在新诗的现代化过程中不断更替的，它来自诗人对自我身份的现代自觉，所谓"现代"正是在一种自我警醒和超越中实现的。闻一多在《口供》中写道：

  我不骗你，我不是什么诗人，
  纵然我爱的是白石的坚贞，
  青松和大海，鸦背驮着夕阳，
  黄昏里织满了蝙蝠的翅膀。
  你知道我爱英雄还爱高山，
  我爱一幅国旗在风中招展，

[①] 沈从文：《论朱湘的诗》，《沈从文全集》（第16卷），北岳文艺出版社2002年版，第140页。

自从鹅黄到古铜色的菊花，
记着我的粮食是一壶苦茶！

可是还有一个我，你怕不怕？——
苍蝇似的思想，垃圾桶里爬。

这里所表达的是闻一多对古典意象的反叛。古典诗歌中的"人"与自然是合一的，那些公共的自然意象呼应着诗人的人格和形象，而现代诗歌必须打破这种已经凝固的表达方式。正是在这一意义上，闻一多说"我不是什么诗人"，它意味着对刻板的诗人形象和语言的反叛，因此他呼唤"另一个我"。诗人的形象建立在意象的营造中，那些传统的自然意象已经显得朽腐，闻一多宁愿大胆起用"丑"的、没有"诗意"的意象如"苍蝇""垃圾桶"等，以与传统决裂，并创造具有现代生活特质的诗歌，而陈旧的意象被抛弃也意味着向陈旧的诗人形象告别。

二 代言的诗人

20世纪40年代袁可嘉在谈到现代诗歌对"激情"的迷信时，认为它可以分为"浪漫派"和"人民派"："二者都深信诗是热情的产物，有热情即足以产生诗篇，不必问它是什么性质的'情'，热到什么程度，或在什么情况之下用什么方法产生了并传达了这种热情的；所不同的是浪漫派偏重个人的，光明面的，轻嫩的，属于广义的爱的感情（如爱上帝，爱自然）；而人民派则强调集体的，阴暗面的，粗犷的，属于狭义的感情（被统治者对于统治者的仇恨）；如果月光疏影下，轻松的小夜曲足以代表浪漫派的抒情成就，则枪林弹雨中热烈的进行曲正是人民派的典型作品；表现到恰到好处，浪漫派温柔缠绵，人民派勇锐猛烈，虽然更多的情形是一样的泛滥，瘫痪，伤感，乏味。"[1] 浪漫主义从其起源来说是个人主义性质的，因而就包含着革命的因素，"浪漫主义不仅引发了向着过去回归的宗

---

[1] 袁可嘉：《论新诗的现代化》，生活·读书·新知三联书店1988年版，第59页。

教保守倾向，同时也引发了向着未来突进的激进革命运动"①。这两类诗歌虽然题材内容并不相同，但其诗歌方式是一致的，即都依赖于激情。从"左联"到"七月派"再到中华人民共和国成立以后的诗歌，虽然个人让位于阶级和集体，但"诗人"仍是一个理想的浪漫主义者，只不过他是站在"集体"而非"个人"的立场。

革命战争时期的大众化诗歌重视的是诗歌的现实功用，其目的是政治而不是诗，这显然有悖于诗歌作为一门语言艺术的自足特征。诗歌是想象的艺术，按说是不存在所谓现实主义的，假若说有现实的诗歌，那么这"现实"指的应该是一种精神立场，即诗人的身体对于现实的在场，"七月派"的胡风就是这样一位有现实精神的诗人和理论家。他强调艺术和人生的统一，诗人需要肉搏现实，突入生活，优秀的艺术作品必须以充沛的人生经验为底子，因此他更看重的不是诗人的天才，而是如何处理与现实经验的关系。在《关于人与诗，关于第二义的诗人》②一文中，他对于一个在生活中品格不高的人却能写出好诗的现象做出了解释："杰出的戏子，虽然大多数过的是不道德的腐烂生活，但在舞台上却能够入情入理地把善良的人物或忠勇的人物表演得淋漓尽致，他们是把戏当作人生而把现实生活当作偶尔的游戏了"，"而诗人，尽管在现实生活上不免惑于利欲，但在诗里却能够写出亦真亦幻的人生……这也只能是'片面性的真理'"。因为：

> 这样的诗人，虽然在走进创作过程的时候能够受一番洗礼，把在现实生活里面被压伏的或被扰乱的德性升发出来，但他们的"亦真亦幻的人生"的真与善一定要受着自实生活里面来的限制，顶多也只能算是第二义的诗人。世上最强之物莫过于人生，这并不是看轻了艺术而是把艺术提高到了极致，因为它原是以人生作灵魂的肉体，而它的存在才所以是神圣的。那么，一个诗人在人生祭坛上所保有的弱点或污点，即使他主观上有着忠于艺术的心，但那些弱点或污点也要变形为一种力量附着在他的艺术道路上面。

---

① 段从学：《浪漫主义的历史形态和思想限度》，《新诗评论》2010年第2辑。
② 胡风：《关于人与诗，关于第二义的诗人》，载谢冕总主编，吴思敬分册主编《中国新诗总系》（第9卷），人民文学出版社2010年版，第293—294页。

因此，胡风认为"只有人生至上主义者才能够成为艺术至上主义者"，伟大的诗歌是伟大的人格的自然延伸，"第一义的诗人"一定拥有伟大的生活，"鲁迅的一生就是一首诗"。胡风重在强调诗人对现实的拥抱和融入，这是诗人的"主体"相对于现实的在场。在"现实主义"已经被意识形态化、教条化的时代，胡风提倡的"现实主义"与其说是一种创作原则，不如说是一种写作立场，而"七月派"的诗歌正体现了这种追求。阿垅的《纤夫》写道：

> 佝偻着腰
> 匍匐着屁股
> 坚持而又强进！
> 四十五度倾斜的
> 铜赤的身体和鹅卵石滩所成的角度
> 动力和阻力之间的角度，
> 互相平行地向前的
> 天空和地面，和天空和地面之间的人底昂奋
> 的脊椎骨
> 昂奋的方向
> 历史走的深远的方向，
> 动力一定要胜利
> 而阻力一定要消灭！

"纤夫"的形象浸透了深刻的历史意识，从中可以看出，人与现实的搏斗以及人所具有的改变历史的力量，正是充满血与火的现实让新诗褪去了感伤，战争赋予了诗歌坚实的质地，从中可以看出，诗人对民族未来坚定的信念。这样的信念在诗人艾青的笔下有更深沉的体现，他将现实的政治转化为一种更宽广、深厚的情感，即对"土地"和"人民"的爱。

对光明的赞颂是"左翼"文学以来革命诗歌的传统，中华人民共和国成立之后，这样的赞颂变得偏于观念化。如果说"七月派"的诗歌来自战争的环境和现实的需要，还体现了"身体的在场"，那么中华人民共和国成立之后贺敬之、郭沫若等的诗歌就缺乏这一"身体的在场"，显得空泛和虚饰。这些诗人虽因与政治的结合拥有了极大的影响和声誉，即"人"

大于了"诗",但情感和技艺的双重缺失使他们在新诗现代化的这条道路上并没有留下太多痕迹。

从语言的立场来看,"写作是语言符号对作为诗人的修辞符号的一种质询,也是语言活动中的诗人对语言符号所做的询问。如果诗是纯粹由诗人作出的话语,一旦说出就会凝固,就会变成个性的面具。如果作品自身没有包含语言批评或修辞批评,抒情的自我就会成为一个凝固的面具,纯粹的社会批评和伦理批评就会凝结为主体的面具"①。如果说浪漫主义诗歌戴着一副个性的面具,那么,中华人民共和国成立之后的赞歌、颂歌也同样戴着这样一副凝固的面具,当诗人的荣耀是通过追随权力而获得,那么它最终也会随着权力而消失。

20世纪80年代以后的当代诗歌接续了现代时期浪漫主义的诗学观,诗人作为英雄、殉道者的形象在"朦胧诗"和七月派"归来的诗"中得到了进一步体现。曾卓的《悬崖边的树》、艾青的《鱼化石》、牛汉的《华南虎》《汗血马》以及北岛的《回答》等诗歌中,诗人们建构了一个历经苦难却信念坚定的自我形象,他们也是历史的见证者。牛汉说:"我的诗和我这个人,可以说是共体共生的。没有我,没有我特殊的人生经历,就没有我的诗。"② 这样的话其实表达了"归来"诗人的普遍感受,它强调"诗"和"人"的一体性。

昌耀与上述诗人在气质上表现出某种共性,同时由于其特殊的经历,其诗歌也表现出超越之处。作为中华人民共和国成立之后走上诗歌道路的诗人,与"七月派"诗人相似,他具有强烈的社会责任感和历史意识,同时,他还自觉将这样的意识与以屈原为代表的"离骚"传统联系起来,认为诗人首先得具备高尚的人格:"世上一些用以表示人格身份之类的美好语词都可能与诗人的价值或存在相关……诗人首先意味着诚实、本分、信誉、道义、坚韧,以至于血性。"他引用《孟子》中的"天将降大任于斯人也,必先苦其心志,劳其筋骨,饿其体肤,空乏其身,行拂乱其所为"来说明诗人对于时代所肩负的责任和道义。他认为诗人是时代的"嗓子":"诗人正是这样地被特定的历史时空所造就,一旦诗人作为'琴键'成立,

---

① 耿占春:《失去象征的世界——诗歌、经验与修辞》,北京大学出版社2008年版,第323页。
② 牛汉:《谈谈我这个人,以及我的诗(代序)》,《牛汉诗选》,人民文学出版社1998年版,第1页。

其襟怀抱负发之于声，已是心灵化了的对于特定的历史时空的真诚感受。"① 可以看出，昌耀仍保留着对于古训"文以载道，诗以言志"的敬重。由于历经磨难，昌耀在诗歌中塑造了一个肩负理想、蒙冤受难却至死无悔的诗人形象，他的诗歌具有一种强烈的悲剧感，与俄罗斯白银时代的诗人相类似，苦难能催发生命的意志和激情，于是这样的苦难反而成了一种拯救的力量，它最终成就了昌耀诗歌的品质。同时，西部苍凉壮阔的自然环境，也生发出一种力量让昌耀从单纯的政治苦难中挣脱出来，使他重新体验到了生命的温情和尊严，他将个人的生命经验上升到形而上层面，最后获得了对自我的救赎和对现实的超越，这也是他与"七月派"诗人的不同之处。

以北岛为代表的"今天"诗派在当代诗歌从20世纪70年代到80年代的过渡中，起到了承前启后的作用，因为80年代以前这些诗人匿名的写作状态，他们的诗歌也被文学史称作"地下诗歌"；因其注重象征和隐喻的诗歌方式不同于长期以来的政治诗，它也被人们称作"朦胧诗"。"今天"诗派抒发了一代人的心声，代表了一个政治压抑时代的"异端的声音"，那些脍炙人口的诗句体现了诗人对个人英雄主义角色的自我定位："卑鄙是卑鄙者的通行证，高尚是高尚者的墓志铭。"（北岛《回答》）这样的声音也塑造了北岛等诗人的时代英雄形象，他们一下子拥有了时代代言人的身份。不过，他们对人道主义和个人尊严的呼唤代表的仍是一种集体的声音，同时这种声音具有一种对抗性质，正如柏桦在《"今天"：俄罗斯式的对抗美学》中所言："这种二元拆分的对抗逻辑需要在彼此的对抗中生成意义，它需要在势均力敌中确认自我的同时也确定对手的意义，任何一方的消失都将是意义的崩塌。"② 因此，"今天"诗派的诗歌从这一层面来看仍然是政治性的，"英雄就是那成为中心而不可移动者"③，它致病性的弱点在于它的凝固化、刻板化，虽然它代表了一代人的心声，但它的话语方式仍然延续了红色诗歌的传统。

这种理想主义的情绪一直延续到20世纪80年代中期的"第三代诗"中，海子、骆一禾的诗歌虽然已经不是与政治对抗意义上的诗歌，但在写

---

① 昌耀：《诗人写诗》，《昌耀诗文总集》，青海人民出版社2000年版，第677—678页。
② 柏桦：《演春与种梨》，青海人民出版社2009年版，第276—277页。
③ [德国] 胡戈·弗里德里希：《现代诗歌的结构：19世纪中期至20世纪中期的抒情诗》，李双志译，凤凰出版传媒集团、译林出版社2010年版，第24页。

作方式上，叩问价值和意义的诗学话语方式却和革命时期的诗歌具有相似之处。海子试图建构一种"冲击极限"的大诗，他的好友骆一禾意识到海子的写作充满了"危险的速度"，这是一种"短命天才"式的写作。[1] 骆一禾自己也在创作"大诗"的努力中，明确地将自己的写作和"屈骚"传统联系起来："修远呐/在朝霞里我看见我从一个诗人/变成一个人"（《修远》）。诗人作为殉道者必然要超越于常人，正如骆一禾喜欢的诗人圣琼·佩斯所说"诗人，就是那些不能还原为人的人"[2]。

"第三代诗"在诗歌转型时期具有革命性的意义，诗人同时也是"造反者"、痞子甚或流氓，他的形象是反叛、先锋、激进甚至疯癫的，而20世纪90年代初前后一些诗人的意外死亡更加剧了对诗人"非常人"的指认。正是在这样的情况下，诗人们开始检讨和反省。西川在多处表达了对80年代涌现的大量疯癫的"假诗人"的反感，他说："真疯子并不使人麻烦，他们并非有意要搅得别人心绪不宁。真正使人厌烦的是那些目的明确的装疯卖傻之徒。诗歌圈子里这类货色不少，他们按照李白、柳永、雪莱、拜伦、波德莱尔的样子设计自己。他们肯定，不疯不癫就不叫诗人。看看、看看，诗歌毁了多少人呵！"[3] 1980年代人们对于"诗人"的误读甚嚣尘上，这源于诗人与权力结合留下的后遗症：诗人的形象外在于语言，而非内在于文本。

20世纪80年代是一个理想主义高扬的时期，在这样思想解放的转型期也最易产生诗人，而在市场经济时代到来之前，一些异常化的事件再一次制造了诗人对于社会的轰动效应，最典型的事件是海子的意外离世，他也因此成为一个"神话"。普通读者对海子本人的关注远远超过对他诗歌的关注，其中也有诗人和理论家的推波助澜，四卷本的《海子纪念文集》[4] 就是这样的产物。海子的死亡是一个时代精神状况的缩影，同时，也明显地反映出诗人身上存在的问题。在张枣、钟鸣等诗人看来，海子是一个"诗歌烈士"；臧棣则说："主体对自身的才能进行适当的非个人化处理，

---

[1] 骆一禾：《海子生涯》，载西川编《海子诗全集》，作家出版社2009年版，第2页。
[2] 陈东东：《圣者骆一禾》，载陈东东《我们时代的诗人》，东方出版中心2017年版，第130页。
[3] 西川：《太像诗人的诗人不是好诗人》，载万夏主编《浮水印：第三代人影像集》，中华工商联合出版社2014年版，第185页。
[4] 金肽频主编：《海子纪念文集》，合肥工业大学出版社2009年版。

或者说对自身的个性加以自我约束，是从事现代诗歌写作的基本素质。"①诗人形象的建构如果是以新闻的方式获得的，那只能是诗歌的悲哀，虽然这也并非海子的本意。

一部分"第三代"诗人止于反叛的情绪和姿态，他们在诗学理论和实践上并无太多具有说服力的建构，因此作为一个历史阶段的产物很快就沉寂下去。随着20世纪90年代的社会转型，诗歌界鱼龙混杂的状况得以改善，许多"伪诗人"被过滤掉。王家新在《当代诗歌：在"自由"与"关怀"之间》一文中谈到了这种变化："早期朦胧诗所体现的那种对社会历史和公众发言的模式已成为历史，那种二元对立的诗歌叙事已经失效，那种呼吁式、宣告式、对抗式的声音也日益显得大而无当。"② 在这样的情况下，诗人是否还能拥有对于时代和社会的责任和勇气？诗人在个人与历史、自由与责任之间该做何种选择？基于相似的处境，王家新由英国诗人悉尼的《1969年夏天》一诗受到启发，指出在当下的诗歌写作中，"代言人"意识及其言说方式被消解了，然而社会关怀仍存在于"个人写作"中，诗人终生会处在自由与关怀的张力之中。③ 随着90年代诗歌走向边缘，"诗的'时代感'变淡了"，再也没有了标志性的诗人，也没有了诗歌斗士，"诗歌似乎真的走入了黄昏与黑夜，在公共社会失去了感召力和影响力，没有众望所归的诗人，没有众望所归的诗篇"。④ 诗人们也在新的文化环境中，试着"重新做一个诗人"⑤。

三　隐匿的诗人

在西方，从古典到现代，大凡追求理性和秩序的时期，诗人就会因其

---

① 臧棣：《后朦胧诗：作为一种写作的诗歌》，载王家新、孙文波编《中国诗歌　九十年代备忘录》，人民文学出版社2000年版，第214页。
② 王家新：《当代诗歌：在"自由"与"关怀"之间》，载方宁主编《批评的力量》，人民出版社、西南师范大学出版社2009年版，第192页。
③ 王家新：《当代诗歌：在"自由"与"关怀"之间》，载方宁主编《批评的力量》，人民出版社、西南师范大学出版社2009年版，第193页。
④ 王光明：《现代汉诗的百年演变》，河北人民出版社2003年版，第609、610页。
⑤ 王小妮：《倾听与诉说》，鹭江出版社2009年版，第340页。

第九章 新诗现代化进程中的"诗人"问题

感性而被否定。柏拉图对诗人的诋毁是众所周知的,他认为诗人有天生的人格缺陷,他们"造影、不善、无真知",这样的诗人盲目而感性,他们靠"身体本能"进行写作,缺乏理性的控制。这样的判断与柏拉图肯定精神、否定肉体有关,"我们要接近知识只有一个办法,我们除非万不得已,得尽量不和肉体交往,不沾染肉体的情欲,保持自身的纯洁"①。柏拉图所描述的诗人形象在浪漫主义诗歌中有充分的体现,浪漫主义诗人正是依靠感性冲动写作的人,这是具有偶然性的写作,"他将读者变成'受灵感启示的人'"②。

现代主义诗歌作为浪漫主义诗歌的反动,认为诗人的天赋和灵感固然重要,但在创作中需要将它们置于不重要的位置上。同时,在现代主义诗歌中,浪漫主义对"外在的身体"的倚重(音乐性和激情)也得到遏制,而"内在的身体"即经验走向了前台。与浪漫主义诗歌的主体张扬不同,现代诗歌发展的另一条线索是隐藏自我,将主体客观化。在与郭沫若的浪漫主义诗歌同时期,早期象征主义就对"诗人形象"提出了完全相反的观点,王独清说:"不但诗是最忌说明,诗人也是最忌求人了解!求人了解的诗人,只是一种迎合妇孺的卖唱者,不能算是纯粹的诗人!"③ 以李金发、王独清、穆木天为代表的早期象征派诗歌强调诗的暗示功能,这也意味着诗人形象的隐匿,随着主体的退场,意象化成为新的写作方式。

与浪漫主义诗歌对主体的重视不同,早期象征派、"现代派"诗歌都更重视感觉,李金发说:"诗人能歌人,咏人,但所言不一定是真理,也许是偏执与歪曲。我平日作诗不曾存在寻求或表现真理的观念,只当它是一种抒情的推敲,字句的玩意儿。"④ 感觉至上、追求语言的暗示效果,这是象征主义诗人的诉求。李金发在《诗人》中写道:"他的视听常观察遍万物之喜怒,/为自己之欢娱与失望之长叹,/执其如椽之笔,/写阴灵之小照,和星斗之运行。"自然万物映照着个人的世界,李金发代表了早期象征派诗歌疏离现实的个人化倾向,尽管在技巧层面不同于浪漫主义的直

---

① [古希腊] 柏拉图:《斐多》,杨绛译,辽宁人民出版社2000年版,第17页。
② [法] 保罗·瓦莱里:《文艺杂谈》,段映虹译,生活·读书·新知三联书店2017年版,第322页。
③ 王独清:《再谭诗——寄给木天、伯奇》,载杨匡汉、刘福春编《中国现代诗论》(上编),花城出版社1985年版,第106页。
④ 李金发:《诗问答》,《文艺画报》1935年第1卷第3号。

抒胸臆，但常常流于一种感伤、颓废的情绪，由诗歌所折射的诗人形象也只能停留于此。

20世纪30年代，中国新诗发生了从"主情"向"主智"的转变，金克木指出"新智慧诗"将代替"以情为主"的诗。这种"新智慧诗"具有"以不使人动情而使人深思为特点"，而"要使这种智慧成为诗，非使它遵从向来产诗的道路不可"，即"非逻辑的智慧"。① 现代诗歌需要的是感性的理性、理性的感性。同时，对诗的暗示性的强调也呼应了早期象征派的观点，杜衡说："诗是一种吞吞吐吐的东西，术语地来说，它的动机在表现自己与隐藏自己之间。"② 性情内敛的诗人自然比奔放的诗人更倾向于现代主义诗歌，如此，一些现代诗人如戴望舒、卞之琳、何其芳等偏于敏感内向就容易理解了。

在西方浪漫主义诗歌那里，美即真理，诗歌类似宗教，能引领人们超越死亡和时间，获得永恒，因而诗人也自然成了先知和天使，而现代主义诗歌对诗人的这一角色进行了修正，诗人既不是世界的立法者，也不是美的化身，诗人首先是普通人。以瓦雷里、艾略特、奥登等为代表的英、美现代主义诗人的观念也影响了中国诗人，1934年，卞之琳翻译了艾略特的《传统与个人才能》。在这篇文章中，艾略特认为："诗人没有什么个性可以表现，只有一个特殊的工具，只是工具，不是个性，使种种印象和经验在这个工具里用种种特别的意想不到的方式来相互结合。"③ 正是经过诗人的头脑，种种印象和经验发生了"化学反应"，"诗"与"人"之间并没有明显的对应关系。实际上，在艾略特之前，波德莱尔就进行了"非个人化"的写作实践，他的《恶之花》"不是自白式抒情诗，不是私人状态的日记"，"抒情诗的语词不再出自诗歌创作和经验个人之间的统一"④。可以说，将自身的情感、经验与诗歌中的抒情主体进行分离是现代诗人的重要素养。

卞之琳有感于徐志摩沸沸扬扬的生活传奇，在《徐志摩诗重读志感》

---

① 柯可：《论中国新诗的新途径》，《新诗》1937年第4期。
② 杜衡：《〈望舒草〉序》，载戴望舒《望舒草》，现代书局1933年版，第3页。
③ 参见［英］T. S. 艾略特《艾略特诗学文集》，王恩衷编译，国际文化出版公司1989年版，第6页。
④ ［德国］胡戈·弗里德里希：《现代诗歌的结构：19世纪中期至20世纪中期的抒情诗》，李双志译，凤凰出版传媒集团、译林出版社2010年版，第22页。

第九章 新诗现代化进程中的"诗人"问题

一文的开头便说:"做人第一,做诗第二。诗成以后,却只能就诗论诗,不应以人论诗。诗以人传,历来也有这种情况。但是作为文学现象,作为艺术产品,诗本身就是一种独立存在,在历史的长河里,载浮载沉,就终于由不得人为的遥控。"①卞之琳在诗歌观念上深受以瓦莱里为代表的西方象征主义的影响,瓦莱里在一篇纪念歌德的文章里说:

> 我深知,多少错误引诱我们去寻找作品产生的原因,人们想重建一位作者的生平却往往迷失在这个天真的愿望里。难道真的是在他的作品中,在他的文件中,在他爱情的纪念物中,在他一生最出色的事件中我们会发现那些重要的、将他与其他人彻底区别开来的东西吗?——也就是说:他头脑运作的真实情况;以及,简而言之,当他真正独自一人时,他如何面对自己?我甚至想象,一个人的生命中最值得注意、最敏感的东西对形成其作品的价值并无多大意义。一棵树的果实的滋味并不依赖于周围的风景,而依赖于无法看见的土地的养分。②

在作品中搜寻作者的生活在瓦莱里看来是毫无意义的,因为文学作品和作者的人生分属于两个不同的世界,不高明的作者才会将文学作品直接写成自传。"诗"与"人"之间即使有联系,也应该是隐曲的。同时,瓦莱里认为,写作不依赖于灵感,灵感是偶然的,非专业的写作充满了这种偶然性:"这种诗的状态完全是不规则、不稳定、不由自主和脆弱的,我们得到它和失去它都出自偶然。但这种状态不足以造就一位诗人。"③偶然性的写作自然是激情式的写作,等待神祇降临的写作方式意味着诗人没有获得写作的自主性。

卞之琳正是这样一个低温、内敛且惜墨如金的诗人,他在《雕虫纪历·自序》中说:"当时我写得很少,自行销毁的较多。诗是诗,人是人,

---

① 卞之琳:《徐志摩诗重读志感》,载卞之琳著、高恒文编《地图在动》,珠海出版社1997年版,第244页。
② [法]保罗·瓦莱里:《文艺杂谈》,段映虹译,生活·读书·新知三联书店2017年版,第105—106页。
③ [法]保罗·瓦莱里:《文艺杂谈》,段映虹译,生活·读书·新知三联书店2017年版,第322页。

我写诗总想不为人知","我总怕出头露面,安于在人群里默默无闻,更怕公开我的私人感情"①。"主智"使宣泄的情感得到了遏制,卞之琳这种专业诗人的出现标志着新诗的一种现代自觉:诗歌需要语言的技艺,而不能单靠天赋和灵感。对"诗"与"人"的关系,也有了不同于郭沫若、戴望舒时代的看法,诗人既不愿自我的形象覆盖了诗,也不愿读者按图索骥,将诗看成是诗人的自传。卞之琳在他的诗中是一个敏感的"多思者"(《白螺壳》),而他智性的玄思根植于现实经验中的细小事物,这一点从他的诗题中就可以看出,尺八、圆宝盒、鱼化石、地图、报纸、灯虫、酸梅汤、襟眼……诗人往往能在"小"中见"大",这归功于诗人沉潜的能力,他的诗歌为我们勾画出一个安静的、沉思的诗人形象。《归》这首诗就可看作诗人的一幅自画像:

> 像一个天文学家离开了望远镜,
> 从热闹中出来闻自己的足音。
> 莫非在自己圈子外的圈子外?
> 伸向黄昏的路像一段灰心。

天文学家透过望远镜看到的是热闹的星空,他沉浸在这奇幻的世界可以忘却自我,而一旦离开了这样的视角,他就从一个奇异的世界落回到人间,一种无法自我定位的困惑随即席卷而来,"闻自己的足音"表达的是一种孤独,这里不用"听"而用"闻",是以官能的错乱暗示神思的恍惚。诗人意识到自己身处"圈子外的圈子外",表达的是一种远离群体的个人化状态,"黄昏""灰心"对应的是一个沉思、寂寞的诗人形象。诗人用具象性的"黄昏的路"来比喻抽象性的"灰心",达到一种感性和理性的融合。卞之琳在这里呈现了一个通过语言的"望远镜"定位自身的诗人形象,他的"热闹"只在语言之内而非语言外的人群。由于诗学观念的变化,诗人的生活形象让位于文本形象是一种必然,卞之琳的这一诗学观在当时得到了废名、李健吾、何其芳以及穆旦等诗人和批评家的赞同。

20 世纪 40 年代西南联大的"学院派"诗人,他们的个人形象也较为简单,这同样源于"诗"与"人"的分离。在《新诗戏剧化》一文中,

---

① 卞之琳:《雕虫纪历·自序》,《卞之琳文集》(中卷),安徽教育出版社 2002 年版,第 445 页。

第九章 新诗现代化进程中的"诗人"问题

袁可嘉说:"我们的批评对象是严格意义的诗篇的人格而非作者的人格;诗篇的人格虽终究不过是作者人格部分的外现,但在诗篇接受批评时二者的分别十分显明,似不待深论。浅言之,人好未必诗也好。"[1] 自古以来评判诗人人格的道德标准在这里失效了。袁可嘉对奥登的一首诗《小说家》(卞之琳译)非常认同:

> 装在各自的才能里象穿了制服,
> 每一位诗人的级别总一目了然;
> 他们可以象风暴叫我们怵目。
> 或者是早夭,或者是独居多少年。
>
> 他们可以象轻骑兵冲向前去:可是他
> 必须摆脱出少年气盛的才分
> 而学会朴实和笨拙,学会做大家
> 都以为全然不值得一顾的一种人。

穿着天才和疯子"制服"的诗人是类型化、刻板印象的,一个成熟的诗人"必须摆脱少年气盛的才分","朴实和笨拙"正是一种诗性的智慧,它将才华收纳于内,"人"必须小于"诗","学会做大家/都以为全然不值得一顾的一种人"。这正是卞之琳所说的"诗是诗,人是人",诗人最好是默默无闻的普通人——普通却唯一,不能用"人"的耀眼装点或者湮没"诗"。诗歌作为感性的语言艺术,它借由文本所展现的诗人形象也应该具有唯一性,绝非某种固化的形象。在当代诗人中,持这种看法的不在少数,如张枣说"不想当专职诗人,诗人在任何时代都不该是职业",他喜欢"混在人群里,内心随意而警醒",[2] 这显然是对中西方现代诗歌传统的回应。

诗人不仅是普通人,而且通过文本呈现的还应该是"真实"的人,而这种"真实"的内涵是丰富的、综合的。在20世纪40年代中国现代主义诗歌的发展中,诗歌越来越多地容纳着动荡不安的现实,正是现实

---

[1] 袁可嘉:《论新诗现代化》,生活·读书·新知三联书店1988年版,第6页。
[2] 宋琳、柏桦编:《亲爱的张枣》,中信出版社2015年版,第72页。

的因素，使中国新诗发生了根本性的蜕变，其最重要的一点是，诗人的思想、情感是由具体的现实经验而获得的，这就是"思想的知觉化"。对此，袁可嘉借用鲍特尔的观点指出："鲍特尔认为诗的信仰是感觉过的信仰，与理论的抽象信仰是截然可分的二件事物：实际上他所谓'感觉过的信仰'也即是艾略特的'成熟'的意思，是指有血有肉的来自生活体验的信仰。"① 进言之，诗人虽然隐身，但文本作为一种"肉身"（罗兰·巴特），也是诗人真实"肉身"的呈现，即文本灌注了个人和时代的经验。

西南联大诗人大都是校园的学生和教师，他们倾向于将时代中所感受到的冲突内在化，具有一种学院化的倾向。作为西南联大的教师，冯至从里尔克那里吸取的"观物"的诗歌方式，同样有效杜绝了主观抒情的泛滥。在《十四行集》里，诗人"化身为万物"，从每一个观看的对象身上获取生命的智慧。相对于冯至的静思，穆旦是一个"搏求者"（唐湜语），他在对现实不断地质疑中拷问自身，穆旦的诗呈现的不仅仅是一个诗人的形象，也是一个痛苦和分裂的现代知识分子形象。他在传统与现代、现实与理想、灵魂与肉体之间不断寻找平衡的支点但又不断遭受着历史的嘲弄，他虽不再是浪漫主义的个人英雄，但也非"奥登"意义上的现代主义者。在他身上，浪漫主义、现代主义的因素似乎都存在，这也不奇怪，现代主义诗歌是通过对浪漫主义的反抗而建立起来的，"这个'反浪漫'的过程，在诗歌写作和批评中变得异常复杂，因为现代主义和浪漫主义之间的纠缠和互嵌，本来就是一场敌我莫辨的混战"②。

四　边缘化和文本化：寻找诗人

20世纪80年代诗歌呈现为"多元化"的景观，"第三代"诗人中既有反抗权威的"痞子"和"流氓"，也有探索语言奥秘的所谓"纯粹的诗人"。可以看出，回到个人的写作意味着每个诗人都是在具体中成为自身，

---

① 袁可嘉：《论新诗现代化》，生活·读书·新知三联书店1988年版，第64页。
② 王敖：《怎样给奔跑中的诗人们对表》，《新诗评论》2008年第2辑。

第九章 新诗现代化进程中的"诗人"问题

诗歌在回归本位的过程中找回了对语言的感知力。同时，在对技艺性的重视中，也恢复了语言的游戏功能，语言不只是追求意义，也可以提供愉悦和趣味。

进入 20 世纪 90 年代以后，不仅反抗性的诗歌失去了动力，象征主义的"纯诗"也变得不合时宜。随着消费主义带来的文化氛围的变化，诗人的身份在继续发生着变化，从重要变得不那么重要甚至被边缘化，从"非正常人"回到了"常人""普通人"，而解决诗学困境和身份危机的途径是放弃虚幻的自我定位，日常化写作、叙事性的加入都代表着对高蹈的抒情主义的克服。随着诗人和现实关系的变化，带来的是诗人和文本、文本和现实关系的变化："诗人们并不企图表达或建构一种本质性的自我，也并不持有最后的、不可改变的自我道德立场，这些努力显示了诗人通过诗歌活动所建构的关于自我的非本质主义的表达形式，显现了当代诗人自我敏感性和表现力的增强。"①这也意味着，诗人的形象不再单纯透明，是由于现代生活的暧昧带来了语言的暧昧，敏感性和表现力的增强不是指向清晰，而是体现了一种精确和含混的辩证关系：现代诗歌展现的是含混中的精确，精确中的含混。

欧阳江河指出，90 年代诗歌和 20 世纪 80 年代诗歌的差异在于："80 年代诗歌对很多人来讲，是一个生活方式，和写作方式的距离没有被拉大，不但不被拉大，反而最大化地被合并在一起。也就是说，'写'，就是'活'。"而 90 年代的诗歌的重大变化在于"生活与写作已经不一样了，可以按照一种方式来'写'，也可以按照另一种方式来'活'，'写'和'活'已经产生了一种断裂，已经是完全不同的两个平行的东西了"。② 从语言和行动的高度统一转变为语言和行动的分离，意味着诗人更多的属于语言现象。欧阳江河在《雪》中，表达了词与物的关系在当下时代的变化："词所缺少的只是词，这正是哀愁之所在"，"词"不再对应于"物"，而是"词"回到了"词"：

玛利亚，随着词的改变
我们也改变着自己的肉体。

---

① 耿占春：《失去象征的世界——诗歌、经验与修辞》，北京大学出版社 2008 年版，第 323 页。
② 欧阳江河、王辰龙：《消费时代的诗人与他的抱负》，《新文学评论》2013 年第 3 期。

事实变轻了，词却取得了重量。

如果说古典时代的"词"是"物"的反映，与"物"的变化才会导致"词"的变化这种统一性相悖，在现代诗人这里，"词"与"物"的关系发生了逆转。"词"先于"物"的存在，即先有"词"，然后才有"物"的世界，而"词"所包含的观念会建构我们对世界的感觉。面对语言的转向，他们将面对"词"大于"物"这一现代诗人不得不承受的事实，然而，词语造就的是失去了身体感的人，面临的也是世界的失序，"我置身于各种器官之间比例的崩溃。/肉体走出肉体传递过来的精神音乐，/由于相互不能打听的原貌而被修饰，被扰乱"。

20世纪90年代以后的诗人形象是不确定的、游离的、飘忽的，它在词语之间忽隐忽现，这也是一个时代的精神状况的反映。北岛认为从20世纪80年代到90年代"身体和精神的流亡变成'词的流亡'"①，所谓"词的流亡"意味着词语不再指向意义。类似的看法还有欧阳江河的"我们是一群词语造成的亡灵。亡灵是无法命名的集体现象"②，钟鸣的"词的胜利超过了人性的胜利"③，等等，柏桦在《现实》一诗中则说"而鲁迅也可能正是林语堂"，这不是误读的问题，而是现实对诗人无形的阉割。因此，后革命时代的到来一方面解放了诗人，另一方面也意味着诗人面临普遍的身份危机。

马克斯·韦伯指出："我们时代的命运以理想化和理智化，最主要以'世界的祛魅化'为特征。的确，那些终极的、崇高的价值已从公共生活中消失，或进入超验的神秘生活领域，或直接地进入私人交往的友爱之中。我们最伟大的艺术作品往往是幽静清雅、卿卿我我式的，而不是豪情壮志、荡气回肠式的。"④ 革命时代宏大、庄重的政治话语让位于琐碎、松弛的日常生活话语，而后者恰恰是被前者否定和遮蔽的，在个人话语、日

---

① 转引自张枣《朝向语言风景的危险旅行》，载陈超编《最新先锋诗论选》，河北教育出版社2003年版，第470页。
② 欧阳江河：《'89后国内诗歌写作：本土气质、中年特征与知识分子身份（节选）》，载王家新、孙文波编《中国诗歌 九十年代备忘录》，人民文学出版社2000年版，第198页。
③ 钟鸣：《"旁观者"之后》，《诗歌月刊》2011年第2期。
④ ［德］马克斯·韦伯：《以学术为业》，载吴玉军译，江怡主编《理性与启蒙——后现代经典文选》，东方出版社2004年版，第116页。

常话语被置于前台之后，新的困惑又出现了：个人回到日常之后逐渐变得疲乏和无聊，诗人失去了参与历史、介入现实的能力，而介入现实的写作伦理也是高悬在诗人头上的一把达摩克利斯之剑，让诗人充满了焦虑感和紧迫感。

　　自我意识的觉醒不是抽象的，而是具体的包含着身体的觉醒，翟永明说，"世界闯入了我的身体"（《女人》）——身体的重启带来了一个新的自我的诞生。钟鸣在比较了舒婷和翟永明两位女诗人后说，翟永明是个什么样的人可以从她的诗歌中感受到，而舒婷是什么样的人却难以从她的诗歌中看出。他继而说："有的人，读其诗，不解其人，只是鹦鹉学语，变着法在那喽嗦着大家早已都晓得的道理。挪了种种外行的知识与道听途说，敷衍诗歌，此大致可谓'人法天'，所以，稍深入一点，其道理便是死的，诡辩的，其高贵是虚伪的，骗骗外行尚可，一遇通人，便露马脚；而有的人，一读其诗，便知其人，道理如影随形，人之不同，'道理'便自然不同，即所谓'道法人'，也即古之'言道'。"① 诗歌中不存在预设的"道"，诗歌之"道"来自鲜活的当下，"道"必须跟随具体的人走，这样的"诗"在言道之中才会带着"个人"生动、亲切的印记。

　　总体上看，20世纪90年代以后的诗人不再肩负道义和责任，在价值信仰解体的情况下，他们比较消极地面对诗歌和现实的关系，显出一副置身事外的姿态。如果说20世纪40年代的现代主义诗歌表现出对意义的追求，那么这一时期的先锋诗歌却是意义的涣散，写作只是个人经验和语言修饰层面的，它或者表达一种普遍性的情感和经验，或者是个人情绪即时性的记录，"诗人从调整自己与社会的关系转移成为与自身的关系，更多的是内在的关系"②，诗人的形象变得无法聚焦，或者说这种模糊不清就是当下诗人的形象。

　　在一个以市场经济为主导的时代，诗人边缘化的身份是一种无法回避的事实，然而，很多人认为，这恰恰能够筛选出真正的诗人，让"诗"回到"诗"。张枣写道："果真，那些走了样的又都返回了原样。"（《边缘》）从《边缘》一诗可以看出，诗人所能感知的仅仅是"西红柿"这样的"小东西"，在边缘的位置上才能进入个体生命的真实。张枣还写道：

---

① 钟鸣：《"旁观者"之后》，《诗歌月刊》2011年第2期。
② 钟鸣：《"旁观者"之后》，《诗歌月刊》2011年第2期。

> 一个表达别人
> 只为表达自己的人，是病人；
> 一个表达别人
> 就像在表达自己的人，是诗人；
>
> ——张枣《虹》

前者是主观的、以自我为中心的"病人"，而现代意义上的"诗人"则是后者——客观的、自我隐匿的，处在这一写作前台的不是"自己"而是"别人"。对主体的隐匿，落实到诗歌表达方式上，就是人称的不断变化，张枣继承了卞之琳善于进行人称转换的特点，非个性化的处理方式是为了去除主体的痕迹。可以看出，因为拥有语言和想象，诗人仍然是与众不同的人，但这种不同仍内在于文字，"人在整个现代抒情诗中是以另一种方式在场的，也即作为创造性语言和幻想在场"①，诗人通过语言现身，当诗歌不再负载现实的使命，似乎也就意味着其专业水准的提高。

实际上，诗人的职业化和专业化的关系问题，自新诗成立以来就备受关注。新诗伊始，一些诗人就认为诗人的非职业化是走向写作专业化的条件，20世纪20年代的诗人很少有人将写诗作为"志业"，创造社的成员田汉、郭沫若、成仿吾、郁达夫等所学专业都为工科、医科等，后来从事文学很重要的原因在于现代出版业和稿费制度的出现，写作可以成为一种谋生的手段。②然而，写作职业化的弊病在于其可能导致功利主义的倾向，对此，成仿吾表示，"我们都怀有不靠文字吃饭的意志"③，追求文学的纯粹性是一些诗人的自觉意识，只有不把写作当作谋生的手段才能减少和杜绝功利因素的干扰，诗人身份的非职业化为很多诗人所认同。

中华人民共和国成立之后由于文学体制的建立，出现了职业化的诗人，他们属于文联、作协系统并接受管理，但这只是一种社会身份，它自然与写作并没有直接的关系。20世纪80年代以后，随着文化体制的改革，"诗人的职业化"一词的含义也发生了变化，原来是指以写诗为谋生的手段，当职业化的诗人基本消失也不被认可之后，转而用来指诗人的专业化

---

① ［德国］胡戈·弗里德里希：《现代诗歌的结构：19世纪中期至20世纪中期的抒情诗》，李双志译，凤凰出版传媒集团、译林出版社2010年版，第160页。
② 姜涛：《"新诗集"与中国新诗的发生》，北京大学出版社2005年版，第181—182、241—242页。
③ 成仿吾：《创造社与文学研究会》，《创造季刊》1923年第1卷第4期。

问题。

  当代诗歌从依附于政治回归自身之后，对诗人的专业化要求首先是诗歌语言和技艺的能力，诗人必须是语言的"手艺人"。对技艺的尊重是中国诗歌的传统，它在卞之琳等现代诗人那里得到了认同和承继，"中国艺术最推崇以认真到近乎痴的努力来修养了功夫而表现出随兴的风度"①，一些当代诗人对卞之琳所代表的这一现代诗歌传统尤为认同。他们认为一个真正的诗人首先必须具备这种专业性，钟鸣在现代诗人中独赞扬卞之琳："一首《距离的组织》更未辱白话文学的革命，否则，会输得很惨。"② 强调这种专业伦理也意味着需要面对来自现代汉语写作的巨大压力，张枣在《朝向语言风景的危险旅行——中国当代诗歌的元诗结构与写作姿态》一文中对此有深切的表达，正是对现代汉语诗歌写作的敬畏，他才将写作看成是"危险的旅行"。对此，诗人宋琳评价说："他不怕写不出诗，或得不到委托，而是怕写出的不再能满足他自己，因而这是一种职业性的怕，匠师的怕。"③新诗是现代汉语的诗歌，在很长时间内，它作为一门语言艺术的根本使命被遗忘，现在它需要重新用诗的方式说话。然而，能以"匠人"身份自居的仍然是少数诗人，正如加塞特说："新艺术不是所有人都能理解的，就是说，它的内在动力并不完全是人性化的。这种艺术不是为了全人类而生的，而是面向一群很特殊的人，他们不一定比别人更优秀，但是他们显然是与众不同的。"④ 西班牙诗人希门内斯的"献给无限的少数人"因而也常被20世纪90年代的诗人引用。

  当诗人不再以民族代言人、时代良心自居，诗人和现实的关系就会发生根本性的变化，正如弗里德里希所说："诗歌不愿再用人们通常所称的现实来量度自身，即使它会在自身容纳一点现实的残余作为它迈向自由的起跳之处。"⑤ 这"自由"来自新的感受力、想象力和创造力，它们也是诗歌带给人类心灵的安慰，臧棣指出："诗的目的是在普遍堕落的世界中

---

① 卞之琳：《〈山山水水〉（小说片段）之〈山水·人物·艺术〉》，《卞之琳文集》（上卷），安徽教育出版社2002年版，第312页。
② 钟鸣：《畜界，人界》，世纪出版集团、上海人民出版社2010年版，第3—4页。
③ 宋琳：《初版序：缘起》，载宋琳、柏桦编《亲爱的张枣》，中信出版社2015年版，第14页。
④ ［西班牙］奥尔特加·伊·加塞特：《艺术的去人性化》，莫娅妮译，凤凰出版传媒集团、译林出版社2010年版，第6页。
⑤ ［德国］胡戈·弗里德里希：《现代诗歌的结构：19世纪中期至20世纪中期的抒情诗》，李双志译，凤凰出版传媒集团、译林出版社2010年版，第2—3页。

成就一位诗人。作为一种生命现象，作为一个自觉的角色，诗人的诞生是我们克服世界的荒诞的最后的解决方案。"[1] 这样来看，诗歌当然不仅仅是一门技艺，它还提供了对世界和自我的认知，诗歌仍然具有救赎的功能。对未知和神秘的探索，对奇迹的发现，意味着诗歌不仅是审美的，也是认知的，诗人因而仍然是"天使"，这样的观念又带有向浪漫主义的诗人形象回归的性质。

诗人的专业化不仅表现在谙熟诗歌的技艺，诗人的知识修养也同样重要，它决定了诗歌可能的深度，新诗中关于"用典"的讨论就反映了对待"知识"的变化过程。胡适在新诗成立之初提出的"八事"主张中反对用典，提倡平民化，而废名则反对说"没有典故便没有诗"[2]。从现代诗歌写作经验出发，诗歌的写作是在一种互文关系中生长的，这是新诗对待传统和创新的关系的基本态度，也是从西方借鉴的经验。诗人宋琳说："我以为胡适'八不主义'中最大的失误是'不用典'，盖他不知'文本间性'或上下文关系中个人与历史的对话性。说到底没有那个文本不包含潜在的对话范式，没有哪个词不承载历史记忆，立于文化整体所给予的意义空间之外的纯写作是不存在的。"[3] 宋琳的观点在当代具有代表性，虽然在20世纪90年代那场著名的知识分子写作和民间写作之争中，知识分子的精英化、学院化倾向为"民间写作"提倡者所诟病，但从严格的意义上来讲，不具有知识的写作几乎是不存在的，对于"民间写作"的诗人亦是如此。知识分子写作的代表王家新认为，"只有从文学中才能产生文学，从诗中才能产生诗"[4]，他的诗歌一直寻求个人经验与西方诗歌的对话。相对于主体出场过多的写作，具有知识性的写作是降低主观性、改变简单的抒情模式的有效方式。

实际上，西方那些卓越的现代诗人如艾略特、庞德、奥登、布罗茨基、博尔赫斯等都以博学著称，他们重新定义了诗人的形象，诗人是感性的人，也是智性的人，知识的丰富驳杂是写作者的基本涵养。20世纪90

---

[1] 臧棣：《诗道鳟燕》，陕西人民教育出版社2017年版，第100页。
[2] 废名：《再谈用典故》，载止庵编《废名文集》，东方出版社2000年版，第287页。
[3] 宋琳：《精灵的名字——论张枣》，载宋琳、柏桦编《亲爱的张枣》，中信出版社2015年版，第168页。
[4] 王家新：《回答四十个问题（节选）》，载西渡、王家新编《访问中国诗歌：中国23位顶尖诗人访谈录》，汕头大学出版社2009年版，第86页。

第九章 新诗现代化进程中的"诗人"问题

年代以后的中国诗人大都受过完备的教育，具有良好的学养。钟鸣、西川、欧阳江河、臧棣等诗人的诗歌中都呈现出分析性和思辨性的特征。钟鸣说："我试图把许许多多的观念和方法运用到诗歌写作上来。这表明我已经意识到传统抒情诗穷途末路的境地，诗歌的知识性与分析性不可避免。"[1] 西川在其《致敬》之后的《厄运》《鹰的话语》《近景和远景》等打破文体界限的散文化写作，也是反抒情的，他试图在诗歌中容纳更驳杂的思想，他说："将哲学和思想引入诗歌，就是要颠覆大众读者的小资趣味。"[2] 在西川看来，抒情在消费文化中容易因迎合大众的审美趣味而成为滥情。此外，欧阳江河的诗歌语言也具有雄辩的特征，从80年代的《汉英之间》《玻璃工厂》到90年代的《关于市场经济的虚构笔记》《时装店》等诗都包含着诗人对时代的感受，诗人组织语言的方式是逻辑性的，虽然诗歌中也出现了大量日常性的意象，但它们的作用是参与到思辨的结构中去，因而看似具体，实则抽象。

不过，逻辑的语言并非就能构成逻辑，抽象的词语也并非就指向理性。可以看出，在这些诗里有观念与观念、词语与词语的搏斗，诗人的主体却常常不知所踪，词语的滑行湮没了诗人，诗人无法表达对世界的理解和立场。"要达成对事物的理解，必须先行置身于与事物和他人的关联之中。这种投身本身意味着诗人人格的先行在场"[3]，当代诗歌逃向由知识、思想、文化构成的修饰陷阱中，也正是一种精神上不知所措、失去方向感的表征，张枣说"诗的危机就是人的危机；诗歌的困难正是生活的困难"[4]。在诗人的形象含糊不清的时代，只有找到和公共生活及他人相结合的方式，才能标示出语言的指向性，这是语言行动的能力。因此，走向一种"身体在场"的诗学，这也正是对当代诗人的人格要求。

需要指出的是，在当代，由于诗歌教育的缺乏，公众对诗人的印象似乎永远停留在徐志摩、海子等特殊诗人所塑造的刻板印象上，而从具备一定的当代文学知识的读者角度来看，当代诗人在很长时间内也都是群体化的形象，朦胧诗、"第三代诗"、知识分子写作、民间写作。这些诗歌思潮构建了诗人的形象，而个体诗人的形象还只是在诗人圈子内传播，诗人的

---

[1] 钟鸣：《自序：诗之疏》，载钟鸣《中国杂技：硬椅子》，作家出版社2003年版，第11页。
[2] 西川：《大河拐大弯：一种探求可能性的诗歌思想》，北京大学出版社2012年版，第251页。
[3] 一行：《新诗与伦理：对三种理解模式的考察》，《新诗评论》2011年第2辑。
[4] 张枣著，颜炼军编选：《张枣随笔选》，人民文学出版社2012年版，第192页。

形象越来越趋于无名化。普通读者对当代诗人的情况知之甚少，散兵游勇式的个人化写作让诗人的形象变得不太清晰。

不过，一些专业诗人的随笔写作弥补了这样的缺憾。2015 年，诗人陈东东在《收获》上开设了一个诗人写诗人的专栏"明亮的星"，记述他所认识的一些当代诗人，已成书的《我们时代的诗人》收录了已发表的四篇，分别是对昌耀、郭路生（食指）、骆一禾和张枣的记述。陈东东的写法介于传记和诗歌批评之间，带着作者个人的视角和情感，以诗证人，以人解诗。对普通读者而言，这种散文化的文字相对于文本更具可读性，给更多的读者了解诗人及其诗歌提供了契机。"诗人写诗人"基于他们之间深切的理解和同情，它的目的最终也是回到诗歌，陈东东在该书的"序"中说："现代汉诗早已形成了自己的传统，就像我正处于这个传统、正在为这个传统工作一样，我所讲述的那些诗人，也都自觉地贡献于这个值得信仰的传统。"① 尽管按照现代主义诗歌的观念，诗人的形象需要消隐于文本中，但当诗人及其诗歌成为过往，追述诗人及其创作就是诗歌史的重要工作，由于在时间上这样的追述是置于诗歌写作之后的，因而也并未逾越"诗"大于"人"的现代诗歌原则。

在西方现代诗歌中，诗人对诗人的记述构成了文本外的另一种经典，奥登笔下的丁尼生、卡瓦菲斯、叶芝、哈代、弗罗斯特，布罗茨基笔下的阿赫玛托娃、曼德尔施塔姆、茨维塔耶娃、奥登等。奥登、布罗茨基既是诗人也是诗评家，解读前辈和同辈的诗人及其作品，也是解读自己的灵魂，只不过他们解读的前提是："人"和"诗"并不能构成对应关系，对作品进行传记式的解读是失效的。如奥登所说："即便我们有幸询问诗人本人他的某首诗和激发他写下此诗的事件这两者间的关系，他也无法给出令人满意的答案，因为哪怕是歌德所谓的最'即兴而为'的诗，也不仅涉及激发诗兴的具体场合，还包含诗人全部的人生经历，即使他本人也无法确认促成其创作的所有要素。"② 奥登、布罗茨基对"人"的记叙并非为了让人们去理解作品，而是这些诗人因他们的作品而值得被人们热爱，与作品相连的记叙一方面表达了诗人之间深刻的理解，另一方面这样的理解也构筑了现代诗歌的精神传统。

---

① 陈东东：《我们时代的诗人》，东方出版中心 2017 年版，第 3 页。
② ［英］W. H. 奥登：《序跋集》，黄星烨译，上海译文出版社 2015 年版，第 110 页。

第九章 新诗现代化进程中的"诗人"问题

艾略特说"诗不是放纵感情,而是逃避感情",但他接着说"自然,只有有个性和感情的人才会知道要逃避这种东西是什么意义"。[①] 对于那些自觉隐藏自我的诗人来说,他的个人生活并不重要,但在这一切已成为历史之后,评价、叙说也是他人应尽之事。当代诗人张枣的形象建构就是一例。1991年张枣因肺癌去世之后,其生前好友柏桦、钟鸣、陈东东、宋琳、傅维等为他撰写了纪念文章,并出版了纪念文集《亲爱的张枣》,这些撰写者也大都是20世纪80年代的重要诗人。编者宋琳在"序"中说,柏桦与张枣的交往可以归之于"文人秉烛'细论文'这一快要消失的美丽传统"[②],而张枣生前常称自己的写作是为了知音的写作。这些回忆性的文章,捡拾诗歌内外的种种记忆,共同构建了一个生动、完整的张枣,从中可以看到张枣对现代汉语诗歌的艺术自觉以及在探索过程中的困惑和挣扎,同时这些记忆也见证了20世纪80年代以后先锋诗歌的历程。

总之,在新诗现代化的进程中,对"诗人何为"的追问似乎不会有终点。从"诗"和"人"的一体到"诗"和"人"的分离,折射出现代诗歌观念和写作实践的变化,同时也包含了诗人的身份和地位的变化,诗人的形象在从有名到无名中被重塑。尽管如此,浪漫主义仍有顽强的生命力,"天才论""灵感论""超越论"也不会从诗人的意识中完全消失。在边缘和无名的状态中,当代诗人将语言作为存在之所,而新的诗人形象还有待于在语言和现实的双向互动中获得。

---

① [英]T. S. 艾略特:《艾略特诗学文集》,王恩衷编译,国际文化出版公司1989年版,第8页。
② 宋琳、柏桦编:《亲爱的张枣》,中信出版社2015年版,第13页。

第十章 "身体"与"土地诗学"的三种向度

在新诗发展中,"土地"是一个重要的题材。20世纪30年代末到40年代以艾青为代表的"七月派"诗人开启了第一次对土地的集中书写,艾青也由此给中国现代诗歌的"土地书写"提供了一个范本。吴晓东在他分编的《中国新诗总系》(第3卷)的导言中用"土地的诗学"来命名以艾青为代表的"七月诗派",而一直以来现代文学史在对艾青诗歌的描述中,"土地"也是其诗歌的重要标签。不过,纵观新诗史可以看到,"土地"并不仅是艾青、臧克家、阿垅等"七月派"诗人创作的重要主题,它也为"五四"以来的其他很多诗人所热衷,郭沫若的《地球,我的母亲》、戴望舒的《我用残存的手掌》、穆旦的《赞美》《在寒冷的腊月的夜里》等都是书写土地的经典诗作。当代以来,尽管真正意义上的土地书写一度中断,这一传统却在新时期后得到了延续,主要体现在以多多、海子等为代表的诗人的创作中,反映了当代诗歌对中国现代"土地诗学"的承继和超越。

出于论述集中性的考虑,本章不对整个现当代诗歌史中的土地书写做系统、全面的考察,而是在以新诗的土地书写为背景,选取对"土地"有集中书写并能代表"土地诗学"变迁路向的三个诗人艾青、多多、海子作为研究对象,分析他们各不相同的对土地的理解,包括人之于土地的呈现、土地之于人的意义等,以此挖掘中国现代诗歌"土地诗学"变迁中呈现的部分特征和内涵,进而探讨当下诗歌"土地"书写空缺的内在原因。需要说明的是,依据现代诗歌对于土地书写的诗学指向,本章所指涉的"土地",主要不是政治学、地理学意义上的,而是农耕意义上的,这就不仅包含了生长粮食、庄稼的"土地"。也包含了劳动、养育、埋葬等与土地相连的人的具体的生活,即与身体的物质性相连的存在和死亡意义上的"土地",因而意识形态化、自然风光化的"土地"并不属于本章的研究对象——尽管它们在某些语境中存在联系并被相互置换。

一 "身体"之于土地

很显然写土地不只是写土地,而是为了写土地上的生命与土地的联系,而它们的联系从起点上来说则是具体的。因此,"身体之于土地"指的是诗歌中"身体"之于土地的生存形态,它呈现为身体在时空中不同的展开方式。

(一)艾青:空间—移动—消逝的身体

艾青在20世纪40年代前后的诗歌有对土地非常集中的书写,如《雪落在中国的土地上》(1937)、《我爱这土地》(1938)、《手推车》(1938)、《北方》(1938)、《他死在第二次》(1939)、《旷野》(1940)等。这些诗使艾青成为中国现代诗歌史上真正意义上的"土地"发现者和书写者。由于时值抗日战争,艾青笔下的土地与民族命运紧密相关,苦难和不幸始终是土地的现实基调。在诗人笔下,北方冬天的土地是荒凉、寂静而贫瘠的,北方的"冬天"也是时代的"冬天",诗人对土地上苦难生活的哀叹传达了对国家、民族解放之路的忧思和对中国农民最真挚、最深情的爱。在20世纪40年代新诗的语境中艾青是一个突破,从他开始,中国现代诗人第一次走出抒发个人哀乐的狭小空间,而走向广大的土地和民间,"这些诗行正是我们本土上的,而没有一个新诗人是比艾青更'中国的'了"[1]。

艾青对土地的热爱除众所周知的童年乡村生活经验的因素之外,还有现实的触发因素。1933—1935年艾青在狱中时,曾翻译比利时诗人凡尔哈伦的诗《原野》《城市》等,1948年这些译诗由上海新群出版社出版,名为《原野与城市》。[2] 凡尔哈伦的《原野》中恐怖与哀怨的原野、悲哀和

---

[1] 穆旦:《他死在第二次》,《穆旦诗文集》(第2册),人民文学出版社2014年版,第54页。
[2] 叶锦编著:《艾青年谱长编》,人民文学出版社2010年版,第41页。

忧虑的天空、彷徨的人群、停滞或枯干的河流、汹涌着的鸟群、悠远的道路、道路上不间断的货车、车轮轧碾出的声音等都可以在艾青的诗歌中找到相似的表达，这无疑表明艾青的土地书写与凡尔哈伦具有某种亲缘性。

此外，艾青1938年从汉口到临汾的一次火车旅行也是重要的契机。当时与艾青同行的还有端木蕻良、萧军、萧红、田间等人，他们一起乘火车经历了十天之久的北行。在火车上，端木蕻良的一句"北方是悲哀的"触动了艾青，他开始边看边画，"画得最多的还是原野的晨光或沉沉暮色"①。作为一个南方人，北方风景的新鲜感激发了艾青的艺术创造冲动，《乞丐》《北方》《手推车》《风陵渡》等诗就创作于这一次特殊的旅途中。同时，火车旅行中空间的不断转移和推进给艾青带来广阔的视野，这种动态的观照方式也成为艾青诗歌书写土地的基本方式。

在艾青对土地的书写中，诗人的视线主要是在空间展开的。这些诗歌中似乎有一个镜头不断在大地上移动，冬天的风、雾、雪又进一步增强了这种空间的动态感，而身体则消失在雾中，消失在风中，消失在雨雪中……人在行走，牲畜驴和马也在行走，人的面前是无尽的道路，空间在横向不断延伸，诗人忧伤、同情的情绪弥漫在广大的空间。和凡尔哈伦一样，艾青也喜欢用"从……到……"的句式。[海子的诗歌中也使用了这样的句式，如"大风从东吹到西，从北刮到南，无视黑夜和黎明"（《春天，十个海子》）]在这些诗中，艾青有对乡村景色细致的描摹，这是"平凡，单调，简陋/与卑微的田野"，"一切都这样地/静止，寒冷，而显得寂寞……"（《旷野》，1940）客观的景物描写中仍浸透着主观化的感觉，传达了一种迷惘、困顿和忧郁的情绪。在艾青对土地的吟诵中，读者可以不断地听到一声声关于土地和乡村的画外音，那是诗人的声音，艾青喜欢在句尾用"啊""呀"等语气词。这是一种哀叹和悲悯，是对改变的渴望，而画面里的世界没有声音，只有沉默和静寂，"手推车"发出的微小的声音似乎就能刺穿苍穹。

在艾青的笔下，土地上的人是卑微的。《刈草的孩子》（1940）写正在割草的孩子的身体被草淹没："低着头，弯曲着身子，忙乱着手，/从这一边慢慢地移到那一边……"《老人》（1940）写土地上劳动的农民："他是这样困苦地工作着/他的背耸得比他的头还高了。"在这些画面中，农人的

---

① 程光炜：《艾青传》，北京十月文艺出版社1999年版，第154页。

生活晦暗而没有生机,他们或匍匐于大地,或生命被土地湮没,被土地剥夺了感情,他们不是土地的主人,而是奴隶,即使阳光照在脸上,也仍然是忧郁,这不是存在意义上的对天地间人的渺小的感喟,而是对人不能主宰自己命运的哀叹。艾青在1940年写了两首诗名同为《旷野》的诗,相似的乡村景象,一首低沉,一首却由低沉逐渐转向了高昂,表达了艾青对土地矛盾的感情:希望与绝望,欢乐和痛苦。

除了艾青,"土地书写"在"七月派"的其他诗人那里也有表现,如臧克家《泥土的歌》、阿垅《纤夫》等,而同时期,艾青的土地诗歌的直接受益者还有西南联大的穆旦,他的《赞美》《在寒冷的腊月的夜里》等诗也表达了对土地的情感,同时在风格和意象上,穆旦的这些诗体现出与艾青的某些相似性。不过,仔细观察会发现,他们之间的差异也是明显的。与艾青不同的是,穆旦不仅书写寒冷和贫困,也书写愚昧、麻木和惰性,在他看来,这几乎是历史和人性的常态,因此穆旦的土地书写更具有一种普遍性和抽象性。在诗歌艺术上,穆旦《赞美》等诗具有更密集的意象,更深厚的历史感以及个体生命存在的虚无感;而从说话者的姿态来看,艾青对土地、农民的书写是来自农民内部。穆旦对农民也有理解和同情,但他是站在知识分子立场表达的:"我要以带血的手和你们一一拥抱",这显然不是出自农民自身,而是农民之外的一个自觉审视者的立场,因而更具有智性的特征。

艾青的土地书写并非完全没有时间的展开,和穆旦等诗人一样,他在写土地时也写到"祖先":"我看见/我们的祖先/带领了羊群/吹着笳笛/沉浸在这大漠的黄昏里;/我们踏着的/古老的松软的黄土层里/埋有我们祖先的骸骨啊"(《北方》)。但从整体上说,艾青的土地书写还是以空间性为主的,即使在上述《北方》一诗对土地的时间性书写中,诗人也是随即将眼光转向了当下的现实,表示要像我们的祖先那样保卫土地,由此时间性又返回了空间性。

(二) 多多:时间—记忆—死亡—复活

多多作为"朦胧诗"的代表诗人,对乡村经验的书写构成了其20世纪80年代到90年代诗歌创作的中心。在这些诗中,诗人展现了乡土经验对于个人生命的重量,更为重要的是,诗人显示了把这种个人记忆扩大为一个民族的文化记忆的能力。与艾青诗中的土地经验主要在空间展开不同，多多诗歌中的土地经验主要是在时间中展开的，它是关于土地上生命的记忆。

诗人在自己的文化和时代里说话，不像西方17、18世纪田园诗人只是以一种怀旧、浪漫的情怀赞颂乡村，中国诗人在赞颂土地的同时也书写土地的苦难。在多多20世纪80年代的诗作中，与"土地"联结的不是"生"，而是"死"。在《北方闲置的田野有一张犁让我疼痛》中，诗人写道："当春天像一匹马倒下，从一辆空荡荡的收尸的车上／一个石头做的头／聚集着死亡的风暴"，诗中的"田野""犁""马""石头""祖先"等意象共同构成了"死亡的风暴"。在多多的其他诗中也陈列着各种死亡，如马的死亡："黑暗原野上咳血疾驶的夜王子／旧世界的最后一名骑士"（《马》）、"种麦季节的犁下拖着四条死马的腿／马皮像撑开的伞，还有散于四处的马牙"（《我读着》）；田野的死亡："无家可归的田野啊／如果你要哭泣，不要错过这大好时机"（《告别》）；犁的死亡："犁，已死在地里"（《走向冬天》），还包括人的死亡（父亲、母亲及亲人），这些死亡都与土地的死亡相连。与很多现代诗人一样，多多将土地的死亡归罪于现代城市文明对传统农业文明的挤压："在牧场结束而城市开始的地方／庄稼厌倦了生长，葡萄叶累坏了／星星全都熄灭，像一袋袋石头／月光透进室内，墙壁全是窟窿。"（《北方的夜》）在土地的死亡面前，诗人的痛苦是巨大的："类似孩子的头沉到井底的声音／类似滚开的火上煮着一个孩子。"然而，即使如此，在多多笔下，沉默的土地仍然有它的威严，因为那些死去的生命，会让时间进入历史："季节／用永不消逝的纪律／把我们种到历史要去的路上——"（《北方的土地》）地层下埋藏的是历史，通过转喻的方式将时间过渡成空间在多多诗歌中是常见的。

多多对历史的洞察和思考是从生命衰败和结束的地方开始的，而与"死亡"相连的动作是"埋葬"，"埋葬"不仅是事实层面的，也是象征意义上的。在《十月的天空》中，被掩埋的不仅是身体，也是生命和记忆：

  我的五指是一株虚妄的李子树
  我的腿是一只半跪在泥土中的犁
  我随铁铲的声响一道
  努力

第十章 "身体"与"土地诗学"的三种向度

把呜咽埋到很深很深的地下
把听觉埋到呜咽的近旁：
就在棺木底下
埋着我们早年见过的天空

诗人用超现实主义的方式将人与土地的关系形象地呈现出来，一个活着的身体"如何"像"犁"一样插入土中？费孝通在《乡土中国》中说："农业和游牧或工业不同，它是直接取资于土地的。游牧的人可以逐水草而居，飘忽无定；做工业的人可以择地而居，迁移无碍，而种地的人却搬不动地，长在土里的庄稼行动不得，侍候庄稼的老农也因之象是半身插入了土里，土气是因为不流动而发生的。"① 多多的诗是对费孝通这句话的诗化诠释：土地是生命的起源、依傍和归宿。而更重要的是，这首诗显示出多多对乡土中国的历史和现实命运的思考："一张张脸，渐渐下沉/一张张脸，从旧脸中上升/斗争，就是交换生命！"实际上，早在1973年多多的组诗《回忆与思考》中就有对革命、暴力和专制带给土地的创伤的书写。对于土地上的苦难，多多不只是艾青式的哀叹和怅惘，他更表达了一种清醒的审视和理性的反抗。这组诗中的《无题》写道："醉醺醺的土地上/人民那粗糙的脸和呻吟着的手/人民的前面，是一望无际的苦难//马灯在风中摇曳/是睡熟的夜和醒着的眼睛/听得见牙齿松动的君王那有力的酣声。"多多笔下的土地是忍辱负重的，它包容而顽强。同样地，在《北方的声音》中，多多写了土地原始自然强大的生命力，以及来自土地深处反抗的声音：

一些声音，甚至是所有的
都被用来埋进地里
我们在它们的头顶上走路
它们在地下恢复强大的喘息
没有脚也没有脚步声的大地
也隆隆走动起来了
一切语言
都将被无言的声音粉碎！

---

① 费孝通：《乡土中国》，生活·读书·新知三联书店1985年版，第2页。

多多是大地的记录者，土地不仅提供粮食，也储存了土地上生命的记忆，诗人在对故土反复的咀嚼和反刍中挽留着逝去的乡土生活。大地上的生命总会走向沉寂，而这并不意味着彻底的死亡，存活的是一代代人的记忆，"埋葬"并非终点，死去的事物也有从"地层"（历史）中"走出"即"复活"的可能，土地上的人接受已给的命运的同时，又以无声的方式记忆历史："黑暗的地层中有人用指甲走路"，"荒草响起了镀金的铃声"（《十月的天空》）。多多总是赋予沉睡的土地以一抹亮色，这也是他的土地诗歌的浪漫主义特点。于是，与"复活"相对应，在多多的诗歌中，不仅有"埋"的动作，还有"挖"的动作，"挖"的行为隐喻着精神的复活。在《通往父亲的路》中，"挖我爱人""挖我母亲""挖——通往父亲的路"，所有"挖"的动作隐喻着对民族血脉和精神传统的寻找和承继，那是个体和民族生命的起源，这条"通往父亲的路"是一条精神还乡之路。

多多的土地书写并非纯粹的个人记忆，诗人在与历史的对话中拷问着土地上个体命运的悲剧，而这样的悲剧更超越了艾青式的具有时代性的土地书写，呈现出一个具备深厚的乡土经验的知识分子对土地上人的命运的关怀和思考，正如诗人所说："我在傍晚读过的书/再次化为黑沉沉的土地……"（《九月》）和艾青一样，多多笔下的土地也常停留在冬天，如果说艾青诗歌中的冬天是"时代的季节"，那么，依据多多的解释他笔下的"冬天"则是"心理的时间"[①]；与艾青土地诗歌中忧郁的情绪相似，多多诗歌中的情绪也有哀愁、悲伤："你的荒凉，枕在挖你的坑中/你的记忆，已被挖走/你的宽广，因为缺少哀愁/而枯槁，你，就是哀愁自身//你在哪里，哪里就有哀愁……"（《北方的土地》）不过，如果说艾青的诗歌是悲哀的、冷色调的，融合了时代和个人的情绪，那么多多的诗歌却并不止于绝望和悲伤，而是在绝望和悲伤之后升腾起出生命的激情和力量。

（三）海子：大地—天空和远方—超越时空

海子的土地书写贯穿了他不长的写作生涯——从1983年到1989年，这和多多集中书写土地的时间几乎是重叠的，只不过，20 世纪 90 年代以

---

① 多多：《多多诗选》，花城出版社 2005 年版，第 272 页。

后，多多的创作还在继续，他的土地书写也还在继续，而海子却永远停止了。海子和多多对土地的书写从一些意象的使用上有一定的相似性，但其写作的指向有很大的差距。海子生前在"今天"诗派成员组成的"幸存者俱乐部"的聚会上，因为热衷于长诗、大诗的写作，而被多多等诗人提出批评。也就是说，从写作理念上来讲，他们是不同的。①

"麦地"是海子诗歌中出现较多的意象，他因此而被称为"麦地诗人"。"麦地"的意象或许与一些西方影响如《圣经》、塞林格的《麦田里的守望者》等有关，但更重要的原因仍然在于它能贴合诗人的审美经验。海子的"麦地情结"源于他的乡村经验，但又远远超越了他的乡村经验。他的土地经验不是在真实的大地上展开的，也不仅是对具有血脉亲情特征的土地历史的记忆，海子是在对远古农耕文明的遥望中建构他理想中的精神王国，从20世纪80年代创作的诗歌《东方山脉》《龙》《农耕民族》《亚洲铜》《麦地》一直到他生命的最后都贯穿着这样的创作思想。在《五月的麦地》中，海子写道：

> 全世界的兄弟们
> 要在麦地里拥抱
> 东方，南方，北方和西方
> 麦地里的四兄弟，好兄弟
> 回顾往昔
> 背诵各自的诗歌
> 要在麦地里拥抱
>
> 有时我孤独一人坐下
> 在五月的麦地　梦想众兄弟
> 看到家乡的卵石滚满了河滩
> 黄昏长存弧形的天空
> 让大地上布满哀伤的村庄
> 有时我孤独一人坐在麦地里为众兄弟背诵中国诗歌
> 没有了眼睛也没有了嘴唇

---

① 西川编：《海子诗全集》，作家出版社2009年版，第1162页。

可以看出，这里的土地书写已经跨越了具体的时空。诗的第一节是对远古农耕文明和世界大同理想的呼唤，充满了乌托邦色彩，然而，这种理想高昂的语调在第二节突然转而成为忧伤，诗人似乎明白这只是他个人的幻想，因而备感孤独，这样一种忽高忽低的矛盾情绪表达在海子的诗歌中是常见的。

同样是对故土的怀念，多多和海子所表达的精神指向却有极大的不同。对多多来说，乡土是可触碰的实体，无论怎样修远，诗人的精神始终在不断返回，乡土是精神之源，而"要做远方的忠实的儿子/和物质的短暂情人"的海子，"乡土"对他来说只是精神出发的起点，诗人摒弃物质，也就摒弃了真实的土地。与多多在"埋"之后还有"挖"的动作不同，在海子的诗歌中只有"埋葬"："亚洲铜，亚洲铜/祖父死在这里，父亲死在这里，我也会死在这里/你是唯一一块埋人的地方。"（《亚洲铜》）在崔卫平对海子的解读中，海子诗歌中反复出现"睡""埋""沉"等这样一类动词，呈现了海子与土地发生联系的方式，它是一种自我封存，是对现实的弃绝。①

海子诗歌常见一些具有农耕文明特征的意象，马、村庄、河流、大海、青草、泥土、麦子、月亮、船、远方、野花、祖先、父亲、母亲、姐妹、妻子等共同构筑了原初生命的景观。而随着其诗歌写作的发展变化，到了《太阳·土地篇》，海子逐步割断了根，放弃了血脉的传承，土地越来越由实转虚，它已经不是实体，而是一个容纳了各种寄托的虚指，一些大词如王、神、火焰、天空、太阳等意象越来越密集地出现，意味着他离真实的大地越来越远。而死亡、头颅、残肢、尸体、血等充满暴力的意象则意味着诗人理想之路的失败，最后只能沦为一场语言世界的精神狂欢。对于海子来说，大地是幸福，也是痛苦，"大地痛苦的诗！/大地痛苦尖叫向天空飞去"，海子的诗歌理想是成为太阳，但远方同样是痛苦，因此，他遭遇到的是理想和现实的双重失望，时间和空间的双重拒绝。

雷蒙·威廉斯通过对不同时期英国诗歌对乡村的书写的考察，认为诗人在将乡村与城市对立的思维中，美好的乡村只是一种神秘化、理想化的想象，乡村的风景成为一种修饰，"现在乡村的一般意象是一个有关过去的意象，而城市的一般意象是有关一个未来的意象，这一点具有深远的意

---

① 崔卫平：《生活在真实中》，外文出版社2013年版，第49页。

义。如果我们将这些形象孤立来看，就会发现一个未被定义的现在。关于乡村的观点产生的拉力朝向以往的方式、人性的方式和自然的方式。关于城市的观点产生的拉力朝向进步、现代化和发展。'现在'被体验为一种张力，在此张力中，我们用乡村和城市的对比来证实本能冲动之间的一种无法解释的分裂和冲突"①。对土地的远离是现代化的一个结果，海子对这样的"现代"无疑是持否定态度的："我们已丧失了土地／替代土地的／是一种短暂而抽搐的欲望。"（《太阳·土地篇》）海子理想中的农耕文明与其说是"过去"，不如说是对过去的想象，这即海子的"远方"，因此，他理想的"远方"显然不是空间性的，也并非时间意义上的"未来"。

海子将他的身体遗忘在大地，而将灵魂抛向无穷的远方，这是海子所喜爱的诗人荷尔德林所追求的"大地上的诗意栖居"："做一个诗人，你必须热爱人类的秘密，在神圣的黑夜中走遍大地，热爱人类的痛苦和幸福，忍受那些必须忍受的，歌唱那些应该歌唱的。"②精神离开大地的畅游是酣畅的，但也是危险的，越来越高远就越来越虚空，死亡成了必然的结局，大地最后收留的只是失去了灵魂的"尸体"。同样是改变现实的诉求不可得，鲁迅是"于一切眼中看见无所有，于无所希望中得救"（《墓碣文》），而海子得到的却是虚空的安慰："天空一无所有，为何给我安慰"，"黑夜一无所有，为何给我安慰"（《黑夜的献诗》）。海子没有得救，原因是他的"天空"和"大地"之间没有交流和互动，精神失去了生长的力量，这种生长的力量只能来自真实的大地和实在的身体。

"任何意义上与现实的分离、分裂，最终都必然导致自我内部的分离和分裂，因为现实正是自我本身不可或缺的组成部分。"③海子对土地的书写常表现出矛盾，他诗歌中的很多意象的含义都是双重的，大地是幸福也是忧伤，黑夜是黑暗也是永恒："黑夜降临，火回到一万年前的火／来自秘密传递的火　他又是在白白地燃烧／火回到火　黑夜回到黑夜　永恒回到永恒／黑夜从大地升起　遮住了天空。"（《献诗》）这也正是海子诗歌的分裂感的表现，而这都源于诗人身体和精神的分裂。对于身体，海子的诗歌呈现了它原始的美好："肉体美丽／肉体是树林中／唯一活着的肉体／肉体美丽"

---

① ［英］雷蒙·威廉斯：《乡村与城市》，韩子满等译，商务印书馆2013年版，第401—402页。
② 西川编：《海子诗全集》，作家出版社2009年版，第1071页。
③ 崔卫平：《生活在真实中》，外文出版社2013年版，第51页。

[《肉体》（之二）]，而到最后的长诗《七部书》则充满了破碎、死亡的身体意象。姜涛指出："在诗歌史上，将生理上的官能感受融入诗歌形象，或者说'用身体来思想'，是极为重要的现代技巧，海子的方式无疑是丰富了这种技巧。但更为重要的是，在海子后期诗歌中，随着语言的加快、紧张，对身体的关注，不断发展成一种特殊的负面'想象力'，暴力的、死亡和分裂的景象遍布他的诗歌。"① 破碎、断裂的身体也正是灵魂分裂和死亡的表征。

总之，艾青诗歌中的"土地经验"是在大地上的横向空间展开的，"土地上的人"在艰难中盲目而无望地生活，他们的"身体"也被土地所淹没；多多的"土地经验"则是在纵向的时间中展开的，意味着对土地的历史记忆的追问；海子的"土地经验"似乎包含着某种时间性——对古老的农耕文明的想象，但与多多的乡愁情结不同的是，"过去"只是海子想象的起点和雏形，海子的目光投向的是天空或远方，这是超越时间和空间的精神遨游。同时，与艾青、多多在抒发土地经验时会把情感投射到土地和土地上的生命不同，海子诗歌的抒情对象主要是诗人自己，在他建构的世界中，精神的飞翔、搏击以及最后的坠落充满了一种形而上的悲剧性。

二 土地之于"身体"

诗人的土地书写展现了诗人对土地的认知，而土地之于人的意义和价值，有具体的也有抽象的。"具体"是指其物质性、经济性，即土地为人类提供的基本的生存需要。"抽象"是指其文化性、精神性的价值，主要是人在与土地的关系中升华出来的种种对土地的情感和想象、认知和思考。下面继续通过艾青、多多、海子三位诗人来呈现中国现代诗歌在这一问题上表现出的不同写作路向。

---

① 姜涛：《巴枯宁的手》，北京大学出版社2010年版，第376页。

（一）艾青：生，本能

在中国现代诗人中，艾青的诗歌显示出一种宏大的气象，这源于他的诗歌的"土性"，而艾青对土地的热爱不是抽象的，是具体的出自生命本能的爱。费孝通说："靠种地谋生的人才明白泥土的可贵。城里人可以用土气来藐视乡下人，但是乡下，'土'是他们的命根。在数量上占着最高地位的神，无疑的是'土地'。"[①] 生命被土地养育，最后又被土地埋葬，可以说，对土地的爱是与生命同一的，正是这样的本能赋予了艾青的土地书写一种厚重、真实、淳朴的品格。艾青诗歌散发的这种"土地的气息"，深深感染了穆旦，艾青的《他死在第二次》（1939）就是被穆旦称赞的一首诗，穆旦专门为这首诗写了诗评（穆旦只为两位诗人写过诗评，一是艾青，二是卞之琳，而在写卞之琳的那篇诗评中，又提到艾青，两篇诗评均写于1940年）。[②] 这是一首叙事诗，写一个士兵在受伤痊愈后重新走向战场，后来光荣牺牲的故事。诗中的第六节《田野》写受伤的士兵在伤愈后受到莫名的召唤，走向田野：

> 今天，他的脚踏在
> 田堤的温软的泥土上
> 使他感到莫名的欢喜
> 他脱下鞋子
> 把脚浸到浅水沟里
> 又用手拍弄着流水
> 多久了——他生活在
> 由符号所支配的日子里
> 而他的未来的日子
> 也将由符号去支配
> 但今天，他必须在田野上
> 就算最后一次也罢

---

① 费孝通：《乡土中国》，生活·读书·新知三联书店1985年版，第2页。
② 穆旦：《他死在第二次》，《穆旦诗文集》（第2册），人民文学出版社2014年版，第54页。

找寻那向他召呼的东西
那东西他自己也不晓得是什么

　　看见水田、农夫和耕牛，看见草和树、泥墙和瓦屋，士兵不由自主地笑了，"一切都在闪着光辉/到处都在闪着光辉/他向那正在忙碌的农夫笑/他自己也不晓得为什么笑"。士兵走在土地上感到亲切和快乐，快乐来自本能的心理满足，犹如孩子回到了母体，只有当"身体"和"土地"这两个实体相触碰时，才能产生安全感，这才是属于一个个体生命真实的喜悦。"他"此时已"脱去"了战士的身份，而回到了农民的身份。对于一个农民来说，土地是"实"的，"符号"则是虚的、外在的，不能给一个农人带来踏实感和喜悦感。这样的土地经验在艾青的其他诗歌中如《我们的田地》有更直接的表达："就是它，以黑色的乳液/哺育了我们的生命……"，"我们靠着它，/换得了一家的饱暖，/度过了严寒的冬天；/……我们怎能不爱。这丰饶而美丽的田地呢？"在这里，农民对土地的爱是赤诚的，却是以索取为前提的，这自然不是真正的爱。

　　作为以抗日战争为题材的作品，《他死在第二次》所写的死亡实际上并非战争意义上的死亡，而是土地意义上的死亡："在那些夹着春草的泥土/覆盖了他的尸体之后/他所遗留给世界的/是无数的星布在荒原上的/可怜的土堆中的一个/在那些土堆上/人们是从来不标出死者的名字的/——即使标出了/又有什么用呢？"从一个农民的角度来看，土地才是生命的归宿，毫无疑问，这样的表达让艾青与当时主流的抗战诗歌显示出了区别。艾青笔下的"战士"对土地的热爱是简单而又意味深长的，艾青一方面把来自生命本能的对土地的爱与国家民族的命运紧密联系起来；另一方面，个体性的生命本能在艾青的土地书写中并没有消失，它制约着诗人没有去追求那些抽象的概念，这也是艾青超越于时代的地方。

　　土地之于人的意义首先是生存，贫穷和饥饿必然更加导致对土地的实用功能的看重，因此，艾青笔下的人和土地的关系是一种占有和征服的关系。在《北方》中，艾青写道："我们踏着的/古老的松软的黄土层里/埋有我们祖先的骸骨啊，/——这土地是他们所开垦/几千年了/他们曾在这里/和带给他们以打击的自然相搏斗/他们为保卫土地，/从不曾屈辱过一次，/他们死了/把土地遗留给我们——"。在艾青所处的时代，战胜自然依然是农业生产的重要条件，所以诗人才在这里从农人的角度将人和自然对立起来,并将"土地"看成是隶属于人类的附属品。

(二) 多多:乡愁,精神传承

身体饥饿时,土地的功能只是哺育。只有当基本生存得到保障,诗人才会探求土地更深广的意义。对多多来说,土地之于人的价值和意义是一种文化乡愁,土地是生命的起源、依托、记忆,土地上的人是时间中的人,时间中的人就有生命和死亡,而土地却是永恒的,正是在这样的永恒中,土地记忆了时间中的人,短暂的生命也因此获得永恒,因此多多的土地书写有更多的历史意识。

多多20世纪80年代到90年代初的诗歌表达了"土地不在"的绝望感,而"死亡"是一个中心主题,从1993年开始,对土地复活和重生的呼唤的声音却越来越强大,诗人常常用浪漫主义的热情铺排着浓烈的思乡之情,这也是诗人精神的复活,如《依旧是》《五亩地》《小麦的光芒》等。在《五亩地》中,诗人写道:"五亩地,只有五亩地/空置不种,用于回忆",以现实中已经衰败的家园景象为起点,诗人展开激情和想象之翼,描绘了乡村盛大的气象,那一连串密集的乡土意象,是自然界活跃昌盛的生命力的见证,"旧神还在,土地坚实。/庄稼,还在吆喝声中成长;/呻吟声,还在吸引犁头",表达了诗人对土地的信心和认同。诗人想表达的是,土地有比人有更顽强的生命力,它是血脉和文化传承的显现。

多多对土地的记忆是历史和现实的,也是理想和浪漫的,两种不同的情感交织在他的土地书写中。早在1988年他写的一首《北方的土地》中,这一特征就非常明显:尽管"土地"是荒凉和哀愁,但也是让诗人魂牵梦萦的生命的起源,能激起诗人生命的激情,因而诗人仍然说"那是你们的福音……"多多和艾青一样,都是在较为普遍的意义上表达了对乡土的情感,只是相比之下,艾青诗歌的时代特征更为明显,对现实苦难的哀叹意味着诗人寄希望于明天的改变,而多多笔下所呈现的是土地恒常的一面,他的乡土观念具有中国农耕文化血缘人伦的特质,是溶于血液、具体可感的乡愁,并且,他能在土地的恒常中找到信心与希望。相比于多多,血缘人伦化的乡愁、亲情在艾青那里是淡化的,正如"大堰河"并不是诗人血缘上的"母亲",而只是诗人心理上的"母亲"。

作为乡村记忆的书写者,多多的诗歌充满了与农业文明相连的意象,出现频率较高的有"马""犁""大海""北方""秋天""麦田""河流"等意象。而相比这样一些在其他诗人的土地书写中也可以看到的自然意象,"父亲"的意象就更能显示多多诗歌的独特性,诗人对自我的确认是在对"父亲"的不断解读中完成的,而父辈的精神气质又与土地相连,"父亲"在多多的诗歌中不单是一个意象,而是成为一个母题。代表性的作品除上面提到的《通往父亲的路》之外,还有这首《我读着》(1991):

> 十一月的麦地里我读着我父亲
> 我读着他的头发
> 他领带的颜色,他的裤线
> 还有他的蹄子,被鞋带绊着
> 一边溜着冰,一边拉着小提琴
> 阴囊紧缩,颈子因过度的理解伸向天空
> 我读到我父亲是一匹眼睛大大的马
> ……

诗人描写的是记忆中的父亲。第一节"我"首先"读"的是父亲的身体:头发、领带、裤线、蹄子、鞋带、阴囊、颈子,这里所呈现的父亲形象是精致而优雅的,他不仅有领带、裤线,还能溜冰和拉小提琴,这是一个文化人的形象,诗中"马"的意象和"父亲"同构。第二节的"父亲曾经短暂地离开过马群"的原因由下面的"外衣"和"袜子"以及"屁股""女人""肉""肥皂"等可以看出是因动物性的本能,这恰与第一节父亲的优雅理性形成了对照。接下来,写少年的"我"在困惑中看到马的死亡、父亲的死亡,而这一悲剧显然因"本能"而起,但"父亲"并不会完全死去:"我读到一张张被时间带走的脸/我读到我父亲的历史在地下静静腐烂/我父亲身上的蝗虫,正独自存在下去。"土地承载着生命的死亡和悲剧,但土地也一定记忆着某些东西,不过在当时,"我"会因不解和怨恨疏离"父亲"及其代表的传统。最后一节中的"我读到我父亲把我重新放回到一匹马腹中去",意味着生命的重生和精神的还乡,传达了置身于异国文化的诗人对父亲所代表的传统的回归。可以看出,在多多对土地的书写中,不断返回以获得前行的勇气是一种恒定的姿态。

（三）海子：原始文化，自我，死亡

艾青笔下的土地是以哺育功能为主的，而在多多笔下，土地的物质特性也仍然让他感到欣喜："五谷丰登呵！"（多多《五亩地》）诗人血液里仍然秉持着农业文明的传统，而海子在 20 世纪 80 年代初期承认土地首先是一种实在性："我想触到真正的粗糙的土地"，"实体永远只是被表达，不能被创造。它是真正的诗的基石"。① 但随着他诗歌创作的发展，这样的"实体"成分已经越来越稀薄。如果说海子 20 世纪 80 年代早期至中期前后的诗歌还有真实土地的影子，还有父亲、母亲、妻子、姐妹兄弟这样具有农耕文明的人伦亲情，那时他笔下的土地是生命的摇篮和归宿，土地上生长的麦子给人带来温暖和慰藉，那是"健康的麦地/健康的麦子/养我性命的妻子"（《麦地》）。那么到后来，在"五谷丰登"的时刻，诗人感受到的只是悲伤："在五谷丰盛的村庄 我安顿下来/我顺手摸到的东西越少越好！/珍惜黄昏的村庄 珍惜雨水的村庄/万里无云如同我永恒的悲伤。"（《村庄》）在海子中后期的诗歌中，农耕文明已经衰微和消失，这与谷粒饱满、粮仓鼎盛没有关系，海子面对的是现代文明下的土地的死亡："土地的死亡力 迫害我 形成我的诗歌/土的荒凉和沉寂"（《太阳·土地篇》），象征农业文明的麦子和麦地只是更加悲伤地见证着这一切：

  麦地/别人看见你/觉得你温暖 美丽/我则站在你痛苦质问的中心/被你灼伤/我站在太阳 痛苦的芒上
  麦地啊，人类的痛苦/是他放射的诗歌和光芒！
——《答复》

  麦粒 大地的裸露/大地的裸露 在家乡多孤独……幸福不是灯火/幸福不能照亮大地/大地遥远 清澈镌刻/痛苦
——《麦地（或遥远）》

"痛苦"是诗人最后的宿命，物质的土地已经不能给他带来幸福，诗人的幸福是在对原始文明的遥想中建造诗的王国，"他殷切渴望建立起一

---

① 西川编：《海子诗全集》，作家出版社 2009 年版，第 1017、1017—1018 页。

个庞大的诗歌帝国：东起尼罗河，西达太平洋，北至蒙古高原，南抵印度次大陆"①。也就是说，人类时间起点上的"土地"才是诗人真正理想中的"土地"。因此，海子是在精神归宿的意义上拷问人与土地的联系的，粮食不仅是物质的，更是神性的："在人类的遭遇中/在远方亲人的手中/为什么有这样简朴/而单一的粮食/仿佛它饶恕了我们/仿佛以粮食的名义/它理解了我们/安慰了我们。"（《粮食两节》）崔卫平认为，海子虽然写乡土，但并不是"乡土诗人"："在海子那里，土地变迁的命运，是通过诗人本身的主体性来呈现的，主体性即某种精神性，也就是说，海子是通过某种精神性的眼光来看待土地的。"② 海子笔下的"土地"的这种形而上特征，越来越多地弥漫在他后期的写作中。

在中西方文学艺术中，"土地"常常与人的"自我"具有一种张力关系，"大地是代表身体的一个重要意象。古希腊神话中的盖娅就是大地的化身。她孕育了天空乌拉诺斯，但又被后者所覆盖。这个诡异的传说揭示了大地的命运：如果说天空是灵魂，那么，大地就是被灵魂控制的身体"③。在海子的诗歌中，"土地"具有和向"天空"的飞升相反的力量，它将海子从高空中不断拉回，在这个过程中诗人感受到分裂的痛苦。在《重建家园》中，他写道："生存无须观察/大地自己呈现/用幸福也用痛苦/来重建家乡的屋顶//放弃沉思和智慧/如果不能带来麦粒/请对诚实的大地/保持缄默 和你那幽暗的本性"，诗人也试图放弃抽象而痛苦的精神遨游，重回真实而简单的"土地"，当诗人最后喊出"双手劳动/慰藉心灵"时，诗人似乎由此获得了解脱。遗憾的是，某种冲力周而复始地席卷着诗人，让他无法真正地获得"劳动"带来的踏实和宁静。可以看出，土地是海子诗歌的起点和核心，"天空""远方""太阳"中也时时包裹着"大地"浓重的阴影，诗人无法真正摆脱大地。在《太阳·土地篇》中的最后一章即第 12 章《众神的黄昏》中，诗人写道："天空牵着我流血的鼻子一直向上/太阳的巨大后代生出土地/在到达光明朗照的境界后 我的洞窟和土地/填满的仍旧是我自己一如既往的阴暗和本能"，"土"和"火"、"土地"和"太阳""在我内心绞杀"。诗人对土地矛盾纠葛的书写映射着痛

---

① 西川编：《海子诗全集》，作家出版社 2009 年版，第 9 页。
② 崔卫平：《海子、王小波与现代性》，《当代作家评论》2006 年第 2 期。
③ 王晓华：《西方美学中的身体意象——从主体观的角度看》，人民出版社 2016 年版，第 211 页。

苦挣扎的心路历程：

> 我空荡荡的大地和天空
> 是上卷和下卷合成一本
> 的圣书，是我重又劈开的肢体
> 流着雨雪、泪水在二月
>
> ——《黎明（之二）》

土地不仅是生命的起源，也是死亡的见证者和收留者，在《莫扎特在〈安魂曲〉中说》中，诗人这样写道："当我没有希望/坐在一束麦子上回家/请整理好我那零乱的骨头/放入那暗红色的小木柜，带回它/像带回你们富裕的嫁妆"，而《黑夜的献诗——献给黑夜的女儿》更可以看作海子最后的自我总结。此时，诗人在丰收的大地上看到的是"永远的黑夜"：

> 丰收之后荒凉的大地
> 人们取走了一年的收成
> 取走了粮食骑走了马
> 留在地里的人，埋得很深
>
> 草杈闪闪发光，稻草堆在火上
> 稻谷堆在黑暗的谷仓
> 谷仓中太黑暗，太寂静，太丰收
> 也太荒凉，我在丰收中看到了阎王的眼睛

总之，在艾青的诗歌中，土地是养育和生存，实际上诗人关心的是安置身体的问题，然而，土地母亲的怀抱被掠夺，人失去了安身之处。海子却主动放弃了这种安身，当然，海子在精神远行时也时常想返回，而分裂和矛盾却让他无法返回。在多多和海子的诗歌中，"土地"都包含了失败和死亡，但不同的是，多多诗歌中的死亡并非完全的沉寂，而是包含了生和复活，海子诗歌中则是永恒的死亡——土地收留远游的诗人的痛苦和失败。如果说多多的诗歌中的土地书写是历史和记忆，那么海子的土地书写则是自我搏斗。

三 重拾"土地诗学"

在艾青创建中国现代诗歌的"土地诗学"半个多世纪之后,海子以极端冒险的方式将"土地"变成了"麦地神话"。海子死后,伊沙以一首《饿死诗人》(1990)试图消解海子的"麦地神话",他写道:

> 那样轻松的 你们
> 开始复述农业
> 耕作的事宜以及
> 春来秋去
> ……
> 诗人们已经吃饱了
> 一望无边的麦田
> 在他们腹中香气弥漫
> 城市中最伟大的懒汉
> 做了诗歌中光荣的农夫
> 麦子 以阳光和雨水的名义
> 我呼吁:饿死他们
> 狗日的诗人
> ……

已经远离土地的诗人没有理由写饱受苦难的土地,也没有资格写哺育他们的沉甸甸的麦粒,否则,只会是对土地的辱没,这与阿多诺说"奥斯维辛之后写诗是野蛮的"是一样的道理。20世纪90年代以后,书写土地的诗歌不仅越来越少,中国诗人笔下的土地书写也没有了艾青式的恢宏大气,"土地"变成了"田园"。不过,值得肯定的是,诗人们仍然注重从个体生命经验出发思考土地与人的关系,如小海的《田园》(1991):"在我劳动的地方/我对每棵庄稼/都斤斤计较……我习惯天黑后/再坚持一会儿/然后,沿着看不见的小径/回家/留下那片土地/黑暗中显得惨白/那是

· 246 ·

贫瘠造成的后果/它要照耀我的生命/最终让我什么都看不见……"这首诗表达的是人与土地之间从依恋到远离的关系,"对每棵庄稼/都斤斤计较"是农民的本能,"劳动"连接了土地与人,土地是"照耀",而贫瘠却带来了人对土地的疏离。诗中所写的"绝望"不是对土地的绝望,而是对人离开土地的生活的绝望,现实环境中的人只能被动地选择离开土地,这是整个社会现代化的结果。

对土地的思考,是西方自然文学的重要主题。海子卧轨时书包里放了四本书,其中一本是美国自然文学的重要代表作家梭罗的《瓦尔登湖》,海子生前还写有《梭罗这人有脑子》的组诗。可见海子对梭罗的喜爱和认同,也可以想见梭罗的自然观、生命观对海子产生的影响,但海子最终并没有从乡野自然中获得宁静和平衡,他也不愿意仅仅停留于"生态"的意义上看待大地和自然。同样是梭罗的信徒,同样是对现代性的反思和批判,海子的好友苇岸则和梭罗更接近,在他的散文集《大地上的事情》中,苇岸感慨于现代性对自然的无视和掠夺,他借"土地道德"的提出者利奥波德在《沙乡年鉴》里的话说:"土地道德是要把人类共同体中以征服者的面目出现的角色,变成这个共同体的平等的一员和公民。它暗含着对每个成员的尊敬,也包括对这个共同体本身的尊敬。"① 西方自然文学反对从经济、金钱的角度衡量土地的传统观念,它们追求一种返回自然的简单的生活方式,并由此获得生命的质感。受此影响,苇岸也是从个体生命的意义出发追求对自然的回归的,在此过程中,身体与精神可以达到一种和谐的状态,而同样是反思现代性对自然的掠夺,海子思考的不仅仅是如何安置个人生命的问题,他试图从诗性层面寻求人类精神的出路,而在这一过程中,海子的身体与精神之间充满了冲撞。

西方自然文学强调土地的主体性,从这一角度返回艾青的诗歌可以看出,艾青笔下的土地是功能性的,土地对人的意义是奉献,人对于土地的基本姿态是索取,他这里的土地是沉默的、没有主体性的。如果说因为战争的时代背景,艾青诗歌中的"人"是被掠夺者,那么在人与土地的关系中,艾青诗歌中的"土地"则同样是被掠夺者,而这也是被时代话语造就的土地诗学。

土地连接着乡村,诗歌中的乡村书写有不同的方式,而每一种方式,

---

① 苇岸:《大地上的事情》,广西师范大学出版社2014年版,第174页。

都是一种经验，也是一种想象。毫无疑问，乡村记忆是经过了情感过滤的，单纯、和谐、宁静是其基调，将乡村浪漫化，并将乡村和城市予以二元对立恐怕是在多多、海子等诗人在面临现代化扩张的现实时采取的一种本能的抵抗方式。但"城市无法拯救乡村，乡村也拯救不了城市"①，从整体来看，"浪漫化"只是其中的一部分，中国现代诗人的土地经验仍然是复杂和变化的，打上了不同历史时期的烙印，他们笔下的土地仍然充满着张力。

艾青的土地书写奠定了中国新诗土地书写的基本模型，而20世纪80年代以来的诗人开掘了土地更丰富的内涵，赋予了它更深邃的诗性空间。在新时期以来的诗人笔下，"土地"越来越具有象征意义：文化的记忆、生命的图腾、死亡的见证，它产生的问题是，当土地越来越远离它原始的意义，如何继承和超越艾青以来书写土地的传统，建立与土地的联系，已经摆到了当代诗人的面前，因此，海子的绝望在今天仍然是有效的。在土地不断被城市化、不断荒芜、流失的今天，农民自身是来不及悲哀的，因为他们已经获得了离开土地之后的生存方式，悲哀的只是诗人，因为他们赖以写作的传统意义上的"土地"已经不复存在了，海子"土地已死"的宣告也意味着"土地诗学"的转折。戴维·默里说："土地有自己不可抹杀的故事，但是必须由真诚的作家来阅读和重述。"② 同样地，"利奥波德把探知人类与自然的和谐关系，视为艺术家的领域"③。因此，诗人作为土地的发现者和书写者，在当下语境中，是否还有重拾"土地诗学"的可能就成为现实和诗学的双重问题。

---

① [英]雷蒙·威廉斯：《乡村与城市》，韩子满等译，商务印书馆2013年版，第407页。
② 程虹：《寻归荒野》，生活·读书·新知三联书店2013年版，"导言"。
③ 苇岸：《大地上的事情》，广西师范大学出版社2014年版，第174页。

第十一章　穆旦的"身体信仰"

王佐良在《一个中国诗人》中评价穆旦："他总给人那么一点肉体的感觉，这感觉之所以存在是因为他不仅用头脑思想，他还'用身体思想'。"[①] 这已成为对穆旦的经典论断，王佐良在文中用于举证的是《诗八首》，对此他并没有展开充分的论述。在近三十年的穆旦研究热中，对其诗歌"身体性"的描述大多沿用了王佐良的说法，将穆旦诗歌中的"身体意识"简化为以《春》《诗八首》等诗作在表达上的肉感特征。然而，穆旦诗歌中"身体"的意义并不止于此，需要将"身体"的内涵哲学化和历史化后作进一步的思考。

在穆旦同代人对他的评价中，唐湜的相关论述较为引人深思，他率先指出了穆旦诗歌中身体问题的复杂性，并进行了具体的分析。近年来，也有学者对穆旦诗歌的"身体性"提出了更有价值的看法，吴晓东认为："对身体性的发现，也是诗人在动荡不安的年代，在缺失稳定感的年代，在'一切的事物使我困扰'的无可把握年代中对于自我确证性以及稳定感的寻求。对身体性的存在的发现，在很大程度上意味着生命的个体性——一种唐湜所谓的'我自体'的真正觉醒。'以肉体去思想'不仅是思想知觉化的过程的体现，更意味着诗人们对自我存在的发现，是对存在的本我，对生命的根基的发现，身体成为诗人体验、感受和反思世界的出发点。"[②] 正因为穆旦诗歌的"身体性"有如此重要的意义，对其深入的探讨才显得尤为必要。对穆旦诗歌研究而言，他在《我歌颂肉体》中所坦承的"身体信仰"对于其整个精神世界具有怎样的意义仍然是晦暗不明的。

---

① 王佐良：《一个中国新诗人》，载李怡、易彬编《穆旦研究资料》（上），知识产权出版社2013年版，第280页。
② 吴晓东：《导言　战争年代的诗艺历程》，载谢冕总主编，吴晓东分册主编《中国新诗总系》（第3卷），人民文学出版社2010年版，第33页。

本章并不将"身体"当作一个既成的事实或者固定的符号,而是希望在"身体"所容纳的肉体与灵魂、抽象和具体、自然(普遍)和历史(特殊)的多重关系中辨析穆旦"身体信仰"存在的依据,并探讨"身体"在穆旦的现代性困境中所具有的积极意义。

一 "身体信仰"的摇摆及其原因

在现代诗人中,没有谁像穆旦这样具有如此自觉的身体意识,也没有谁像穆旦这样在身体意识上表现出如此大的起伏,我们可以按照顺序抽取一些时间点对其诗歌中身体意识的变化作一个观察。

1937年,《野兽》是穆旦的第一部诗集《探险队》的篇首之作,写于七七事变以后,赞颂了原始生命的蛮性和坚韧:"那是一团猛烈的火焰,/是对死亡蕴积的野性的凶残,/在狂暴的原野和荆棘的山谷里,/像一阵怒涛绞着无边的海浪,/它拧起全身的力。"

1939年,《童年》一诗表达了对人类童年"野性"的呼唤:"而今那野兽/绝迹了,火山口经时日折磨,/也冷涸了,空留下暗黄的一页。"

1940年,《我》书写了精神和肉体分离的痛苦:"从子宫割裂,失去了温暖,/是残缺的部分渴望着救援,永远是自己,锁在荒野里";《在旷野上》同样表达了对野性的呼唤,赞颂了原始生命力的顽强:"然而我的沉重、幽暗的岩层,/我久已深埋的光热的源泉,/却不断地迸裂,翻转、燃烧,/当旷野上掠过了诱惑的歌声,/O,仁慈的死神呵,给我宁静。"

1942年,《春》《诗八首》等诗肯定肉体的意义,赞颂身体的本能,但也表达了身体带来的虚无感:"唉,那燃烧着的不过是成熟的年代,/你底我底。我们相隔如重山!"

1947年,经过战争和死亡的洗礼,《我歌颂肉体》《发现》等诗对身体的赞颂更加热烈,同时也增加了形而上的思考。不过,矛盾和困惑依然存在,《隐现》一诗吁请"主"的现身:"这是时候了,这里是我们被曲解的生命/请你舒平,这里是我们枯竭的众心/请你揉和,/主呵,生命的源泉,让我们听见你流动的声音。"

1948年,《诗》对身体的怀疑又显现:"我们互吻,就以为已经抱住了——/呵，遥远而又遥远的。从何处浮来/耳、目、口、鼻，和警觉的刹那，/在时间的旋流上又向何处浮去。"表达了感官的短暂，个体生命的渺小，同时还有历史的荒诞、不可知，世界"在一个慌上"，"凝固着我的形态"的信仰的解体，身体之谜中投入了历史的阴影，这也是穆旦诗集中在中华人民共和国成立之前的最后一首诗。

1976 年《智慧之歌》《理智和感情》《听说我老了》《冥想》等诗，"时间"和"生活的智慧"取得对"身体"的胜利。在《自己》中，诗人一边怀疑地说"不知那是否确是我自己"，一边倔强地表示能抵抗时间的是"真正的自我之歌"。《春》中对往昔的回忆和眷恋："多年不见你了，然而你的伙伴/春天的花和鸟，又在我眼前喧闹，/我没忘记它们对我暗含的敌意/和无辜的欢乐被诱入的苦恼。"这是诗人在经历了历史的劫难之后，其生命热情的最后存留。

如果将穆旦对身体的肯定和怀疑作为其立场的两个向度，那么，按照时间顺序对它的描绘会是一条起伏的曲线。一个"用身体思想"的诗人何以会对"身体"的态度表现出如此大的变化？身体意识如此摇摆是否还能称其有"身体信仰"？穆旦诗歌中呈现的对"身体"时而坚信时而怀疑的态度与其不同时期的精神状况直接相关，其原因需要进一步探究。这里将先从穆旦诗歌里的"身体"是什么、他为什么这样理解"身体"出发来探讨上述问题。

在穆旦从 20 世纪 30 年代到 40 年代的许多诗歌中，"身体"代表的是一种原始蛮性，在"五四"的文化背景和现实的战争背景下，它具有个人和国家的双重意义。这一时期，穆旦诗歌中"血"和"火"的意象尤其多，这是带有个体生命印记的身体的热情。穆旦这样的写法在 20 世纪 40 年代并非特例，冯至有《饥兽》一诗："我寻求着血的食物，/疯狂地在野地奔驰。/胃的饥饿，帆的缺乏，眼的渴望，/一切的景色都在我的前面迷离。//纵使没有一件血的食物被我寻到，怎么也没有一只箭把我当作血的食物射来？"郑敏有《渴望：一只雄狮》一诗："在我的身体里有一张张得大大的嘴/它象一只在吼叫的雄狮/它冲到大江的桥头/那静静滑过桥洞的轮船/它听见时代在吼叫/好像森林里象在吼叫/它回头看着我/又走回我身体的笼子里/那狮子的金毛象日光/那象的吼声象鼓鸣/开花样的活力回到我的体内。"这些诗都将野性勇猛的动物作为书写对象，它们强大的生存意志和主体意志，作为个人和时代的象征都是恰当的，"血"与"火"

的暴力预示着死亡，但破坏正是为了创造，死亡也是一种新生，这也是中国现代文化在创始期所呼唤的精神。

除了个性解放，从民族国家的意义来看，晚清的强国话语、"五四"的反封建话语都曾将原始蛮性作为国家振兴和文明再造的动力，而在抗日战争的背景下，穆旦对民族国家新生的想象，同样借助了这样的"野性"。有论者认为穆旦对"野性"的重视与当时战国策派在抗战中的观念相一致，同时也与他喜爱的德国浪漫派诗人有关。① 不过，这些都还不能完全说明"身体"对穆旦的意义，相对于其他诗人，对"野性"的呼唤贯穿了穆旦的整个创作，完全参与了其精神世界的生成和变化过程，因而其具有的意义应该更为丰富和复杂。

唐湜对穆旦诗歌中的"野性"或曰"自然"的身体有过深入的分析。他指出：

> 穆旦的精神虽是自然主义的，他却不是客观主义者，他的自然主义是溶入了自己的血肉与意识，特别是潜意识的，自然主义只是他的自觉的强烈表现。他把自我分裂为二：自然的生理的自我，也就是"恶毒地澎湃着的血肉"与"永不能完成"的"我自己"，心理的自我，使二者展开辩证的追求与抗争：生理的自我是他的主宰，他的潜意识的代表，心理的自我是他的理想，他的半意识甚至意识的代表，前者与社会没有关连，后者与社会是永远联结着的，不可分的。他的努力是统一二者，以自然主义的精神，以诚挚的自我为基础，写出他的心灵的感情，以感官与肉体思想一切，使思想与感情，灵与肉浑然一致，回返到原始的浑朴的自然状态。他追求那个在潜意识里"未成形的什么"，那也许是历史在自然里投的胎，他想用自然的精神来统一历史，那个柏格森的"生命之流"也许就是他的理想。②

唐湜的这段表述虽然触及了穆旦"用身体思想"的深层问题，即生理与心理、身体与精神的关系问题，但也存在明显的含糊和矛盾之处，最为突出的问题是他在身体的自然性和主观性之间纠缠不清。他将穆旦的"自

---

① 刘奎：《作为文明再造的资源——抗战初期穆旦的诗歌写作》，《新诗评论》2012年第2辑。
② 唐湜：《新意度集》，生活·读书·新知三联书店1990年版，第104页。

第十一章 穆旦的"身体信仰"

然主义"看作主观的,并认为诗人渴望以一种"自然之力"对世界进行改造,实现身体对精神的渗透和统领,也就意味着穆旦诗歌中的"身体"不是客观化而是精神化的,这明显是违背"身体"的基本特征的。同时,唐湜认为穆旦诗歌中的生理和心理是要从"分裂"走向"浑然一致",而在他的表述中,由于"身体""自然"是本质规定性的,所谓的"灵与肉完全浑然一致"只意味着身体对于精神的完全胜利,但问题是,这里的"身体"却只是一种主观意志,于是有了"用自然的精神来统一历史"这一结论。唐湜处处在强调"身体"的自然性,又处处将"身体"主观化、意志化,这是他的问题所在。

不能回避的是,一旦呼唤身体的"自然性",即意味着"身体"处于"非自然"的状态,对自然界的"野兽"而言,根本没有"自然"与否的说法,这显然是一个需要纳入现代性的语境才能看清的问题,它意味着身体处在一种张力的结构之中。具体地说,它属于重申肉身价值的现代性话语:"现代性不仅是一场社会文化的转变,环境、制度、艺术的基本概念及形式的转变,是人的身体、欲动、心灵和精神的内在构造本身的转变;不仅是人的实际生存的转变,更是人的生存标尺的转变。"① 虽然"身体"构成了人的物质属性,但既然是对"压抑机制"的反叛,身体中就渗透了文化性和历史性,这是唐湜有所意识却没有思考清楚的问题。

唐湜认为,穆旦诗歌是以生命的自然属性为主体的,"与其说要把它的发展纳入我们的历史,不如说要把历史'还原'为自然"②,但在穆旦的诗歌中,一方面有自然之力对现实的冲撞、占有;另一方面,在与现实的"肉搏"中,"身体"也在不断修正自身,调整自己的位置,这就是"身体"历史化的过程。唐湜认为,穆旦的"身体"充满了一种意志性,几乎无所不能,然而,失去限度的身体也就失去了其应有的意义,而穆旦对"身体"的限度是有充分认知的,这一点后面还会谈到。

现代人的生命形式几乎就是在和世界的搏斗中获得的,对于穆旦诗歌中身体意识的摇摆,唐湜分析说:"中国的民族布尔乔亚是脆弱的,因而,穆旦诗里的悲观气氛与动摇、怀疑的色彩就表现得特别显著。他用他的全人格,血肉与思想的混合,来表现这些,他以有血肉的搏求者的精神、先

---

① 刘小枫:《现代性社会理论绪论》,上海三联书店1998年版,第19页。
② 唐湜:《新意度集》,生活·读书·新知三联书店1990年版,第105页。

知的坚定的直觉与思想者的凝重的风度来表现这些。"① 唐湜看到了"摇摆"之于穆旦的积极意义，只有身体经验在场的人才会摇摆，它意味着个人对于现实和历史的承担，这也正是当时"中国新诗派"在他们的发刊词上所倡导的："我们现在是站在旷野上感受风云的变化。我们必须以血肉似的感情抒说我们的思想的探索。我们应该把握整个时代的声音在心里化为一片严肃，严肃地思想一切，首先思想自己，思想自己与一切历史生活的严肃的关连。"② 它表明现实感和对历史意识的追求是这些诗人的共同目标，"血肉""历史""真诚""真实""搏斗"等相同或类似的词汇也都出现在唐湜对穆旦的评价中。可以看出，穆旦正是"中国新诗派"所呼唤的诗人——带着个人的身体进入历史，人们从穆旦的诗歌所感受到的痛苦的分裂和搏斗也正来自这种身体性的自我与现实之间的碰撞和摩擦。

有学者认为，置于现代性的语境中，"穆旦诗歌中的自我意识，是在与外部世界的异己性关系中生成的，这种个人与世界的对立，本身就隐含着这样一个前提：个人的存在是自明的，具有先在的合理性。这种个人的存在优先于外在现实的观念，实际上是自由的个人主义的核心"③。然而，身体的意义在于，在和历史相遇的过程中，它能不断纠正理想和观念的偏差，身体的原初经验是作为个体不为历史所湮没、获得真实性的唯一凭借。这样的"身体性"，"介入了'生命'意识，也介入了'历史'，历史的范畴由此获得了拓展，它不再只是理性正史，也不再只是群体史，个体的意识与感性的维度为我们理解'历史'的内涵注入了新的内容"④。因此，正因为"身体"所具有的历史性（也是当下性），穆旦的"身体信仰"才会出现摇摆。

穆旦对"自然"的理解带有浪漫主义的特征，他对原始生命力的呼唤，包含着他将"自然"看作一种人性理想的观念，然而，对于"自然之梦"能否作为"唯一的真理"，诗人也并不是没有怀疑。在《五月》（1940）中，穆旦采取古典和现代形式相穿插的方式，将传统的田园风光

---

① 唐湜：《新意度集》，生活·读书·新知三联书店1990年版，第106页。
② 唐湜等：《我们呼唤（代序）》，载王圣思编《"九叶诗人"评论资料选》，华东师范大学出版社1995年版，第367页。
③ 段从学：《穆旦的精神结构与现代性问题》，人民出版社2014年版，第27页。
④ 吴晓东：《导言　战争年代的诗艺历程》，载谢冕总主编，吴晓东分册主编《中国新诗总系》（第3卷），人民文学出版社2010年版，第33页。

和残酷的战争现实相对照,这实际上意味着他已经意识到了古典的"天人合一"的理想在进入现代后的断裂,而这样的断裂,也标志着纯粹的"自然性"的消失。在《自然底梦》(1942)中,诗人写道:"我曾经迷误在自然底梦中,/我底身体由白云和花草做成","美丽的呓语把它自己说醒,而将我暴露在密密的人群中,/我知道它醒了正无端地哭泣,/鸟底歌,水底歌,正绵绵地回忆"。"自然底梦"源自西方浪漫主义的理想,与古典主义的理性、秩序相对,"自然"对浪漫主义而言既是名词也是形容词,它将一切原始本真、未经雕琢之物都看作神圣的。但是,现代文明在不断加速地向前发展中,"自然底梦"必定会苏醒,穆旦也已经看到这一点,"人世的智慧皈依"意味着从纯净的自然走向历史和现实的可能,然而,诗人的感性却对"蓝色的血,星球底世系"有"绵绵回忆"。由此也可以看到穆旦的感性和理性世界在分裂中的相互撕扯,以及诗人在"自然之梦"上的矛盾性。

对穆旦来说,个人的"自然之力"还需要通过"身体行动"进入民族、国家之中,从军、当记者、编辑和教师都是穆旦"介入"时代的行动,"原始野性"通过这样的渠道得到了某种释放。然而,这也意味着暴力的不可避免:"勃朗宁,毛瑟,三号手提式,/或是爆进人肉去的左轮,/它们能给我绝望后的快乐,/对着漆黑的枪口,你就会看见/从历史的扭转的弹道里,/我是得到了二次的诞生。"(《五月》)暴力中诞生了自我和历史,但这样的"诞生"仍然是可疑的。在《诗四首》(1948)中,诗人尖锐地写道:"美好的全在它脏污的手里",政治对美好的未来的许诺,必须通过战争的"脏污""更多的血泪""受苦""暴力"来实现,加入民族的战争是为了获得面包和自由,作为个体选择相信历史、进入历史,但最终"面包和自由正获得我们",这就注定了个体生命在历史中必然的命运。对此,穆旦并非浑然不知。在"行动"开始之际,穆旦就写下了《出发——三千里步行之一》(1942)一诗:

> 告诉我们和平又必需杀戮,
> 而那可厌的我们先得去欢喜。
> 知道了"人"不够,我们再学习
> 蹂躏它的方法。排成机械的阵式。
> 智力体力蠕动着像一群野兽,

告诉我们这是新的美。因为
我们吻过的已经失去了自由；
好的日子去了，可是接近未来，
给我们失望和希望，给我们死，
因为那死底制造必需摧毁。

给我们善感的心灵又要它歌唱
僵硬的声音。个人的哀喜
被大量制造又该被蔑视
被否定，被僵化，是人生的意义；
在你的计划里有毒害的一环，

就把我们囚进现在，呵上帝！
在犬牙的甬道中让我们反复
行进，让我们相信你句句的紊乱
是一个真理。而我们是皈依的，
你给我们丰富，和丰富底痛苦。

  这首诗包含了个人与历史的一系列悖论：和平和杀戮、自由和机械、善感的心灵和僵硬的声音、制造和否定、希望和失望，它们都来自穆旦的现实经验。历史的荒谬已经注定，个体在其中身不由己，穆旦洞察到历史中个体卑微的处境。然而，这也并非历史和个体关系的全部，"在犬牙的甬道中让我们反复/行进，让我们相信你句句的紊乱/是一个真理"，即使无法分辨历史的对与错，历史也在个人的"身体"上镌刻了意义，历史和个人的这种胶着状态是穆旦深深体会到的，"你给我们丰富，和丰富底痛苦"，穆旦的预言也成为他生命的事实。

  在抗战结束后的一组散文中，穆旦从他所见的社会现实中审视着战争的意义。在长沙，"人们不言不语的回来在废墟上盖着茅草房子，而日本兵穿着破旧的衣服，也在街上拉着破碎砖瓦，扫清街道，修桥铺路；等你看到仇敌和朋友都一起来收拾这一场破烂，而大家的情形都更穷，更苦，更可怜，你就会想到既有今日，何必当初？"诗人说："我不知道战争有什么意义。"① 在汉口，他看到一切都仍是老样子，"这里人来人往，仕女如云，你早已沉没在里面，而一条旧的路重又等着你去钻行"②。正是经由这样的结果，穆旦反观自己因"自然之力"而产生的"行动"，才会对个人的身体能否在国家、民族的独立和强盛中获得自由产生疑问。这也说明，穆旦在文学层面的书写行动最终解构了其在社会层面上的身体行动，"我们按照自己的意志行事，但意志本身不是自由的"③。

  从普遍意义上来讲，穆旦身体信仰的波动还受制于自然的时间，因为"我们有过的已不能再有"（《流吧，长江的水》）。对于身体的时间限度，现代诗人的表达并不相同。冯至的《十四行集》赋予了有限的生命无限的开放性："我们安排我们/在自然里，像蜕化的蝉蛾//把残壳都丢在泥里土里；/我们把我们安排给那个/未来的死亡，像一段歌曲，/歌声从音乐的身上脱落，/归终剩下了音乐的身躯/化做一脉的青山默默。"（《什么能从我们身上脱落》）个体的生命因为和自然、历史融为一体，因而获得了永恒。郑敏有一首《墓园》也写道："生命在这里是一首唱毕的歌曲/凝成了松柏的苍绿，墓的静寂/它不是穷竭，却用'死'做身体/指示给你生命的完整的旨意。"郑敏认为死亡让生命变得完整。在穆旦笔下，生命却不能获得这样的永恒，也不具有这样的开放性。穆旦将人的存在看作身体的存在，它的实体性、物质性都是生命的限度。在《冬》（1976）中，穆旦对身体的时间性进行了总结，作为时间终结标志的"冬"是"感情的刽子手""好梦的刽子手"，它"使心灵枯瘦""封住了你的门口"，身体的限度正是个体生命的有限性。只不过，自然的时间也并非"自然"，"只有在现代性条件下，才产生了有限的个人生存时间，与开放的社会历史时间的冲突"④。因此，当"自然的身体"进入了历史的时间，穆旦就更能体会"身体"的有限性。

  穆旦的"身体性"联结着精神，对身体的信仰因其是为精神提供激情和力量的源泉，因而与其说是身体意识的动摇，不如说是精神世界的摇摆

---

① 穆旦：《从昆明到长沙——还乡记》，《穆旦诗文集》（第2册），人民文学出版社2014年版，第72—73页。
② 穆旦：《岁暮的武汉》，《穆旦诗文集》（第2册），人民文学出版社2014年版，第75页。
③ ［英国］以赛亚·伯林著，亨利·哈代编：《浪漫主义的根源》，吕梁等译，凤凰出版传媒集团、译林出版社2008年版，第77页。
④ 段从学：《穆旦的精神结构与现代性问题》，人民出版社2014年版，第92页。

影响了他的身体意识。现代文明对身体的压制、物质主义对身体的腐蚀、战争对身体的杀戮和毁灭等都是"自然的身体"在现代所遭遇的,尽管诗人所相信的启蒙主义、人道主义的信念遭到不断的打击,但他对身体的倚重自始至终没有改变,几乎在每一次犹豫不决的时刻都会重新回到身体,只要审视"身体信仰"在穆旦一生创作中的连续性就可以看到这一点。另外,从身体的哲学特性来看,穆旦的怀疑恰恰证明了他具有现代的理性,作为一个具有浪漫主义倾向的诗人,他并没有像后来的海子那样无视身体的限度。正因为身体不提供答案,它流动而充满碎片性,它就是怀疑本身,因而,穆旦身体意识的摇摆与其说是对身体的怀疑,不如说是"身体"因"环境"而具有的不稳定性的反映。这样的"摇摆"并不能构成对其"身体信仰"的否定,恰恰是这种"摇摆"真实地体现了身体对于历史的在场,这也正是穆旦的现实精神所在。

二 "我歌颂肉体":穆旦的"现代身体认知"

穆旦的"身体意识"是充分历史化的,在精神世界不断的怀疑和惶惑之后他仍保有对身体的信赖,其重要原因在于穆旦对"身体"具有高度自觉的现代认知。

在20世纪上半叶的文学中,留下了一些优异的具有自觉身体意识的作品,如鲁迅的《野草》中就布满了对身体的现代追问。[①] 在新诗创作中,有自觉的身体意识的诗人也不止穆旦一人,沈宝基在《所以贵我身》中写道:"万川凝成的固体/美的自然的峰顶/神鸟的归宿万物的寄托/所以贵我身/一切遂有了去处";郑敏在《舞蹈》中写道:"终于在一切身体之外/寻到一个完美的身体,/一切灵魂之外/寻到一个至高的灵魂。"还有她的《二元论》:"灵魂没有了身体/是一只美妙的歌曲/失去那吹奏的银笛。"冯至在《我们天天走着一条熟路》中写道:"不要觉得一切都已熟悉,/到死时抚摸自己的发肤/生了疑问:这是谁的身体?"这些20世纪40年代的诗作都表现出此前的新诗创作不多见的身体意识。不过,与这些诗人明显

---

① 李蓉:《中国现代文学的身体阐释》,中国社会科学出版社2009年版,第230—246页。

不同的是，穆旦的身体书写总是带有强烈的批判性和反抗性，这也是穆旦诗歌的现代性所在，"现代性关涉个体和群体安身立命的基础的重新设定。现代人的身体的置身之基如果没有被抽掉，至少也被置换了"①，通过"身体"怀疑并反抗各种强加的外力，是穆旦处理与世界关系的重要方式。穆旦始终不会将个人的身体作为历史结构中的被动存在物，而是力图要保持它的独立性。他所获得的身体本体层面的知识和经验，成为他所凭借的资源。

"用身体思想"是穆旦的语言方式，也是他的生命方式，后者往往为研究者所忽略。《我歌颂肉体》（1947）一诗在穆旦"用身体思想"的实践中具有特别的意义，它也许并非穆旦最优秀的诗歌，却凝聚着诗人所理解的"身体哲学"的全部，不仅从中可以探知穆旦明确的身体认知，也可以反观"用身体思想"对于穆旦整个创作的意义。它的重要性，也可以在一些重要的当代诗人对它的回应中看到。②"我歌颂肉体"这宣言性的句式在诗中出现了四次，诗人大胆地袒露了他对身体的赞颂，同时也对各种身体认知的谬误进行了反驳和澄清，"歌颂"一词虽然带有浓烈的浪漫主义色彩，但由于诗人的理论思辨而使整首诗具有了智性的力量，诗人将歌颂身体的激情落实到了对身体的现代认知中。

需要注意的是，穆旦这首诗与惠特曼的《我歌唱带电的肉体》相比，从题目到立意都非常相似。惠特曼作为对20世纪现代诗歌产生重要影响的诗人，深受穆旦的喜爱。据赵瑞蕻回忆，"他爱《草叶集》到了一种发疯的地步"③。惠特曼的《草叶集》弥漫着浓烈的感官气息，对生命原欲的赞颂是其诗歌的重要内容，穆旦的《我歌颂肉体》无疑受到了惠特曼的影响。唐湜说："穆旦也许是中国能给万物以生命的同化作用（Identification）的抒情诗人之一，而且似乎也是中国有肉感与思想的感性（Sensibility）的抒情诗人之一。"④ 这样的评价可以说也取之于惠特曼。显而易见，

---

① 刘小枫：《现代性社会理论绪论》，上海三联书店1998年版，第23页。
② 翟永明在20世纪90年代写有《身体》一诗，这首诗与穆旦的《诗八首》《我歌颂肉体》《发现》等诗作表现出较多的共鸣。笔者在《以"身体"为源：论翟永明的性别之诗》（《中国文学批评》2015年第4期）一文中有分析。
③ 赵瑞蕻：《南岳山中，蒙自湖畔——记穆旦，并忆西南联大》，载李怡、易彬编《穆旦研究资料》（上），知识产权出版社2013年版，第67页。
④ 唐湜：《新意度集》，生活·读书·新知三联书店1990年版，第91页。

虽然穆旦的《我歌颂肉体》和惠特曼的《我歌唱带电的肉体》主题和立场相同，但在表达方式以及思想深度上还是有很大的不同，惠特曼的诗较长，口语化、铺陈多、偏于说理，是散文化的写法。穆旦的这首诗更具现代气质，不仅语言准确节制，而且思考也更深入，包含的思想容量也更大。整首诗如下：

  我歌颂肉体：因为它是岩石
  在我们的不肯定中肯定的岛屿。

  我歌颂那被压迫的，和被踩躏的，
  有些人的吝啬和有些人的浪费：
  那和神一样高，和蛆一样低的肉体。

  我们从来没有触到它，
  我们畏惧它而且给它封以一种律条，
  但它原是自由的和那远山的花一样，丰富如同
  蕴藏的煤一样，把平凡的轮廓露在外面，
  它原是一颗种子而不是我们的奴隶。

  性别是我们给它的僵死的诅咒，
  我们幻化了它的实体而后伤害它，
  我们感到了和外面的不可知的联系
  和一片大陆，却又把它隔离。

  那压制着它的是它的敌人：思想，
  （笛卡儿说：我想，所以我存在。）
  但什么是思想它不过是穿破的衣裳越穿越薄弱
  越褪色越不能保护它所要保护的，
  自由而活泼的，是那肉体。

  我歌颂肉体：因为它是大树的根。
  摇吧，缤纷的枝叶，这里是你稳固的根基。

第十一章　穆旦的"身体信仰"

一切的事物使我困扰,
一切事物使我们相信而又不能相信,就要得到
而又不能得到,开始抛弃而又抛弃不开,
但肉体是我们已经得到的,这里。
这里是黑暗的憩息,

是在这块岩石上,成立我们和世界的距离,
是在这块岩石上,自然寄托了它一点东西,
风雨和太阳,时间和空间,都由于它的大胆的
网罗而投在我们怀里。

但是我们害怕它,歪曲它,幽禁它;
因为我们还没有把它的生命认为我们的生命,
还没有把它的发展纳入我们的历史,
因为它的秘密远在我们所有的语言之外。

我歌颂肉体:因为光明要从黑暗站出来,
你沉默而丰富的刹那,美的真实,我的上帝。

　　这首诗一开始就将"身体"比作"岩石",是肯定身体作为生命的物质存在的意义。在我们对世界的各种不确定性中,身体是人感知世界的起点,是"不肯定中肯定的岛屿"。穆旦批判了人们对待身体的两极态度即"吝啬"和"浪费"、"神"和"蛆",这样二元对立的观念都不能让真实的身体出场,"原是自由的和那远山的花一样,丰富如同蕴藏的煤一样"。这也就意味着"身体"作为生命之源包含着巨大的能量,而这样的能量也暗含着它不受控制的危险。正因为"身体"蕴藏有革命性的力量,它也就成了政治、文化和道德高度防范的对象,"我们从来没有触到它,/我们畏惧它而且给它封以一种律条"。在长期的禁锢之下,身体仅仅只是我们行为的工具,但"它原是一颗种子而不是我们的奴隶",这就将身体的地位从精神的工具和附庸提高到了本体的层面——"因为它是大树的根"。
　　穆旦对身体的思考建立在对西方身体哲学理解的基础上。早在古希腊时期,对身体的贬斥就已经存在,柏拉图是其代表,他说:"带着肉体去

探索任何事物，灵魂显然是要上当的。"① 笛卡儿作为现代意识哲学的代表，他虽然提出要怀疑一切，清除陈见，他这种单纯的主体却抛弃了身体，因为他仍然是以思想压制身体，"我想，所以我存在"显然是笛卡儿的名言（"我思故我在"），穆旦说它"不过是穿破的衣裳越穿越薄弱／越褪色越不能保护它所要保护的，／自由而活泼的，是那肉体"。因为笛卡儿哲学关注的仅仅只有精神，身体则被完全遗忘了，直到尼采以及胡塞尔、海德格尔，尤其是以梅洛-庞蒂为代表的现象学出现之后，对身体和精神的关系的认知才发生了变化，身体的地位得到了重新的认识，重拾"身体"就是要抛弃形而上学的观念预设，从真实的世界中获得对世界的认知。

身体带给我们对世界认知的亲历性，是身体而非外在赋予的思想和观念构成了我们对世界的认知，无论多么先进和现代的思想要内化为我们对世界的认知都需要通过"身体"的筛选，"一切的事物使我困扰，／一切事物使我们相信又不能相信，就要得到而又／不能得到，开始抛弃而又抛弃不开，／但肉体是我们已经得到的"。正是基于对身体的理解，穆旦对种种流行的潮流和观念才不盲从，因为"肉体是我们已经得到的"，在现代人无根的漂浮中，"身体"是唯一的实在，也是存在的证明。更为重要的是，穆旦对"身体"的赞颂，是以接受"身体"给人带来的困惑和不安全感为前提的，身体是"黑暗的憩息"，意味着"身体"存在无法把握、晦暗不明的部分，它常常不受精神主体的控制，这种自主性也是它的神秘性所在。

我们的历史是缺乏身体的历史，因"身体"零碎并充满了不可控制性，所以大历史观排斥"身体"，"我们还没有把它的生命认为我们的生命，／还没有把它的发展纳入我们的历史"。这也导致我们对身体的理解非常有限，身体是一座沉默的矿藏，有它自己的秘密，而身体表达的问题也是语言的问题。穆旦说，"它的秘密远在我们所有的语言之外"，身体的经验难以用日常的语言言说，"身体没有自己的语言，身体的言说，不再可能按照感性—知性—理性，动物性—人性—神性，身体—心灵—精神，物体—身体—幽灵，等等的等级话语展开。身体要表达自身，身体就必须找

---

① ［古希腊］柏拉图：《斐多：柏拉图对话录之一》，杨绛译，生活·读书·新知三联书店 2011 年版，第 16 页。

第十一章 穆旦的"身体信仰"

到自己的语言,必须让身体以身体的方式表达自身!"① 正如前面所说,穆旦诗歌中的"身体",既是一种伸张个人自由的现代性话语,同时也包含了"五四"以来的民族国家话语。这两部分之间的冲突是不可避免的,它们同时进入穆旦的诗歌中就体现为一种"语言的肉搏",一些学者指出了穆旦语言的这一特点:

> 穆旦的语言只能是诗人界临疯狂边缘的强烈的痛苦、热情的化身。它扭曲、多节,内涵几乎要突破文字,满载到几乎超载,然而这正是艺术的协调。②

> 热情中多思辨,抽象中有肉感。③

> 读他的文字会有许多不顺眼的滞重的感觉,那些特别的章句排列和文字组合也使人得不到快感,没有读诗应得的那种喜悦与轻柔的感觉。可是这种由于对中国文字的感觉力,特别是色彩感的陌生而有的滞重,竟也能产生一种原始的健朴的力与坚韧的勃起的生气,会给你的思想、感觉一种发火的摩擦,使你感到一些燃烧的力量与体质的重量,有时竟也会由此转而得到一种"猝然,一种剃刀似的锋利"。④

"用身体思想"意指借助于身体的"震颤"和跃动,使无形的思想变得厚沉而有力度,抽象的表达变得具体可感;在"用身体思想"过程中,身体改变了语词的质地、色泽,使之变得结实、细密、立体而丰盈,并获得感性的、可触摸的质感。这种化无形为有形、于感性中渗透思想的写法,构成穆旦诗歌的一个显著特色。⑤

---

① 夏可君:《身体——从感发性、生命技术到元素性》,北京大学出版社2013年版,第1页。
② 郑敏:《诗人与矛盾》,载杜运燮等编《一个民族已经起来》,江苏人民出版社1987年版,第33页。
③ 袁可嘉:《诗人穆旦的位置——纪念穆旦逝世十周年》,载杜运燮等编《一个民族已经起来》,江苏人民出版社1987年版,第14页。
④ 唐湜:《穆旦论》,《中国新诗》1948年第3、4期。
⑤ 张桃洲:《论穆旦"新的抒情"与"中国性"》,《首都师范大学学报》(社会科学版)2008年第4期。

这些评价说明穆旦对现代汉语诗歌的发明与他在现实中的切身性体验息息相关，语言成为身体的延伸。在对现实经验的忠实中，语言不再是表达思想和情感的工具，而是成为生命的有机体，文本的"肉身性"和诗人的"肉身"达到了高度的合一。

在这首诗的结尾，诗人说："我歌颂肉体：因为光明要从黑暗站出来，/你沉默而丰富的刹那，美的真实，我的上帝"，这是穆旦作为一个诗人对身体的最高礼赞，他的"丰富，和丰富的痛苦"，都因"身体"自身的丰富性和自我否定性而生，而"刹那"是"身体"的当下性和不可重复性。诗人在最后用了一些"大词"，但他将"身体"称之为"美的真实"，仍然是基于对文学的基本伦理的忠实，而将"身体"称之为"我的上帝"，也就将"身体"从"本体"提升到"信仰"的高度，正是对"身体的信仰"才能带来这样的"光明"。

穆旦在这首诗中表达的不仅有惠特曼式的对压制的反抗，也有他对身体丰富性的探索，包括身体与历史、身体与语言的关系的深刻体认。诗人在这首诗里所表达的身体哲学问题涉及身体的时间性、空间性、意向性等，它们都是西方身体哲学探讨的重要问题。穆旦为何有如此专业的身体哲学认知已不得而知，虽然没有材料证明穆旦在求学和阅读中接触过这一哲学思想，但从他的诗歌所呈现的思考的深刻性和全面性来看，穆旦受到了身体哲学包括现象学的相关思想的影响存在很大的可能性。

正是因为认识到身体在场的重要性，穆旦对身体哲学的认知也仍然需要通过他的现实经验来确认。当抽象的知识与流动的经验相遇，穆旦才会不断处在一种质询和追问的状态之中，当然也包括前面说的"摇摆"。身体是自然和话语双向互动的产物，"身体决定性的处于世界的自然秩序和世界的文化安排结果之间的人类结合点上"[①]，身体是自然和历史双向互动的产物，而历史对自我意识的纠正，是为了回到真实的身体，正如穆旦所说"常想飞出物外，却被地面拉紧"（《旗》），"不轻易接受外加的格式和未经感受的理想"[②] 也正是穆旦突出的身体思维的体现。同时，穆旦一直

---

① ［英］布莱恩·特纳：《身体与社会》，马海良、赵国新译，春风文艺出版社2000年版，第99页。
② 梁秉钧：《穆旦与现代的"我"》，载李怡、易彬编《穆旦研究资料》（上），知识产权出版社2013年版，第390页。

在对身体的限度进行反省，这种限度不仅包括历史和现实对身体的压制和摧毁，也包括身体在自然中的有限性，穆旦不时表现出的对身体的怀疑和否定也正是一种自我反省的结果。

综上所述，穆旦对身体的信仰并非仅仅因为青春期写作的热情，而是他理性的、深入思考的结果，是一种融入了身体经验的认知，"身体"中某些激情的成分或许会被时间击败。然而，它所包含的稳定的部分却让生命走向成熟，"因为它是大树的根。/摇吧，缤纷的枝叶，这里是你稳固的根基"，这也是穆旦这首诗使用如此坚定的语调赞颂身体的真正原因。

穆旦对身体的信仰并非仅仅体现为其诗歌对身体的"自然之力"的书写，更为重要的是，穆旦诗歌中的那个"现代的主体"是"身体—主体"，也即这样的主体是具体历史语境中的（这也是"主体"永远都是被构成的缘由）。虽然穆旦的诗歌具有一定的浪漫主义气质，但他的浪漫主义不同于缺少身体性只有抽象的情绪的浪漫主义，比如郭沫若的诗歌虽然在节奏上充满了一种身体的亢奋，但那只是由外在的情绪带动的身体形式，还没有被进一步内化，郭沫若诗歌中的抒情主体是抽象的，正是因为脱离了身体，抒情主体才能够上天入地、呼风唤雨。在穆旦的诗歌中，"身体"将有形和无形聚纳到一起，成为一种综合的经验，这样的经验中包含着内部和外部的双重世界。

穆旦诗歌中的"身体"是激情之源，也是痛苦之源，它在穆旦的诗歌中和哲学、历史构成了紧张的关系。穆旦对身体形而上的思考在实践层面所受到的挤压，也和舍勒、西美尔的观点相呼应，"现代人的形成意味着人的形而上学品质或实质性本质的解体，人只被视为各种自然生理和历史社会因素的总和"[①]。西方文化确立的上帝对人的本质定义解体了，但渴望被定义的诉求却依然存在，穆旦在彷徨中也一直希望找到一种终极性的理想，不过，对"身体"的倚重又常常让穆旦发现"理想"的虚妄，希望和失望的更迭伴随着穆旦的生命过程。

[①] 刘小枫：《现代性社会理论绪论》，上海三联书店1998年版，第20页。

三 "身体的信仰"与"生活的智慧"

从 20 世纪 30 年代到 40 年代，穆旦从"身体"出发获得的是一种"生命的智慧"，"身体的信仰"和"生命的智慧"之间是一种对话关系。在《智慧的来临》（1940）中，诗人写道："不断分裂的个体/稍一沉思听见失去的生命，/落在时间的激流里，向他呼救"，作为孤独无根的现代人，穆旦青年时期所渴求的智慧仍然是对人被赋予的某种生命意义的领悟，它是"赐生我们的巨树"，能抵御死亡和虚无，这也正是现代主义诗歌所追求的"智性"。

在穆旦笔下，"生命的智慧"是通过对"日常的身体"的否定而获得的。穆旦认为，在日常生活中存在现代物质文明对"人性"的围剿，他对小资产阶级麻木平庸的生活极其抗拒。在《防空洞里的抒情诗》（1939）中，诗人写道："我站起来，这里的空气太窒息，/我说，一切完了吧，让我们出去！/但是他拉住我，这是不是你的好友，/她在上海的饭店结了婚，看看这启事！"这既包含了诗人对庸常的日常生活的否定，也包含着对国民性的批判。《蛇的诱惑——小资产阶级的手势之一》（1940）讽刺了小资产阶级的物质生活，"我陪德明太太坐在汽车里/开往百货公司"，顺从物质的诱惑才是现代文明社会的"智慧的果子"："如果我吃下，/我会微笑着在文明的世界里游览，/戴上遮阳光的墨镜，在雪天/穿一件轻羊毛衫围着火炉，/用巴黎香水，培植着暖房的花朵。"但现实中的"贫穷，卑贱，粗野，无穷的劳役和痛苦"却使诗人拒绝接受这"智慧之果"，因为诗人不愿意被"放逐到这贫穷的土地以外去"，而安于现状的物质生活意味着对生命意义的冷漠，"无数年轻的先生/和小姐，在玻璃的夹道里/穿来，穿去，带着陌生的亲切，/和亲切中永远的隔离。寂寞，/锁住每个人"，在这种时候，诗人反问"我是活着吗？"穆旦将"日常"作为一种庞大的敌对力量加以抵抗，并力图通过"身体"创造一种诗歌行动，他的诗歌因此才充满了冲突、紧张和搏斗。

西方浪漫主义有天才和傻子、英雄和凡人的等级区分，穆旦视日常生活为平庸和麻木的居所，这也明显体现了穆旦作为一个有浪漫主义倾向的现代诗人在人生追求上的旨趣。以赛亚·伯林认为浪漫派的主要任务在于:"破坏宽容的日常生活,破坏世俗趣味,破坏常识,破坏人们平静的娱乐消遣,把每一个人都提升到满怀激情的自我表达经验的水平,或者那些神的水平。"①《玫瑰之歌》(1940)写道"一个青年人站在现实和梦的桥梁上",吞蚀"梦"的是舒适、利己的"现实",它带给人的惰性,"人在单调疲倦中死去",诗人"期待着野性的呼喊",而不愿意"蜷伏在无尽的乡愁里过活"。同时,诗人渴望将燃烧的理想主义热情付诸行动,"虽然我还没有为饥寒,残酷,绝望,鞭打出过信仰来/没有热烈地喊过同志,没有流过同情泪,没有闻过血腥,/然而我有过多的无法表现的情感,一颗充满着熔岩的心",这是诗人渴望融入新的现实的表白。

与对"日常的身体"的抗拒相对,穆旦赞颂的是"野性的身体",后者成功地将诗人在个人和国家两个层面的诉求合二为一。然而,这种情况只是暂时的,从现代国家和个人的关系来看,这种"合一"中潜藏着终将爆发的悖论。在现代性的发展中,个人优于集体的观念深入人心,而个人首要的权利应该就是身体的权利,西方资本主义国家的生命政治正是源于身体,"身体"应是国家保护公民的生命安全、维护公民的个人权益的中心。然而,一旦国家从战争和革命走向政权的稳固,情况就会发生变化,"国家对待身体就显现出这样两张面孔,它们既要强化个人身体,也要驯服个人身体。它要造就驯服而有用的身体"②,资本主义将身体变成了既顺从又能带来生产力的工具。韦伯、阿甘本、福柯等哲学家都关注了权力对身体的控制,他们发现,根本不存在纯粹的生物性以及理想的人道主义,"个人在与中心权力的斗争中所赢得的空间、自由和权利总是同时使个人的生命被潜移默化地铭刻在国家秩序中,从而为个人想要使自己从中解放出来的至高权力提供了一个新的和更可怕的基础"③。这也就意味着身体与权力之间存在互为因果的关系,穆旦的困惑也来自于此,一个稳定、规范的社会通常会将"野性的身体"视为洪水猛兽,"身体"在被利用之后被抛弃,至此,个人的身体和国家的"合一"就会变成"分裂"和"错位"。

---

① [英国] 以赛亚·伯林著,亨利·哈代编:《浪漫主义的根源》,吕梁等译,凤凰出版传媒集团、译林出版社2008年版,第145页。
② 汪民安:《身体、空间与后现代性》,凤凰出版传媒集团、江苏人民出版社2006年版,第39页。
③ [意] 吉奥乔·阿甘本:《生命的政治化》,载汪民安编《生产》(第2辑),严泽胜译,广西师范大学出版社2005年版,第219页。

与"野性之力"的释放相比,日常化的"安身"是一种相对静止的状态,它难以容纳躁动不安的热情,但穆旦没有看到的是,这里面也有政治话语对"日常身体"的管控。20世纪上半叶,由于民族生存的紧迫性,对"革命""解放"等宏大话语的大力提倡使日常生活的价值被挤压和否定,追求民族、国家富强的主流话语在事实上造成了对个人日常生活的贬低和排斥。中华人民共和国成立之后,个人的身体被进一步置换为阶级的、集体的身体,对个人身体的挤压以制度化的方式得到强化。凡此种种,都是穆旦对日常身体的批判中所忽略的问题。

穆旦始终试图将对身体的思考插入历史话语之中,他的困惑和挣扎也正是这样的历史事实的投影。在穆旦20世纪70年代的诗歌中,对他的"身体的信仰"构成诘难的是"生活的智慧",这里的"生活"不仅仅是指他早年所抵制的平庸的日常,更重要的是还包括了阶级斗争的"日常",穆旦在此将它们一体化。与他早年所追寻的"智慧"相比,这里的"智慧"的内涵已经发生了变异,所谓的"智慧"是现实政治给予的,"身体"与"智慧"之间不是一种对话关系,而是一种冲突的、相互否定的关系。这样一种关系在早期写作中其实已经出现,只是经过了历史的变迁、人生的磨难之后,穆旦以反讽的方式宣告了"生活的智慧"的胜利。只是穆旦最终也没有停止对"物质的诱惑"的否定,《沉没》(1976)中写道:"呵,耳目口鼻,都沉没在物质中,/我能投出什么信息到它窗外?/什么天空能把我拯救出'现在'?"诗人日常世界里的一切包括爱情、友谊、职位、工作都只是"搭造了死亡之宫",它们不过是"消融的冰山",穆旦的虚无感来自超越日常的更高的激情和信念的丧失。在《春》(1976)中,诗人写到因"春"的重新降临而萌生了对昔日的回忆,诗人将早年生命感性涌动的"春"描述为"一场不意的暴乱",但至今它的出现仍带来"被诱入的苦恼"。于是,诗人内心的渴念又会在某一个时刻出现:"被围困在花的梦和鸟的鼓噪中,/寂静的石墙内今天有了回声/回荡着那暴乱的过去,只一刹那,/使我悒郁地珍惜这生之进攻……"穆旦"珍惜"的是心中存留的对于生命的信仰,即"身体的信仰"。

因为有"身体信仰"的思想背景,穆旦自始至终都以反讽的语气谈论"智慧",准确地说是"生活的智慧",这样的"智慧"已经不再能衔接他的"身体信仰"了。在《蛇的诱惑》(1940)中,诗人写道:"自从撒旦歌唱的日子起,/我只想园当中那个智慧的果子:/阿谀,倾轧,慈善事业，/这是可喜爱的，如果我吃下，/我会微笑着在文明的世界里游览。"每一次"智慧"的增长几乎都伴随着对"身体"的背弃，"智慧"是对规范的驯服和迎合，它与生命的感性冲动相对立。在《智慧之歌》（1976）中，诗人表达了在幻想的尽头，当理想成为笑谈之后所获得的"智慧"：

> 只有痛苦还在，它是日常生活
> 每天在惩罚自己过去的傲慢，
> 那绚烂的天空都受到谴责，
> 还有什么彩色留在这片荒原？
>
> 但唯有一棵智慧之树不凋，
> 我知道它以我的苦汁为营养，
> 它的碧绿是对我无情的嘲弄，
> 我咒诅它每一片叶的滋长。

穆旦在1976年的诗作中多次写到"普通的生活"，并将之指向一种"智慧"，他对这"生活的智慧"态度究竟如何，并不难分辨。显然，穆旦根本没有做任何可能的自我调整。对穆旦来说，真正的智慧只能由个体生命的经验中生长出来的，包括失败和痛苦，而非"身体"被给予的理性和规范。在这些诗作中，穆旦始终将理性所代表的"智慧"放在与"身体"相对立的位置上，"智慧之树"的不凋以及它"对我无情的嘲弄"，无疑都是历史对于个人的胜利，"这才知道我的全部努力/不过完成了普通的生活"（《冥想》）。如果说穆旦曾经十分坚信个体生命的价值和尊严，并十分真挚地探索这其中的奥秘，那么，当历史将个体的意义瓦解和撕碎，并让个体在生存最后的栖息之地——日常生活中寻求安慰，这能说是对日常价值的发现和尊重吗？

在穆旦笔下，身体和现代文明、国家政治之间的冲突是始终存在的，正如阿甘本所说"身体是两面性的存在物，既负载着对最高权力的屈从，又负载着个体的自由"[1]，这也是现代的主体存在的证明。当诗人还能将自我诉诸语言和行动，这样的反抗在某种意义上也可看作诗人和现实建立了

---

[1] ［意大利］吉奥乔·阿甘本：《生命的政治化》，载汪民安编《生产》（第2辑），严泽胜译，广西师范大学出版社2005年版，第222页。

一种对话关系，尽管它并不平等。但当现实压制了自我的意识，它们的冲突消失，或者说，它们分属两个绝缘的世界，就不能构成完全交流和对话的关系。在《九十九家争鸣记》（1957）中，诗人面对"百家争鸣"的号召，穆旦自嘲更愿意做一个"不鸣的小卒"，虽然没有话语的权利，诗人仍然希望拥有沉默的权利，以维护语言的尊严和身体的真实。

最终，祛除了理想的"普通的生活"并没有成为诗人的归宿。在《妖女的歌》（1975）中，诗人坦承："一个妖女在山后向我们歌唱，/'谁爱我，快奉献出你的一切。'/因此我们就攀登高山去找她，/要把已知未知的险峻都翻越。""妖女的诱惑"让"我们"献出一切，"终至'丧失'变成了我们的幸福"。如此看来，这样的"献身"仍然带有盲目性，也并非出自自由的意志，因为"理想"也是众多选择中的一种可能，它并不由个人所支配，只是它始终拥有一种让生命向上生长的力量："让一个精灵从邪恶的远方/侵入他的心，把他折磨够，/因为他在地面看到了天堂。"（《理想》，1976）因此，穆旦诗歌给人的感受始终是痛感和快感并存，诗人看重的是能否让肉体和精神同时拥抱真实的生活，如果能够，艰辛和痛苦就更能增加意义的重量。"把生命的突泉捧在我手里，/我只觉得它来得新鲜，/是浓烈的酒，清新的泡沫，/注入我的奔波、劳作、冒险"，这种"自虐"式的对理想的献祭，是穆旦处理个人与国家、诗歌与现实关系的基本方式，而一旦"身体"抽离现实，或者和现实之间失去了一种依存的关系，那么也就意味着真切的"生"之感受的丧失。

穆旦的《葬歌》（1957）一诗述说了自己对信仰的埋葬，"这时代不知写出了多少篇英雄史诗/而我呢，这贫穷的心！只有自己的葬歌"，诗人自嘲为"一个旧的知识分子"，"我的葬歌只算唱了一半，/那后一半，同志们，请帮助我变为生活"，"只有痛苦还在，它是日常生活/每天在惩罚自己过去的傲慢"，诗人用反讽的方式宣告了自己在现实中的失败。在历史中如何找到个人的位置，是穆旦终其一生困惑、挣扎，并不断付之以行动去探索的问题，而当"身体"最终丧失，也就意味着一个真实感受到的世界在语言中的丧失。"当春天的花和春天的鸟/还在传递我们的情话绵绵，/但你我已解体，化为群星飞扬，/向着一个不可及的谜底，逐渐沉淀。"（《诗》，1948）肉身及其欲望最终会解体，但它由此也完成了被赋予的使命，而身体的意义就在它不断的上升和沉落并融于历史和时间的过程中，这也是穆旦"身体信仰"的最终去处。

第十二章 "神性"及其"下移"：
陈东东诗歌的"身体性"

在中国当代诗人中，陈东东是非常独特的。他的诗歌除了新奇诡谲的语言、飞扬充盈的想象力、强烈的音乐节奏感，同时还洋溢着"一种从容、自如、优美、飘逸的诗歌感性"[①]，而这种"感性"也是现代诗歌最为重要的品质之一。笔者注意到，相对于其他诗人，他的诗歌表现出明显的"身体性"。如果仅仅摘取他诗歌中那些"身体"词语，很容易产生误解，将其诗歌"身体性"的艺术方式作一般世俗性的考量。对一个在语言上有高度自觉特别是在诗歌观念上有成熟的认知的诗人而言，"身体性"这样的语言现象也必须放置在其创作的整体框架中进行辨认，才会有比较准确的判断。

陈东东的诗歌从20世纪80年代以来一直处在不断的探索之中，从早期的"纯诗"写作，到后来具有神话、魔幻色彩的写作等，促成其诗歌形成和变化的因素是多方面的，浪漫主义、象征主义、超现实主义等西方诗歌潮流都对其构成了影响。而陈东东同时也是一位对中国古典诗歌有着浓厚兴趣的诗人，他诗歌的"身体性"与上述因素都存在联系。这些因素最后都综合、转化为他的写作观念和语言方式，本章将综合这些因素考察陈东东诗歌不同时期的"身体性"表达，探讨它们对于当代新诗的价值。

---

① 臧棣：《后朦胧诗：作为一种写作的诗歌》，载王家新、孙文波编《中国诗歌 九十年代备忘录》，人民文学出版社2000年版，第205页。

一 "希腊梦":"神性"的身体

陈东东的诗歌写作始于20世纪80年代初,那是一个刚刚复苏的年代,当时,西方诗歌是一种全新的刺激,陈东东说他写诗最初是受到了惠特曼《草叶集》,特别是希腊现代诗人埃利蒂斯的影响。[1] 惠特曼和埃利蒂斯的诗歌中充满了自然的欢唱和生命的原欲,埃利蒂斯的诗学观念深谙法国超现实主义的精髓,他说:"梦,自动的写作,潜意识的解放,全能的想象,不受美学和伦理的拘束,所有这些使得他能够以实际生活中全部的神圣乐趣,同时以真正的诗之瞬间的浑身'震颤',来描绘世界的美景。"[2] 这也正应和了以布勒东为代表的法国超现实主义的诗歌观念,他们强调写作的感官和非理性色彩。

陈东东20世纪80年代的诗歌尤其是他的那些长诗、组诗充满着一个欢腾的"希腊梦"。在宏伟阔大的视野下,通过华美的语言、典雅的音韵,诗人将具有地中海气息的自然风物尽揽笔下,这一时期的诗歌充满了感官声色的气息。就如埃利蒂斯在爱琴海的大自然中,找到了一种与精神对应的神秘存在,并将感官提升到神性的境界一样,陈东东也展示了以海洋为图景的原初生命景观,在这些昂扬而明亮的诗句中,诗人表达了一种具有神性的精神向往。这一时期陈东东的诗歌是冥想性、赞颂性的,爱琴海的清澈、纯净,也正是诗人语言的品质:"清凉的冥想如水中之水"(《夏之书》);"我们用声音构筑的庭院里,有圣洁,泉眼/有按梦境塑造的纯粹之母"(《明净的部分》)。

圣琼·佩斯也是陈东东喜爱的超现实主义诗人。胡戈·弗里德里希在《现代诗歌的结构》中谈到圣琼·佩斯的作品时说:"他的诗在内容上是无法把捉的。与颂歌体或者赞歌体类似的长诗句如同宇宙之流一样向读者泼洒,诗歌的技巧和热情都让人想起沃尔特·惠特曼。他自己把他的诗句比作海的浪涛。庄重鸣响的呼求驰掠而过,紧随其后带出的总是新的图像,

---

[1] 陈东东:《明净的部分》,湖南文艺出版社1997年版,第225—226页。
[2] [希腊]塞菲里斯、埃利蒂斯:《英雄挽歌》,李野光译,漓江出版社1987年版,第243页。

第十二章 "神性"及其"下移":陈东东诗歌的"身体性"

后者既激起又扰乱了读者的幻想。它们中没有一个图像能抵达宁静。灵魂与世界的万有在浪沫飞溅的运动中翻滚起伏。这是一种陌生的万有,是一种'流亡的宇宙'。如果其中包含了现实,那现实就是一种未知的、特殊的现实,来自充满异邦情趣的国土、消失不见的文化、奇异少见的神话。"① 弗里德里希的这一描述也同样适合陈东东 20 世纪 80 年代的写作,波浪般起伏的语言、乌托邦化的"特殊的现实"都是陈东东创造的现代汉语诗歌的奇迹。

西方古老的海洋文化构成了陈东东这一时期诗歌的重要素材,《明净的部分》《夏之书》《再获之光》等都建构了一个具有神话色彩的幻想之地,通过铺排的语言,诗歌力图抵达一个明净、清澈、静谧、神圣的世界。在这里,现实和神话、历史和幻想、自然和超自然交融为一体,"这歌中之歌/这透彻的光 明净的部分/她的短笛 要永久吹奏 永久吹奏"(《明净的部分》),"歌中之歌"类似于马拉美所说的"终极之书",而歌咏性、赞美性的基调与 20 世纪 80 年代的理想主义气质是吻合的,"透彻""明亮""纯洁""永恒""无限"等词在诗中不断出现。诗人以一种本质主义的方式想象世界,"最"字的出现频率很高,"最平静的 最初的和/最单纯的""最为纯洁的""最素净的""这也是真正的寂静之地 是永恒的晴天"。

象征主义诗歌重视诗歌的音乐性及其暗示功能,它的"纯诗"理论认为:"在纯粹的著作里,诗人的陈述消失,并通过被调动起的不均等的碰撞,把创造让给词语,它们就像宝石上的一条潜在的光尾用闪光韵彼此照亮,取代具有古老抒情气息的可感知的呼吸,或者是句子的热情洋溢的个人倾向。"② "纯诗"追求声音的音乐性以及由此产生的暗示效果。与很多中国当代诗人不同,陈东东的诗歌并不追求意义,他将诗歌的音乐性看得高于一切:"事实上我很难说清楚我在诗篇里到底想说什么,说了些什么。也就是说,我的诗篇即使是清晰的、透彻的,却也很少有那种明确的主题意旨,我只想传达出我的节奏。"③ 这也正和臧棣对他早期诗歌"优美地专注于本文的快感"的评价一致:"他的诗歌是本文的本文,洋溢着一种漂

---

① [德国] 胡戈·弗里德里希:《现代诗歌的结构:19 世纪中期至 20 世纪中期的抒情诗》,李双志译,凤凰出版传媒集团、译林出版社 2010 年版,第 187—188 页。
② [法] 马拉美:《白色的睡莲》,葛雷译,花城出版社 1991 年版,第 77 页。
③ 陈东东:《明净的部分》,湖南文艺出版社 1997 年版,第 237 页。

亮的、华美的、新奇的，将幻想性与装饰性融于一体的，执着于本文表层的语言的光泽，犹如汉语诗歌的巴黎时装。"① 也就是说，陈东东是个极其看重语言和形式对于诗歌自身价值的诗人。

因此，陈东东诗歌中令人目不暇接的意象包括身体意象主要是符号性、装饰性的，并没有明确的所指，词语在平面性的无限延展之中，它不向深处推进，也就回避了意义，正如弗里德里希对以马拉美为代表的象征主义诗歌的评价："它是一种运动：朝向存在的运动，脱离混乱走向明朗的运动，脱离不安走向安宁的运动。光，作为存在毫无瑕疵的显像，是它的顶峰值；最能持有光的诗歌也是形式上最精确的诗歌。"② 陈东东的诗歌就是这样一种有节奏的语言"运动"。他常使用意象并置和铺排的方法，并称之为"意象思维"："诗的结构不是建筑式的，而是编织式的，由各种意象交错穿插的碎花大地毯。"③ 这颇似马拉美的"阿拉伯花纹"④，因此，他诗歌中的身体意象（如裸体、子宫、乳房、嘴唇、腹部、腰肢等）是和植物、动物、风景等为一体的语象群，声音所形成的效果才是诗人的追求，"诗歌纯粹性的前提是去实物化"，"在与或低于或高于传达功能的语言力量的游戏中，形成了具有强制性的、与意义无涉的音调，这音调为诗句赋予了魔术咒语般的力量"。⑤ 这样的观念来自西方象征主义的神秘诗学，"身体"在陈东东的诗歌中除表达一种原始性、赞颂性之外，也推动了语言的运动，构成了诗歌的节奏：

> 同样的女子从走廊到卧室
> 被神命名的躯体
> 镜子里的短发和早餐音乐
> 她醒在敞开的窗户之间

---

① 臧棣：《后朦胧诗：作为一种写作的诗歌》，载王家新、孙文波编《中国诗歌 九十年代备忘录》，人民文学出版社 2000 年版，第 205 页。
② [德国] 胡戈·弗里德里希：《现代诗歌的结构：19 世纪中期至 20 世纪中期的抒情诗》，李双志译，凤凰出版传媒集团、译林出版社 2010 年版，第 175 页。
③ 《陈东东访谈：诗跟内心生活的水平同等高》，《诗选刊》2003 年第 10 期。
④ [法] 雅克·郎西埃：《马拉美：塞壬的政治》，曹丹红译，河南大学出版社 2017 年版，第 14 页。
⑤ [德国] 胡戈·弗里德里希：《现代诗歌的结构：19 世纪中期至 20 世纪中期的抒情诗》，李双志译，凤凰出版传媒集团、译林出版社 2010 年版，第 123 页。

第十二章 "神性"及其"下移":陈东东诗歌的"身体性"

朝向神的窗户,也朝向春天和圣洁

——《春天:场景和独白》①

那赤裸的女朋友要再一次吹奏
　当蝉音揭示　又一个夏天
我翻看一首 雨的赞美诗 在一扇窗下

——《明净的部分》②

处女们在岸上低声歌唱
弹奏光滑的玻璃足踝
她们像被我放牧的星辰　腰肢柔韧
小腹温馨　在甜蜜之中将凤蝶吸引
她们如纯洁而浩大的水　浑圆的双乳使百鸟
聚集　金属的黎明　新鲜的嗓音
每天我接触　太阳和赤裸的血肉一点

——《夏之书》③

  这些诗的特点是声音大于意义,若实在要说意义,只能透过"神""赞美诗""星辰""黎明"这些相似的词语去理解,而当"身体"在这样的氛围中被书写,它就具有一切新生事物的品质,带着人类原初的"善"和"美",散发着纯净、芬芳的气息。在陈东东的诗里,"开花的乳房"(《春天:场景和独白》),"赤裸的少女　微收起小腹"(《明净的部分》)这样的词句很常见。在古希腊以来的西方绘画艺术中,裸体艺术包含着对人的理解:"在裸体中,躯体自然地包裹着存有全体,既无缺陷亦无裂痕,也没有断裂:裸体以其自然包含着'灵魂'。"④ 在陈东东的诗歌里,"裸体"并非欲望性的,它们是天地自然的一部分,是一种物质和精神相统一的存在。

---

① 陈东东:《明净的部分》,湖南文艺出版社1997年版,第147页。
② 陈东东:《明净的部分》,湖南文艺出版社1997年版,第91页。
③ 陈东东:《明净的部分》,湖南文艺出版社1997年版,第184页。
④ [法]弗朗索瓦·于连:《本质或裸体》,林志明、张婉真译,百花文艺出版社2007年版,第10页。

正是以整体上扬的风格为基调，诗人才坦然地使用"形而下"的词语，陈东东的诗歌将一切拉回文明的源头，人类以最自然的方式对待身体："双腿之间的生殖之花"（《夏之书》）；"一滴精液注入无数个爱的夜晚"（《八月之诗》）；"肉和肥皂的香味"（《春天：场景与独白》）；"每一副性器官"（《A·R·阿蒙斯》）；"在生殖之鱼和冥想之鹰的清凉之地"（《夏之书》）。与远古文明的生殖崇拜相对应，"身体"在这里主要是繁衍性、生产性的，是生命生生不息的保证，诗人赋予了"身体"健康、明朗、纯净的乌托邦色彩。

在西方诗歌发展中，对女性及其身体形象的艺术创造是自荷马史诗、但丁《神曲》以来的传统，不同国家、不同时代的诗人都热衷于创造代表人类精神理想的女性身体形象。《圣经》作为西方文化的源头，其《雅歌》中就有对女性身体的赞美；但丁在《神曲·天堂篇》中写圣母"那子宫就是我们'欲望'的归宿"[1]，对母性和繁殖的书写包含着一种原始的返乡冲动；在美国现代诗人惠特曼的诗歌中，花草树木、鸟兽虫鱼都充满了生命的能量，而无论女性抑或男性，他们的身体都是自然的一部分，"我歌唱从头到脚的生理学，/我说不单止外貌和脑子，整个形体更值得歌吟。/而且，与男性平等，我也歌唱女性"[2]；法国象征主义诗歌也将女性身体放在诗歌艺术的中心，马拉美《牧神的午后》中是唯美的充满梦幻感的女性身体，而波德莱尔《恶之花》中的《异域的芳香》《她的衣衫……》《舞蛇》《腐尸》《首饰》等诗的女性身体充满着沉迷肉欲的颓废气息，这是肉体之"恶"与"美"的矛盾纠缠，如"她的手臂和小腿，大腿和腰肢，/油一样光滑，天鹅般婀娜苗条，/在我透彻宁静的眼睛前晃动；/她的肚子和乳房，一串串葡萄"（《首饰》）[3]。

法国超现实主义酷爱"梦"和潜意识，它和后期象征主义有直接的承接关系。超现实主义诗人布勒东曾被瓦雷里诗歌中"粉腻的趣味"所吸引："每次我手头有了他的一首诗的时候，我却怎么也参不透其中的神秘和弄不清其中的骚乱。这种神秘和骚乱沿着梦幻和平滑的坡面心悦诚服而又带着爱欲地流淌。"他引用了瓦雷里的《安娜》一诗来说明这种感受：

---

[1] ［意大利］但丁：《神曲·天堂篇》，朱维基译，上海译文出版社1984年版，第187页。
[2] ［美］惠特曼：《草叶集》（上），楚图南、李野光译，人民文学出版社1994年版，第7页。
[3] ［法］夏尔·波德莱尔：《恶之花》，郭宏安译，漓江出版社1992年版，第200页。

第十二章 "神性"及其"下移"：陈东东诗歌的"身体性"

"安娜裹着与其肌肤相混的洁白被单／将秀发摊在惺忪微开的美目前／目注她一双懒洋洋的玉臂放在她裸露的腹部带着微微的狐弯。"① 这首诗正如布勒东说的那样充满感官的愉悦，可以看出，瓦雷里对女性身体的描写已经和古典的身体书写传统迥然不同，当有了"床单"这样的私密意象，具有"色情"意味的紧张感就产生了。

这样的特点在超现实主义诗歌中有更充分的体现，帕斯说："对于超现实主义者色情自由是想象力和激情的同义词。"② 超现实主义诗歌相信直觉和原始欲望，认为"梦"和潜意识才能真实地反映世界，对非理性的强调包含着对现实世界反抗和破坏的冲动，"色情"即这一心理的语言演绎。陈东东说："希腊更是被命名为海伦的绝对女人体，当对它的爱终于化为劫掠，新诗歌的阴茎在黑暗中插入，希腊色情伟人的身姿要激发神奇的勇毅去冲刺，改变英雄的智力、史诗和被安排的命运，甚至令一个帝国在失败中诞生并确立。"③ 从这样的话语方式中可以看出陈东东受超现实主义诗歌影响之深，诗人将"身体"和"性"置于英雄的伟业之中，并认为是它们构成了历史前进的原动力，这显然也有弗洛伊德心理学的影响。不过更为重要的是，"色情"的隐喻表达了陈东东的诗歌观念和理想，"身体"成为他特有的一种言说方式，与诗人的语言自觉是一体的。

臧棣在评价陈东东的诗歌时指出："法国早期的超现实主义，无论诗歌还是绘画，色情意蕴都是其理解、描绘世界的主要的编码方式，某种意义上也可以说是超现实主义的想象力的主要构成部分。"④ 迷恋肉欲感官的超现实主义对于20世纪80年代的中国诗人来说，主要完成了一种感受力和想象力的启蒙。赞美性、肯定性、启示性是西方诗歌传统对待女性身体的基本态度。与此相统一，陈东东早期诗歌中的"身体"是抽象的、赞颂性的，并无世俗化的色彩，这显然与他早期诗歌整体的超越性是一致的。

---

① ［法］安德烈·布勒东：《象征主义的最后圣火——安德烈·布勒东访谈录》，《瓦雷里诗歌全集》，葛雷、梁栋译，中国文学出版社1996年版，第320页。
② ［墨西哥］奥克塔维奥·帕斯：《泥淖之子：现代诗歌从浪漫主义到先锋派》，陈东飚译，广西人民出版社2018年版，第48页。
③ 陈东东：《词的变奏》，东方出版中心1997年版，第10页。
④ 臧棣：《打开禁地的方式——读陈东东的〈解禁书〉》，载洪子诚主编《在北大课堂读诗》，北京大学出版社2014年版，第313—314页。

二 "身体"与对古典的借用

陈东东20世纪80年代的诗歌不仅散发着浓郁的地中海气息,中国古典诗歌对他的影响也同时存在,无论是"西化的"还是"古典的",都呈现出空灵的、超现实的风格。作为一位南方诗人,陈东东对汉魏六朝及晚唐的诗歌有着偏爱,他的一些短诗具有李商隐、杜牧、李贺、温庭筠、晏殊、吴文英等南方诗人的气质。他在20世纪80年代写过一些以古典诗人为题材的诗作:《买回一本有关六朝文人的书》写到嵇康和左思,《黑衣》写到了杜牧、李贺,此外还有《涉江及其他》《更早的诗人们》《途中读古诗》《独坐载酒亭。我们该怎样去读古诗》等。他解释说:"是庞德、罗伯特·布莱提醒我去重读古诗的。这种回头重读实在是必不可少的,它令我意识到我所崇尚的诗歌精神和信仰有着一个怎样的源头。"① 陈东东看到了中国古代诗歌的意象艺术在西方现代诗歌中的回响,因此,他也通过对古典诗歌的重读来启发并锻造自己的诗艺。

陈东东早期具有南方气质的诗歌充满了纯净、唯美的色彩,并无多少现代生活的气息。柏桦说陈东东的诗歌具有废名似的禅意,② 这也并不奇怪,诗人接触过佛教,甚至有在少林寺长住的经历,20世纪80年代的很多诗歌留下了这段生活的印记,如诗歌中常出现的僧人、寺院、麋鹿、晨钟暮鼓等意象。而这一时期的诗歌空灵而跳跃的想象也呼应着寺院宁静而充满冥想的生活:

> 夜营的角声吹破,降下了第一场寒霜。
> 寺僧在井口屏息谛听,
> 汲水的轱辘嘎然停转。
> ——两轮明月间,盛满黑暗的

---

① 陈东东:《明净的部分》,湖南文艺出版社1997年版,第227页。
② 柏桦:《演春与种梨》,青海人民出版社2009年版,第210页。

第十二章 "神性"及其"下移":陈东东诗歌的"身体性"

木桶空悬。

——《秋歌二十七首》①

对于古典传统,陈东东并非亦步亦趋,在《独坐载酒亭。我们该怎样去读古诗》中,他写道:"我们也必须有刀一样的想法/在载酒亭/苏轼的诗句已不再有效/我独坐,开始学着用自己的眼睛/看山高月小",当现代的经验介入古人书写过的自然,对古典诗意的沉浸就会被打断。如这首《黄昏》:

> 黄昏能安宁到怎样的程度?倾斜的河滩
> 入夜的风
> 几块供人坐卧的石头
> 和一只羽毛丰盛的
> 鸟。他的茅舍就这样建成,一面窗对山
> 一面窗能看到初月上升
>
> 安宁,它的门前是石头的牧场
> 几匹马悠闲
> 看上去像几棵秋天的树
> 安宁,他想起那时候他在城里
> 另一个黄昏
> 汽车从他的身边擦过②

大自然的各种事物通过诗人的感觉被组织在一起,这样的画面有宁静、悠远的禅意,是所有受过古典熏陶的诗人面对自然时很容易产生的一种感受。然而,诗人的思绪却在古今之间发生了跨越,由眼前的景物突然想起"另一个黄昏/汽车从他的身边擦过"。这是在超越性中突然降临的现实感,它使人联想到废名的《街头》一诗:"行到街头乃有汽车驰过,/乃有邮筒寂寞。/邮筒 Po,/乃记不起汽车号码 X,/乃有阿拉伯数字寂寞,/

---

① 陈东东:《明净的部分》,湖南文艺出版社1997年版,第166页。
② 陈东东:《即景与杂说》,中国工人出版社2000年版,第34页。

汽车寂寞，/大街寂寞，/人类寂寞。"这是由"寂寞"产生的无尽联想，它虽有古典的禅意，但与古典诗歌对自然的依赖迥然不同：现代意象的加入，疏离而非融合的人与世界的关系，赋予了诗歌不同于古典诗歌的气质。

中国现代诗人往往能在中国诗歌传统和西方的相似之中找到自己的位置，与陈东东同有绮丽之风的何其芳说："我读着晚唐五代时期的那些精致的冶艳的诗词，蛊惑于那种憔悴的红颜上的妩媚，又在几位班纳斯以后的法兰西诗人的篇什中找到了一种同样的迷醉。"[1]"古典"对诗人而言是一种参照，它的价值也需要被重新发现。20世纪90年代，陈东东提出"禅的超现实主义"[2]，表明他和现代诗人一样试图融合东西方诗歌在思维和表现方式上的相通之处。超现实主义重视"梦"和"想象"，这与"禅宗"的"坐悟"是相通的，它们都注重想象空间的营造，"越来越膨胀的梦之飞艇掠过了人类/他走到旷野里。他仰面看星斗/大月亮涌出生命和万有"（《传记》）。

如果说中国古典的"禅意"追求人与自然相融中的虚空之美，那么由超现实主义诗歌的对感官的重视传递给陈东东的就不是对肉身的抵制而是接纳。20世纪90年代，可以看出诗人"禅的超现实主义"的写作，对生命的领悟都是在具体的肉身中展开的，而其最终的指向仍然是向着精神的超越。他的《秋歌二十七首》（1991）这样写道：

> 翻山见到满月的文法家即兴歌咏：
> 在鹰翅之下，沟渠贯穿白净平野，
> 冷光从牛栏直到树冠；
> 长河流尽，崇山带雪，
> 明镜映现的娇好容颜由发辫环绕。
>
> 长河流尽，崇山带雪。
> 秋气托举着群星和宁静。
> 紫鹿苑深处的讲经堂上，

---

[1] 何其芳：《梦中道路》，《何其芳文集》（第2卷），人民文学出版社1982年版，第65页。
[2] 陈东东：《明净的部分》，湖南文艺出版社1997年版，第231页。

第十二章 "神性"及其"下移":陈东东诗歌的"身体性"

朱砂,环佩,明辨之灯把女弟子照亮。

他翻山而至,头顶着满月,
手中的大丽菊暗含夜露。
他站在拱廊前即兴歌咏;生命解体;
爱正醒悟;火光之中能被人认清的
难道是幸福?

肉身之美在紫鹿苑中,
被一个文法家辞语编织。
肉身之美在诗歌的灯下,
远离开秋天,被音节把握。
莲花之眼。红宝石之唇。
讲经堂上,一部典籍论述万有,
另一部典籍证明了起源。
应和的女弟子舞蹈的脚镯,
一轮满月横贯裸体。

白净平野间物质倾斜。
文法家翻山把精神启示。丰乳。美臀。
三叠细浪的秋天的小腹。
中立无害的茸毛之中有神的笔触。[1]

  这是一首"领悟之诗",仍然延续了20世纪80年代诗人空灵、唯美、具有启示性的风格,对自然的描写显示着一种纯净、宽阔、盛大的气象。诗中的"文法家""讲经堂""典籍""莲花""女弟子"都是宗教性用语,而穿插其中的则是一些女性身体意象(如发辫、朱砂、环佩、夜露、脚镯、裸体、丰乳、美臀、小腹等),自然、宗教、女性身体这三类意象的交织构成了一种超越性的情境和氛围,整首诗落脚在"神的笔触"。诗中的"身体"是具象的,更是抽象的,"肉身之美"中充溢着神性,而赋

---

[1] 陈东东:《明净的部分》,湖南文艺出版社1997年版,第153—154页。

予"肉身"这种神性的是"诗歌之灯","肉身"成为联结在此岸和彼岸之间的桥梁。

　　与其他当代诗人对中国古代一流的大诗人的兴趣不同,陈东东偏爱的是华丽秾艳、非主流的古代诗人,这里面有文化地理和个人性情方面的原因,但更重要的原因是语言、修饰上的。诗人柏桦这样评价陈东东:"每当我读到'长波妒盼,遥山羞黛,渔灯分影春江宿。'（吴文英《莺啼序》）或'素秋不解随船去,败红趁一叶寒涛。'（吴文英《惜黄花慢》）这些诗句时,我就会立刻想到诗人陈东东。他写下的《梳妆镜》《幽香》《导游图》等许多诗篇简直就是吴文英。"① 柏桦注意到的是陈东东的诗歌对传统继承的一面,它主要体现为一种审美情调和语言方式,实际上,用现代的方式和传统对话,才是陈东东长期以来的写作诉求。他说:"现代汉诗在处理它跟古老中国的传统文明和古典诗歌的传统之美的关系时,无论如何都会将其自我和自主性放在首位,就像它在处理跟域外文明及其诗歌的关系时,总是将其自我和自主性放在首位。"② 即诗人对中西方诗歌的继承不是被动的,而是从写作自身出发主动选择的,这也成为陈东东处理传统资源时的一种自觉态度。

　　陈东东早期的诗歌场景主要是以地中海为代表的海洋文化空间,或是以寺庙禅院为代表的宗教性场所,诗人的想象力和语言表现力十分活跃,这样的环境下的"身体"具有超越的神性意味。20 世纪 90 年代以后,在消费文化的背景下,陈东东笔下出现了具有东方气质的"幽闭"的私人空间,这说明他对古典的化用所形成的诗歌风格是不断变化的。作为南方诗人,陈东东对南方特有的颓废、享乐、逍遥的文化气息有着天然的偏爱,而艳情诗、宫体诗也是南朝诗歌的一大特点,陈东东喜欢的一些古代南方诗人几乎都写过艳情诗和宫体诗,在他的诗中,也常可见"宫体"一词。艳情诗和宫体诗因为诗格不高,在诗歌史中向来被贬低和轻视,而它们之所以受到陈东东的重视,除同为南方人性情上的相通之外,更重要的相合之处是感性化的语言方式。陈东东的《幽隐街的玉树后庭花》（2003）一诗显然就是对这一传统的回应,其名取自宫体诗《玉树后庭花》,作者陈叔宝是南朝陈的最后一位皇帝,一个亡国之君,传说陈灭亡的时候,陈后

---

① 柏桦:《演春与种梨》,青海人民出版社 2009 年版,第 210 页。
② 陈东东:《我们时代的诗人》,北京大学出版社 2017 年版,第 205 页。

第十二章 "神性"及其"下移":陈东东诗歌的"身体性"

主正在宫中玩乐。其诗如下:

> 丽宇芳林对高阁,新妆艳质本倾城。
> 映户凝娇乍不进,出帷含态笑相迎。
> 妖姬脸似花含露,玉树流光照后庭。①

此诗用华丽的辞藻赞美女性的情态之美,而正是对欲望的沉溺,导致了生命的幻灭感,整首诗在颓废、虚无的情绪中收束,被称作"亡国之音"。中国古代的艳情诗、宫体诗包括后来的花间词等,通常极少直接写"性",南朝的艳情诗、宫体诗主要是描写女性的容貌、体态和服饰,带有男性的凝视。"浮艳的文风与香艳的内容有着天然的联系,追求文辞的艳丽必然导致情调上的哀艳,最终,以妖艳的女性为中心的闺房世界便成为艳诗所铺成的主要对象。"② 物化的女性和文人贪恋声色之欢的空虚和颓废互为表里,而由于诗教的传统,一些古诗也会在"艳情"之外补上必要的道德训诫,如李商隐有:"小怜玉体横陈夜,已报周师入晋阳"(《北齐》),感观的身体诱惑和道德的警示兼而有之。

中西方有不同的人体艺术传统,对裸体的重视奠定了西方绘画、诗歌艺术的基础,从古希腊到文艺复兴再到近现代的西方艺术,描绘裸体是非常普遍的艺术现象,而中国艺术却有完全不同的情形。法国哲学家、汉学家弗朗索瓦·于连从中西哲学的差异出发,考察了西方自古希腊以来绘画里的裸体艺术,并分析了中国艺术里没有裸体形象的原因。他认为,古希腊艺术中的裸体是在本体论意义上,近代西方的裸体艺术则是解剖学、有机体意义上的,而裸体之所以具有美感,是柏拉图到康德的哲学所确立的,裸体是"美的观念"的最为理想的范型,"只有由裸体之中才会形成典范(canon);而为了制作合乎标准、甚至可作为典范的裸体所需摆的固定姿态,乃是美之分析及整合的感知所要求的"③。也就是说,在西方,裸体的形式符合理性分析的原则。与西方对身体的本体性认知不同,中国文化对身体的理解则是以"气""神"来统摄的,它将"身体"作为"过

---

① 郭茂倩编:《乐府诗集(三)》,人民文学出版社2010年版,第997页。
② 康正果:《风骚与艳情》,上海文艺出版社2001年版,第161页。
③ [法]弗朗索瓦·于连:《本质或裸体》,林志明、张婉真译,百花文艺出版社2007年版,第148页。

程"来看待，所以在中国文化中，极少西式的具有形式和审美意义的"裸体"，"身体"更具有世俗的性质，表现在中国古典诗歌和绘画中，常常通过身体的姿态、衣服的褶皱、饰物等来传达一种情色意味。

陈东东的《幽隐街的玉树后庭花》一诗很明显借用了古题，它表面上似乎与古典的"艳情"有关，但其内容和语言方式全然不同于古诗。该诗写的是一次都市夜生活中的"猎艳"，或者说是一次欲望的实验。虽然诗中有大量具有色情意味的场景和细节，但因为诗人将其放置在繁复的语言修辞之中时而显露、时而隐晦而显得扑朔迷离，因而这也是一次语言的"猎艳"，"化学实验""门捷列夫""元素周期表""烧瓶"等科学术语的引入与欲望的"实验"并置。同时诗中还引入了时下的战争新闻，严肃的话题与"色情游戏"之间充满了一种悖谬的气息，再加上旁观者的视角以及调侃、反讽的语调，使该诗虽包含着一些与"色情"相关的细节和场景，却又有一种明显的间离效果，与古典的沉溺全然不同。

姜涛认为，在陈东东这里，语言的幽闭则与一种南方文人的享乐主义气息相连。在超级情色之诗《幽隐街的玉树后庭花》中，那种曲尽其妙又苦苦沉溺的情调，被发挥到了极致，诸多感官被诗人既云卷云舒，又古奥生涩的句法拖曳着，混入一个细颈的烧瓶，剧烈地化合出无穷。但在语言放纵的背后，暗藏的却是一种深深的无力感、一种文人纤细的矜持感，二者相互勾兑，终于使得那"反应不至于更化学了"。[①] 陈东东的这一类诗歌到底是不是就是古典南方文人的翻版，还需要细究。实际上，从隐喻的层面来看，陈东东诗歌中的"情色"明显具有双关的性质，"情色"和"写作"在陈东东在诗歌中形成了一种同构的文本，诗人是以"情色"的方式探讨写作和语言的问题，"身体"因而成为一种修饰方式、表达方式。

"猎艳"是陈东东诗歌中出现频率较高的一词，它所具有的快乐和神秘的特征也正是现代汉语诗人在写作中所体验和寻求的，"而诗人擦好枪／一心去猎艳，去找回／仅属于时间的沙漏新娘／完成被征服的又一次胜利"（《过海（回赠张枣）》），可以说，"猎艳"的"身体性"也正是一种"语言性"。现代汉语的"元诗"写作是张枣等诗人提出的，而将"身体"用于"元诗"写作，用"身体"的方式揭示写作的秘密，陈东东是发明者。

[①] 姜涛：《"全装修"时代的"元诗"意识》，载张桃洲、孙晓娅主编《内外之间：新诗研究的问题与方法》，社会科学文献出版社2012年版，第185页。

第十二章 "神性"及其"下移":陈东东诗歌的"身体性"

在他的《形式主义者爱箫》(1992)一诗中,文本表层的"吹奏""双腿""竹床""涨潮""乳房"等词语似乎都具有"性"的指向:"形式主义者爱箫的长度/对可能的音乐/并不倾心……优美的双腿盘上竹床/涨潮的乳房/配合吹奏"。但该诗显然是以此隐喻诗歌的创作活动,"赤裸的女性的吹奏"反复出现在诗中,这样的"吹奏"正如诗人所说"仿佛是为梦而梦",从中可以看出20世纪80年代"纯诗"观念的延续。

陈东东21世纪的诗歌继续从古典的"艳情"传统中寻找"现代"的可能,《梳妆镜》《何夕》《幽香》等诗都与"艳情"的传统有关;然而,正是一个现代人作为逝去的传统的旁观者,面对消费性的现实,在掂量现实与古典的距离中,他与现实的关系也进一步清晰起来。在《梳妆镜》(2001)中,对感官声色的怀旧描写中有诗人对欲望、梦幻和时间的思索:

在古玩店
在古玩店
手摇唱机演绎奈何天
镂花窗框里,杜丽娘隐约
像印度香弥散,像春宫
褪色,屏风下幽媾

滞销音乐被恋旧的耳朵
消费了又一趟;老货
黯然,却终于
在偏僻小镇的乌木柜台里
梦见了世界中心之色情

"那不过是时光舞曲正
倒转……"是时光舞曲
不慎打碎了变奏之镜
鸡翅木匣,却自动弹出
梳妆镜一面
　　　梳妆镜一面

· 285 ·

>映照三生石异形易容
>把世纪翻作了数码新世纪
>盗版柳梦梅玩真些儿个
>从依稀影像间，辨不清
>自己是怎样的游魂
>
>辨不清此刻是否
>当年——
>在古玩店
>在古玩店：胶木唱片
>换一副嘴脸；梳妆镜一面
>映照错拂弦回看的青眼①

"镜子"是当代诗人普遍偏爱的意象，镜像世界最重要的特征就是它的虚幻易碎，陈东东在《过海（回赠张枣）》中写道："你看见你就要跌入/镜花缘，下决心死在/最为虚空的人间现实。"这首诗回应了好友张枣的《镜中》一诗。而在《梳妆镜》中，诗人抚今追昔，进一步表达了"镜花水月"之空幻。古董唱机放着《游园惊梦》，对应的是古旧的故事和时间。在全球化的时代，带有怀旧意味的"情色"也是褪色的，但人类对于它的喜好不会褪色，只是因为快餐式的文化它变得更不可得。从"偏僻小镇"到"世界中心"，传说中的故事继续在被消费，满足着人们对情色的想象。该诗就像电影蒙太奇，"梳妆镜"将过去和现在交叠在一起，但它映照的过去却是变形的，"缘定三生"自是空幻，物是人非，数码播放器播放的不再是胶片时代的声音，它却让人有恍惚的时空错乱之感。

该诗中的"错拂弦"来自一个典故。唐朝李端有一首《鸣筝》的诗："鸣筝金粟柱，素手玉房前。欲得周郎顾，时时误拂弦。"其中"欲得周郎顾，时时误拂弦"来自《三国志·吴志·周瑜传》："瑜少精意于音乐，虽三爵之后，其有阙误，瑜必知之，知之必顾，故时人谣曰：曲有误，周郎顾。"周瑜精通音乐，弹筝的人为了博得他的青睐，故意把曲弹错，以引起他的注意。陈东东在这里引用这一典故，意在表达诗人和读者之间的

---

① 陈东东：《海神的一夜》，江苏凤凰文艺出版社2018年版，第238—239页。

第十二章 "神性"及其"下移"：陈东东诗歌的"身体性"

错位，而"梳妆镜"所映照的一切之所以是"错"，是因为时光不再，古典的传奇在当下只能是被消费的命运。可以看出，在古今交错、意识恍惚之间，现代人的身体感知已不属于自己。

总之，陈东东对古典传统的继承，禅意的空灵是一种，艳情则是另一种。然而，"禅"与"超现实主义"、"艳情"与"色情"都显示了诗人对古典进行现代转换的努力，古典中的虚空冥想和感官享乐形成了强烈的反差。但在陈东东这里，它们在语言层面是统一的，对传统的缅怀并非简单的怀旧，而是为了提供了一种反观现代的视角，它最终落脚于诗歌的感性修辞和超越性的想象。而在这一过程中，"身体"始终是一种重要的表达方式，身体的"猎艳"即语言的"猎艳"，为诗人提供了写作的可能。

三 都市、"色情"与上海经验

陈东东 20 世纪 90 年代以后的诗歌发生了一些新变。相对于过去诗歌的纯净高蹈，陈东东这一时期的诗歌多了一些现实元素和题材，他不再单纯追求声音的华丽流畅，语言的陌生化更加突出，戏剧场景、反讽、戏谑的诗歌手法，拼贴、游戏的语言方式等改变了以往纯粹的抒情风格。他写道："音乐之光收敛尽净/如今唯有长途旅行者/猎艳在梦中"（《新诗话》），当代以政治话语、消费话语为主导的时代语境带给诗人新的体验，当诗人将经验以一种更具现代感的方式呈现出来，他对身体的书写也降低了唯美色彩而更具反讽意义，"身体"的易逝性、碎片性就呈现出来。下面是他"解禁书"系列中的几个"身体"片段：

> 当我的中指，滑过了那道/剖腹产疤痕，她恣意扭动……语言是诗，是裸露的器官，没戴/保险套（《解禁书》）[①]
> 保险公司姑娘/敞开了明亮阳光的胸……它桃子般的表皮有色情的细毛……什么样的乳房开出了花朵/一瓣嘴唇，被水鸟柔弱的羽翼

---

① 陈东东：《夏之书·解禁书》，重庆大学出版社 2011 年版，第 227、228 页。

轻试/她的腰款送（《插曲》）①

手之工蜂滑过小腹去采撷花和蜜……沦陷之夜射向本官的粘稠/兴奋剂令本官瘫软得起不了身……坐过来，拥吻孤，孤喜欢你/曾经是一部分汽车的身体。（《傀儡们》）②

"身体"在这些诗句里明显具有隐喻和反讽的特征，集中呈现了20世纪90年代以后文化语境下的个体欲望。当但丁笔下的"永恒之女性贝特丽采"变成了"风韵被稀释的电梯女司机"（《解禁书》），"身体"已失去了崇高感，它不再是圣洁、纯净的符号，也不再具有典雅的美感，颓废和宣泄是身体的日常状态，戏谑、狂欢的语言释放出摧毁、破坏的快乐。因此，90年代以后，"神性"的"下移"是陈东东诗歌中一种新的现象，并且，相对于早期诗歌的纯净，一种恶魔性、反讽性的语言在他的诗中出现。他的《恶魔的诗歌已经来了吗》充满了波德莱尔式的颓废和反叛："在上海一幢由臆想构筑的/骷髅之塔中/狐媚的发辫又加长一寸/谁的手推开了彩绘玻璃窗。"陈东东显然接受了波德莱尔"审丑"的现代传统，在对现代文明的书写中，波德莱尔《恶之花》首开以"丑"写"美"的先河："那时，我的美人啊，告诉那些蛆，/接吻似地把您啃噬：/我的爱虽已解体，但我却记住/其形式和神圣本质！"③

在消费文化中，欲望无处不在，而"色欲"则是其突出的体现。在陈东东的诗歌中，时常可见"色情"一词，由于它具有特定的理论内涵，当诗人频繁地使用它，一定出自某种自觉。相对于"艳情""情色"的古典性质，"色情"则是一个在西方当代哲学中具有文化分析功能的概念，阐释它的哲学家代表是巴塔耶。他极力赞扬萨德的"排泄性"，认为人类文明即世俗世界是通过否定人的兽性建立的，而"色情"是对功利的物质文明的否定，巴塔耶称之为"神圣的兽性"，"色情是性，但不仅仅是性，是被改造的性和被改造的'自然'，它包含着人类的喜悦和不安，恐惧和战栗"④，巴塔耶之所以认为色情和原始宗教的献祭一样具有神圣性，是因为

---

① 陈东东：《夏之书·解禁书》，重庆大学出版社2011年版，第212、213页。
② 陈东东：《夏之书·解禁书》，重庆大学出版社2011年版，第181、184、186页。
③ ［法］夏尔·波德莱尔：《恶之花》，郭宏安译，漓江出版社1992年版，第53页。
④ 汪民安：《身体、空间与后现代性》，凤凰出版传媒集团、江苏人民出版社2006年版，第234页。

第十二章 "神性"及其"下移"：陈东东诗歌的"身体性"

其非功利的"耗费"性质。"宗教"和"色情"对世俗世界的超越位于不同的两端，"神圣形式的二元性，是社会人类学的重大发现之一：这些形式必须分布在对立的两个阶层之中，即纯洁的事物和污秽的事物之中"①。恰好这两种不同的"神圣"，在陈东东的诗里都能找到踪迹，如果说早期的"明净之诗"中具有宗教感和神圣性，那么按照巴塔耶的观点，20世纪90年代以后陈东东诗歌对"色情"的书写就具有了另一种神圣性，只是它以反叛、破坏的方式出现，偏离了优美和崇高的古典美学范畴。

帕斯回顾德国浪漫主义诗歌传统时说："他们将爱视为对社会约束的侵犯，并且不把女性当做色情的客体而是也当做色情的主体来赞美。"②"色情"具有破坏性和颠覆性，当它成为一种话语方式，就具有极强的反讽功能。陈东东的《纯洁性》（1992）正是在这一意义上书写了"色情"：

一架推土机催开花朵
正当火车上坡
挑衅滂沱大雨的春天

我在你蝴蝶图谱的空白处
书写：纯洁性
我在你纹刺着大海的小腹上
书写：纯洁性
色情和盐

当窗外大雨滂沱
一架推土机弯下了腰
我在你失眠的眼睑上
书写：纯洁性
纯洁性

---

① 汪民安编：《色情、耗费与普遍经济：乔治·巴塔耶文选》，吉林人民出版社2003年版，第53页。
② ［墨西哥］奥克塔维奥·帕斯：《泥淖之子：现代诗歌从浪漫主义到先锋派》，陈东飚译，广西人民出版社2018年版，第57页。

火车正靠向你素馨的床沿①

　　这首诗充满了对色情禁忌的嘲弄和反讽,"推土机催开花朵""火车上坡""我在你蝴蝶图谱的空白处/书写""我在你纹刺着大海的小腹上/书写""靠向你素馨的床沿"等诗句都与"色情"相关,诗人一边写"性",一边重复着"纯洁性",身体节奏和语言节奏统一在一起。诗人叛逆地将被现代文明视为禁忌的"色情"视作"纯洁",似乎一个"魔咒"可以由此而解除。诗人将"色情"和"盐"并置意图明显,色情是人类文明压制下的产物,和"盐"一样也是文明的必需品,"滂沱大雨的春天"暗示着生命本能的昌盛。这种将"身体"的反叛性置入诗歌当中的写法在陈东东的诗歌中时常可见。再如《影像志》一诗,诗人以当代中国的电影放映场景为题材,将电影放映的历史事件和观看者的私人生活细节交叠在一起,构成了对宏大叙事的反讽和消解。

　　有意思的是,巴塔耶也是诗人,在诗学立场上,巴塔耶对逻辑语言、日常语言是不信任的,这也导致了其无比晦涩的语言风格,特别是他还将一些粗俗的词语引入诗歌,反叛性从形式贯穿到思想,它们都是"色情"得以存在的土壤。巴塔耶和法国超现实主义诗人布勒东之间有很深的过隙,而陈东东这一时期的诗歌也减少了早期超现实主义诗歌所包含的浪漫色彩,诗歌在语言风格上显得更加奇险诡谲,游戏和反讽的意味更加浓厚,这主要体现在他 20 世纪 90 年代以后书写上海经验的诗歌中。

　　作为土生土长的上海人,与很多中国诗人对乡土中国的"乡愁"不同,被称为"魔都"的"上海",作为现代化都市的先驱和集大成者,它有繁荣、进步、现代的一面,也有物欲、喧嚣、实用的一面,陈东东对它怀有一种复杂的情感。如果说他早期的诗歌主要是一种"远游的诗"——远离上海、朝向希腊文明,那么他 20 世纪 90 年代以后的大量诗歌却回到了这座城市。"费劲的鸟儿在物质上空/牵引上海迷雾的夜/海关钟楼迟疑着钟点/指针刺杀的寂静滴下了/钱币和雨/一声汽笛放宽江面"(《费劲的鸟儿在物质上空》);"我在街巷里迷失了我,想不起自己/究竟何物。十一月的上海更向往光荣/最后的塔尖上,夏天以阳光的方式/残存,一群雨燕更照耀人类"(《十一月》);"谁爱这死亡浇铸的剑/谁就在上海的失眠症

---

① 陈东东:《海神的一夜》,江苏凤凰文艺出版社 2018 年版,第 164 页。

第十二章 "神性"及其"下移":陈东东诗歌的"身体性"

深处"(《我在上海的失眠症深处》),这些诗句呈现了诗人对上海复杂的心理感受——有怀念和渴望,也有失望和无奈。

20世纪文学对都市生活迷恋的书写可以追溯到20世纪30年代兴盛于上海的"新感觉派"。它是中国最早的现代主义文学,呈现了物质化、感官化的现代都市风景,"新感觉派"笔下充满身体魅惑的"上海"是符号化的、表象化的,折射出新兴资本主义时期人们普遍对都市既迷恋又恐惧的心态。而在半个多世纪以后,陈东东的诗歌对上海的书写更具有了包容性、普遍性的内涵,他将上海分为"现实的上海"和"经验中的上海",并将"经验中的上海"进行了艺术抽象和转换。他说:"这第二个上海才是我乐于亲近的上海,亲近的方式也几乎是肉体的,譬如在某个午后骑车上街去寻访旧踪、捕捉梦影、论证一次幻想的真实性。或许上海真的仅跟我的肉体有关,从肉体生长出来的精神跟上海已经没什么关系,我的语言、构成我诗篇的语言(它跟我平时所操的上海话也有着类似于精神与肉体的关系)也是与上海无关的。"① 虽然各种都市意象穿插在他的诗歌中,但都市没有成为一种符号和限制,诗人写都市的目的并不是表明一种文化立场,而是可以自由地驰骋想象,陈东东的"上海诗"呈现的都市经验因经过了艺术的转换和变形而变得抽象,这显然仍受益于超现实主义诗歌。

可以看出,陈东东20世纪90年代以后的诗歌虽然有了现实元素,但"现实"在他的诗中仍然被抽象为神话、幻想和梦境,"诗歌写作是诗人的一门手艺,是他的诗歌生涯切实的一部分,而不是一个大于诗人实际生存的寄儿之梦。诗人通过写作创造一件飞翔之物,一个梦,一首诗;而写作本身是有根的,是清醒的,这门手艺只能来自我们的现实。作为一个出发点,即使是一种必须被否决的世俗生活,也仍然至关重要,不容忽视和逃逸。诗人唯有一种命运,其写作的命运包含在他的尘世命运之中。那种以自身为目的的写作由于对生活的放逐而不可能带来真正的诗歌。诗歌毕竟是技艺的产物,而不关心生活的技艺并不存在"②。经过超现实主义诗歌洗礼的诗人,他感兴趣的不会是绝对客观的现实,而多年的写作表明,他是一个善于将客观经验经过语言变形转换为主观经验的诗人。

上海作为中国现代化城市的先驱,相对来说更具有海洋文化而不是内

---

① 陈东东:《明净的部分》,湖南文艺出版社1997年版,第228页。
② 陈东东:《只言片语来自写作》,北京大学出版社2014年版,第167—168页。

陆文化的特点，因而"海"不仅仅是这座城市的自然背景，也是它的文化背景，大海及其有关的自然景物激发了诗人无尽的诗意和想象。如果说陈东东早期诗歌中的"海"主要以希腊化的地中海为原型，20世纪90年代以后的"海"逐渐成为诗人理想的"上海"的化身，因而"海"的意象也大量出现在他的诗歌中。同时，通过用典，诗人也大量借助了与"海"有关的西方文学资源。在《海神的一夜》（1992）中，诗人写道：

> 这正是他们尽欢的一夜
> 海神蓝色的裸体被裹在
> 港口的雾中
> 在雾中，一艘船驰向月亮
> 马蹄踏碎了青瓦
>
> 正好是这样一夜，海神的马尾
> 拂掠，一支三叉戟不慎遗失
> 他们能听到
> 屋顶上一片汽笛翻滚
> 肉体要更深地埋进对方
>
> 当他们起身，唱着歌
> 掀开那床不眠的毛毯
> 雨雾仍装饰黎明的港口
> 海神，骑着马，想找回泄露他
> 夜生活无度的钢三叉戟[①]

在希腊神话中，手执钢三叉戟的海神波塞冬，与后来成为他妻子的安菲特里忒及其他的一些女性之间发生了许多香艳的故事。该诗以这一希腊神话为题材，神奇的想象、感官化的语言延续了诗人20世纪80年代超现实主义的风格，"马蹄踏碎了青瓦"明显又是古典的韵味，中西杂糅，声色俱在。诗人仍然以"身体"的方式来施展想象，"肉体要更深地埋进对

---

① 陈东东：《海神的一夜》，江苏凤凰文艺出版社2018年版，第163页。

第十二章 "神性"及其"下移":陈东东诗歌的"身体性"

方","掀开那床不眠的毛毯",而"港口""船""汽笛"等城市的景物融进了古希腊神话故事的"情色之欢"中,诗人在幻想与现实之间来去自如。可以看出,诗人将其上海经验通过"身体"的方式抽象化、审美化了,并不具有通常地域性诗歌以特定的自然风貌、人文风俗为书写对象的特点。

在对当代都市风景的书写中,陈东东善于通过想象和神话方式将都市景观"身体化",如史蒂文斯说"大地不是一个建筑而是一个身体"①。在陈东东的诗中,一个静止的"水泥森林"世界因为"身体"的跃动而得以表现。在《时代广场》(1998)中,"玻璃钢女神"这样的"人造物"正是高度现代化的都市的象征。诗人写道:

> 甚至夜晚也保持锃亮
> 晦暗是偶尔的时间裂缝
> 是时间裂缝里稍稍渗漏的
> 一丝厌倦,一丝微风
>
> 不足以清醒一个一跃
> 入海的猎艳者。他的对象是
> 锃亮的反面,短暂的雨,黝黑的
> 背部,有一横晒不到的骄人
>
> 白迹,像时间裂缝的肉体形态
> 或干脆称之为肉体时态
> 她差点被吹乱的发型之燕翼
> 几乎拂掠了历史和传奇②

在整首诗的结构中,"时间的裂缝"和"玻璃钢"构成了一种张力,在密不透风的"玻璃钢"世界,只有在"时间的裂缝"中才会出现"一

---

① [美]华莱士·史蒂文斯著,陈东东、张枣编:《最高虚构笔记:史蒂文斯诗文集》,陈东飚、张枣译,华东师范大学出版社2009年版,第251页。
② 陈东东:《海神的一夜》,江苏凤凰文艺出版社2018年版,第207—208页。

跃入海的猎艳者"。这个"猎艳者"显然不属于都市的时间,他拥有一种反叛和超越的姿态,即他的对象是"锃亮的反面",诗人将这一抽象的思想诉诸一个具体可感的女性身体形象。因为"海"的存在,她只能是一个矫健的泳者,她跳跃、遨游的身姿全然不同于凝固的"玻璃钢女神",因其属于"时间的裂缝",诗人称其为"肉体时态","身体"于是从形式和表象的世界进入了时间:"她差点被吹乱的发型之燕翼/几乎拂掠了历史和传奇",相对于"玻璃钢女神的燕式发型/被一队翅膀依次拂掠",显然,前者主动,后者被动。也就是说,只有在主动创造中才能有历史和传奇,这是"玻璃钢女神"所代表的机械、静止的世界所不具有的。

  总之,"身体性"是陈东东诗歌中突出的语言现象,但陈东东诗歌中的"身体"并不具有个人经验性特征,无论表达题材出现怎样的变化,陈东东诗歌的"身体性"主要是在诗歌观念和语言方式的意义上呈现的。它一方面受到了西方超现实主义诗歌以及中国古典诗歌的影响;另一方面也是诗人的当下经验进行艺术抽象的结果,在释放诗人的想象力、构造新诗的现代品质上发挥着作用。同时在文化的意义上,"身体"在陈东东的诗歌中还发挥了反讽的功能。

第十三章　以"身体"为源：
翟永明的性别之诗

翟永明作为 20 世纪 80 年代以来的代表诗人，其诗歌的先锋性和独特性来自她通过特殊的语言方式来表达对自我生命的探索和思考。在这一过程中，身体是载体——带着她深入女性意识的神秘幽暗之处，也是本体——所有的精神活动都在身体中展开。翟永明的"诗性之思"因身体与语言的碰撞而获得了个性化的风格，这之中有其作为女性对身体的一种直觉，同时，也有其对身体自觉的思考，"女性写作与身体发生关系是很自然的，因为女性更多地从自身出发，从经验出发去看待世界"。[①] "身体"为诗人书写爱情、生命、死亡和历史提供了感性的经验，同时，也正是个体性的身体经验确立了诗人诗思方式的独特性。

一　关于"身体"的一次对话

翟永明在 20 世纪 90 年代写有《身体》一诗。在这首诗中，翟永明表达了她的身体认知，而这首诗恰恰与被称作"用身体思想"（王佐良）的现代诗人穆旦与"身体"相关的一系列诗歌如《诗八首》《我歌颂肉体》《发现》等诗表现出一定的相似性：翟永明《身体》一诗中的"岩石""花朵"等意象，"丰富"和"危险""平静""哭泣""飘落"等用词都可以在穆旦的上述诗歌中找到。这里，可以将翟永明的《身体》一诗与穆旦的诗歌进行一些具体比较："身体轻轻流淌/在古老的岩石"与"我歌颂

[①] 翟永明：《翟永明诗文录：最委婉的词》，东方出版社 2008 年版，第 202 页。

肉体：因为它是岩石"（穆旦《我歌颂肉体》）（注：同样用到"岩石"的意象，但在翟永明这里，"身体"是水；在穆旦那里，"身体"是石）；"吐露活泼泼的汗味"与"自由活泼的，是那肉体"（穆旦《我歌颂肉体》）；"充满阳光充满秘密"与"因为它的秘密远在我们所有的语言之外"（穆旦《我歌颂肉体》）；"当我心旷神怡/我的身体允许全部花朵开放"与"你把我轻轻打开，一如春天/一瓣又一瓣的打开花朵"（穆旦《发现》）；"在我们丰富的身上/有一个危险附体"与"不断地他添来另外的你我/使我们丰富而且危险"（穆旦《诗八首》）；"何时吐蕊？何时飘落？/灵魂末端的花朵哭泣"与"等季候一到我们就要各自飘落""即使我哭泣，变灰，变灰又新生"（穆旦《诗八首》）；"你拧亮太阳/与身体的平静混合"与"在合一的老根里化为平静"（穆旦《诗八首》）……显然，翟永明在书写"身体"时受到了穆旦诗歌的影响。

然而，笔者认为这不是简单的模仿，而是一种有意识的对话——相隔半个世纪，20世纪90年代一个"先锋的"女诗人与半个世纪前一个"先锋"的男诗人在进行一场关于"身体"的对话。在这场对话中，翟永明的诗歌因其独特的女性身体经验及其新的诗歌表达方式而显示出与穆旦诗歌的差异。

翟永明《身体》一诗的构思，或许是诗人经一个具体的故事的启发，因好奇而产生了种种联想，诗人书写了"身体"在一个女子生命中所呈现的意义。诗的第一节由诗人的"身体之思"引出一个故去的女子的故事："此刻死去的十年前的女子/多么羞怯的身体玉洁冰清/充满阳光充满秘密"，无法猜测这死去的年轻女子有怎样的故事，但能想象她的身体曾经存储了"阳光"和"秘密"；第二、三节写"我"（女子）年轻、纯洁的身体之美，一个女子的身体在脱离世俗的桎梏之后回到自由本然的状态："当我俯身水边/时间清洗我的身躯/舒卷又舒卷/摇荡的秋天的香气/零落的衣物玫瑰的项圈"，她仿佛是新鲜、洁净、轻盈、美好的自然之女，"汗味"散发着生命的气息，这是像花朵一样"开放"的生命形态；第四节写身体的衰老对女性的威胁，"灵魂末端的花朵哭泣"，"像镜子考验我的耐心"；第五节写死亡——身体的结束。身体里有最大的不可知，"我们古老的身体风云变幻/事先谁能知道真情？"诗人想起生命之初，"母亲抱着女儿"时的"新生"，然而，母女之间灵魂的"难舍难分"只是"幻影"，随之而来的是无可逃避的死亡，"身体隐没"——身体对于生命的使命结束,所有的疑问也随之结束,而不同的生命所包含的身体经验是不同的,因此诗人说"到别处去寻找/也许寻找另一具身体"。这首诗中,一个女性所获得的生命的全部的美好和悲伤都在"身体"里得到了呈现。

"用身体思想"的穆旦在诗歌中追求感性和智性的高度融合,他的一些诗歌在用词上具有浓郁的感官气息。而翟永明的诗歌在处理这一题材时更多的是沉郁的理性思索,尽管翟诗也不乏感性的词汇,但因为缺乏穆旦式的热情,且这种感官的气息只是局部的,并没有像穆旦的《发现》《春》那样构成一种整体的氛围,因而显得冷静和客观得多。同时,相对于穆旦的诗歌,翟诗还增加了叙事的成分,这种叙事即上述"带着香气"的女性身体经验。

必然是出于自觉的身体意识,进入21世纪,翟永明又写了一首同样题为《身体》的诗。和这一时期诗人介入当下生活的诗歌风格一致,这首诗表达了"身体"与外界世界的关系。与前一首《身体》相比,这首诗的"身体"不是实指人的物质实体,而是虚指人的整个生命:

> 这对身体被酒渍过了
> 现在 它们冒出一股甜味
> 酒渍过的虾、蟹
> 还有那些渍过的话题、追问
> 香菜和眼神
> 都已落到身体的底部
> 又被那里已埋了三十年的酒淹没

人总是不断地被改造,并在这种作用中形成某种"自我"的最终形态。诗中的核心意象"酒精"隐喻的是对自我产生改造作用的外部环境,我们所经历的一切综合起来就像酒一样让身体"发酵",让人发生着改变,特别是生活在一起的夫妻和情侣,他们共同分享生活的种种滋味,于是变得"趋同",变得"透明"。岁月过滤掉酒精发酵剩余的杂质,将人酿成了"纯酒",并最终达到饱和,"这对身体从此不再喝其他的酒",生命此时进入一种宁静祥和的状态,不再会因外界的变化而改变。

在翟永明的诗歌中,除以上两首直接以"身体"为标题的诗歌之外,她的其他诗歌也常常是从身体经验出发的,诗人所表达的世界因此也充满了个人的风格，像"黑夜向我下垂/我的双腿便迈得更美"（《壁虎与我》），这样悖逆常理的诗句，只能出于诗人对自我身体的独特感知，是情绪对身体的渗入。在《女人》组诗中翟永明对女性身体的生殖特征也有很多书写，如"海浪拍打我/好像产婆拍打我的脊梁"（《世界》）等。西美尔认为女性身体是作为生命本体而存在的："男人身体的性别感是一种行为，但性别感在女人却是自己的身体本身。"[1] 舍勒还形象地打比方说："男人感觉与自己的身体有一种距离，好像牵着一只小狗……"[2] 也就是说，无论如何，男性的精神和身体之间始终存在一段距离。当然，这样一种带有主观色彩的经验性论断并不足以为据，这里只需看在诗歌中女性所表达的身体经验呈现了怎样的特殊性。

回顾从20世纪80年代到90年代的文学创作可以看出，解禁之后的中国文学首先面对的是解除禁锢之后人性汹涌的释放，而身体在这样思潮的裹挟下毫无疑问会走到最前端，女性诗歌的身体写作在当时尤为引人注目。翟永明、伊蕾、海男、唐亚平以及之后的尹丽川等，"身体"在她们的创作中，成为反叛传统男性文化的禁锢、探索女性生命奥秘的有力武器，同时也是女性诗歌将"诗"与"思"结合在一起的有效方式。不过，每个诗人在表达女性的身体经验时其取向性是有所不同的，由于特定的背景，在众多动因中，反叛和解构是最主要的，像当时伊蕾在《独身女人卧室》中大胆地喊出"你还不来与我同居"。而更年轻一代的尹丽川也显得反叛性十足，尹丽川除了那首广为人知的《为什么不再舒服一些》，还有这首《玫瑰和痒》："我死的时候满床鲜花，/人们在我的身下/而不是身上铺满玫瑰。至于我的身体/暴露在光天化日之下却无关紧要。/因为阴私处已被我的情人割走。/在这个城市，身体一旦失去性器/便可视为清白之身。"诗人写人们对性的厌恶和诋毁，写以道德之名泼在"性"上的污水，而当这样一个承受着道德质疑的女性的身体就要离开这个世界时，"我记住的最后的颜色是女人。/她几根细长的发丝悄悄垂落。/我对这世界最后的感觉是痒"，"痛"消失变成了"痒"，尹丽川以这种方式消解了身体之"重"，死亡让身体回到原初的状态，而正是女性使这种返回成为可能。

---

[1] 刘小枫：《金钱　性别　生活感觉——纪念西美尔〈货币哲学〉问世100年》，载刘小枫编《金钱、性别、现代生活风格》，顾仁明译，学林出版社2000年版，第10页。
[2] 刘小枫：《金钱　性别　生活感觉——纪念西美尔〈货币哲学〉问世100年》，载刘小枫编《金钱、性别、现代生活风格》，顾仁明译，学林出版社2000年版，第11页。

第十三章 以"身体"为源：翟永明的性别之诗

相对而言，翟永明作为20世纪80年代到90年代先锋诗歌和女性诗歌中最为令人瞩目的诗人，她对身体的书写除对男性文化的解构之外，更多的是对自我内部生命的探索和表达，从这一层面来看，翟永明的"身体"之诗不仅区别于穆旦，也区别于同时期的其他女诗人。因而，对她的分析并不是为了概括一般，而是为了揭示其所显示的女性身体经验的特殊性，同时也为了探究这种具有性别特征的身体经验与诗歌创作的密切联系。

二 女性身体：从"黑暗"走向"自由"

个人经验是现代诗歌的重要资源，而当这种经验中加入了性别的因素，它的写作就会呈现出新的特征。作为人类性别的另一半，女性和男性对世界的感知特点是存在差异的，女性被生命赋予的感受丰富而细密，特别是在文化的建构中，女性的身体本能更严厉地被驱逐之后，身体变得更加隐秘而幽暗。对此，翟永明有自觉的意识："我们从一生下来就与黑夜维系着一种神秘的联系，一种从身体到精神都贯穿着的包容在感觉之内和感觉之外的隐形语言，像天体中凝固的云悬挂在内部，随着我们的成长，它也成长着。对于我们来说，它是黑暗，也是无声地燃烧着的欲念，它是人类最初同时也是最后的本性。"[①] 翟永明所说的神秘的"黑夜"是"身体的黑夜"，"身体"构成了生命的冲动和未知，并形成了对精神某种奇妙的蛊惑，它是语言不可言说的部分，这里，翟永明将"身体"的重要性上升到生命本体的层面。正如梅洛-庞蒂所言："只有当主体实际上是身体，并通过这个身体进入世界，才能实现其自我性。"[②] 翟永明由此获得了独异于他人的个体经验。

翟永明对女性身体的探求和表达包含了双重的视角：女性自我的内在视角和男性他者的外在视角，前者是"黑暗"，后者是"美"，而女性自我内审的视角是她审视男性的基础。在20世纪80年代的成名作《女人》组诗中，"身体"神秘、深邃而忧郁，由此也形成了她的"黑夜意识"，

[①] 翟永明：《完成之后又怎样》，北京大学出版社2014年版，第3—4页。
[②] [法] 莫里斯·梅洛-庞蒂：《知觉现象学》，姜志辉译，商务印书馆2001年版，第511页。

这样的"黑夜"不能回避其与"性"的相关性:"怎样的喧嚣堆积成我的身体/无法安慰,感到有某种物体将形成/梦中的墙壁发黑/使你看见三角形泛滥的影子/全身每个毛孔都张开/不可捉摸的意义/星星在夜空毫无人性的闪耀/而你的眼睛装满/来自远古的悲哀和快意。"然而,与同时期的其他女诗人不同的是,这里的"性"并非释放和敞开的,而是犹疑且痛苦的,充满一种紧张感,女性的身体此时充满了对外界的抗拒:"身体波澜起伏/仿佛抵抗整个世界的侵入。"不仅"性"令人恐惧,生命本身都是令人疑惑的,"海浪拍打我/好像产婆在拍打我的脊背,就这样/世界闯入了我的身体/使我惊慌,使我迷惑,使我感到某种程度的狂喜","闯入"一词意味着"我"被动地接受"来到世界"这一事实。唐亚平也写过女性身体的"黑色"区域,且更加大胆和激烈,反叛性更强:"我披散长发飞扬黑夜的征服欲望/我的欲望是无边无际的漆黑/我长久地抚摸那最黑暗的地方/看那里成为黑色的旋涡"(《黑色沙漠》组诗),而20世纪著名的俄罗斯女诗人茨维塔耶娃在《山之诗》中就表达得更为勇猛:"向我的黑暗洞穴致敬吧。/(我就是那洞穴,让大海涌入!)"① 这样的"黑暗洞穴"是敞开和接纳、勇敢和无惧的。

  同样地,在《静安庄》中,翟永明写身体的疾病、死亡和苦难,还有生命中那不可把握的偶然命运,可以感受到,翟永明早期诗歌中的身体是混沌而幽暗的,带着一种本能的、原始的气息,它经由一种强烈质询的、怀疑的方式予以了表达。从这些诗句中,能感受到身体受到威胁、被侵入,同时也可以感受到诗人充满了敌意和报复的语气。虽然翟永明早期诗歌中"身体"对环境的感觉极其细微敏锐,但身体与主体之间似乎还没有获得有效的联结,身体对于女性经验的特殊性并未得到明朗的呈现。这只有随着诗人生命的成熟,在对身体的洞悉和释放中,获得与主体的联结,达到身心合一的状态,才能获得真正的自由。

  和身体相连的主体意识的苏醒和强化是在1996年以后,母亲的去世带给诗人最沉痛的思考。诗人在其代表作品《十四首素歌》(1996)中写到自己和母亲在身体上的传承:"我继承着:/黄河岸边的血肉/十里枯滩的骨头",但诗中更多地所写到的还是"我"和母亲对待身体的不同立场。

---

① [俄]玛丽娜·茨维塔耶娃:《新年问候:茨维塔耶娃诗选》,王家新译,广东省出版集团、花城出版社2014年版,第126页。

第十三章 以"身体"为源:翟永明的性别之诗

诗人在诗中写到年轻时的身体经验:"我的身体里一束束的神经/能感觉到植物一批批落下/鸟儿在一只只死去 我身内的/各种花朵在黑暗里左冲右突。/撞在前前后后的枯骨上/我的十八岁无关紧要",这让人自然地想到穆旦的《春》。与《春》一样,翟永明写了身体欲望的苏醒和被压抑,这里的鸟儿、花朵都是欲望的象征,"我用整个的身体倾听/内心的天线在无限伸展/我嗅到风、蜜糖、天气/和一个静态世界里的话语"。然而,身体是在特定的时代中说话的,"我不是自由地为我的经历选择随便什么意义,而是在我的时代、文化和处境所允许的范围内选择意义"①。对于母亲那一代人来说,信仰的力量是无比强大的,"为建设奔忙的母亲/肉体的美一点点地消散/而时间更深邃的部分/显出它永恒不变的力量"。当信仰代替欲望,它似乎获得了某种精神上的永恒,但这是以扼杀生命力为代价的,而"我"的生命(身体)方式显然也是母亲那一代人不能接受的:"我就地燃烧的身体/让他们目瞪口呆/他们不明白为什么/肉体的美会如此颤抖/连同肉体的羞耻/他们习惯于那献身的/信仰的旋律"。母女之间价值观念的冲撞是毫无疑问的,同样是身体的被压抑,母亲和"我"是不同的,母亲是接纳的,"我"是反抗的,前者的身体几乎没有苏醒,而后者苏醒了,却仍然无路可走。

随着诗歌艺术的发展,翟永明将女性对自我生命的感知进一步投向了历史中的女性,对她们"身体"的"黑暗"的书写,是由诗人因自身年龄的增长带来的身体感知的变化而引发的。在淡出了男性欲望的视线之后,诗人可以站在"第三性"的立场之上,审视两性之间的身体关系。在男性的视角下,女性身体外在的美是他们注意的中心,而这样的身体之美对女性来说又是短暂易逝的。"肉体的美一点点地消散/而时间更深邃的部分/显出它永恒不变的力量",正是在这样一种反差中诗人才能更清楚地看到女性生命的真相。她写的《时间美人之歌》《三美人之歌》等诗,都是以历史中的"美人"和一些爱情故事中的女主角为题材的作品,诗人穿过黑暗的时间之流,与历史中的女性进行对话。诗人自己评述说,中国文人自古就有"香草美人"的传统,"外在的美人形象和内在的文人影子,使这一类的诗歌自能算是伪女性题材。无论他们是赞颂美人以标榜自己的价值观,还是以其言外之意重复'不遇'的主题,骨子里文人们关注的还是他

---

① [美]丹尼尔·托马斯·普里莫兹克:《梅洛-庞蒂》,关群德译,中华书局2003年版,第46页。

们的自我，而诗中的美人只是他们眼中的'他我'"①。美人之"美"，实质上只是因承担了男性的欲望，这样的"美"是对象化和工具化的。男性视角中的女性身体之"美"，恰恰成为女性生命中的"黑暗"，只有摆脱被观看、被控制，才能走出"黑暗"，获得自由。

在《时间美人之歌》中，诗人将自我的陈述与对中国历史上的"绝色美女"赵飞燕、虞姬、杨玉环的悲剧命运的书写交错排列，自述部分写的是诗人自己的写作所经历的题材的变化。其中不断反复的是"我写呀写，一直写到中年"这一诗句，而诗人的"中年"恰恰与"美人"的"年轻"构成了对照。在对"美人"的命运的评述中，诗人明显带有女性主义的立场："一个簪花而舞的女孩……（她不关心宫廷的争斗/她只欲随风起舞、随风舞）"，"四周贪婪的目光以及/爱美的万物/就这样看着她那肉体的全部显露"。女人因美貌而受宠，并得到荣华富贵，也因美貌而成了男性政治的牺牲品，诗歌最后写道："当月圆之夜/由于恣情的床笫之欢/他们的骨头从内到外地发酥/男人呵男人/开始把女人叫作尤物/而在另外的时候/当大祸临头/当城市开始燃烧/男人呵男人/乐于宣告她们的罪状"（《时间美人之歌》）。我们知道，唐代有大量描写女性舞蹈的古诗，白居易《霓裳羽衣曲》《柘枝妓》《胡旋女》，元稹《胡旋女》《西凉伎》，李贺《拂舞辞》，李白《上云乐》，等等都是名篇，这些诗歌用极尽华丽的辞藻描摹女性舞者的身姿之美。女性的美貌和善舞都是她们获取生存保障的资本，据说杨玉环当时就是因为擅长跳霓裳羽衣舞而获得玄宗的喜爱，而翟永明的这首诗对这些"美人"的重写恰恰与历史上的这些男性书写形成了一种对照。

翟永明也力图用诗之笔穿越身体的性别认知的迷雾。在《俄罗斯舞蹈——献给巴希利科夫》（1993）和《丧失惯性的那舞蹈——为我所热爱的巴希利科夫而作》（1996）中，诗人表达了对俄罗斯舞蹈家巴希利科夫的热爱，正是巴希利科夫让诗人爱上了现代舞，这是身体与灵魂的共舞。然而，巴希利科夫作为一名男性舞者，他的舞蹈如此受女性喜爱——"座中皆女人"（《丧失惯性的那舞蹈——为我所热爱的巴希利科夫而作》），却并不受男性喜爱，原因在于对舞者的性别气质的成见。在传统的性别气质认定之下，只有女性身体才更具表现力，才能优美、柔韧、变幻，诗人

---

① 翟永明：《完成之后又怎样》，北京大学出版社2014年版，第46—47页。

第十三章 以"身体"为源：翟永明的性别之诗

由此揭示了艺术创造对传统性别规范的僭越。而对于诗人来说，写诗也是一种舞蹈的方式，"现在 就像写诗 我依然舞蹈"，"写"和"舞蹈"从表达的角度来说是同质的，渗透着创作者的情感和经验，"写，变得如此贵重／一笔一画的气息 在身体中呼吸"（《前朝遗信》），只不过，在舞者那里，"身体"主要体现为动作，而在写作者这里，"身体"主要呈现为经验。

翟永明对历史中女性身体的"被看"的书写，是为了洞穿在女性身体上的文化积习，而当下现实中的"女性身体"仍呈现着和历史极大的相似性——年轻女性的身体仍然只是"猎物"。《游泳池边》讽刺了人们内心的寂寞和男女之间浅薄的身体诱惑："游泳池边的女人／体态摇荡而心意飘忽／听着身边男人对她的赞美／这个白得嶙峋的女孩／那白得像死亡的皮肤／她精心保养它们"，"水中，那个男人显露他的身体／他有意在阳光下取胜／他的黝黑皮肤和胸肌／以及他水中的隐秘部分／他暗中等待池边女人的注视"。翟永明喜欢观察现代休闲场所的男男女女。在《咖啡馆之歌》中，年轻的女性带着性的诱惑，诗人往往能够以一种超然的心态看破两性之间的一切表象："雪白的纯黑的晚礼服……／邻座的美女摄人心魄／如雨秋波／洒向他情爱交织的注视。"年轻女性的身体之美无疑是取悦男性的一种资本，女性作为被观看的欲望对象，其自身的价值和意义是什么并不重要。

女性一旦褪去了年轻的容颜和身体，不再光艳美丽，男人的目光就会移开，以男性文化的眼光来看，人到中年的女性是无美可言的，尤其在现今的消费文化盛行的中国更是如此。在《时间美人之歌》中，诗人写道："当我年轻的时候／我丢下过多少待写的题材／我写过爱情、相思和／一个男人凝视的眼光 唯独没有写过衰老。"（《时间美人之歌》）诗人年轻时的写作也多少带有男性的视角，但她并未意识到这种写作的局限。进入中年之后，诗人才不得不面对时间带给女性角色的困惑，并在这种困惑中寻找生命对于女性自身的意义，而这是越出男性视野之外的生命探求。

生命的问题是时间的问题，而时间的问题都在身体上显现。在《十四首素歌》中，诗人写到时间对于生命的改变："时间的笔在急速滑动"，"事物都会凋零／时间是高手 将其施舍"，"时间更深邃的部分／显出它永恒不变的力量"，"终于一种不变的变化／缓慢地，靠近时间本质"。同样，在《某一天的变化成为永远》中，诗人写道："倾听变化的声音使我理智／让我拉开与生命站立的位置。"不过，对于经历了生命中的种种的诗人来说，恰恰因此而获得精神的自由。在《小酒馆的现场主题》（1996）中，诗人声明"请让我保留衰老的权利"：

> 她们中间的全部　青春缠绵
> 使一桌灵魂出窍　当她们
> 绷紧那闪光白缎的肌肤
> 我愿意成为　窗外的夹竹桃
> 保有　危险而过时的另一种味道
> 把吃掉的口红　藏进
> 枯萎身躯的中央

与她们的年轻美丽相比，"我"是"危险而过时"的，不过，她们代表着均质化的青春，我却是独一无二的个体，这是时间的沉淀带给诗人的启示。因为衰老和死亡，身体此时不再是欲望，而会更多地呈现生命的真相，"我的身体/展开那将要凋谢的花朵/自言自语：/'拿走吧！/快拿走世上的一切！/像死亡　拿得多么干净'"。（《咖啡馆之歌》1992）相对于那些还在男性文化规则下生活的女性，诗人持有对世界独立的判断，她已经可以做到"安静地　与死亡/倾心交谈"，正是"向死而生"，使诗人能够"既不掩饰/也不夸张"，真实地面对生命后，死亡不是"绝望"，而是"日月悠长"。

身体之美是有阶段性的，每个人都曾拥有年轻的肉体之美，但岁月之美、沧桑之美也是生命赠予的礼物，"我是无止境的女人/我的眼神一度成为琥珀"（《女人》），这样的美是有层次和内涵的，而非贫弱单薄。病痛和死亡给生命带来了悲剧的美感，在这样的身体经验之下才会收获更深邃更具力量的心灵启示。

总之，在翟永明的笔下，文化禁锢下女性身体的"黑暗"与"美"得以展现，而这种性别文化的经验又是和诗人自身的生命体验分不开的，"女性对世界的认识既不先于身体，也不后于身体……女性诗歌的自觉程度、对历史的改写和对个体的强调，是与女性身体感觉的强调联系在一起的"①。从非现实的想象世界到现实的日常生活，翟永明以个体经验切入各

---

① 荒林、王光明：《两性对话——20世纪中国女性与文学》，中国文联出版社2001年版，第253页。

种题材的写作之中，她的诗歌由此散发出强大的表现力，展现了与自我、历史和现实的对话关系，而诗人对女性身体意识的"黑夜"的书写最终是为了穿透它并获得自由。

三 疼痛的艺术

翟永明在其早期诗歌所表现的对外界的抵抗中，女性身体的被侵入留下来的是一道伤痕："我的眼睛像两个伤口痛苦地望着你。"（《女人》）诗人把"眼睛"写成"伤口"，从形态上说"眼睛"的注视正像伤口的对外敞开一样，从所指来看，眼睛是心灵的折射，眼里的伤害和哀怨正是心灵的伤口的外化。这样的诗句留有普拉斯的痕迹，她曾将普拉斯的"世界伤害我/就像上帝伤害我的身体"作为《女人》组诗的篇首引言（作为引言的还有杰佛斯的诗句——"至关重要/在我们身上必须有一个黑夜"）。普拉斯的诗歌实践着一种伤害美学，她的诗歌充满了对疼痛的品赏和把玩，这样的"自虐"实际上是在实施一种极端的"诗意"——遍体鳞伤才能绽放艺术之花。而在翟永明笔下，也充满了对这样的伤痛的描写："伤害 玻璃般的痛苦——/词、花容、和走投无路的爱"（《十四首素歌》）虽然伤害和疼痛是心灵化的，而女性心灵的疼痛往往与身体经验相关，相对而言，普拉斯有强烈的坠落（死亡）的冲动，翟永明则在困惑和疼痛处转身，她最终体现的是一种中国式的温和与节制。

身体和精神类似于一块硬币的两面，身体引发的精神疼痛以及精神引发的身体疼痛都渗透在翟永明诗歌的字句中。在20世纪80年代创作的《静安庄》中，诗人想走进一个非现实的令人感到恐惧的危机四伏的村子，而在此过程中，她的身体遭遇了疾病、暴力和死亡，"我十九，一无所知，本质上仅仅是女人/但从我身上能听见直率的嗥叫/谁能料到我会发育成一种疾病？""女人"这一性别是自然生命的属性，但哪里还存在"自然"的女人，文化早已赋予了我们看待事物的眼光，尽管来自身体的声音是自然的声音，但这样的声音用传统性别文化的眼光来看就是"疾病"。从这一意义来说，一个女性天生就是有病的，是需要被文化驯服的，而这种文化意义上的疾病很容易通过心理转化成身体的疾病，"罪责显现为充斥身体表层的病痛,且有可能以身体性疾病的面目出现"①。

　　身体的疾病和疼痛对女性而言带有文化性,然而,治愈伤痛的过程也正是艺术创造的过程。翟永明的诗歌在对疼痛的书写中审视女性内在生命的困境,伸张艺术创造之于创伤的治疗学意义,并力图从中探究女性身体与精神的关系。《剪刀手的对话——献给弗里达·卡洛》(1996)是以著名的墨西哥女画家弗里达为题材的一篇诗作。弗里达6岁就患了小儿麻痹症,18岁又遭遇了一起严重的车祸,车祸让她的脊椎折成三段,颈椎碎裂,右腿严重骨折,一只脚也被压碎,一根金属扶手穿进她的腹部。从此,她的一生都与巨大的病痛相伴,但身体的痛苦以及因其丈夫里维拉的背叛而造成的精神痛苦却将她造就成一位伟大的画家,她画的是自己内心的孤独,爱和死是她创作的重要主题。可以看出,女性艺术和身体的关系是十分突出的:"疾病无疑是整个创造冲动的最后原因。只有创造,我才会得以康复;只有创造,我才会变得健康。"② 弗里达残疾的身体虽然已不可能复原,但疾病和疼痛激发了主体的生命激情和创造潜能,璀璨的艺术之花由此绽放。

　　弗里达传奇的人生以及惊人的绘画天赋吸引了翟永明。实际上,翟永明的创作冥冥中已和这位异国的女艺术家发生了共振。③ 因此,以弗里达身体的病痛及绘画为素材,翟永明创作了《剪刀手的对话——献给弗里达·卡洛》这首诗。在诗中,手术刀、钢针、铁钉、铁床、玻璃、鲜血等残酷的意象充斥着弗里达的世界,而与之并行的是弗里达绘画中的意象(如蜂鸟、刺藤、蝴蝶、植物、花卉等)。此外还有弗里达美丽的面容,就这样,美丽和疼痛一起绽放,美得惨烈而触目惊心。"剪刀手"本是医生拿着手术刀的手,弗里达也许本应是躺在手术台上被"刀"主宰的对象,但事实并非如此,在隐喻的层面,弗里达从医生手里夺过这把"刀",让自己成为剪刀的主人,她"剪爱的轮廓""修剪黑暗的形状",她让创伤成为创造。在这首诗中,女性身体之美就像"刀尖上的舞蹈",即便作为一个残疾的女人,"美"也是必需的,"为了美,女人永远着忙","为了美,女人暗暗淌血","为了美,女人痛断肝肠"。可以看出,女性艺术是

---

① [美]朱迪斯·巴特勒:《身体之重:论"性别"的话语界限》,李钧鹏译,上海三联书店2011年版,第47页。
② 车文博主编:《弗洛伊德文集》(第3卷),宋广文译,长春出版社2004年版,第128页。
③ 翟永明:《坚韧的破碎之花》,东方出版社2000年版,第1页。

第十三章 以"身体"为源：翟永明的性别之诗

从身心的疼痛中敲打出来的，"卡洛——我们怎样区分来自剪刀刀锋/或是来自骨髓深处的痛？"女人把自己打扮得美丽仅仅是为了取悦男人吗？对于弗里达来说，当然不是，身体之美也可以是对自我的一种创造，是女性主体存在的一种方式。即使瘫痪在病床和轮椅上，弗里达也要身穿艳丽的墨西哥民族服饰，于是，身体的残疾和美艳形成了极大的反差，"痛"是弗里达的身体感受，"美"则是弗里达的身体语言。弗里达的身体之美是带血之花："蝴蝶一扑 点燃她满嘴的桃红/女人的颜色来自痛/痉挛、和狂怒"，"请看体内的钢钉/在一朵忧郁烈焰的炙烤下/斑斓 怎样变成她胸前的雕花图案"，"蜂鸟、刺藤的拥抱/掠过她狂热的/流血脖子 创造美的脸庞"，身体之痛和身体之美以这样的方式联结起来，"美"已经不再是为了满足异性的眼光，而是确认自我的一种方式。

  弗里达虽是极端的案例，但诗人从中看到了疼痛中身体与精神的纠缠，也看到了作为一名女性，其身体的在世遭遇。除此以外，翟永明也常写到来自自身身体的困扰，如她在许多诗歌中都写到"失眠"。失眠症者，往往精神细腻敏感，这是混合着精神和身体的不调的病症。在翟永明的诗歌中，"失眠"病症是诞生其"黑夜意识"的摇篮。在《甲虫》（1995）一诗中，"我"因失眠和甲虫在黑夜中结为联盟，"我"和甲虫、黑色和白色在诗歌中并行、交替出现（医生的白，甲虫的黑；白天的白，黑夜的黑）："我的沉默 类似它的沉默/我的无法开口的黑暗把夜充满/在世上我无法成眠"。因为失眠，诗人对壁虎、甲虫这些夜晚陪伴自己的小动物及玩偶似乎情有独钟，它们映衬着诗人的孤独和焦灼。除此之外，在另外一些与失眠有关的诗歌中，诗人写道："人需有心事 才能见鬼/才能在午夜反复见到/幻灭中的白色人影"（《午夜的判断》，1992）；"夜晚贴得很近 白色安眠药/深入我诚恳的躯体"（《深夜两点》，1993）。诗人在失眠的夜里，看到了白天看不到的、白天想不到的，只有在失眠中，才会感受到深深的寂静和黑暗，感受到意识的无法控制，感受到漫无边际铺展开来的思想……而这些病痛无不是精神的反射，"自我首先是一个身体的自我；它不仅是一个表面的实体，而且它本身还是一种表面的投射"[1]。其实，不只是翟永明，"失眠"也是国外一些女诗人常写的主题，茨维塔耶娃有《失眠组诗》，毕肖普有《失眠》《睡在天花板上》等，普拉斯的诗里更是常

---

[1] 车文博主编：《弗洛伊德文集》（第6卷），杨韶刚译，长春出版社2004年版，第127页。

常写到夜、梦和安眠药,这样看来,"失眠"或许是一种具有性别文化色彩的身体困扰。

面对生命中的种种困境和痛苦,女性的反应往往会涉及身体,生命自身的痛也好,文化对女性身份的建构也罢,都会成为女性身体的一部分,病痛就是思想和情绪的反映,而男性则不同,情绪很难轻易进入身体,这样说似乎有生理本质主义的嫌疑,但文学不是理论的论辩,而是生命经验。翟永明的诗歌就确认了疾病与女性精神世界的瓜葛,在《敏感的萨克斯——致JXJ》中,诗人写道:"爱生病的女子是怎么回事?/她耳中定然装满全世界的噪音/但压不住那一缕凄楚的低音","舞池中年轻女孩舞得嚣张/比不上你内心私语的狂放/递上一粒美丽古怪的药丸/我来告诉你/那每天滴进你身体里的药液/总是为这样的女人准备/天生悲凉的肌肤甩不掉/随时而来的目光/爱生病的你/要经常下床",年轻美丽的女性往往能吸引"无数爱慕的眼睛",而这样的身体之美恰恰又是其身体疾病的根源,道理很简单:美丽能得到异性的青睐,可又是阻止其得到灵魂之爱的障碍,这导致她内心的孤独,导致她身体的疾病。

相对于女性,在翟永明的笔下,男性的疾病和死亡更充满了权力文化的色彩。在《一个朋友的死讯》(1995)中,诗人写到一个挥霍生命的男性友人的疾病和过早死亡,他"血管里缓缓流着/高脂肪的血,/他风流成性/向我们介绍消磨良宵的/各种方式,绝妙精伦/日子才不仅仅是'活过'的意思","'让我活着,让我抽烟'/我看见一个朋友的肺/被他自己洞穿/我看到他的身子骨变得枯槁"。诗人为这样的"快乐"和"洒脱"感到悲哀,如果说女性的身体经验更多的与精神相连,那么,这样一些所谓"成功""才华横溢"的男人的身体经验只是积累他们享乐的资本。身体成为追逐快乐的工具,而这样的身体不再承受生命之重。

当然,除了性别的眼光,翟永明也常常在人的存在的普遍意义上审视疼痛中身体和精神的关系,不过,笔者认为,即使是所谓的"普遍意义",也是从诗人的个体经验出发的,只是性别的因素如盐溶于水化为无痕。在《盲人按摩师的几种方式》(1995)中,诗人通过盲人按摩师对"我"有病患的身体骨骼的推拿,传达了最为精彩的关于身体与灵魂的对话。中国传统医学讲身心合一,身体是实,精神是虚,身体的疾病往往是心病所致,诗人以实写虚,以虚证实,精神的痛苦、空虚、凄凉、怯懦、寒冷,通过身体的疾患反映出来。在诗中,盲人按摩师凭借感觉和经验进行治

· 308 ·

第十三章 以"身体"为源：翟永明的性别之诗

疗，他如演奏家一般在病人身体上进行"弹奏"，身体如"白键"与"黑键"，"我知道疼痛的原因/是生命的本质，与推拿无关/但推拿已进入和谐的境界//盲人一天又一天敲打/分享我骨头里的节奏"。心灵的痛苦是无形的，身体的痛苦是有形的，盲人推拿的是身体，也由此触摸到病痛者的心灵，"盲人按摩师的手抓住的/是不是那石头般的内心恐惧？"他能够掌控和解除身体的病痛，却无法解除身体疼痛之因——精神的痛苦。"如果能把痛楚化成有形的东西，类似/抓住一把盐，洒在地上//类似端走一盆清水/从皮肤里，类似/擦掉苹果上的污迹//类似手指按下琴键/随即又轻轻地移开"，"手指间的舞蹈，很轻/指力却浑厚，生命中的/强弱之音此时都在"，于是，在按摩师手下："尘世中的一大堆杂念/被你熔与黑暗一炉/终将打成整铁一片"，诗中身体的"实"和精神的"虚"相交织。这首诗表达了现代身体哲学所肯定的身心的联结，身体里有精神，精神中也有身体，身体参与到我们对世界的认知中，因此它所具有的现代身体意识是非常浓厚的。

翟永明对灵魂的叩问总是携带着她的身体经验，她的诗歌里的疼痛不是高蹈的精神呐喊，而是带着切实可触的生命感受。翟永明曾在一篇题为《穿越花朵的力》的随笔中，由两位女性画家所绘制的具有隐喻意义的花朵引申出对女性之花如何逃离被观看的命运的思考："那穿越芝加哥和奥利弗的花朵之力，点燃绿色导火索之力，沿着花茎的红色血液上升之力，那就是女性向上生长，开放，不再受制于泥土、天空、气候和周遭环境的影响，自由地撑控身体，使之永久灿烂之力。"[①] 这或许也是贯穿翟永明诗歌的身体表达中的一个重要思想：审视、挣脱、逃离，并通过创造获得真正的自由，而翟永明是否能寻找到这样一种以"身体"为源能带动精神飞跃的力量，能否将"黑暗"和"疼痛"这样一些下沉、封闭性的"身体"能量转化成一种能带动精神上升的积极的"身体"能量，并走向更开阔更深邃的空间，仍然是一个需要诗人通过写作予以回答的问题。

---

① 翟永明：《坚韧的破碎之花》，东方出版社2000年版，第42页。

结　语

　　本书以哲学、美学意义上的"身体"概念为核心考察新诗的现代性进程。研究发现，新诗的"现代性"与"身体"具有紧密的关联。新诗的现代性展开也是"身体"的内涵从艺术形式到精神立场在诗歌中全面展开的过程。如果说新诗的发展是一个不断建构和自我修正的过程，"身体"是否在场以及以怎样的方式在场，都通过现代诗学的理论和实践获得了展开和呈现。

　　"身体"在新诗的现代时期所呈现的意义和价值主要如下。

　　首先，"身体"对于开创期的新诗具有重要的意义。古典诗歌中的身体功能呈现出逐渐退化的趋势，诗歌不是在真实的身体感下写作，而是在词语的惯性下写作。新诗成立之初，胡适的"具体的做法"以及废名的"完全的当下"都包含了"身体在场"的内核，日常事物进入新诗，诗人总要对它们有新的发现，给读者增添新的经验，经验的新鲜和真实成为新诗区别于旧诗的首要标准。

　　其次，新诗在艺术上的自觉归功于现代诗歌感性传统的建立。受西方现代诗歌的影响，同时得力于中国古典诗歌的传统，现代诗人极其注重感觉之于新诗艺术的重要意义，"小诗"提倡的"刹那间的感兴"，早期象征派对感官的暗示作用的重视，"现代派"诗歌将情绪感觉化的处理，等等，都意味着将"感性"作为现代诗歌艺术生长的根基。

　　在新诗将"感性"确立为其艺术起点之后，如何将其熔铸于现代的经验之中，在审美感性的基础上表达现代人的生存体验是必然要面对的问题。同时，感性的艺术也应该是真实的艺术，早期新诗的感性很多来自"翻译"，"欧化"的感性只是增加了艺术表现力，却取消了感性的真实性。因此，还需要进一步寻找感性的现代特征。感性作为新诗艺术的基础，还需要和理性有效地结合。

结　语

　　再次，新诗在抒情问题上的发展变化得益于对抒情所存在的"身体"问题的警醒。早期新诗的一些主情论者偏向于强调诗歌的感性，忽视和贬低理性，它因缺少现实和理性精神导致了柔弱的感伤主义。而与很多诗人"情"的过剩相反，周作人素朴的、写实的诗却带来了清新之感，它摆脱了浅白而更有余味。此外，在以郭沫若为代表的浪漫主义诗歌中，欲望的热力让情感无限膨胀，它释放出横冲直撞的主体意志，身体是实现其意志的工具。这种身体的意志化、工具化体现在两个方面：一是身体是作为意志驱使的客体而存在的；二是声音所具有的身体节奏感是为主体意志服务的。因此，当现代的主体获得确认之后，它始终需要通过与真实的身体以及语言、技艺的联结而获得呈现，否则容易走向虚张和浮夸。

　　最后，"身体"在新诗整体发展中的意义还体现为清醒的现实精神和深厚的历史意识，也就是说，除建立新诗感性的传统之外，"身体在场"的价值取向也成为现代诗歌的传统。在20世纪云谲波诡的各种观念、话语中，诗人只有通过真实的身体来确定自我的根基，这也是信赖身体的诗人处理语言与世界的关系时所持有的基本方式，只有不断地回到"身体"，才不会将个人作为历史结构中的被动存在物，才能够在一定程度上保持个人精神上的独立性。

　　进入当代，在很长的时间内，由于理念代替了审美感性，意识形态话语代替了真实的身体感，因而造成了"身体"在当代新诗中的缺位。直到20世纪80年代中期以后，新诗才又接续了中断的现代诗歌传统。当代诗歌除表现出对现代诗歌的继承之外，也呈现出新的特点，在拥有语言意识的自觉之后，"身体"始终是在和语言的复杂纠葛中展开自身的，语言、身体与现实构成了一种相互对话和支撑的关系。"身体"之于20世纪80年代以后的诗歌的意义主要呈现为以下几个方面。

　　第一，"肉身性质"的口语给20世纪80年代的先锋诗歌注入了活力。在当代诗歌经历了长期僵化的语言模式之后，"第三代"诗人从原始、生动、肉感的地方性语言、日常语言中寻找突破，由此松动并丰富诗歌的语言环境。先锋诗歌向日常语言寻求突破其实就是让身体出场，以反抗长期以来意识形态话语对语言的压制和围剿。如果说胡适提倡的"具体的写法"包含着对真实身体感的重视，那么，"第三代诗"在"口语写作"中提出的"具体性"还包含着一种反叛性。

　　第二，在"第三代诗"的语言实践中，"文本的肉身"得到重视。20

世纪 80 年代诗歌在回到语言本体的强烈愿望之下，重新认识了"词"与"物"的关系：词语就是现实，"词"就是"物"。在"不及物写作"提倡者看来，文本是具有隐喻性质的"肉身"，一个鲜活、自足的文本是一个完整、系统的生命有机体，文本外的真实的身体并不重要，这也意味着对诗歌与现实关系的阻断。

第三，现代的经验、感觉、情绪需要通过具有身体感的语言（节奏、语调、韵律等）来呈现。在当代，由于对内在经验的重视，诗歌的声音问题也得到了重新理解。新诗成立后的音乐性建设主要是在声音的韵律节奏层面进行的，基本思维是寻找现代汉语诗歌音乐性的普遍规律，这仍然是一种传统性质的音乐方式。浅层次的抒情往往更需要借助于身体的节奏感，而深度抒情对外在的身体节奏感的依赖要小得多，它更倾向于将身体感内化为一种经验性的节奏。在对浪漫主义诗歌的反驳和超越中，现代主义诗歌遏制了对外在身体倚重（节奏和激情）的倾向，而让内在的身体（经验）走向前台。在 20 世纪 80 年代以后的先锋诗歌中，更发展出了"呼吸性"的音乐方式，它追求的已经不是单纯的声音，而是由经验性的语言带动的声音，它主要是在词与词的关系中获得的。从"声音"到"呼吸"，是由外在的身体感到内在的生命经验的转移，由此也实现了新诗音乐性的现代转换。当代诗歌中的音乐性问题不再是一个可以从具体的诗歌中剥离出来的普遍性问题，每个诗人的身体是唯一的，他发出的声音也是唯一的。

第四，当代诗歌的感性特质显示了对汉语诗歌传统的继承，具体地说，它来自逸乐、有趣、精致的南方诗歌传统，然而，这样个人化的感性还未能融入感时忧国的儒家文化传统。此外，20 世纪 80 年代理想主义的诗歌也缺少"身体"充分的在场。90 年代写作的积极意义在于确立了一种置身当下、回到身体的写作，叙事性、戏剧性等现代诗歌技巧的使用摒弃了单向度的抒情，诗歌呈现的是现代人暧昧、复杂的现实状态。

第五，语言和现实的关系在当代诗人那里充满了多层次性，这也正是当代诗歌的丰富性和不确定性所在，对"词"的命名不是一次性的工作，而是在时间的不断推进中一次又一次地完成着自身。真实的"身体"具有意向性，"身体"只有找到和公共生活及他人联结的方式，才能显示出语言的指向性，这也是语言行动的能力。走向一种"身体在场"的诗学，也是对当代诗人的价值要求。

结 语

　　除研究诗学现象和诗学话题外，本书也选取了一些具体的诗人个案进行研究。研究发现，不同的诗人在"身体"的自觉中所呈现的维度并不相同，这需要从诗人创作的实际出发进行分析。穆旦的诗歌通过"身体"所展现的反抗意识和历史意识，翟永明诗歌由"身体"所体现的性别批判意识，陈东东诗歌从神性的"身体"到具有反讽功能的"身体"的写作变化，臧棣对现代感性的激活，等等，都说明新诗写作者们具有自觉的"身体意识"，它充分地体现在诗人的精神取向、诗歌方式和语言风格上。

　　总之，在审美上建立现代感性的传统，注重感受力和想象力，并融入自觉的现实精神和历史意识，使个人的身体和他人发生联结，这成为新诗"身体"现代性的基本走向。"身体"对于新诗现代性发展的意义也正是它的限度，它流动不居，不提供答案，并充满了自我颠覆的可能，然而其意义就在不断的上升和沉落并融于历史和时间的过程中，这也意味着新诗的身体研究的开放性。

参考文献

一 中文著作

艾青：《艾青全集》（全五卷），花山文艺出版社 1994 年版。

柏桦：《为你消得万古愁：柏桦诗集（2009—2012）》，山西出版传媒集团、北岳文艺出版社 2015 年版。

柏桦：《左边：毛泽东时代的抒情诗人》，凤凰出版传媒集团、江苏文艺出版社 2009 年版。

北岛：《在天涯：诗选 1989—2008》，生活·读书·新知三联书店 2015 年版。

卞之琳：《卞之琳文集》（全三卷），安徽教育出版社 2002 年版。

昌耀：《昌耀诗文总集》，青海人民出版社 2000 年版。

陈超编：《最新先锋诗论选》，河北教育出版社 2003 年版。

陈超：《个人化历史想象力的生成》，北京大学出版社 2014 年版。

陈东东：《海神的一夜》，江苏凤凰文艺出版社 2018 年版。

陈东东：《只言片语来自写作》，北京大学出版社 2014 年版。

程光炜编选：《岁月的遗照》，社会科学文献出版社 1998 年版。

杜运燮、张同道编选：《西南联大现代诗钞》，中国文学出版社 1997 年版。

多多：《多多四十年诗选》，凤凰出版传媒股份有限公司、江苏文艺出版社 2013 年版。

废名、朱英诞：《新诗讲稿》，北京大学出版社 2008 年版。

废名著，王风编：《废名集》（全六卷），北京大学出版社 2009 年版。

郜元宝：《汉语别史——现代中国的语言体验》，山东教育出版社 2010 年版。

耿占春：《观察者的幻象》，上海文艺出版社 2007 年版。

耿占春：《失去象征的世界——诗歌、经验与修辞》，北京大学出版社 2008 年版。
顾城：《顾城诗全集》，凤凰出版传媒集团、江苏文艺出版社 2010 年版。
郭沫若、宗白华、田寿昌：《三叶集》，亚东图书馆 1920 年版。
海子著，西川编：《海子诗全集》，作家出版社 2009 年版。
韩东：《你见过大海：韩东集 1982—2014》，作家出版社 2015 年版。
何其芳：《何其芳文集》，人民文学出版社 1982 年版。
洪子诚、程光炜编选：《第三代诗新编》，湖北长江出版集团、长江文艺出版社 2006 年版。
洪子诚、程光炜主编：《中国新诗百年大典》（三十卷本），长江文艺出版社 2013 年版。
胡适：《胡适文集》（全十二册），北京大学出版社 1998 年版。
江弱水：《卞之琳诗艺研究》，安徽教育出版社 2000 年版。
姜涛：《巴枯宁的手》，北京大学出版社 2010 年版。
姜涛：《"新诗集"与中国新诗的发生》，北京大学出版社 2005 年版。
敬文东：《中国当代诗歌的精神分析》，中国社会出版社 2010 年版。
李广田：《李广田全集》（六卷本），云南人民出版社 2010 年版。
李寂荡主编：《在写作中寻找方向》（诗人面对面丛书 第一辑），贵州出版集团、贵州人民出版社 2017 年版。
李金发：《李金发诗全编》，四川文艺出版社 2020 年版。
李怡、易彬编：《穆旦研究资料》（上、下），知识产权出版社 2013 年版。
李章斌：《在语言之内航行：论新诗韵律及其他》，人民文学出版社 2014 年版。
李振声：《季节轮换："第三代"诗叙论（修订版）》，复旦大学出版社 2008 年版。
梁仁编：《戴望舒诗全编》，浙江文艺出版社 1989 年版。
梁宗岱：《梁宗岱文集》（全四册），中央编译出版社、香港天汉图书公司 2003 年版。
刘福春：《中国新诗编年史》，人民文学出版社 2013 年版。
马雁：《马雁诗集》，新星出版社 2012 年版。
穆旦：《穆旦诗文集》，人民文学出版社 2014 年版。
牛汉：《牛汉诗选》，人民文学出版社 1998 年版。

欧阳江河：《大是大非》，重庆大学出版社 2015 年版。
欧阳江河：《如此博学的饥饿：欧阳江河集 1983—2012》，作家出版社 2013 年版。
邵洵美：《洵美文存》，辽宁教育出版社 2006 年版。
宋琳、柏桦编：《亲爱的张枣》，中信出版社 2015 年版。
宋琳：《俄尔甫斯回头》，北京大学出版社 2014 年版。
孙文波：《在相对性中写作》，北京大学出版社 2010 年版。
孙文波、臧棣、肖开愚编：《语言：形式的命名》，人民文学出版社 1999 年版。
孙玉石编选：《象征派诗选》，人民文学出版社 1987 年版。
唐湜：《新意度集》，生活·读书·新知三联书店 1990 年版。
唐晓渡：《唐晓渡诗学论集》，中国社会科学出版社 2001 年版。
唐晓渡、张清华选编：《当代先锋诗 30 年（1979—2009）谱系与典藏》，江苏文艺出版社 2012 年版。
王光明：《现代汉诗的百年演变》，河北人民出版社 2003 年版。
王家新：《没有英雄的诗：王家新诗学论文随笔集》，中国社会科学出版社 2002 年版。
王家新、孙文波编：《中国诗歌 九十年代备忘录》，人民文学出版社 2000 年版。
王家新：《塔可夫斯基的树：王家新集 1990—2013》，作家出版社 2013 年版。
王家新：《为凤凰找寻栖所——现代诗歌论集》，北京大学出版社 2008 年版。
王晓华：《身体诗学》，人民出版社 2018 年版。
王寅：《灰光灯：王寅诗选》，华东师范大学出版社 2015 年版。
闻一多：《闻一多全集》（全十二册），湖北人民出版社 1994 年版。
吴晓东：《临水的纳蕤思：中国现代派诗歌的艺术母题》，北京大学出版社 2015 年版。
西川：《大河拐大弯：一种探求可能性的诗歌思想》，北京大学出版社 2012 年版。
西川：《我和我：西川集 1985—2012》，作家出版社 2013 年版。
西渡、郭骅编：《先锋诗歌档案》，重庆出版社 2004 年版。

西渡：《灵魂的未来》，河南大学出版社 2009 年版。
西渡、王家新编：《访问中国诗歌：中国 23 位顶尖诗人访谈录》，汕头大学出版社 2009 年版。
西渡：《钟表匠的记忆》，山西出版传媒集团、北岳文艺出版社 2020 年版。
肖开愚：《肖开愚的诗》，人民文学出版社 2004 年版。
谢冕总主编：《中国新诗总系》（十卷本），人民文学出版社 2010 年版。
徐志摩：《徐志摩全集》（全八卷），天津人民出版社 2005 年版。
颜炼军：《象征的漂移：汉语新诗的诗意变形记》，广西师范大学出版社 2015 年版。
杨大春：《语言·身体·他者：当代法国哲学的三大主题》，生活·读书·新知三联书店 2007 年版。
叶维廉：《中国诗学》，生活·读书·新知三联书店 1992 年版。
一行：《词的伦理》，上海书店出版社 2007 年版。
于坚：《我述说你所见：于坚集 1982—2012》，作家出版社 2013 年版。
余旸：《"九十年代诗歌"的内在分歧——以功能建构为视角》，人民出版社 2016 年版。
袁可嘉：《论新诗现代化》，生活·读书·新知三联书店 1988 年版。
臧棣：《骑手与豆浆：臧棣集 1991—2014》，作家出版社 2015 年版。
臧棣：《情感教育入门》，广西师范大学出版社 2019 年版。
臧棣：《诗道鳟燕》，陕西人民教育出版社 2017 年版。
翟永明：《十四首素歌》，南京大学出版社 2011 年版。
翟永明：《行间距：诗集 2008—2012》，重庆大学出版社 2013 年版。
张曙光：《午后的降雪》，重庆大学出版社 2011 年版。
张松建：《抒情主义与中国现代诗学》，北京大学出版社 2012 年版。
张涛编：《第三代诗歌研究资料》，百花洲文艺出版社 2018 年版。
张桃洲、孙晓娅主编：《内外之间：新诗研究的问题与方法》，社会科学文献出版社 2012 年版。
张桃洲：《现代汉语的诗性空间——新诗话语研究》，北京大学出版社 2005 年版。
张枣：《张枣的诗》，人民文学出版社 2010 年版。
张枣著，颜炼军编选：《张枣随笔选》，人民文学出版社 2012 年版。
钟鸣：《旁观者》，海南出版社 1998 年版。

钟鸣:《中国杂技:硬椅子》,作家出版社 2003 年版。
朱朱:《五大道的冬天》,华东师范大学出版社 2017 年版。
朱自清:《新诗杂话》,生活·读书·新知三联书店 1984 年版。

二　外文译著

[德] 海德格尔:《在通向语言的途中》,孙周兴译,商务印书馆 2008 年版。

[德国] 胡戈·弗里德里希:《现代诗歌的结构:19 世纪中期至 20 世纪中期的抒情诗》,李双志译,凤凰出版传媒集团、译林出版社 2010 年版。

[德] 马丁·海德格尔:《林中路》,孙周兴译,上海译文出版社 1997 年版。

[俄] 什克洛夫斯基等:《俄国形式主义文论选》,方珊等译,生活·读书·新知三联书店 1989 年版。

[法] 安托瓦纳·贡巴尼翁:《现代性的五个悖论》,许钧译,商务印书馆 2013 年版。

[法] 保罗·瓦莱里:《文艺杂谈》,段映虹译,生活·读书·新知三联书店 2017 年版。

[法] 加斯东·巴什拉:《梦想的权利》,顾嘉琛、杜小真译,华东师范大学出版社 2013 年版。

[法] 罗兰·巴尔特:《写作的零度》,李幼蒸译,中国人民大学出版社 2008 年版。

[法] 罗兰·巴特:《文之悦》,屠友祥译,上海人民出版社 2009 年版。

[法] 马拉美:《白色的睡莲》,葛雷译,花城出版社 1991 年版。

[法] 梅洛—庞蒂:《眼与心》,刘韵涵译,中国社会科学出版社 1992 年版。

[法] 莫里斯·梅洛-庞蒂:《行为的结构》,杨大春、张尧均译,商务印书馆 2005 年版。

[法] 莫里斯·梅洛-庞蒂:《知觉现象学》,姜志辉译,商务印书馆 2001 年版。

[法] 乔治·巴塔耶:《色情史》,刘晖译,商务印书馆 2003 年版。

[法] 夏尔·波德莱尔:《现代生活的画家》,郭宏安译,上海译文出版社

2012 年版。

［加拿大］查尔斯·泰勒：《自我的根源：现代认同的形成》，韩震等译，译林出版社 2001 年版。

［美］丹尼尔·托马斯·普里莫兹克：《梅洛－庞蒂》，关群德译，中华书局 2003 年版。

［美］哈罗德·布鲁姆等：《读诗的艺术》，王敖译，南京大学出版社 2010 年版。

［美］华莱士·史蒂文斯著，陈东东、张枣编：《最高虚构笔记：史蒂文斯诗文集》，陈东飚、张枣译，华东师范大学出版社 2009 年版。

［美］克林斯·布鲁克斯：《精致的瓮：诗歌结构研究》，郭乙瑶、王楠、姜小卫等译，世纪出版集团、上海人民出版社 2008 年版。

［美］理查德·舒斯特曼：《身体意识与身体美学》，程相占译，商务印书馆 2011 年版。

［美］奚密：《现代汉诗：一九一七年以来的理论与实践》，奚密、宋炳辉译，上海三联书店 2008 年版。

［墨西哥］奥克塔维奥·帕斯：《泥淖之子：现代诗歌从浪漫主义到先锋派》，陈东飚译，广西人民出版社 2018 年版。

［西班牙］奥尔特加·伊·加塞特：《艺术的去人性化》，莫娅妮译，凤凰出版传媒集团、译林出版社 2010 年版。

［英］T. S. 艾略特：《艾略特诗学文集》，王恩衷编译，国际文化出版公司 1989 年版。

［英］W. H. 奥登：《染匠之手》，胡桑译，上海译文出版社 2018 年版。

［英］W. H. 奥登：《序跋集》，黄星烨译，上海译文出版社 2015 年版。

［英］特里·伊格尔顿：《如何读诗》，陈太胜译，北京大学出版社 2016 年版。

［英国］以赛亚·伯林著，亨利·哈代编：《浪漫主义的根源》，吕梁等译，凤凰出版传媒集团、译林出版社 2008 年版。

《审美之维：马尔库塞美学论著集》，李小兵译，生活·读书·新知三联书店 1989 年版。

索 引

（按音序排列）

A

艾青 3，73，75，87，149，150，208，209，228－234，238－242，245－248

C

超现实主义 65，69－71，73，111，112，132，138，139，176，197，233，271，272，276，277，280，287，290－292，294

陈东东 4，90，95，105，106，108，112，125，130，132－134，140，150，169，170，172，176，177，184，188，226，227，271－280，282，284－294，313

传统 1－4，12，14－17，19，20，22，24，29－34，36，43，47，51，53，55，58，59，69，72，74，75，81，83，84，86，87，92，93，97，99，100，104－112，116，122，125，130，131，135－137，142，146，152，153，161，164－166，169，172，178，181，185，187－189，192，197，199，201，203，204，206，208－211，217，218，223－228，232，234，242，243，247，248，254，276，277，279，280，282，283，285，287－289，298，301，302，305，308，310－313

D

戴望舒 65－73，76，80，81，84，205，214，216，228

当代性 138

第三代诗 105，106，119－121，123－126，128－130，132，134－136，140－144，147－149，151，152，154，155，210，211，225，311

都市 160，163，193，284，287，290，291，293，294

多多 97，228，231－236，238，241－243，245，248

F

废名 19，29－34，45，49，67，75，

81，92，99，112，216，224，278，
279，310

G

感受力　6，16，32，34，58，91，106，
110，111，113，115，124－126，144，
199，204，223，277，313

感性　4，6－9，11－14，16，17，26，
28，31－33，37－39，44，48，55，58，
59，61，62，64－69，71－73，99，
100，104－106，108－118，124，144，
148，151，157，158，169，173，181，
182，185，192，194，201－203，213，
214，216，217，219，224，254，255，
259，262，263，268，269，271，287，
295，297，310－313

格律　1，5，15，74－81，91，93

古典　6，8，14，15，21－23，27，30，
31，33，34，36，43，44，48，49，66，
67，70，72，74－76，81－83，92，96，
104，105，107－109，112，130，133，
135，137，146，170，171，200，201，
204，206，212，220，254，255，271，
277－280，282，284，285，287－289，
292，294，310

郭沫若　5，14，36，37，43，51－56，
60，69，71，75，84，87，202－205，
208，213，216，222，228，265，311

H

海子　100，101，112，125－127，135，
210－212，225，228，230，234－238，
242－248，258

呼吸　5，11，26，56，74，84－87，91－
94，101，195，273，303，312

胡适　5，14，19－35，38－40，56，74，
75，83，99，146，147，149，201，
203，224，310，311

J

经验　3－5，8－10，16－18，20－35，
39，41－43，50，53，61，65，67，69，
71－73，84，88，92－95，97，98，
100，104，106，110，112，114，123，
126－128，136，139，142，144，147，
149，150，154－158，160，166，173，
175，180－182，184，185，187，189，
191，193，194，199，201，207，210，
213，214，218，221，224，229，231，
232，234，235，238，240，246，248，
254，256，259，262，264，265，267，
269，279，287，290，291，293－301，
303－305，308－310，312

K

口语　4，77，78，82，83，136，141－
151，154，155，165，311

L

浪漫主义　1，14，23，28，36，38，39，
43－45，47，48，50－54，56，57，59，
60，70，71，112，117，121，144，
160，185，191，192，201－204，206，
209，213，214，218，224，227，234，
241，254，255，258，259，265，266，

· 321 ·

271,289,311,312

历史 2-5,10,17,20,21,27,43,61,76,77,81,97,99,103,104,113,114,118,121,126-128,132,133,137,140,142,144,146,147,151,152,158-160,163,166,171,172,174,175,180,181,184,186-189,191,192,198,208,209,212,215,218,221,224,227,231-235,238,241,242,245,248-259,261,262,264,265,268-270,273,277,290,293-295,303-305,311,313

罗兰·巴特 7,119-125,128-131,137,138,140,155,161,164,166,169,182,218

M

穆旦 3,4,34,102,191-193,216,218,228,231,239,249-270,295-297,299,301,313

S

色情 111,130,155-170,277,284,285,287-290

身体 1,3-13,16-18,20,21,23,27,28,32,36,38,39,42,47,50-57,60,61,66-68,70-72,75,77,84-86,92-95,99-104,108,110-116,128-130,136-142,144,145,149,151-155,157,159,161,163,166,171-173,175,178,182,186-198,207,208,213,220,221,225,228-230,232,233,237,238,240-242,244,245,247,249-259,261-271,274-277,281-284,287,288,290-313

身体哲学 3,6,7,9,93,259,261,264,309

审美 2-8,10-12,17,21-28,32,48,55,72,89,104,105,108,111,115,136,146,151,153,155,167,171,180,181,185,200,224,225,235,282,284,293,310,311,313

声音 5,37,53,58,59,61,62,74,76,79,80,82-93,95-98,102-104,109,117,128,130,132-134,139,146,156,168,169,174,176,183,189,210,212,230,232,233,241,250,254,256,272-275,286,287,303,305,311,312

抒情 14,36-45,47-53,72,76,105,112,134,143,144,146,153,181,184,187,188,192,200,201,203,206,209,213,214,218,219,222,224,225,238,259,265,273,287,311,312

T

土地 126,208,215,228-248,266

X

西方现代诗歌 1,13,15-17,33,34,43,59,65,111,152,155,185,217,226,278,310

现代 1,5-8,11,13-20,22,23,27-30,32-36,38,39,42,43,48,

· 322 ·

49，51，54－56，58－61，64－67，69，71－79，81－85，87，89，91－100，105，108－113，115，117－121，123－125，128，130，132，136，137，140，142，144，146－150，152，154，155，159，163，164，167，168，170，173，175，177，179，180，182，183，185，188，189，191，197，199，203－206，209，211－214，216－224，226－229，232，237，238，243，245，248，252，255，257－260，262，264－267，269，271－273，276，278－280，282－285，287，288，290，291，294，295，299，303，309－313

现代主义　1，15，16，28，35，39，43，58，59，65，71，99，117，119－121，123，124，128，140，173，213，214，217，218，221，226，266，291，312

现实　3－6，10，15－17，20，21，24，26，27，29，32，34，35，41－44，46，48，51，53，61，63－66，69－73，86，97，100，104－106，109－112，118，119，121，124，125，130，132，133，135－140，142，144，148，150，151，155，156，158，161，163，169，171－189，192，194，197－199，201，203，204，207，208，210，213，216－223，227，229，231，233，236，237，241，247，248，251，253－256，258，264，265，267－273，276－278，280，285－287，290－294，304，305，311－313

现象学　7，10，11，20，27，93，95，99，124，139，144，154，172，178，185，262，264

享乐主义　104，105，108，111，130，137，284

想象力　6，16，26，27，49，51，56，69，71，73，85，106，111，115，117，118，125，126，173，185，187，199，202－204，223，238，271，277，282，294，313

象征主义　16，17，28，33，58，59，61－71，84，111，132，133，138，139，150，171，176，196，213，215，219，271，273，274，276

新诗　1－5，12－19，21－45，47－51，53，56－59，64，69，71－84，87，89，91，92，95，97，99，100，104，105，109，112，123，136，137，141，147，150，151，155，156，160，173，187，199－205，208，209，214，216，218，222－224，227－229，248，258，271，294，310－313

性别　10，158，175，193，260，295，298，299，302，304，305，308，313

修辞　16，42，68，72，125－127，170，183，209，284，287

Y

音乐性　5，6，59，62，64，65，74－87，89－98，130，213，273，312

语言　1，2，4，5，10－12，14，15，17，18，21，24，28，30，32，33，35，39，41，42，47，59，62，65，72，74－76，78－80，82，84－87，90－95，97－100，104，106，108－112，114－119，121－156，158，161，164－166，169，171－188，190－193，198－200，203，204，206，207，209，211，213，216－

223，225，227，233，236，238，259 - 264，269 - 274，277，282，284，287，288，290 - 292，294 - 296，299，307，311 - 313

Z

臧棣　2，95，112 - 115，118，125，131，140，141，150，173，180 - 187，193，211，223，225，273，277，313

翟永明　125，151，156，163，221，259，295 - 309，313

周作人　16，36，37，40，44 - 50，58，59，204，205，311

后　记

　　算起来，这本书从起笔到出版刚好是十年时间。2014年该选题申报上了国家社科基金一般项目，课题于2019年结题，结题后一直在做进一步的修改和完善。2022年，修改完成之际，通过申报和评审，遴选上了"第十一批中国博士后基金文库"，并由中国社会科学出版社出版。我似乎与中国社会科学出版社的"文库"系列丛书有某种缘分，2009年我的博士学位论文《中国现代文学的身体阐释》就是在"中国社会科学博士文库"出版的，这算是一种幸运的缘分。

　　新诗虽然在它所属的学科中只是一个小众的领域，但实际上它的研究门槛是很高的，不仅需要较敏锐的审美感知力，还需要深广的知识。我知道自己还只是学徒，但因为怀揣着对诗的热忱，所以也能欣然前往。对于这一研究，我自知我也许只是路过并察觉，但如果它能掀开帷幕的小小一角，让帷幕下被遮蔽的事物有被看见的可能，那就是极大的欣慰了。实际上，在完全展开研究之前，我用了大量的时间补课和热身，这也意味着五年的结题期限对我来说是不够的。记得在最后就要提交结题报告的阶段，书稿剩余的各个部分几乎需要同时展开，感觉自己指挥着千军万马，而每一支队伍中的士兵都还是幼童，马也只是小马驹，它们还需要更多的时间去成长。

　　这十年，诗歌真正走进了我的生活。实际上，20多年前我就接触到了诗歌，那时我在西南师范大学新诗研究所攻读硕士学位，遗憾的是，我和诗歌只是碰了个面，却未能相认。诗歌本应该属于青年，而我却在青春逝去之后才和它相识，这也许是缪斯刻意的安排。是的，我得尝尽所有生活的滋味，才配站在诗歌面前，很庆幸借助研究这一话题的机缘使再次相遇有了可能。如果说诗歌是一种对自我的补偿，那么这些年也是通过它，那些错失的人生经验才在诗歌的引领下被展露、体察和审视，这也是诗歌带给时间的礼物。

　　能有机会被"诗"塑造无疑是幸福的，我也因此而看到了语言世界的极致风景，在感受到它带来的温暖、光亮、满目珠翠的同时，也体会着其中的荆棘、深渊和黑暗，然而，只有被语言的针刺伤才会懂得来自它的爱。我这些年的阅读、教学和写作都是围绕诗歌展开的，读诗、讲诗、写诗、研究诗……"诗"晕染了几乎所有的工作和生活，我也因"诗"结识了一些朋友，那是来自诗歌的最纯粹的友谊。有时候会想，诗和生活到底是什么关系呢？诗先于生活，还是生活先于诗？虽然生活并非都是围绕"诗"展开的，但是，"诗"却是生活的延伸。的确，走进诗歌的世界之后，就没有任何其他事物能替代它了，无论你读还是不读。

　　这些年因为开设诗歌课，也吸引了一些喜爱诗歌的学生来到我的身边。诗歌课上，每当我看到那些仰起头朝向我的年轻的脸，看到他们眼里闪烁着的热切的光亮，我就想，人们总是轻视无形的力量，实际上无形可以大于有形。我常常被学生们的纯真和热情带动，在这样的课堂上，想象力的火花不断绽放，他们举手给出的每一种解读在我看来都朝向美好，他们每一次起身就是一个答案。于是，课堂于我也是一种洗礼，我看到人性的光亮，是这些孩子们让我一次次重拾掉落的信心。

　　人的生命有两条轨迹，一条是现实的，一条是心灵的，现实的轨迹有目共睹、无须多说，而心灵的轨迹隐藏在岁月深处，如果不是有心的人，恐怕连自己都会忘记，"一切没有被说出来的，注定要消失"，所幸我看重这条隐形的道路，并知道应该用怎样的方式保存它。与论文的写作平行的是自己悄悄写下的那些感性的文字，在这样的试炼中我感知到了语言的奥妙和迷人之处，我也因此对用语言擦亮自己的生活开始有了一种自觉。毫不隐瞒地说，这个部分带给我的感动和欣喜超过了理论研究本身。研究诗歌不像阅读诗歌，只需要审美的感知，它更多的是理性的审视和思考，如果可能，我更愿意把理论思考抛开，以原初的方式与诗歌相对。我对被一首诗击中、灵魂出窍的瞬间有一种至爱，这种时刻并非常常出现，因此显得尤为珍贵。

　　我的写作十分缓慢，慢得像在织一件旧时代的毛衣，还记得织毛衣是我20多岁做的事情，可后来再也没有那样松弛的时光了。不过现在的我还是容易发呆，容易"浪费时间"。夏日的下午，当阳光透过竹帘的缝隙照在屋内的一面墙上，看光影的移动、变换是件让人沉迷的事情；当我坐

后记

在书桌前，院子外的绿树倒映在墙上的一幅古典工笔花卉的玻璃镜面上，静止的花卉和晃动的树叶交映在一起，我也会看得恍惚出神；我更爱带着狗狗在无人的荒野和山间行走，体察四季在天空和草木间的流转，看山坳间一群群白鹭起飞、盘旋、降落……多少时间就这样过去了。我和它们默默相对，安静的时候能听见彼此的呼吸。

我也时常提醒自己，岁月中的光和养分都在劳动中获得，只是我对盲目的、机械的"劳动"有一种本能的抵触。有一段时间，我常去一间办公室写作，窗外不远处就是城市的二环路，一头头巨兽般的大货运卡车从这里经过，从早到晚从不停歇。而就在这笨重的轰鸣声中，也时常夹杂着哀乐和鞭炮声，因为离这里不远的地方就是殡葬场。存在和告别，总是在每一个瞬间同时发生。当我听到这样的声音，总会不自觉地停下手中的工作，好像这就算是一种纠正。

世事变幻，这十年我们都经历了太多，看到了太多。世界在晃动中变得混浊，每个人的内心似乎都充满了未知和不安，置身于一个矛盾和纷争的世界，各种道德标准、价值立场都对人实行着捆绑和胁迫，人类可怜得只剩下一个非黑即白的世界。这种黑白的界限看似清晰，实际上却虚弱得不堪一击，它们很容易随着情势的变化而转换。我始终相信，真正美好的事物会让人感受到宽阔和自由，而自由也会带来内心的稳固和明澈，诗歌正属于这样的事物。

诗歌是和自然联系最为紧密的一种语言形式，这也成为我偏爱诗歌的原因。我名字的汉字结构就包含着"草木繁盛"的意思，个人的性情、志趣也就在冥冥中注定了：在我的生活中，不能没有花草，也不能没有动物。对小动物们，我总会和它们说很多话，这正是那句"觉鸟兽禽鱼，自来亲人"。沉浸于和它们相处的每一刻，我也几乎变成了它们。它们懂得我的语言和情绪，让我体会到什么是圆满，让我意识到每一个当下都是永远。它们顺应自然的生命方式对我更是一种教育：当陪伴我13年的小贝在今年突然离开之后，我再去爬那座曾和它一起爬过的山，行至山腰，转身回眸苍茫的群山，我似乎看到了它融入万物的身影，不禁潸然。拨开所有日常的记忆，我终于又看见落在它身上的那朵小黄花，那是春天的栾树花。不管你愿不愿意，生命的最后都不是孤独，而是一切的大融合。

感谢时光中的爱与被爱、给予与被给予，正是无数的相遇，让成长和蜕变成为可能。一个人、一只小狗、一棵树、一株草、一块石头，见过的、未曾谋面的，死去的、活着的，我与你们一起穿越风景……

感谢"中国社会科学博士后文库"的遴选和资助，以及中国社会科学出版社和王琪编辑，也感谢申报时的推荐专家复旦大学的郜元宝老师和清华大学的西渡老师，此外还要感谢发表本书相关研究成果的刊物和编辑们。这些年，书中的一些内容已经陆续在《文学评论》《文艺研究》《学术月刊》《江汉论坛》《浙江学刊》《中国文学批评》《扬子江文学评论》《华中师范大学学报》《山西大学学报》等刊物上发表，文章也多次被转载和摘编，这些肯定和鼓舞对很多时候踽踽独行的我来说是极其重要的力量。

书的出版也让我不断重读自己多年前的文字，这也是一次自我教育、再次启蒙的机会，提醒自己记住那些快要逝去的记忆，它也重新激活了变得迟钝的感觉。我现在的愿望是为自己多留出一点空白，再多一点，更多一点……直到最后融入那片包融一切的洁白。

属于诗歌的时间还会继续，而此刻我被金色的秋光包裹着，想起了一个诗人的诗句：

唯一的或许是信仰：
瞧，爱的身后来了信仰

李蓉
2023 年末于金华

第十一批《中国社会科学博士后文库》专家推荐表1

《中国社会科学博士后文库》由中国社会科学院与全国博士后管理委员会共同设立，旨在集中推出选题立意高、成果质量高、真正反映当前我国哲学社会科学领域博士后研究最高学术水准的创新成果，充分发挥哲学社会科学优秀博士后科研成果和优秀博士后人才的引领示范作用，让《文库》著作真正成为时代的符号、学术的示范。

推荐专家姓名	郜元宝	电 话	
专业技术职务	教授	研究专长	中国现代文学、当代文学批评
工作单位	复旦大学中文系	行政职务	
推荐成果名称	中国新诗的"身体"现代性研究		
成果作者姓名	李蓉		

（对书稿的学术创新、理论价值、现实意义、政治理论倾向及是否具有出版价值等方面做出全面评价，并指出其不足之处）

该论著选题、立论新颖独特，作者从哲学、美学意义上的身体（身心）概念切入，深刻探讨了中国新诗的现代性进程及意义，揭示了中国新诗的现代性，乃是"身体"从艺术形式到精神立场的一个渐次展开的过程。此项研究，拓宽了中国新诗的研究空间，具有较高的创新性和学术价值。

该论著学术视野开阔，作者显然有长期的思考和积累，熟悉新诗的发展，在论著体现出的充分的问题意识中包含了作者对新诗现代性问题的深入思考。同时，作者长期从事文学身体学研究，有较强的理论基础和学术积累。论著关于身体诗学理论的论述，能够将概念、理论与创作实践结合，也能从创作中总结、提炼身体诗学问题进行分析。

该论著以"身体"为视角重新探讨新诗发展，从具体的历史语境出发，将中国新诗的"身体"问题落实为各种不同的具体问题，具有充分的针对性，尤其对许多诗人及其文本的解读，细致入微，能唤起新的阅读感受，为新诗研究如何找到新的研究路径提供了可能，也显示了作者较强的诗歌感悟力和理解力。

该论著也有较强的现实关怀和现实针对性，能在对新诗历史的研究中呼应当下诗歌创作和发展的问题，同时作者对问题的研究也包含了中西、古今比较的视角，目光敏锐独到，对学科发展的促进作用是显而易见的。

该论著在中国新诗研究的视角、思路、方法等方面均有创新，论著中的许多内容已在一些重要刊物上发表，数篇文章被转摘和复印，这也证明了论著的质量和水平。它对现当代文学的身体研究、新诗的研究有一定的借鉴作用，因而也具有一定的应用价值。

　　该论著不涉及政治敏感问题，不存在违背马克思主义基本原理和中央有关方针政策的内容。

　　基于以上，我认为该专著具有出版价值，特此推荐。

签字：郑元宝

2022 年 4 月 10 日

说明：该推荐表须由具有正高级专业技术职务的同行专家填写，并由推荐人亲自签字，一旦推荐，须承担个人信誉责任。如推荐书稿入选《文库》，推荐专家姓名及推荐意见将印入著作。

第十一批《中国社会科学博士后文库》专家推荐表 2

《中国社会科学博士后文库》由中国社会科学院与全国博士后管理委员会共同设立，旨在集中推出选题立意高、成果质量高、真正反映当前我国哲学社会科学领域博士后研究最高学术水准的创新成果，充分发挥哲学社会科学优秀博士后科研成果和优秀博士后人才的引领示范作用，让《文库》著作真正成为时代的符号、学术的示范。

推荐专家姓名	陈国平（西渡）	电　　话	
专业技术职务	教授	研究专长	中国现代诗学
工作单位	清华大学人文学院	行政职务	
推荐成果名称	中国新诗的"身体"现代性研究		
成果作者姓名	李　蓉		

（对书稿的学术创新、理论价值、现实意义、政治理论倾向及是否具有出版价值等方面做出全面评价，并指出其不足之处）

"身体"是新诗的重要主题之一，伴随着新诗发展的全过程，但长期以来这方面的研究成果明显不足。该论著立足于哲学、美学意义上的"身体"概念，全面、系统地研究了新诗现代性问题与"身体"的长期复杂纠葛，通过"身体"视角研究新诗在不同时期的艺术追求和精神立场，揭示了"身体"对于新诗发展的重要性，呈现了诗人"身体意识"在中国新诗百年发展中的重要作用，以及由此形成的丰厚传统。论著为当下的新诗研究提供了新的思路。

该论著的突出特色是问题意识强。作者有较强的理论辨析能力，在以"身体"为视角进行研究的过程中，能结合新诗发展中的具体语境提出有深度的问题，并予以探讨和解决，具有较强的说服力。作者熟悉新诗发展的历史，取材宏富，视野开阔，并注重在中西、古今的诗学比较中深入论述身体诗学的有关问题。

虽然受到了身体哲学和美学的影响，但该论著没有从概念、理论出发，而是从新诗审美语境和创作实践出发并立足于审美感受，对大量的诗歌现象和文本进行论析，拓展了新诗的研究空间，发掘了一些被忽视、被遮蔽的诗学问题，并重新阐释了一些重要诗人和文本，不少地方令人耳目一新，这些都是该论著的价值所在。论著对身体诗学研究乃至现当代文学的身体研究均有一定的借鉴作用，具有较高的应用价值。论著中的许多内容已在一些重要刊物上发表，并被复印、转载，有较好的反响。

论著的某些论述还有进一步展开的空间，譬如对于"古典诗歌的身体功能呈现逐渐退化的趋势，诗歌不是在真实的身体感而是在词语的惯性下写作"这一问题，可以结合具体的文本进行分析说明。该论著不涉及政治敏感问题，不存在违背马克思主义基本原理和中央有关方针政策的内容。

　　鉴于以上，我认为该论著具有出版价值，特此推荐。

签字：陈国平

2022 年 4 月 10 日

说明：该推荐表须由具有正高级专业技术职务的同行专家填写，并由推荐人亲自签字，一旦推荐，须承担个人信誉责任。如推荐书稿入选《文库》，推荐专家姓名及推荐意见将印入著作。